Jo Schulz-Vobach

Sophies Familie

Jo Schulz-Vobach

Sophies Familie

Roman

Knaur

Die Zitate stammen aus:
John Irving, Das Hotel New Hampshire
Aus dem Amerikanischen von Hans Hermann

Die Folie des Schutzumschlags sowie die Einschweißfolie
sind PE-Folien und biologisch abbaubar.
Dieses Buch wurde auf chlor- und säurefreiem Papier gedruckt.

Bitte besuchen Sie uns im Internet:
www.knaur.de

Redaktion: Dr. Gisela Menza
Umschlaggestaltung: ZERO Werbeagentur, München
Umschlagfoto: mauritius images/age
Satz: Adobe InDesign im Verlag
Druck und Bindung: C. H. Beck, Nördlingen
Printed in Germany
ISBN 978-3-426-66312-7

2 4 5 3 1

Die wichtigsten Personen

Gottfried Graf von Sand und seine Frau Adele gründeten 1560 die von-Sand-Dynastie und das Gut Distelitz im Norden der Ostseeinsel Rügen.

Sophie von Sand
wurde schon als Kind »Sanddistel« genannt, entsprechend zäh und stachelig, letzte Hüterin des Familienstammsitzes, Mutter von fünf Söhnen, verteidigt Hab und Gut bis zum letzten Atemzug und führt einen Teil ihrer großen Familie ganz schön an der Nase herum.

Adalbert von Sand
Sophies Ehemann, verschwindet kurz nach der Geburt des jüngsten Sohnes auf Nimmerwiedersehen, bleibt aber in Erinnerungen durchaus lebendig.

Franz von Sand
Sophies ältester Sohn, Routinier in allen möglichen Berufen und beruflichen wie persönlichen Untergängen.

Bertha und Adam
Sophies treueste Freunde und Begleiter in allen Lebenslagen.

Heinrich von Sand
Sophies ältester Enkel, der seiner Großmutter den Rücken stärkt.

Rosie von Sand
Kärntner Urviech und an Heinrich interessiert.

Walter von Sand
Heinrichs Sohn, scheitert an der deutsch-deutschen Wiedervereinigung und steigt aus und woanders ein.

René von Sand
Walters Sohn und Sophies erster Ururenkel, Kind der DDR, Freund der Literatur und seiner Cousine um x Ecken, nämlich.

Beatrice (Bea) VII. von Sand
Urenkelin von Franz und als einziges Mädchen in der Familie derer von Sand als Sophies Erbin im Gespräch.

Peter und Marijke von Sand
Eltern von Beatrice.

Robert von Sand
Sohn aus der Franz-Linie, Rechtsanwalt.

Andrej Stoschenkow
Russe, dessen Vater in der Familiengruft derer von Sand ruht.

Gut Distelitz
verwandelt sich in den Zeitläuften vom glanzvollen Treffpunkt zur Ruine …

… und natürlich die Insel Rügen mit all ihren Faszinationen.

Prolog

An diesem Novemberabend 1989 – als einer der jüngeren Urenkel von Sophie von Sand mit dem Wagenheber aus seinem Porsche unter dem Jubel der Menge und im Licht zahlloser Scheinwerfer am Potsdamer Platz und angefeuert von den hysterischen Stimmen der TV- und Rundfunkreporter gegen die dem Westen zugewandte Berliner Mauer schlug – als auf gleicher Höhe, aber auf der östlichen Seite des Bauwerks, das die Stadt seit dem 13. August 1961 teilte, einer seiner bisher unbekannten Verwandten auf ebendiese Mauer kletterte – als abzusehen war, dass die Mauer von beiden Seiten Deutschlands endlich fallen würde und sich damit die Wiedervereinigung des geteilten Landes anbahnte –, an diesem Abend also befand sich Sophie von Sand zusammen mit ihren Freunden Bertha und Adam und einem Transistorradio aus den fünfziger Jahren im Keller des alten Gutshauses Distelitz im Norden der Ostseeinsel Rügen. Dicht nebeneinander, Sophie in der Mitte, saßen sie auf einer schmalen Gartenbank, die wie ihre Besitzer schon bessere Zeiten gesehen hatte, und probierten mit Kennermienen den gerade fertig gebrannten Apfelschnaps. Sie schwiegen miteinander, nippten an ihren Gläsern und betrachteten dabei im Funzellicht einer einzelnen nackten Glühbirne an der Decke des weitläufigen Kellerraumes die paar prallen Kartoffelsäcke in der einen Ecke, die Gläserreihe mit Marmelade, Obst, Gemüse und sauer Eingelegtem im Regal auf der anderen Seite sowie die Hartwürste und den einzelnen Schinken, die am Deckenbalken hingen.

»Gut, einfach gut, dein Schnaps«, unterbrach Adam das Schweigen.

Mit der freien Hand drehte er am Senderknopf des Radios, das er auf seinen Knien hielt. Ätherrauschen, Pfeifen und Jaulen vermischten sich mit lärmenden Stimmen. Sophie nickte und neigte horchend den Kopf. »Das liegt an meinen Apfelbäumen«, erklärte sie. »Die sind wie wir drei hier. Die werden erst im Alter reif.« Sie schwenkte den Rest der klaren Flüssigkeit in ihrem Glas.

Bertha, der auch ein aufmerksamer Betrachter nicht die fünfundachtzig angesehen hätte, ebenso wenig wie Sophies knapp neunzig, nahm ihre Brille von der Nase, putzte sie mit einem Schürzenzipfel und setzte sie wieder auf. »Trotzdem ist irgendwann Schluss mit den Alten, da kommt der Arsch einfach nicht vorbei.« In ihrer Stimme schwang Bedauern mit. »Und dann ist's auch aus mit Sophies gutem Schnaps.«

Sie sah Adam an, dessen Rücken von täglicher Arbeit und seinen vierundachtzig Jahren gekrümmt war. Adam stellte das Radio vor sich auf den Boden und massierte mit Zeigefinger und Daumen seine leicht gerötete Nase. »Ach was, Mädels!« Er grinste nach rechts und dann nach links. »Unkt nicht schon wieder. Trinkt lieber, solange es für uns hier noch was zu trinken gibt.«

Er hob sein Glas, und auch Sophie trank und begann plötzlich ihr rauhes, herzhaftes Lachen.

»Dein Adam hat wie immer recht, Bertha!«, japste sie. »Trinken wir also auf unsere Inselseligkeit, solange sie noch hält.« Sie richtete ihren Zeigefinger auf das Radio. »Ehrlich gesagt, mir graut vor dem, was da auf uns zukommt.«

Alle drei musterten eine Weile die plötzlich eher karg wirkenden Vorräte in den Regalen.

»Das könnte bis Ostern reichen«, sagte Bertha, stand auf und strich ihre Schürze glatt. »Könnte!«, wiederholte sie. »Aber unter diesen Umständen da …«, auch sie deutete in Richtung Radio, »… werden wir vielleicht schon an Neujahr in die Röhre gucken. Egal«, fuhr sie dann fort. »Das ist ja das Gute am Alter, dass uns kaum noch was überraschen kann.« Sie machte

einen leicht torkelnden Schritt zur Kellertreppe hin. »So, und jetzt geh ich mal nach oben. Der Tag war lang und gut, wie viele Tage in den vergangenen Jahrzehnten, Kommunismus und Sozialismus hin oder her.«
Sophie grinste. »Unsere Bertha, die wusste schon immer Bescheid, was?«
»Ja«, bestätigte Bertha, bevor Adam nicken oder etwas sagen konnte. »Schließlich leb ich seit siebzig Jahren auf Distelitz und kenn dich und deine Mischpoke in- und auswendig. Und deshalb kann mich in diesem Haus auch nichts mehr aus der Ruhe bringen, nicht einmal das da im Radio.«
»Hört, hört!«, brummelte Adam vergnügt.
Bertha achtete nicht auf ihn.
»Deine fünf Söhne, Sophie, die waren schon immer wie die Heuschrecken«, sagte sie. »Überraschungsangriff, alles abgrasen, wieder verschwinden und erst dann wiederkommen, wenn das Gras nachgewachsen ist.«
»Zwei«, erinnerte Sophie gelassen. »Nur noch zwei Söhne. Zwei liegen bereits in der Gruft, und der dritte ist irgendwo verlorengegangen.«
»Von mir aus nur noch zwei. Aber jeder, ob nun tot oder nicht, hat sich inzwischen vermehrt wie die Karnickel.« Sie winkte zum Abschied. »Ich geh. Und gleich morgen früh werde ich mit dem Lüften anfangen. Es wird nämlich eine Weile dauern, bis wir den guten alten DDR-Mief aus den Zimmern und Betten raushaben.«
Sie sahen ihr nach, wie sie mit entschlossenem Hüftschwung die Treppe nach oben stieg. Die Kellertür fiel knarrend ins Schloss. Mörtelstaub, vermischt mit größeren Brocken, legte sich auf die ausgetretenen Steinstufen.
»Schenk uns noch einen ein, Adam, einen letzten.« Sophie hielt ihm ihr Glas entgegen. »Und den trinken wir auf die unvermeidbare Vergänglichkeit aller guten wie schlechten Dinge.«

I

Nicht nur der heftige Wintersturm, der um das Gutshaus sang, heulte und jammerte, die Äste der gewaltigen Buche über die Fensterscheiben ratschen und die losen Dachschindeln klappern ließ und mit seiner gewaltigen Musik die Kamine und jede Ritze, jedes Lockere füllte, hielt Sophie von Sand in dieser Nacht wach. Zum einen war es das Alter. Mit jetzt fast zweiundneunzig braucht man eben nicht mehr so viel Schlaf, sagte sie sich; da zählt jede Stunde Leben. Zum anderen waren es die Erinnerungen, die sie nach dem abendlichen Anruf von Franz, ihrem ältesten Sohn, überfluteten – mit einer Macht, die ihr zuweilen den Atem nahm und ihre Kehle eng werden ließ. Gute zwei Jahre waren seit dem Mauerfall in Berlin vergangen, und erst jetzt hielt ihr Sohn es für nötig, sich bei ihr zu melden. Und tat dabei noch so, als würden auch all die Jahre vorher nicht zählen, keine der nie gestellten Fragen, der unterlassenen Hilfsangebote, kein Weihnachts- oder sonstiges Fest. Ein paar bunte Postkarten mit lapidaren Grüßen, ja, die hatte er seit 61 geschickt, als die Mauer nicht nur Berlin, sondern ganz Deutschland zweiteilte. Aber diese Karten konnte er sich an den Hut stecken.

Ärger wallte immer wieder in Sophie auf, während sie den gewohnten Lauten der Insel und denen des über vier Jahrhunderte alten Hauses lauschte, in dem die Vergangenheit in Nächten wie dieser herumgeisterte, Gesichter aus der frostigen Dunkelheit schälte und verblassten Geschehnissen wieder Farbe verlieh. Sophie lag auf dem Rücken, gegen die Kälte in Zimmer und Bett mit Wollsocken, Mütze und Schal gewappnet, das klumpige Federbett hochgezogen bis zur Nasenspitze, die jubelnde Stimme von Franz noch in den Ohren. »Es ist so weit, liebste Sophie! Deutschland wird wieder das sein, was es einmal war. Und endlich werden wir, deine Familie, diese Wiedervereinigung auf heimatlichem Boden feiern können.« Ach du liebes bisschen, hatte sie gedacht und gefragt: »Wann?«

»Im Sommer«, antwortete er und gluckste freudvoll. »Ein Familientreffen auf der Insel. Alle werden kommen.« In Gedanken versuchte sie die Zahl ihrer Nachkommenschaft zu überschlagen. Jeder ihrer Söhne hatte sich nicht mit einer einzigen Ehefrau begnügt, sondern mehrmals geheiratet und in jeder Ehe eifrigst für Kinder gesorgt – männliche Kinder, natürlich, bis auf diese eine Ausnahme, und das ausgerechnet in der Franz-Linie. »Wie viele verstehst du unter alle?« Wieder dieses lächerliche, geradezu kindische Glucksen eines Mannes von jetzt sechsundsiebzig Jahren, das an ihren Nerven zerrte. »Na, na, liebe Sophie, du wirst doch hoffentlich noch wissen, wer alles zu deiner Familie gehört, oder?«

»Nein«, sagte sie schroff. »Ich habe die Übersicht verloren, wer von euch sich in den vergangenen fünfzig oder sechzig Jahren auf den fünf Kontinenten dieser Erde um wie viele vermehrt hat.«

»Mit denen aus eurem Osten sind wir derzeit circa hundertvierzig Familienmitglieder«, frohlockte er. »Die verflossenen Ehefrauen und die früh Verstorbenen unter uns von-Sand-Männern ausgenommen.« Sie schnappte nach Luft und keuchte: »Wie entsetzlich!« Er hörte das nicht, oder er wollte das nicht hören, wie er Zeit seines Lebens immer nur das gehört hatte, was ihm passte und was er widerstandslos drehen und wenden konnte. »Ich nehme stark an, dass du inzwischen dafür gesorgt hast, dass Gut Distelitz wieder uns gehört«, redete er also weiter. »Symbolische Mark für den Rückkauf und so, du verstehst?« Er wartete ihre Antwort nicht ab und fuhr fort: »Wir alle freuen uns auf dieses Treffen auf unserem Familienstammsitz. Die meisten unter uns haben ja unser Gut noch nie gesehen. Gut Distelitz, Graf von Sand! Das sind Namen, was? Nicht viele können von sich behaupten, dass sie Nachkommen einer im 16. Jahrhundert gegründeten Dynastie sind.«

»Zum einen«, begann Sophie, »es gibt kein ›von‹ und keinen ›Graf‹ mehr, das hat die DDR Gott sei Dank abgeschafft. Zum anderen, Gottfried war nur ein kleiner Graf – also von wegen ›Dynastie‹!« Bissig setzte sie hinzu: »Aber du hast schon als Kind mit deinem Namen und deiner Herkunft schamlos angegeben.« Einen Moment lang hatte Franz nun doch geschwiegen. Schon wollte Sophie den Hörer auflegen, da bat er mit streichelweicher Stimme: »Erzähl mir von unserem Haus, Sophie.« Und da platzte der bis dahin gebändigte Zornesknoten in ihrem Inneren. »*Mein* Haus!«, sagte sie laut. »Es ist immer noch *mein* Haus!« Sagte bitterböse: »Besser ausgedrückt, diese Bruchbude hier gehört tatsächlich wieder mir, und zwar mir allein.«

»Warum Bruchbude, liebste Sophie? Hast du etwa ...«

»Ich habe nicht«, unterbrach sie ihn heftig. »Ich *musste* gewisse Veränderungen und Zerstörungen zulassen, ich wurde einfach nicht gefragt, weder von den plündernden Siegern des letzten Krieges damals noch von den Vertretern der DDR.« Sie schnaufte und fügte leiser hinzu: »Auch nicht vom Zahn der Zeit, der lässt sich nämlich nicht aufhalten, der nagt bereits seit Jahrhunderten an Distelitz.«

Danach war nicht mehr viel zu sagen gewesen. Schließlich hatte Franz versprochen: »Alles wird wieder gut werden, liebste Sophie. Dafür werde ich sorgen – als Familienoberhaupt.«

Sophie hatte wortlos den Hörer aufgelegt, eine Weile nur dagesessen im Foyer, in dem es wie in jedem Winter zog wie Hechtsuppe, und auf das Tosen der See unterhalb der Steilküste gehorcht und auf den Sturm, der über die Insel jagte. Dann, als ihr Kopf sich wieder mit Gedanken füllte, war sie nach oben und ins Bett gegangen.

Dass ich nicht lache, dachte sie jetzt wütend und zog das Federbett noch ein wenig höher. Ausgerechnet Franz als Famili-

enoberhaupt! Obwohl der älteste ihrer Söhne – allesamt zwischen 1916 und 1920 geboren –, hatte er Gut Distelitz als Letzter verlassen. Während sich Friedhelm, Claus, Carlos und Felix bereits in der Weltgeschichte herumtrieben, hatte Franz sich lediglich die paar Kilometer bis nach Berlin bewegt und dort, gerade mal achtzehnjährig, die Uniform der neuen Machthaber Deutschlands angezogen. In dieser kam er dann in jeder freien Minute zurück in den heimatlichen Stall, gefolgt von einem Schwarm anderer junger arroganter, irregeleiteter Männer in Uniform, die mit ihren Stiefeln das Parkett in der großen Halle im Erdgeschoss sowie die Flanken der damals noch vorhandenen edlen gräflichen Reitpferde malträtierten, alles Vorhandene wegfraßen und wie die Löcher soffen, so manches flennende oder verzweifelte Inselmädchen zurückließen und auch sonst für alle möglichen Ärgernisse zuständig waren. Schließlich ging auch Franz, das heißt, er ging nicht freiwillig, denn Sophie schmiss ihn nach den von ihm inszenierten folgenschweren Ereignissen in der Silvesternacht 39 aus ihrem Haus und letztlich auch aus ihrem Sinn – eine zumindest für Bertha, damals noch Kindermädchen auf Distelitz, notwendige und verständliche Reaktion auf all das, was Franz seiner Mutter und damit dem Gut sowie der Insel angetan hatte. Im Gegensatz zu zwei seiner jüngeren Brüder und einem, der noch immer als verschollen galt, überlebte er den Krieg und hielt sich in den Jahrzehnten danach in verschiedenen Berufen im westdeutschen Raum mehr unter als über Wasser. Ein paarmal hatte er bis zum Bau der Mauer noch versucht, sich bei Sophie wieder einzuschmeicheln. Doch er war auf Granit gestoßen, denn sie hatte nach all den Schicksalsschlägen – zu denen auch ihr kurz nach Felix' Geburt gen Asien entwichener Ehe- und Lebemann Adalbert seinen Teil beigetragen hatte – in ihrem Leben genug mit der Rettung der eigenen Haut zu tun.
Und nun bezeichnete Franz sich großspurig als »Familienoberhaupt« und wollte in dieser Rolle über den Kopf seiner Mutter

hinweg ein Treffen von womöglich über hundert Leuten auf einem Gut, das als solches gar nicht mehr existierte, inszenieren. Sophie schüttelte sich, aber nicht vor Kälte, sondern vor Empörung. Was dachte sich der Junge, dieser jetzt alte Mann denn? Vielleicht, dass der durch Adalberts Verschwinden mit sämtlichen finanziellen Reserven und den Verlusten während der Weltwirtschaftskrise ohnehin schon durchlöcherte und mit der Enteignung nach 1950 durch die DDR gänzlich erloschene Glanz des einst gräflichen Gutes wie durch Zauberhand wieder aufgetaucht sei? Dass man die Uhr zurückdrehen konnte, einfach so, und alles war wieder in Butter?
Erneut durchfuhr sie ein Schauer, diesmal war es Zorn. Sie ahnte, nein, sie wusste genau, was ihr Ältester vorhatte, da konnte er noch so viel drum herumreden. Was ihn jetzt auf die Insel lockte, war bestimmt nicht seine Mutter, dazu kannte sie ihn zu gut. Nein, es war das, was nach zwei Weltkriegen von Distelitz noch oder vielleicht noch vorhanden war, auf das er spekulierte. Dieses alte Gutshaus war bestimmt nicht das Interessanteste für ihn; es war schon vor dem Krieg sanierungsbedürftig gewesen und, wie er sich sicher denken konnte, inzwischen zur Bruchbude verkommen. Der Sturm pfiff auch in dieser Nacht wieder durch alle Lücken und Löcher wie durch einen Schweizer Käse. Was jetzt noch für einen Mann wie Franz zählte, der sich großspurig Immobilienmakler und Anlageberater nannte, das waren doch lediglich die etwas mehr als sechs Hektar Land, die vom einstigen Gut, das sich einmal über ganz Wittow erstreckte, übrig geblieben waren. »Welche Möglichkeiten!«, hatte er am Telefon geschwärmt. Und sie, Sophie, war ja trotz ihres abgeschiedenen Lebens nicht weltfremd oder litt schon an Altersdemenz. Schließlich hatte auch das DDR-Fernsehen Bilder von westlichen Urlauberzielen gezeigt. Und Rügen, und da vor allem der Norden mit der Halbinsel Wittow, über die sich einst die Ländereien von Gut Distelitz erstreckt hatten, war nun einmal ein noch unverbautes, reizvolles Fleckchen, auf das

sich die westlichen Urlauber schon bald stürzen würden wie die Aasgeier.
Also spekuliert mein Sohn darauf, den einstigen Park in die Finger zu kriegen, überlegte Sophie, während sie durch das gen Osten gerichtete Fenster vor ihrem Bett den grauen Streifen am Horizont beobachtete, der sich langsam zwischen Ostsee und Himmelsgewölbe schob. Aber er weiß, dass ich nie, nie zulassen werde, dass auch nur ein Zentimeterchen von Distelitz in fremde Hände kommt. Also wird er darauf hoffen, dass ich bald in der Familiengruft verschwinde, um freie Bahn zu haben. Doch Franz scheint zu vergessen, dass wir von-Sand-Frauen zäh wie Leder sind – um vieles zäher als die Männer in der Familie. Und er vergisst das Wesentlichste, dass er nämlich nicht mein Erbe ist, nicht Erbe sein kann. Zum einen wurde Gut Distelitz nämlich seit Gottfried und Adele nur an Töchter vererbt. Zum anderen gab es da ein ganz bestimmtes Papier im Koffer unter ihrem Bett. Und außerdem gab es in München nach dieser schier endlosen Reihe von Jungen – mit der sie, Sophie, selbst angefangen hatte – endlich ein Mädchen.
Sie seufzte. Noch zu jung, viel zu jung zum Erben war die Kleine. Und außerdem Urenkelin von Franz, ausgerechnet Franz! Aber bis zum Sterben blieb noch viel Zeit.
Sophie lachte; es war ein jämmerlicher Laut, den sie mit einem Zipfel ihres Kopfkissens erstickte. Zum Lachen gab es jetzt wirklich keinen Grund.
Resolut schlug sie das Federbett zurück und schwang ihre Beine über den Bettrand. Sie betrachtete ihre Füße; in einem der Wollsocken war ein ziemlich großes Loch.
Franz kriegt nichts, dachte sie, auch nicht über meine Leiche!

»Immer noch unsere Sanddistel, was?« Franz lachte, nicht zum ersten Mal in diesem Telefongespräch mit seiner Mutter ein paar Wochen vor dem von ihm geplanten Familientreffen auf der Insel. »Ja«, meinte er dann unvermittelt, »eure DDR, die hat es uns im Westen nicht immer leichtgemacht, die …«

»Erstens«, unterbrach Sophie ihn scharf, »erstens ist es nicht ›unsere‹ DDR gewesen, denn niemand hat uns gefragt, ob wir sie wollten oder nicht. Zweitens hättest du auch nach 61 mit deinem westdeutschen Pass jederzeit auf die Insel kommen und damit den Kontakt zu deiner Verwandtschaft im Osten erhalten können. Dann würdest du nämlich jetzt objektiver über die Verhältnisse hier reden können.«

»Ich weiß, ich weiß, Sophie! Aber glaube mir, auch wir im Westen haben nichts geschenkt bekommen. Wir waren nur schneller als ihr.«

»Was du nicht sagst!« Sie stöhnte.

»Aber bald wird sich auch bei euch alles ändern, Sophie. Deine gesamte Familie steht jetzt hinter dir.« Seine Stimme wurde eine Spur dunkler. »Ich würde gern vor den anderen kommen, aber ich habe gerade eine Menge um die Ohren. Diverse Immobilienprojekte im Ausland, die kosten Zeit und Kraft. Ich bin auch jetzt schon wieder auf dem Sprung zum Flughafen.«

»Willst du meine Meinung dazu hören?« Bevor er antworten konnte, sagte sie: «Von mir aus braucht niemand zu kommen, auch du nicht. Ich lege schon seit Jahren keinen Wert mehr auf Gesellschaft dieser Art.«

»Deine Familie ist keine ›Gesellschaft dieser Art‹, Sophie!« Er lachte, diesmal klang es gekünstelte. »Rechne mit einer Invasion deiner Familie auf unserer Insel.«

Ha, Familie!, dachte Sophie. Die meisten von ihnen sind doch Fremde für mich, auch wenn jeder dieser alten und jüngeren Männer und Jungen den Namen meiner Familie trägt und vielleicht das eine oder andere Merkmal – wie etwa die Segelohren vom seligen Gottfried oder das feuerrote Haar seiner Adele – aufzuweisen hat.

Sie wechselte den Hörer von einer Hand in die andere. Ihr linkes Ohr glühte bereits.

»… auch die aus dem Osten«, sagte Franz gerade.
Und Sophies Gedanken blieben an diesem Wort »Osten« hängen. In der DDR und in den anderen kommunistischen Staaten geblieben waren einige der Nachkommen von Friedhelm, ihrem zweitältesten und in Japan verstorbenen Sohn. Auch nicht wenige, aber immerhin eine noch überschaubare Schar von Angehörigen, von denen der eine oder andere manchmal kam, um ihr zur Hand zu gehen. Keiner von ihnen stellte besondere Ansprüche. Das hatten Kommunismus und Sozialismus so an sich, dass jeder mit dem zurechtkommen musste, was er sich erarbeitete. Und über die Träume in seinem Kopf redete man nicht, die behielt man aus verschiedensten Gründen für sich.
Heinrich, dachte Sophie jetzt und musste bei dem Gedanken an diesen ihrer Enkel im Osten lächeln. Heinrich ist mir und dem Haus am treuesten geblieben. Und Adam und Bertha. Das alte Mädchen seit 1920 und ihr Adam, unser Alterchen, seit 1942.
»Diese Mauer hat alles zerstört«, sagte Franz. »Ganze Familien auseinandergerissen, nichts …«
»Weißt du, Sohn«, unterbrach sie seinen Redeschwall, »ich bin ganz zufrieden mit dem, was ich habe.«
Sie hörte ihn laut atmen, dann wechselte er das Thema: »Ich sagte doch schon, dieses neue Gesetz zum Wiederaufbau im Osten …« Er zögerte kurz. »Ist noch … noch alles da?«
Sie lachte. »Was meinst du mit alles? Vielleicht dieses alte, marode Haus, das wahrscheinlich keinen Pfifferling mehr wert ist? Den verwilderten Park, der unter Naturschutz steht – und das alles am Arsch der Welt? Na gut«, setzte sie hinzu, »die Mauern von der Familiengruft gibt es noch, aber die ist bereits voll bis zum Rand.«
»Und die Ländereien …?«
»Ländereien?«, wiederholte sie gedehnt. »Du scheinst vergessen zu haben, dass dein Vater bis 1921 alles verscherbelt hatte.«

»Nicht alles«, widersprach er. »Es gab noch Felder, Wiesen, Waldstücke. Ich kann mich erinnern …«
Jetzt wurde Sophie böse.
»Nicht genug, um dieses Haus und dich und deine Brüder nach dem Verschwinden eures Vaters einigermaßen über Wasser halten zu können!«, erklärte sie in scharfem Ton. »Außerdem hatte jeder von euch so seine Ansprüche, falls du das vergessen haben solltest!«
Einen Moment lang schwiegen sie beide.
»Aber die Bilder, Sophie. Das Familiensilber. Und Adeles Schmuck! Nach dem Krieg hast du davon geredet, dass du die Sachen irgendwo im Keller vergraben hattest, bevor die Russen kamen.«
»Alles futsch, mein Junge.«
»Futsch? Alles?«
Es dauerte eine Weile, bis er sich wieder gefasst hatte. Nur der Jubilierton in seiner Stimme war weg.
»Aber das Gutshaus gibt es noch. Welch eine tröstliche Vorstellung, Sophie – unser Haus als Ort der Wiedervereinigung der von-Sand-Familie. Ein Treffen auf heimatlichem Grund und Boden!«
»Ja«, sagte sie, »das muss man sich mal vorstellen – hundertvierzig von Sands auf heimatlichem Grund und Boden.«
Sie hörte ihn seufzen.
»Warum bist du so bissig, Sophie?«
Sie kniff die Lippen zusammen, drängte bestimmte Erinnerungen zurück und betrachtete dabei die kargen Reste der dunklen, vom Alter fast schwarz gewordenen Holzvertäfelung an den Wänden des einstmals so glanzvollen und von dem großen Lüster in der Mitte und unzähligen Wand- und Stehlampen immer hellbeleuchteten Foyers und dann das brüchige Treppengeländer, die von vielen Füßen blankgewetzten Marmorstufen, die zur Empore des oberen Geschosses führten. Sie spürte den kühlen Luftzug, der durch den großen Raum strich und sie

trotz ihrer dicken Strickjacke frieren ließ. Wieder schloss sie die Augen und roch das Alter und die Zeit, die schon lange an diesem Gebäude nagten und es verfallen ließen, weil nichts und niemand sie aufzuhalten vermochte, kein guter Wille, nicht der beste Architekt und auch kein Geld. Sie hörte das leise Rascheln der letzten Körner, die durch die Sanduhr der Zeit und ihres eigenen Lebens liefen. Falls wirklich jemand dieses Haus einmal übernehmen sollte, überlegte sie, wird er schnell erkennen, dass nicht einmal Idealismus den Verfall noch aufhalten kann. Er muss nach vorn schauen, denn die Vergangenheit lässt sich nicht wiederholen. Und das Neue lässt sich dem Alten nicht aufzwingen, denn es würde das, was einmal war, verwischen und der Vergessenheit überlassen. Es reicht auch nicht, dieses Haus, diesen Platz hier zu mögen, vielleicht sogar zu lieben und seine Erinnerungen in Ehren halten zu wollen. Denn so wie Menschen sterblich sind, fallen auch einst festgefügte Mauern irgendwann in sich zusammen.

»Alles wird sich zum Guten wenden. Das verspreche ich dir«, meldete Franz sich wieder.

»Versprich nichts, was du nicht halten kannst«, entgegnete sie. Und leise, mit einem Hauch milder Wehmut und Traurigkeit, fügte sie hinzu: »Vergiss nicht, dass ich dich kenne … seit dem Tag deiner Geburt vor jetzt fast achtzig Jahren.«

Schon als kleiner Junge hatte Franz den Mund meistens zu voll genommen, erinnerte Sophie sich, als sie nach dem Anruf ihres Sohnes in der düsteren und ziemlich leeren Bibliothek saß und sich am flackernden Kaminfeuer wärmte. Es war einer dieser Abende im Frühling, an denen der immer kühle Nordostwind von der See über die Steilküste im Norden der Insel stürmte, die fast kahlen Stämme der noch jungen Buchen im weitläufigen Park rund ums Gutshaus zum Ächzen und Knarren brachte, die losen Dachziegel und alten Fensterläden am Haus klappern ließ, in alle Ecken und durch trockenes Laub am Boden fuhr und dann stöhnend und fauchend ins flache Land mit seinen zart grünenden Äckern und Wiesen einfiel. Regen, vermischt mit Graupelschauern, klatschte gegen die hohen Fenster, Nässe und Kälte zwängten sich durch Risse und Ritzen in den brüchigen Rahmen ins Innere. Die dünneren Zweige der einzigen mächtigen Buche auf dem Anwesen, die schon zu Lebzeiten von Sophies Ururgroßmutter alt gewesen war und die Kahlschläge auf der Insel überlebt hatte, fingerten kratzend über den hölzernen, schon lange nicht mehr benutzbaren Balkon an der Südmauer des Gebäudes. Und unten am Strand schlugen die Wellen mit Getöse gegen die einst von Riesenhand ans Ufer geschleuderten Steine. Die Dunkelheit draußen war voller Geräusche, voller Töne und wilder Gesänge. Sophie kannte sie alle, seit über neunzig Jahren hörte sie selten etwas anderes. Sie kannte auch die Geräusche im Haus, wo alles atmete, knackte, raschelte oder knisterte – im Gebälk, in Schränken und Truhen, in rostenden Scharnieren, unter den schmalen Treppenstufen aus Holz, die vom Gang zur Küche nach oben zum Dachgeschoss führten. Sogar der alte Holzboden in der Bibliothek schien sich in solchen Nächten wie dieser zu regen, zu seufzen und Geschichten aus der Vergangenheit zu erzählen.

»Sophie« hat der Junge mich genannt, ging ihr durch den Kopf. Wann hatte Franz damit aufgehört, sie »Mutter« zu nennen? Hatte er überhaupt einmal »Mutter« zu ihr gesagt?

Es fiel ihr nicht ein, und sie zog den flusigen Wollschal enger um ihre im Alter schmalgewordenen Schultern und versuchte sich ihren Sohn als nun alten Mann vorzustellen. War er Adalbert, seinem Vater, ähnlich? Doch an das Aussehen des Erzeugers ihrer fünf Söhne konnte sie sich nur noch schwach erinnern, da sie vor dem Einmarsch der russischen Armee auch alle Fotoalben irgendwo im weitläufigen und im Lauf der Zeit teilweise eingestürzten Keller vergraben hatte. Und außerdem hatte sie ihn ganz bewusst aus ihren Erinnerungen gestrichen. Adalbert war Forscher, Weltreisender und Genießer der schönen und leichten Dinge des Lebens gewesen, außerdem ein Dieb und Betrüger. Dass Adalbert verschwand, war Pech und Glück für mich, sagte Sophie sich nicht zum ersten Mal. Pech, weil sie von heut auf morgen mit fünf kleinen Kindern und einem nach dem Ersten Weltkrieg langsam, aber sicher verkommenden Gut mit zu wenigen Arbeitskräften und einem vom Gatten ohne ihr Wissen geleerten Bankkonto dastand. Glück, weil sie diesen zu jeglicher Arbeit auf dem Gut unfähigen, dafür umso lebenshungrigeren Ehemann endlich losgeworden war. Glück ebenfalls, weil zu diesem Zeitpunkt außer ihrer Mutter und deren Mutter auch noch ihre Urgroßmutter lebte, alles Frauen, die ähnliche Erfahrungen mit ihren Ehemännern gesammelt hatten und trotzdem nie auf den Gedanken gekommen waren, den früh Flüchtigen auch nur eine einzige Träne nachzuweinen. Also weinte auch Sophie ihrem Adalbert keine Träne nach. Jedenfalls keine öffentliche.

Auf Distelitz war in dieser Zeit sowieso eine Menge zu regeln und zu tun gewesen. Geblieben waren Sophie und den älteren von-Sand-Frauen außer dem maroden Gutshaus und verfallenden Nebengebäuden nur Schulden sowie ein paar Gemälde, die alte Familienbibel, das unhandliche, schon immer selten benutzte Familiensilber und jener Familienschmuck, den Gottfried einst seiner Adele geschenkt hatte und der seitdem von Frau zu Frau vererbt wurde. Doch die Freude daran beziehungsweise darüber war kurz, denn die Zeit, in der sich Deutschland zwar von den Folgen des Ersten Weltkrieges, der Weltwirtschaftskrise und anderen Widrigkeiten erholte, gleichzeitig aber den Zweiten ins Auge zu fassen begann, und in der ihre fünf Söhne zu Männern mit standesgemäßen Ansprüchen heranwuchsen, forderte auch von Sophie immer wieder neue Opfer.

Sie kuschelte sich in Adalberts alten Ohrensessel. Zwischen Herbst und spätem Frühling waren die Küche mit dem riesigen Eisenherd und die Bibliothek mit ihrem offenen Kamin die einzigen beheizten Räume im ganzen Haus. Im Foyer war es eisig kalt, und auch im Obergeschoss, wo es nach den Umbauten nach der Gründung der DDR nun mehr als zwanzig Schlafräume gab, herrschten Kälte und Feuchtigkeit, der Schimmel hatte sich in allen Ecken festgesetzt, der Putz bröckelte, die Linoleumböden schlugen Wellen. Trotzdem hatte Sophie sich hier oben eines der Eckzimmer als Schlafraum eingerichtet, nachdem auch Adam und Bertha wieder zurück ins Haus gekommen waren und Sophies ehemaliges Zimmer zwischen Küche und Bibliothek bezogen hatten, in dem ein kleiner Kachelofen allen Abrissversuchen widerstanden hatte.

Schon Anfang der dreißiger Jahre hatten die von-Sand-Frauen auf den Trümmern des linken Nebengebäudes, in dem früher die Landarbeiter und ein Teil des Hauspersonals gewohnt hatten, einen großen Küchengarten angelegt, in dem sie Kartoffeln, Obst und Gemüse anbauten. Zwischen den Apfelbäumen auf der Obstwiese, die an die alte Remise auf der rechten Seite grenzte, liefen damals Ziegen und mindestens drei Dutzend Hühner herum, während sich die Schweine im Schlamm hinter der Remise suhlten. Im Stall standen die letzten Pferde eines noch zu Zeiten von Adalbert prächtigen Gestüts, bis sie von der Wehrmacht beschlagnahmt wurden. Inzwischen waren die Nebengebäude fast vollständig in sich zusammengefallen. Nur die Kellerräume darunter existierten zum Teil noch – ebenso alt wie das Gutshaus. Dafür, dass sich niemand in diese Unterwelt verirrte und womöglich von nachrutschendem Erdreich verschüttet wurde, hatten Sophie und Adam kurz vor Kriegsende gesorgt, Öffnungen mit Brettern vernagelt, Schuttberge aufgehäuft, Mauern aus Feldsteinen hochgezogen. Die meisten von diesen Durchgängen waren noch immer nicht wieder geöffnet worden.

Wozu auch, dachte Sophie, während sie in die Glut auf dem Eisenrost sah und dem Sturm zuhörte, der ums Haus tobte. Der alte Gottfried, der den Boden unter den Gebäuden durchgegraben hatte wie ein Maulwurf, wird seine Gründe für den Erhalt dieser Unterwelt gehabt haben. Wir, Adam, Bertha und

ich, brauchen nicht mehr als den Kellerraum für die Kohlen, einen für unsere Vorräte und dann noch den anderen, den wir nach dieser enormen Apfelernte vor ein paar Jahren endlich freigeräumt haben – weil da nämlich die Geräte für meine heimliche Schnapsbrennerei zu finden waren.
Ein plötzlicher Windstoß fauchte durch den Kaminschlot, die Glut stob auseinander und spritzte funkelnde Sterne gegen das Schutzgitter. Ein paar davon fielen auf den alten Holzboden. Sophie streckte die Füße aus und zertrat die glühenden Reste mit ihren ausgelatschten Pantoffeln. Das fehlt noch, dachte sie, dass das Haus in Flammen aufgeht, bevor Franz und die anderen sich davon überzeugt haben, dass hier nichts, aber auch gar nichts mehr zu holen ist außer ein paar Erinnerungen und vielleicht etwas Sehnsucht nach der Rückkehr längst vergangener Zeiten.
Vielleicht tue ich ihm in manchen Dingen Unrecht, überlegte sie. Tief in ihrem Inneren war sie überzeugt davon, dass auch die eine oder andere positive Saite in ihrem ältesten Sohn war. Doch deren Klang wurde von den schrillen Tönen in seinem Wesen überdeckt. Das Gute in ihm war und blieb wohl für immer verschüttet. Inzwischen war er sechsundsiebzig, nur sechzehn Jahre jünger als sie, seine Mutter. Ein alternder Mann, der zeit seines Lebens mit sich selbst nicht ins Reine hatte kommen können. Ein Träumer, ein Gratwanderer, ein Verlierer war und ist er, sagte sie sich. In Liebe gezeugt und von uns Frauen mit großen Erwartungen überhäuft. Kein Wunder, dass er immer wieder scheitert.
Na ja! Sophie keckerte leise vor sich hin, halb bedauernd, halb amüsiert. Die Frauen auf Distelitz hatten ihren Männern schon immer ziemlich harte Nüsse zum Knacken gegeben, sie nicht ausgeschlossen.
»Gibt es etwas zum Mitlachen?«, fragte Bertha, die mit einer Kanne Tee und zwei Henkelbechern auf einem Tablett in die Bibliothek kam. Sophie schnupperte in den Dampf, der aus der Kannentülle stieg und sich im Raum verteilte. Er roch nach

Kräutern, die sie und Bertha in jedem Jahr auf den Wiesen und in den Wäldern der Insel sammelten und in der alten Remise in Bündeln trockneten und die dann als Tee verbraucht oder in Salben und Cremes verarbeitet wurden, welche Sophie auf den Wochenmärkten in der Umgebung verkaufte.
»Friedhelm«, sagte Sophie. »Erinnerst du dich an Friedhelm?«
»Wie könnte ich Friedhelm vergessen, da wir doch seine Zwillinge Heinrich und Dietmar hier im Haus hatten«, meinte Bertha. »Viel mehr als diese beiden hat er ja nicht hinterlassen, als er 49 in Japan an der asiatischen Grippe starb.«
Sophie nickte. »Er war immerhin noch bei Verstand, als er in seinem Testament verfügte, dass seine verschiedenen Innereien der medizinischen Forschung in seiner Wahlheimat zu übergeben und der Erlös daraus für seine Überführung in die Familiengruft sowie für die Flugkosten seiner beiden Söhne aus erster Ehe nach Deutschland genutzt werden sollten.«
Bertha goss Tee in beide Becher. »Ein Glück für uns, zumindest was Heinrich betrifft.«
Sophie lächelte bei dem Gedanken an diesen ihrer diversen Enkel. Heinrich, dessen Frau schon gestorben war, lebte seit vielen Jahren in Erfurt und damit in der Nähe seines älteren Sohnes Walter und dessen bisher einzigem Sohn René, während es Dietmar nach Dresden und seine zahlreichen männlichen Nachkommen unter anderem nach Polen, Rumänien und Tschechien gezogen hatte.
»Heinrich ist ein Glücksfall.«
»Scher nicht alle anderen über einen Kamm, bloß weil dein Franz so ist, wie er ist.«
»Ja, ja, ich weiß.« Sophie seufzte. »Du hast recht. Ich bin eine störrische, verbitterte Alte, die nicht akzeptieren kann, dass ihre Zeit fast vorbei ist. Eben eine Sanddistel, die auch noch zusticht, wenn Blätter und Blüte schon vertrocknet sind.«
Dann stieß sie einen noch längeren Seufzer aus. »Ach, Bertha, warum konnten wir nie die Zeit aufhalten, damit alles so blieb,

wie es einmal war? Und warum ist dieses Theater um die Mauer und die Wiedervereinigung für unsereinen kein Grund zum Jubeln? Schließlich haben wir im Osten nach dem Krieg auch weitergelebt, und nun soll auf einmal alles, was wir uns geschaffen haben, nichts mehr gelten, bloß weil der Westen uns jetzt vor Augen halten kann, dass wir und der Kommunismus und Sozialismus in unserem Land schon Fossilien sind?«

Draußen hatte der Sturm noch zugenommen, riss an allem Beweglichen, schlug die alten Fensterläden gegen das Gemäuer und klapperte mit den Dachschindeln.

»Du siehst Gespenster, Sophie.« Bertha reichte ihr einen der Becher. »Trink erst mal was Heißes, bevor du weitergrübelst. Dieses feuchtkalte Wetter zieht einem alle Wärme aus dem Körper und verdustert die Seele, da wirkt ein guter Tee wahre Wunder.« Sie rückte sich einen der Stühle, die um den runden Tisch in der Mitte der Bibliothek standen, in die Nähe des Kamins. Unvermittelt sagte sie: »Vergiss nicht, dass es bei denen im Westen jetzt auch ein Mädel gibt.«

»Richtig. Beatrice VII. von Sand.« Sophie schmeckte den Namen auf ihrer Zunge.

Sie sah Bertha an, die Gefährtin vieler Jahre, Jahrzehnte, betrachtete das runzelig gewordene, ermüdete Gesicht, das ihr eigenes Altern widerspiegelte. Sie schaute forschend in die mit den Jahren matt gewordenen Augen unter den noch immer dicken, nun weiß wie Mehlstaub wirkenden Brauen und dachte daran, dass es gute Augen waren, deren Blick sie noch immer wärmte und stärkte, manchmal und auf freundschaftliche Art und Weise auch verspottete oder maßregelte und sie oft an ihre Grenzen zu erinnern wusste.

Dann bewegte Bertha sich auf ihrem Stuhl; sie beugte sich vor. »Du solltest diesen alten Sessel endlich auf den Müll werfen. Der ist viel zu groß für dich.« Sie sah sich um. »Überhaupt ist hier vieles zu groß für dich geworden.«

»Adalbert hat oft hier gesessen.«

»Dein Adalbert, ja, der hat hineingepasst. Der hat damals den Sessel ausgefüllt, so stattlich war er.«
»Er war ein Schuft«, sagte Sophie.
Adalbert hatte nämlich vor etwa sieben Jahrzehnten zum letzten Mal in diesem Sessel gesessen, genau an dem Tag, an dem Bertha das Gutshaus, in dem ihre Mutter als Köchin arbeitete, betreten hatte, um als Kindermädchen die Aufgabe zu übernehmen, fünf kleine, zum Teil noch in den Windeln steckende Jungen unter einen Hut zu bringen. Am nächsten Morgen war er weg, sozusagen vom Erdboden verschwunden. Inzwischen war das Leder des Ohrensessels brüchig und rissig geworden. Das Füllmaterial quoll heraus und stank bei feuchtem und kaltem Wetter wie ein ganzer Schafstall. Und das Holz knarrte bei jeder Bewegung, denn das Monstrum hatte viel Zeit an anderen und weniger einladenden Orten verbracht – zuerst auf dem staubigen Dachboden, dann in der Remise zwischen anderem Müll aus FDGB-Zeiten, dann im Keller, bevor Sophie und Adam es wieder hochgewuchtet, gereinigt und in der Bibliothek an den Kamin gerückt hatten. Schon vor Jahren hatte Adam das alte Ding verbrennen wollen, weil er nicht mehr wusste, wo er noch flicken, kleben oder nageln sollte. Aber da ließ Sophie nicht mit sich reden, das Erbstück, das schon Generationen vor ihr in Ehren gehalten hatten, musste bleiben, in diesem düsteren Raum und wieder genau an demselben Platz wie zu Adalberts Zeiten und wahrscheinlich schon vor einigen Hundert Jahren.
»Du solltest das Monstrum rausschmeißen.«
»Das Monstrum bleibt!«
Bertha seufzte.
»Franz hat sich nach Adeles Schmuck erkundigt«, sagte Sophie.
»Oh!« Bertha zog ihre Mehlbrauen hoch. »Und … hast du …?«
»Ha!«
»Dann ist man gut.«

Lange saßen die beiden Frauen nur da, schwiegen und schauten den Flammen im Kamin zu und auf die brüchig gewordenen Kacheln, mit denen er eingefasst war und auf denen der selige Gottfried die Geschichte seiner adligen Herkunft in Miniaturen hatte verewigen lassen. Die Farben wirkten verblasst, die Glasur, von der Hitze und vom Alter gerissen, legte sich gleich zarten Spinnennetzen auf Jagd- und Ballszenen, auf winzige, kaum noch erkennbare Gesichter, über die Konturen von einstigem Prunk und Wohlstand. Zuweilen, wenn eine der Flammen aus dem Holzrest hochleckte, schienen sich die Figuren einen Moment lang zu bewegen, schienen zu unhörbarer Musik über glänzende Böden zu schweben, dann flogen winzige Jagdhunde hinter einem Hirsch her, da beugten sich kräftige Buchen im Sturm und flatterten Segel am Mast eines Schiffes auf dem Meer.

»Ich war damals sechzehn und hatte keine Ahnung von Kindererziehung«, sagte Bertha unvermittelt. Sophie lachte, und dabei tanzten die Faltenkränzchen in ihrem Gesicht lustig hin und her.

»Ich auch nicht, obwohl ich schon zwanzig war und fünf Kinder hatte. Und auch sonst wusste niemand hier im Haus genau, wie man Jungen erziehen sollte. Mädchen ja, aus denen wäre etwas Ordentliches geworden.«

Bertha verzog ihren großen Mund, so dass er noch breiter wirkte.

»Das kommt davon.«

»Ich weiß nicht, wovon du redest.«

»Davon, dass ihr von-Sand-Frauen seit jeher die Eigenheit habt, eure Männer früh aus dem Haus zu treiben.«

»Jede von uns hatte ihre Gründe.« Sophie trank ihren Becher aus und erhob sich. Einen Moment lang stand sie nur da und horchte mit schiefgelegtem Kopf auf das Heulen des Windes draußen und auf die Geräusche im Haus. Irgendwo hoch über ihnen tropfte es, kaum hörbar, aber stetig.

»Wieder das Dach«, erklärte Bertha. »Überall sind Löcher, seit neuestem auch in der Decke zum Dachboden. Bei dem Regen sollten wir bald Eimer aufstellen.«

»Das Haus ist wie ich – überall Löcher und Wunden, in denen die Zeit herumbohrt.« Sophie hustete und lachte dann heiser. »So«, sagte sie. »Bevor es hier noch kälter wird oder sogar bis nach unten durchregnet und auch du noch sentimental oder zornig wirst, sollten wir lieber Schluss machen mit dem Lamentieren und ins Bett gehen.«

Sentimentale Stimmungen hatte sie sich in ihrem bisherigen Leben äußerst selten erlaubt. Manchmal in ihren jüngeren Jahren und wenn sie an ihre Söhne dachte, die sie gar nicht richtig kennengelernt hatte, weil sie so früh fort und damit aus ihrem Leben gegangen waren, gab es diese Momente, in denen ihr Herz seltsam weich geworden war. Oder wenn sie sich an die Zeit mit Adalbert erinnerte, den sie im Alter von fünfzehn Jahren geheiratet hatte, nein, heiraten musste und auch wollte, weil er sie auf einer Wiese des Gutes zwischen reifenden Ähren, Kornblumen und Mohnblüten zum ersten Mal geschwängert hatte und sie ihn trotz all seiner Fehler und Schwächen und Liebschaften bis zu dem Moment leidenschaftlich liebte, in dem er sie für immer verließ. So etwas konnte er mit all den anderen Mädchen und Frauen in seinem Leben machen – aber nicht mit ihr! Da stieß sie ihm ihre Distelstacheln ins Fleisch, da verbannte sie die Erinnerung an sein schönes Gesicht, an seine dunklen Augen, in denen sie sich vom ersten bis zum letzten Tag ihres Beisammenseins verlieren konnte, auch die Erinnerung an seinen kräftigen, athletischen Körper, an seine melodische Stimme, seine begehrlichen Hände und Berührungen, sein mitreißendes Lachen, seine eleganten Bewegungen, seinen unwiderstehlichen Charme … verbannte einfach alles, was er einmal für sie gewesen war, für immer. Danach war sie

gefeit gegen jeden, nun, gegen fast jeden Mann, der ihren Weg kreuzte.
Das stimmt nicht, das mit dem Vergessen, sagte sie sich jetzt, während sie kurz nach Sonnenaufgang im Küchengarten das Unkraut zwischen zarten Salatköpfen und Karotten-, Bohnen- und Kohlrabigrün zupfte. Wenn sie nämlich ehrlich war, dann hatte sie nichts vergessen, nicht einen Tag dieser Zeit mit Adalbert. Schon gar nicht für immer vergessen, das war überhaupt nicht möglich, denn wenn sie einen ihrer Söhne oder später einen ihrer ersten Enkel aus Friedhelms Verbindungen angesehen hatte, erkannte sie hier schon wieder den Schwung von Adalberts Lippen in ihren Gesichtern oder da diesen Blick, der sie noch immer tief im Inneren berühren konnte. Oder sie hatte das Elegante wiedererkannt, mit der ihre Söhne sich wie einst ihr Vater auf ein Pferd schwangen, um loszupreschen, wild, zügellos. Da wurde sie weich und verletzlich, ganz von innen her.
Obwohl Sophie jedes Kleidungsstück, das sie an diese Vergangenheit und ihre hellen Träume hätte erinnern können, verräumt oder sogar vernichtet hatte, öffnete sie zuweilen diesen wuchtigen, längst wurmstichigen Kleiderschrank, den sie nach Adalberts Verschwinden aus ihrem Schlafzimmer entfernt hatte und der den gierigen Augen und Händen der Roten Armee und später auch der Neugier nach alten Werten Wühlender entgangen war, weil er in einer dunklen, von dichten Vorhängen aus Spinnweben verdeckten Ecke auf dem weitläufigen Dachboden allmählich verrottete. Dann atmete sie den Geruch der für immer verlorenen Zeit ein. Und dann wurde ihr fast schmerzhaft bewusst, dass auch sie und dieses mehr und mehr verfallende Haus auf dem besten Weg waren, sich in eine Art Dornröschenschlaf zurückzuziehen, aus dem es kein Erwachen mehr geben würde, weil die Prinzen schon vor langer, sehr langer Zeit verschwunden oder gestorben waren.
Das muss am Älterwerden liegen, dass mehr und mehr Erinne-

rungen auftauchen, dachte sie, während sie sich aufrichtete, einen Haufen Unkraut in der Hand, und ihren schmerzenden Rücken streckte. Vom Garten aus hatte sie einen freien Blick auf die See, wo sich dunkle Wolken zusammenzogen und leiser Donner grollte. Etwas Regen wäre gut, überlegte sie; nicht zu viel, sonst ersäuft mir hier alles, und dann der Dreck in der Küche und Berthas Gezeter. Sie kicherte in sich hinein, weil sie plötzlich an die Frauen vor ihr denken musste. Genauso wie sie hatten sie von dieser Stelle aus nach dem Wetter geschaut und sich Gedanken über zu viel Nass im Küchengarten und den Schmutz auf dem Parkett im Foyer gemacht.
Damals, zur Zeit ihrer Großmutter, waren alle Räume im Haus noch hell, warm und gemütlich, auch im Foyer prasselte das Feuer im großen Kamin, überall standen Bodenvasen mit frischen Zweigen oder späten Blüten aus dem Park, dazwischen der schwarzglänzende Flügel und hübsche weiche Sofas und Sessel und niedrige Tischchen auf wertvollen Teppichen auf dem Parkettboden, darüber der riesige glänzende und stets leise, ganz leise klirrende Kronleuchter aus Kristall, dessen Licht jeden Winkel und sogar die Bildergalerie entlang der Treppe nach oben beleuchtete. »Salon« nannte man das Foyer damals, und in diesem »Salon« versammelten sich bis kurz vor dem Ausbruch des ersten großen Krieges im Jahre 1914 Künstler, Philosophen, Diplomaten und Politiker, die sogar aus Berlin anreisten. Silvester wurde zum rauschenden Fest, und in den Sommernächten brannte unten am Strand ein knisterndes, funkensprühendes Feuer, um das die Gäste tanzten oder über das sie sprangen, paarweise und Hand in Hand, auf ihren Gesichtern ein berührender Glanz und die Sehnsucht nach Unbenennbarem. Und Sophie, das Kind, das heranwachsende Mädchen, mitten unter ihnen. In diesem Salon hatte sie mit Adalbert getanzt, Jahre später mit Sergej, dem wundervollen Pianisten und Liebhaber, und noch später einmal mit Jakob, dem dritten Mann in ihrem Leben, den sie geliebt und mehr gebraucht hat-

te als die anderen beiden. Einmal hatte sie mit ihm getanzt, ein einziges Mal nur und in einer Zeit, die vollgepresst war mit Misstrauen, Angst und Hoffnungslosigkeit.

Sie schmiss das gezupfte Unkraut mit energischem Schwung auf den Komposthaufen, wollte dabei auch diese plötzlich lebendig werdende Erinnerung an jenen Winter 44/45 loswerden. Doch das war nicht so einfach, also musste sie die Bilder, die da auftauchten, zulassen. Das war der härteste Winter seit vielen Jahren gewesen, die Ostsee an ihren Rändern zugefroren, die Steine mit einer dicken Eiskruste am Ufer, und zwischen den Steinen, auf einer gefrorenen Schicht von Tang und Dreck dieser Mann, dieser Tote, dessen Uniform nur noch aus spärlichen Fetzen bestand, der keine Erkennungsmarke, keinen Ausweis, keine Briefe von Angehörigen bei sich trug, weil der Sog, die unermüdlich zugreifende Kraft des Wassers sie fortgetragen hatte. Nur dieses verwaschene, zerknitterte Foto, das eine fremde junge lachende Frau zeigte, fand sich später im Rest seiner Uniformjacke, genau da, wo der zerrissene Fetzen Stoff über seinem Herzen lag. Vielleicht, hatte Sophie damals gedacht, vielleicht war er Engländer, vielleicht Amerikaner oder Russe, vielleicht sogar ein deutscher Soldat, über der See abgeschossen, von einem torpedierten Schiff über Bord gegangen, verletzt oder schon tot, von der eisigen Kälte gnädig umfangen und von den stürmischen Wellen hierhin und dorthin getragen, langsam entkleidet und schließlich an Land gespült. Es war ihr in diesem Moment egal, wer er war, denn jeder Tote sah seltsam einsam und in sich zurückgezogen aus, und diese sichtbare Einsamkeit berührte ihr Herz mehr als die Bilder von Flüchtlingsströmen, von brennenden oder schon zerstörten Städten, die jetzt in allen Zeitungen zu sehen waren.

Sie war an diesem Morgen die Stufen vom Park zum Strand hinuntergestiegen, dann sah sie den Toten, und sein Gesicht war so weiß und glänzend wie die dicke Eisschicht auf den rundlichen Steinen am Ufer. Die weißlich grünen Schaumkronen der auflaufenden Wellen hatten sich auf einem seiner Stiefel und an den spärlichen Resten seiner Kleidung festgesetzt und waren dort zu Eis geworden und erinnerten Sophie an das Eiweißgebäck aus Berthas Küche. Das hatte ihre Freundin im zweiten Jahr dieses Krieges zum letzten Mal gebacken und mit Pistazienkernen verziert, an dem Tag, als sie endlich ihren Jugendfreund Adam heiraten konnte, den man wegen einer Kriegsverletzung vorzeitig nach Hause auf die Insel geschickt hatte. Der Unbekannte war nicht der erste Tote, den Sophie sah, denn sie hatte schon zwei Jahre zuvor den größten Teil ihres Hauses für die Einrichtung eines Erholungsheimes für Verwundete freigegeben. Aber dieser Tote am Strand war jünger als alle anderen, die sie in den damals fünfundvierzig Jahren ihres Lebens zu sehen bekommen hatte. Bei seinem Anblick erhielt der Panzer, den sie in dieser schrecklichen Zeit, nein, wahrscheinlich schon sehr viel früher, um ihr Herz gelegt hatte, um überleben zu können, einen Riss. Sie dachte an Franz und Felix, ihre Söhne, die in diesem Krieg noch kämpften, der eine auf deutschem, der andere auf afrikanischem Boden, beide vielleicht schon verwundet oder bereits gefallen, ohne dass man es wusste, und nun irgendwo in fremder Erde vermoderten und deren Knochen auch ihre Knochen waren, deren Blut auch das ihre war. Sie dachte, während sie das Gesicht aus Eis auf dem gefrorenen Ufer betrachtete, an ihren Sohn Friedhelm in Japan, an Carlos, der irgendwo in Kolumbien lebte, und an Claus, der in Australien wahrscheinlich noch immer in einer sandigen Grube nach Smaragden grub. So verloren wirkte dieser fremde und tote Junge vor dem bedrohlich dunklen Himmel, vor der anstürmenden See und all dem Eis am Ufer, dass sie sich neben ihn hockte, ihre Hose, eine alte Trainingshose von Adam, und Schuhe, ebenso alt, nun feucht vom Wasser und kalt vom Sturm, und die erstarrte, von Krebsen oder Fischen oder von der stürmischen See selbst angenagte Hand des einsamen Fremden mit ihren eigenen kalten und noch ganzen Händen umhüllte, in der

törichten Hoffnung, sie zu wärmen oder sich von ihr wärmen und vielleicht auch trösten zu lassen, für einen Moment nur, einen Herzschlag lang. Gemeinsam mit Adam und Bertha hatte sie den Toten die endlosen Treppen zwischen Strand und dem oberen Rand der Steilküste hinaufgetragen und ihn dann in der Familiengruft beisetzen lassen. Das Foto hatte sie zusammen mit ein paar von den Fetzen seiner Kleidung in ein unscheinbares Kästchen gelegt und in der Bibliothek verwahrt und noch später, als sie Distelitz verlassen musste, mitgenommen. In den folgenden Jahren hatte sie dieses Kästchen immer wieder geöffnet, um den Inhalt anzusehen oder ihn jemandem zu zeigen, der vielleicht etwas damit anfangen konnte. Schließlich hatte jemand, ein Feriengast aus Berlin, das Foto mitgenommen, um es seinen Bekannten und Freunden zu zeigen. Doch damit war nur das Bild aus ihrem Leben verschwunden, nicht aber die Erinnerung an jenen Unbekannten und die Hoffnung, dass sich dieses Rätsel doch einmal lösen würde.
Der steinerne Sarg stand noch immer in der Gruft zwischen den Särgen und Urnen der toten von Sand. Und manchmal stieg Sophie die Steinstufen hinunter, legte ihre Hand auf den Stein und dachte an Adalbert, den Vater ihrer Söhne, der vielleicht noch lebte oder vielleicht doch schon in einem Sarg aus einer japanischen Tischlerei unter der Erde lag. Und für den und für ihre ihr fremd gewordenen Söhne dieser Fremde ein Ersatz war.
»Hör endlich auf, sentimentale Alte!«, schalt Sophie sich laut. Vom Zaun flog zeternd eine Amsel auf, als sie mit der Hacke wie wild in die trockene Erde rund um die Bohnenschösslinge schlug. »Verrückte Alte!«, keuchte sie, als sie endlich damit aufhören konnte.

II

Der Zeitpunkt für das erste Treffen derer von Sand aus Ost und West, aus Nord und Süd auf Distelitz, das er, Franz, nach reiflicher Überlegung für Juli und August 92 geplant hatte, war seiner Meinung nach gut gewählt. Die überschäumende Euphorie auf beiden Seiten Deutschlands nach dem Mauerfall hielt sich nun in erträglichen Grenzen. Die Schäden, die Kommunismus und Sozialismus im Osten angerichtet hatten, wurden überschaubarer – was man von den Kosten, die der Bundeskanzler dafür dem Westen aufzuerlegen gedachte, allerdings nicht behaupten konnte.

»Es war vernünftig von euch, erst einmal abzuwarten«, erklärte Franz den diversen Vertretern aus jedem Zweig in Sophies Familie, mit denen er dank der ausgeklügelten Telefonanlage in seiner Penthouse-Wohnung im 23. Stockwerk eines Frankfurter Bankhauses gleichzeitig verbunden sein konnte. »Als ich und mein Sohn Robert am vergangenen Wochenende zur Vorbereitung unseres Treffens auf der Insel waren, lag noch immer viel im Argen. Sehr viel!«, betonte er dramatisch. »Sogar für mich, der unser Haus am längsten von uns allen kennt, war es ein schockierendes Erlebnis.« Er holte hörbar Atem und wischte sich mit dem Handrücken über die Stirn, bevor er richtig loslegte: »Vierzig Jahre lang hat sich niemand darum gekümmert. Jahrzehntelang hat niemand auch nur einen Handgriff unternommen, um den allgemeinen Verfall aufzuhalten. Und erst unser Park, dieses einstige Kleinod – jetzt völlig verwildert. Fast alle Bäume sind verschwunden, der Rest eine ungepflegte Wildnis.«

»Wirklich eine Schande«, regte sich jemand in der Ferne auf. »Ich verstehe Sophie ... äh ... deine Mutter, unsere Großmutter nicht. Es muss doch auch nach dem Krieg noch einiges an Vermögen vorhanden gewesen sein – wie konnte sie dann diesen Verfall zulassen!«

»Vergiss nicht, diese DDR hatte sich unseren Besitz unter den Nagel gerissen«, erinnerte ein anderer Gesprächsteilnehmer. »Enteignet! Staatseigentum! Sophie hätte gar nichts unternehmen können. Sie hat Distelitz erst jetzt wieder zurückkaufen können.«

»Also ist doch Vermögen vorhanden!«, rief eine Stimme erfreut.

»Wenn jemand erbt, dann doch wohl …« Franz biss sich rechtzeitig auf die Zunge. »Zurück zum Thema«, bestimmte er dann. »Sophie hat nichts mehr im Griff, kein Wunder in ihrem Alter.«

»Senil?«

»Demenz?«

»Etwa Alzheimer?«

»Pflegefall?«

Franz zögerte. Er wollte schon antworten: »Alles möglich, immerhin ist sie im gesegneten Alter von jetzt zweiundneunzig Jahren.« Das hätte ihm bei der zu erwartenden Diskussion um die Durchsetzung seiner Pläne für Gut Distelitz wahrscheinlich eine Menge Erklärungen und auch Überzeugungsarbeit erspart. Doch unwillkürlich erinnerte er sich an die zwei Tage bei seiner Mutter, die für ihn aus verschiedenen Gründen weniger erfreulich als anstrengend und deprimierend gewesen waren. Er hatte seine Mutter lange nicht mehr gesehen und war mit der Vorstellung auf die Insel gekommen, eine alte, schon sehr alte und gebrechliche Frau anzutreffen, die zwar noch immer eigensinnig und furchtbar stur und bissig wie ein Terrier sein konnte, aber doch froh war, dass ihr nun einer ihrer Söhne tatkräftig zur Seite stehen und ihr die Verantwortung für das restliche Vermögen abnehmen wollte, bevor sie unter die Erde musste.

Wie sehr er sich getäuscht hatte!
Er entschied sich zur ehrlichen Antwort. »Nein, weder noch, schon gar nicht Alzheimer.« Er setzte ein zweifelndes »Aber ...« hinterher, auch eine vielsagende Pause, die ihre Wirkung auf seine Gesprächspartner wohl nicht verfehlte, denn er hörte mitfühlendes Seufzen und Murmeln durch den Äther schwingen.
»Wie ist sie denn überhaupt so, unsere Sophie?«, wollte schließlich jemand wissen.
»Ja, wie ist sie, unsere Sophie?« Franz dachte nach. Anstrengend, hätte er antworten können. Voller Stacheln mit Widerhaken. Eben eine Sand-Distel, fest im Boden verankert, nicht auszurotten. So war sie schon immer gewesen, und jetzt, im Alter, hatten sich diese Eigenschaften noch verstärkt. »Nicht ganz leicht«, erklärte er moderat. »Doch was kann man von Menschen anderes erwarten, die vier Jahrzehnte lang Mauer, Kommunismus und Sozialismus hinter sich haben?«
»Die Arme«, meinte jemand mitfühlend.
»Es sieht also nicht gut aus«, setzte Franz seinen Bericht über seinen ersten Besuch bei Sophie fort. »Weder bei ihr noch auf unserem Besitz. Und dieser Adam und seine Bertha, die mit in unserem Haus wohnen, sind auch nicht mehr die Jüngsten, nur ein paar Jährchen jünger als Sophie. Adam klopft hier und da ein bisschen rum oder dreht eine lockere Schraube fest. Arbeiten kann man das wirklich nicht nennen! Aber kein Wunder, in dieser DDR hat niemand freiwillig einen Finger gerührt, das ging alles genau nach Plan. Nur, einen Plan für den Erhalt eines sowieso schon alten Gutshauses gab es eben nicht.«
»Was ist aus dem Familienschmuck geworden, Franz? Hat Sophie den noch?«, fragte eine Stimme mit Schweizer Akzent. »Und dann die Bilder – erzählt wurde doch mal von mindestens einem Renoir, wenn ich mich recht erinnere.«
»Weg«, antwortete Franz. »Alles weg!« Obwohl das nicht ganz stimmte, denn das große Ölbild im vergoldeten Rahmen, das er

schon als Kind zu seinem Lieblingsbild erklärt hatte, weil es das gräfliche Gutshaus in seiner glanzvollsten Zeit, also kurz nach seiner Gründung zeigte, das hatte er seitlich der Treppe, die vom Foyer ins Obergeschoss führte, sofort entdeckt. Auch die protzigen Porträtgemälde von Gottfried und Adele hingen wieder da, doch die konnte Sophie gern behalten, jemand anderem vererben oder die Rahmen verscheuern und den Rest auf den Müll werfen. Aber das Ölbild, das beeindruckte ihn nach wie vor, das wollte er für sich haben, das würde sich gut in seinem Büro machen, in dem er seine Gespräche mit Investoren führte. »Alles!«, wiederholte er mit dumpfer Stimme. »Alles weg. Von den Russen geklaut oder vernichtet oder verscheuert. Was weiß ich, was Sophie damit gemacht hat.«
»Was heißt das, weg?«, regte sich ein Clanmitglied laut auf. »Sie hat sich doch immer als Hüterin des Familienbesitzes gesehen. Sie lässt doch nichts einfach verschwinden. Allein das Familiensilber war ein Vermögen wert. Und dann der Familienschmuck unserer Adele.«
»Wenn du Lust hast, unter Trümmern und im meterhohen Schutt nachzugraben, bitte schön.«
Fröhlich jubelte jemand: »Leute, wir haben einen Familienschatz im Keller! Also vergesst eure Schaufeln nicht.«
»Moment mal!«, brüllte Franz los. Ein paar Sekunden lang rauschten nur zwitschernde Töne und Knacken durch die Leitung.
Dann meldete sich jemand mit spanischem Akzent: »Was denkst du, Don Francisco, wie viel ist unser Distelitz heutzutage noch wert?«
»Millionen!«, schrie jemand begeistert, bevor Franz antworten konnte. Er hatte ohnehin nicht vor, sich auf irgendwelche Spekulationen einzulassen.
»Wir sehen und sprechen uns auf der Insel«, beendete er resolut die Telefonkonferenz.

Später an diesem Tag saß er noch immer an seinem wuchtigen Schreibtisch und lehnte sich zurück. Nachdenklich blickte er durch das Panoramafenster in den abendlichen Himmel über Frankfurt. Hier und da blinkte bereits ein Stern auf, verschwommen und weit entfernt wirkende Lichtzeichen aus dem All, denn in der Stadt stießen tagtäglich Millionen von Fahrzeugen, unzählige Fabrikschlote und Kamine ihre Giftgase und ihren Feinstaub nach oben und bildeten eine gewaltige Glocke über dem Rhein-Main-Gebiet. Kurz dachte er an die reine Luft auf der Insel, an die Frische über der Küste. Nie vorher hatte er das Licht so heiter und leicht, ja, geradezu unbefleckt empfunden wie in diesen zwei Tagen bei seiner Mutter. Da stand er ein- oder zweimal am Fenster der Wetterwarte, die im Leuchtturm an der nördlichen Spitze der Insel eingerichtet worden war, oder er trat bei seinem Spaziergang durch diese Wildnis, die früher einmal ein Park mit akkurat geschnittenen Hecken, gepflegten Blumenbeeten und kurzem Rasen unter hohen Buchen gewesen war, so dicht an den Rand der Steilküste, dass ihm beim Hinabsehen ein wenig schwindelig wurde. Dann blickte er abwechselnd auf die See und auf das Land, und dieses seltsame Licht verlieh Formen und Flächen eine fast übernatürliche Klarheit. Überwältigt von für ihn ungewöhnlichen Gefühlen, dachte er: Hier bin ich geboren, diese Insel ist meine Heimat, ich habe sie im Blut. Und ich werde dafür sorgen, dass diese Insel aus ihrem Dornröschenschlaf erwacht.

Er seufzte tief, als er sich an die Abfuhr erinnerte, die er sich gleich am ersten Tag auf der Insel bei seiner Mutter geholt hatte. Da hatte er sich ihr höflich, nein, freundlichst genähert, den Tränen der Rührung nahe und ganz der Sohn, der seine alte und geliebte Mutter nach vielen Jahren der Trennung endlich, endlich wieder in die Arme schließen konnte, und voller guter Absichten, ihr den Rest ihres Lebens zu erleichtern und zu verschönern. »Du siehst gut aus«, hatte er begonnen und gedacht, dass sie tatsächlich unerwartet gut aussah, geradezu unverschämt gut sah sie aus und gesund mit ihren zwar faltigen, aber noch immer rosigen Wangen und diesen überaus wachen und strahlend graublauen Augen, die ihn schon früher in bestimmten Situationen durchdringen konnten wie gehärtete Stahlklingen. »Und so lebendig«, hatte er, schon leicht darum bemüht, nicht wieder etwas Falsches zu sagen, hinzugefügt. Sophie hatte ihren Mund zu einem knappen Lächeln verzogen und »das ist eben der Charme des Alters« gebrummelt. Und bevor er auch nur eines von den Themen, die er mit ihr besprechen wollte, anschneiden konnte, war sie ihm über den Mund gefahren: »Ich brauche nichts, ich habe nichts, hier gibt es nichts, was für dich noch von Interesse sein könnte. Also, was willst du hier?«

Unwillkürlich stöhnte er auf.

Mit ihrer direkten Art und ihren sarkastischen und oft zynischen Bemerkungen hatte sie ihn schon früher ganz schön aus der Fassung bringen können. Er hatte auch an diesem ersten gemeinsamen Abend auf dem Gut wieder dagesessen wie ein dummer Junge, unfähig, seiner Mutter Paroli zu bieten – und nicht wie der erfolgreiche Vermittler von Immobilien, der gewiefte Finanz- und Anlageberater Franz von Sand, der sich mit seinen internationalen Geschäftspartnern nicht nur auf Englisch, sondern auch ziemlich flüssig auf Spanisch und Französisch unterhalten konnte.

Aber seine Mutter musste auf alten Geschichten herumreiten. Sie hatte nichts vergessen. Und das würde sie ihn bis an ihr Lebensende spüren lassen. Sie musste zum Beispiel nur ein Wort sagen, nämlich »Berlin«, und schon wurde ihm der Atem knapp.

Wenn ich Heinrich nicht gehabt hätte in all den Jahren, hatte sie gesagt. Er ist der einzige Tüchtige. Heinrich und Adam und Bertha, die waren immer da für mich. Diese Bemerkung über ihren Enkel Heinrich aus Erfurt hatte Franz einen heftigen Stich versetzt. Sie hatte ihn verletzt.

Und ich?, hatte er fragen wollen, sich aber rechtzeitig daran erinnert, dass er sich in den Jahren seit dem Mauerbau zwar in Gedanken mit ihr beschäftigt, sich aber weder mit Briefen noch mit Anrufen bei ihr gemeldet hatte. Es tue ihm leid, von Herzen leid um all seine Versäumnisse, sagte er. Aber jetzt sei er da. Er werde sich von nun an um alles kümmern. Ihre Reaktion darauf war ein adlerscharfer Blick gewesen, vor dem er seine Augen niederschlagen musste.

Ein kurzes Gespräch mit seinem Sohn Robert in der Bibliothek, deren Tristesse er nur mit einer Flasche von Sophies exzellentem Apfelschnaps ertragen konnte, hatte ihn dann noch mehr verstört und dazu beigetragen, dass er in dieser Nacht so gut wie nicht schlafen konnte. »Wirklich bemerkenswert, deine Mutter«, hatte Robert gemeint. »Bemerkenswert und unglaublich zäh. Du wirst sehen, sie steckt uns beide, nein, ihre gesamte Familie mit Leichtigkeit in die Tasche.« Ausgerechnet Robert hatte den Nagel auf den Kopf getroffen. Robert, dieses Weichei, der nichts von einem von-Sand-Mann an sich hatte, von Gottfrieds Segelohren und Adeles roten Haaren einmal abgesehen. Ulrich, sein ältester Sohn aus zweiter Ehe, war auch nicht viel besser geraten und hatte seine verarmten Gene an seinen einzigen legal gezeugten Sohn Peter weitergegeben. Peter war ein Schwachkopf, ein Versager auf der ganzen Linie. Ein Pantoffelheld, der in Gegenwart seiner holländischen Frau Marijke den Mund nicht aufkriegte. Nur ein einziges Mal in seinem Leben hatte er etwas Richtiges zustande gebracht, nämlich Beatrice, das bisher einzige weibliche Kind unter den Jungen in der Familie. Wie Sophie am 1. Januar geboren. Und Sophies Erbin. Aber Beatrice war gerade mal zwölf Jahre alt. Und Sophie mit ihren zweiundneunzig …

Bei diesen Gedanken rieb sich Franz die Hände. Die Vorfreude auf eine Zukunft als Verwalter des Erbes seiner Urenkelin trieb ihm hitzige Röte ins Gesicht.

Leider hielt dieser Zustand nur kurz an, denn unweigerlich

kam ihm das Gespräch mit Robert wieder in den Sinn. »Du bildest dir hoffentlich nicht ein, mit deinen Plänen bei Sophie Erfolg zu haben«, hatte sein Sohn gemeint. Zum einen hatte Franz nicht geahnt, dass Robert über seine Pläne Bescheid wusste, zum anderen ärgerte es ihn gewaltig, dass jemand seine Position in der Familie anzweifelte. Also hatte er sich in Adalberts ledernem Ohrensessel aufgerichtet und die Schultern nach hinten gedrückt. »Du vergisst, dass ich der Älteste im Clan und damit das Familienoberhaupt bin. Das wird auch deine Großmutter akzeptieren müssen.« Robert, vom Apfelschnaps trunken – er vertrug ja nichts, der Junge –, hatte ihn seltsam angesehen, mit einem Blick, der Franz an den eines Hundes erinnerte, der zwar die Zähne bleckt, sich aber vor dem Zubeißen fürchtet.

Ja, sagte Franz sich nun, eine gute Woche nach diesem Abend, und wandte sich vom Blick auf die Stadt weg und wieder den Unterlagen auf seinem Schreibtisch zu, ich bin das Familienoberhaupt, auch wenn Sophie das in ihrem Altersstarrsinn nicht begreifen will. Aber kein Wunder, dass sie darauf beharrt, das Szepter in der Hand zu halten, dachte er; die einstigen Ehemänner in dieser Familie sind wohl alle mehr oder weniger Schlappschwänze gewesen. Sogar auf diese vom alten Gottfried stammende Tradition, den eigenen Namen aufzugeben und den ihrer Ehefrauen anzunehmen, hatten sie sich eingelassen. Und dann nur Töchter gezeugt! Was war denn ein Mann ohne Söhne – ein halber Mann! Erst Adalbert, sein Vater, hatte den Schlamassel beendet. Und er, Franz, hatte mit sieben Söhnen aus vier Ehen Grund genug, zufrieden mit sich selbst zu sein – zumindest in diesem Moment.

Zufrieden war er auch mit dem Arbeitspensum, das er an diesem Tag erledigt hatte. Selten hatte er sein Mitteilungsbedürfnis derart im Zaum halten können wie jetzt bei der akribischen Ausarbeitung der Bebauungspläne, die er nach seinem Besuch auf der Insel entwickelt hatte. Da lagen unzählige Möglichkeiten seit Jahrzehnten einfach brach, das hatte er sofort und mit dem Auge des Experten bemerkt. Man konnte Sophie nicht direkt einen Vorwurf daraus machen, dass sie vieles hatte schleifen lassen. Das waren eben die Auswirkungen der Sozialistischen Einheitspartei, der DDR-Version des Kommunismus, in dem Privateigentum nichts galt. Doch diese Zeiten waren vorbei. Und er, Franz, würde für den Aufschwung sorgen – auf lange Sicht gesehen natürlich, denn er kannte doch Sophie und ihren Drang, das, was sie besaß, mit Händen und Füßen festzuhalten und notfalls sogar mit Gewalt zu verteidigen. Darin hatte sie Übung, darin war sie gut. Das hatte sie schließlich auch damals bewiesen, noch vor Kriegsausbruch musste das gewesen sein, als …

Nein, sagte sich Franz, nicht ausgerechnet diese alte Kamelle aufwärmen. Jetzt ging es um die Zukunft. Und da musste er eben äußerst vorsichtig vorgehen. Also würde er zunächst nur die Bausubstanz des alten Gutshauses und die Bebauungsmöglichkeiten des noch vorhandenen Grundstücks von fähigen Architekten, Bauleuten und Landschaftsplanern begutachten und den Wert des Besitzes schätzen lassen. Vorschlägen von neutraler Seite würde Sophie sich wahrscheinlich eher öffnen als denen ihres Sohnes. Und wenn sie dann dem Verkauf zustimmte, dann würde er für sie nur das Beste suchen – das beste und bequemste Seniorenheim irgendwo im warmen Süden zum Beispiel. Er hatte schließlich seine Kontakte.

Ja, Franz war in diesem Moment fest überzeugt davon, dass er am Ende als Gewinner dastehen würde. War das derzeit noch mäßige Interesse an der Insel Rügen im Westen erst einmal erwacht, würde zum Beispiel ein Feriendorf auf Wittow zur Goldgrube werden. Er hatte sich bei diesem ersten Besuch auf der Insel natürlich genau umgesehen. Über seine Informanten hatte Franz erfahren, dass an eine Baugenehmigung auf Wittow im Moment nicht zu denken war. Doch das war für einen Macher wie ihn kein Problem, im Gegenteil, die Überwindung von Hindernissen dieser Art reizte ihn seit jeher zum Einsatz aller verfügbaren Kräfte. Selbstverständlich waren diese Vorarbeiten – Gutachten, Planung, Schmiergelder und so weiter – mit erheblichen Kosten verbunden. Leider stand es mit seinen eigenen Finanzen gerade nicht zum Besten, das gab Franz zu. Also musste er an Sophies Reserven ran – und die hatte sie. Seine Nase trog ihn doch nicht. Sie hatte die wertvollsten Sachen entweder noch vor Kriegsende oder rechtzeitig vor den Plünderungen nach Kriegsende und vor dem Zugriff der DDR-Bonzen aus dem Haus, wahrscheinlich, nein, ganz bestimmt sogar außer Landes bringen können. Von wegen im Keller vergraben und vergessen, wo das Silber, die Wertpapiere, die Perserteppiche, der Schmuck und die Gemälde waren. Alle von-Sand-Frauen auf Gut Distelitz hatten es schließlich in sich gehabt.

Aber auch Sophie war sterblich. Und dann würde er, Franz, erben. Er war der einzige von fünf Söhnen, der noch lebte. Sein Bruder Felix, in Afrika gestrandet, zählte nicht, der war nach einem Schlaganfall vor etlichen Jahren wohl schon auf der Grenze zwischen Diesseits und Jenseits oder litt zumindest an Altersdemenz. Zwei weitere Brüder waren bereits unter der Erde, der dritte verschollen oder ebenfalls tot. Nur er, Franz, war noch da. Und der Tag würde kommen, an dem Sophie seine Vorzüge erkannte.

Nicht ohne Stolz betrachtete Franz die an der Wand zu seiner rechten Seite aufgehängte lange Reihe fotografischer Wiedergaben jener Immobilien, bei deren Vermittlung er – wenn auch gemeinsam mit einer Gruppe weiterer Fachleute – tätig gewesen war. Und dann seine Verbindungen zu Banken und Investoren. Die Kontakte zu künftigen Geldanlegern im In- und Ausland, die Franz seit mehreren Jahrzehnten um sich herum aufbaute, wurden Jahr für Jahr größer. Schon mehrmals hätte es das Geschäft seines Lebens geben können … hätte … wenn nicht …

Sein Blick verdunkelte sich bei diesem Gedanken. Misserfolge machten ihm seit jeher zu schaffen, zumal sie nie ihm persönlich anzurechnen waren, davon war er fest überzeugt. Es waren eben immer die Umstände. Aber er gab nicht auf, er war ein Steh-auf-fall-um-Mann.
Bevor seine gute Laune ganz verschwand, blätterte er weiter in dem Aktenordner vor sich. Dieses großartige Projekt für Distelitz würde er durchziehen, auf Biegen und Brechen. Gnadenlos! Noch war das allgemeine Durcheinander, das der Fall der Mauer auf beiden Seiten erzeugt hatte, nicht völlig abgeklungen. Doch ausländische Konzerne kauften bereits ganze Betriebe im Osten oder zumindest Teile davon für einen Apfel und ein Ei auf. Also musste er zupacken, bevor Sophie einem dieser Schwindler auf den Leim ging und womöglich hinter seinem Rücken …
Ohne dass er es bemerkt hatte, war der dämmrige Abend zur Nacht geworden. Franz bückte sich, zog eine der Schubladen auf und nahm die dort vor der Putzfrau, die einmal in der Woche Büro und Wohnung aufräumte, verwahrte Kognakflasche und ein Glas heraus. Während er schnell trank und mehrmals nachgoss und dabei über die breite Platte seines Schreibtisches hinweg die inzwischen hell beleuchtete Stadt unter ihm und den finsteren Himmel darüber betrachtete, fragte er sich, warum, verdammt noch mal, ausgerechnet seine Mutter ihn noch immer für einen Versager hielt.

Dieser Sommer 92 begann sehr schön, mit sonnigen, warmen Tagen und nicht zu kühlen Nächten und ohne Anzeichen von größerem Ärger oder gar Chaos. Franz, der schon ein paar Tage früher als die übrigen Familienangehörigen auf die Insel gekommen war, hatte das geräumigste von insgesamt achtzehn Obergeschosszimmern und vier in den beiden Türmen rechts und links sowie zwei weiteren im Erdgeschoss bezogen. Ein

Eckzimmer mit einem kleinen vorspringenden Balkon aus Holz und mit dem von keinem Baumwipfel eingeschränkten Blick auf die See. Genau betrachtet, war dieses Zimmer nicht besser beziehungsweise nicht weniger scheußlich als die anderen. Der nach dem charakteristischen DDR-Bohnerwachs riechende Linoleumboden wellte sich, der Putz hatte sich vor allem in den Ecken gelöst und hing teilweise in Brocken herunter, an der Decke zeigten sich die Ränder von großen Wasserflecken, und das Fenster klemmte und war nicht mehr ganz zu schließen. Aber dieses Zimmer hatte ein normales Bett mit einteiliger Matratze und nicht eines dieser alten Eisengestelle mit ausgeleierten Spiraleinlagen, die, wie Adam berichtet hatte, nach 1953 vom FDGB aus Hitlers unvollendetem Betonklotz, dieser etliche Kilometer langen Irrsinnsanlage Prora für Urlauber, ins Haus geholt und in den Zimmern aufgestellt worden waren, weil die Rote Armee nach Kriegsende alles, was nicht niet- und nagelfest gewesen war, mitgenommen und den Rest zerschlagen hatte. Dass dieses Zimmer das seiner Mutter war, hatte Bertha ihm verraten, ihm aber gleichzeitig ans Herz gelegt, kein Wort darüber zu verlieren. »Du kennst sie doch«, hatte sie gesagt. »Sie hat sich noch nie in was reinreden lassen, sie weiß genau, was sie tun muss, wenn es um ihre Familie geht.« Und nachdem er sich vergewissert hatte, dass seine Mutter auch in der Remise einigermaßen gut untergebracht war – obwohl es dort nach dem Schwein und nach den Hühnern stank wie die Pest –, war er höchst zufrieden über seine Entscheidung gewesen, sich ausgerechnet Sophies Zimmer ausgesucht zu haben.

Gleich nach seiner Ankunft hatte er bemerkt, dass in der einstigen Treppengalerie nur noch Gottfried und Adele hingen und sein Lieblingsbild, das große Ölgemälde mit dem Gutshaus, fehlte. Er hatte kurz gestutzt, dann aber nicht weiter darüber nachgedacht, sondern sich gesagt: Die gute Sophie, sie weiß, wie sehr ich daran hänge, sie hat es vor den anderen in Sicher-

heit gebracht. Es muss ja keiner wissen, dass sie es für mich, ihren Ältesten, aufgehoben hat.
In sein Zimmer zog Franz sich in diesen Tagen öfter zurück, um der Hektik der Vorbereitungen auf den erwarteten Ansturm des Clans zu entgehen. Da saß er dann auf dem Balkon auf einem dieser wackeligen Plastikstühle aus DDR-Zeiten, die seine Mutter noch immer zu hüten schien wie ihren Augapfel, seine Füße auf das rissige Holzgeländer gelegt, und betrachtete das offene Meer, das sich weit draußen dem Himmel entgegentürmte, ein Ballen aus weichem, blauem Samt, hier und da mit weißlichen Schaumkronen verziert. Die Grenzenlosigkeit – die allerdings nur scheinbar war, denn nördlich von der Insel lag irgendwo Schweden, und östlich mussten Polen und das einstige Ostpreußen sein –, diese Grenzenlosigkeit also erzeugte Schwindel in ihm, obwohl er in seinem Leben schon viele Meere gesehen, mit dem Flugzeug überflogen und auf einem Schiff durchschwommen hatte. Ein zuweilen auftretendes leichtes Unbehagen führte er auf den nicht gerade mäßigen Konsum von Apfelschnaps und anderen guten Dingen aus Küche und Keller zurück. Oder hatte es doch etwas mit dieser kühlen und undurchdringlichen Miene zu tun, die Sophie seit jenem Moment immer dann aufsetzte, wenn er auf sie traf? Da hatte er ihr nämlich mitgeteilt, wie viele Familienmitglieder tatsächlich zum ersten großen Treffen auf der Insel erwartet werden konnten. »Wie bitte?«, hatte sie gefragt und dann, nachdem er dieses »gut und gerne hundertdreißig, vorausgesetzt, Felix bringt alle seine afrikanischen Frauen mit« mehrmals wiederholt hatte, kein Wort mehr zu ihm gesagt. Nur wenn sie sich zufällig irgendwo begegneten, faltete sie die Hände wie zum Gebet, ihre Augen nach oben verdreht, und rief laut: »Herr, schenke mir etwas Geduld, aber ein bisschen plötzlich!«
Ihr Verhalten lag ihm im Magen, kein Zweifel. Er rülpste mehrmals und nahm sich vor, künftig weniger zu essen und zu trinken. Immerhin war er derjenige, der diese erste große Vereini-

gung der in alle Winde verstreuten Zweige von Sophies Nachkommen in Gang gebracht hatte. Ein Vorbild wollte er für seine Familie sein, eine Art Patriarch, der das Wohl aller im Auge hatte und der alle Fäden in der Hand hielt – wenn nicht …
Um seinen Mund entstand plötzlich ein schmerzlicher Zug. Zu frisch war die Erinnerung an den ersten Abend nach seiner Ankunft, also bevor seine Mutter ihn nach der Anzahl der zu erwartenden Gäste befragte. Da hatte er sich nach dem Essen in die Bibliothek zurückgezogen. Gerade als er noch einmal sein Bauprojekt durchdenken wollte, betrat Sophie den Raum.
»Nur damit du's nicht vergisst«, begann sie sofort und deutete mit ihrem Zeigefinger auf ihn und Adalberts Ohrensessel, in dem er es sich bequem gemacht hatte. »In diesem Sessel sitze ich.«
Selbstverständlich war er sofort aufgestanden, hatte ihr Platz gemacht. »Ich wollte sowieso mit dir …«
»Was willst du mit mir?«, unterbrach sie ihn. »Etwa darüber reden, wie und mit welchem Geld sich dieser alte Kasten hier sanieren lässt? Oder wie man das Grundstück zubauen könnte? Wie viel hast du denn mitgebracht, ein Milliönchen? Oder sogar zwei? Eine Menge Geld. Aber es wird trotzdem nicht reichen.« Sie beugte sich vor, um ihm ins Gesicht zu sehen. »Was willst du?«, wiederholte sie ihre erste Frage. Er hatte eine Weile gebraucht, um den Aufruhr in seinem Inneren, vor allem seinen aufkochenden Ärger auf diese sture alte Frau unter Kontrolle zu bringen, bis er einigermaßen ruhig sagen konnte: »Worüber ich mir ernsthaft Gedanken mache, ist tatsächlich die Zukunft unseres Familienstammsitzes. Schließlich bist du in einem Alter …«
»Ich bin gesund«, fuhr sie ihm scharf ins Wort. »Wahrscheinlich gesünder als du.«
»Trotzdem, Sophie, müssen wir über bestimmte Themen reden. Du könntest einen Unfall haben, zum Beispiel auf der Treppe ausrutschen. Oder …« Er verstummte, als Sophie zu

lachen anfing. Sie lachte herzhaft und lange und mit weitgeöffnetem Mund. Franz hörte ihr Gebiss leise klappern. »Ich habe mir noch nie einen Ausrutscher geleistet, Sohn.«
Er nahm das als Stichwort für seine Frage: »Rutschst du etwa noch immer das Treppengeländer runter?« Er wollte humorvoll sein, diesem Gespräch die Spitze nehmen.
»Es gibt mehr als dieses wackelige Geländer«, winkte sie ab.
»Du könntest deine falschen Zähne verschlucken und ersticken, wie damals deine Ururgroßmutter. Oder über einen Hund fallen«, fügte er schnell hinzu, bevor sie auf seine Worte reagieren konnte, die falsch waren, natürlich verstand Sophie sie falsch, sie hatte auch früher alles falsch verstanden, was er sagte. Außerdem hatte Sophie schon seit dem Krieg keinen Hund mehr.
Sie hörte auf zu lachen und richtete ihr Gebiss wieder gerade. »Was willst du wirklich von mir, Franz?«
Er streckte seinen Rücken und bemühte sich um einen besorgten Ton. »Man muss in deinem Alter an derartige Unfälle und auch an altersgemäße Erkrankungen denken«, erklärte er. »Und da wäre es ganz gut, etwas mehr über deine und damit auch die Angelegenheiten deiner Familie zu wissen. Wie du weißt, ist mein Sohn Robert Jurist und auf Probleme dieser Art spezialisiert.«
»Was für Probleme meinst du?«
»Ja … du … wir … Also du weißt schon …«
»Nein, ich weiß nicht!«
Er schwieg. Man muss Rücksicht auf sie nehmen, sagte er sich verbissen, während er sie anstarrte. Gut sah sie an diesem Tag wirklich nicht aus, eher dünn und zerbrechlich in diesen schrecklichen, viel zu weiten Latzhosen, und dann dieses karierte Hemd. Wo hatte sie das nur her? Wenigstens am Abend hätte sie sich doch ein wenig herrichten, zumindest ihren dünnen Zopf ordentlich flechten und aufstecken können.
Aber so war seine Mutter schon immer gewesen, hatte selten

auf ihr Äußeres und ebenso selten auf ihre Worte geachtet, auch damals nicht, als er mit seinen Parteifreunden und Berufskollegen aus Berlin aufs Gut gekommen war. Es war ja nicht so, dass er der Einzige von Adel unter seinen Freunden gewesen war – der Führer stellte eben ganz besondere Ansprüche an seine Schutzstaffel. Aber ein Gut auf Rügen, eine lange, interessante Familiengeschichte, ausgezeichnete Pferde im Stall, Jagdmöglichkeiten und ein stets offenes Haus für Künstler aus aller Welt und ihre Werke, das war doch noch etwas, damit konnte man in diesen Zeiten noch renommieren. Wenn nur seine Mutter in dieses Bild gepasst hätte.

Ruhig!, hatte er sich ermahnt. Er vermied Sophies Blick. Stattdessen ließ er seine Augen eine Weile über die einst mit prachtvollen ledernen, mit goldenen Schriften verzierten Bücherrücken gefüllten und nun ziemlich leeren und verstaubt wirkenden Bücherregale wandern. Dann begann er: »Meinst du nicht, dass ich als dein ältester Sohn über deine finanzielle Situation Bescheid wissen sollte, bevor …«

»Da gibt es nichts zu wissen!«, war sie ihm wieder einmal über den Mund gefahren.

Er hob beide Hände wie zur Verteidigung. »Bitte, Sophie, sei vernünftig. Ich möchte dir nur behilflich sein.«

Sie hatte ihren Kopf an den brüchigen Lederbezug gelegt und ihren Sohn nachdenklich und erstaunlicherweise ohne den gewohnten Spott in ihren Augen und um ihren Mund betrachtet. Und dann gesagt: »Noch bin ich nicht unter der Erde, Sohn. Ich habe auch nicht vor, irgendwann an Demenz zu leiden oder an Alzheimer zu erkranken, das hat auch keine von-Sand-Frau vor mir getan. Ich lasse mich nicht entmündigen oder in ein Altersheim stecken, falls du und andere in dieser Familie das in Erwägung gezogen haben sollten. Ich werde die nächsten zehn, fünfzehn oder mehr Jahre in diesem Haus verbringen und meine Angelegenheiten wie bisher selbst regeln. Ich brauche für den Rest meines Lebens weder deine noch die Hilfe eines ande-

ren aus deinem Gefolge. Das, was ich brauche, das habe ich bereits.«
Sie hatte ihn unverwandt angesehen, dann verzog sie den Mund zu einem feinen Lächeln, das eine etwas seltsame Wirkung auf Franz hatte, denn in ihm wallte nicht nur maßloser Ärger, sondern plötzlich auch so etwas wie Zuneigung für diese unbeugsame, unbequeme alte Frau auf, ebenso die Erinnerung an längst vergangene und viel zu kurze Zeiten, in denen er sie nicht nur kritisch beobachtet hatte, sondern auch einmal stolz auf sie gewesen war. »Und falls ich doch einmal sterbe«, beendete sie seine Gefühlsregung, nun wieder ganz die alte sarkastische, widerborstige Sophie, »dann kann es durchaus sein, dass du schon vor mir unter die Erde gekommen bist. Also mach dir keine Hoffnungen auf irgendetwas.«
Franz hatte geschwiegen. Das Gefühl für sie war so schnell erstorben, wie es gekommen war. Er war baff, nein, ehrlich betroffen, geradezu verletzt.
»Mir fehlen die Worte«, hatte er schließlich zugegeben. »Das macht nichts«, hatte sie gemeint und sehr zufrieden dabei geklungen.

Nach diesem für ihn unerfreulichen Gespräch am ersten Abend hatte Franz sich fest vorgenommen, weder Sophie noch die Familie sofort mit seinen Plänen und Entwürfen zu überfallen. Er war auch jetzt, während er vom Balkon aus über die Grenzenlosigkeit der See vor ihm staunte, davon überzeugt, dass er den richtigen Moment für dieses Ereignis abwarten musste. Und dieser Moment würde kommen – schon bald.

Vom ersten Tag dieses Familientreffens an herrschte das totale Chaos auf Distelitz. Abgesehen von den Fahrzeugkolonnen, die sich über Rügens Alleen und Feldwege in Richtung Wittow bewegten, abgesehen von den knatternden Hubschraubern, die

wegen Platzmangel im Park zum Ärger einiger Bauern auf Wiesen und noch nicht abgeernteten Feldern in der Umgebung landeten, abgesehen auch von einigen Luxusjachten, die vergeblich nach einem Liegeplatz unterhalb der Steilküste vor dem Gut suchten – auch Franz wurde Opfer dieses Chaos. Denn eines hatte er nicht bedacht, nämlich dass er sich nicht an jeden Namen erinnern konnte und selbst nicht alle der angereisten Clanmitglieder persönlich kannte und deshalb zuweilen in Gefahr geriet, seiner Mutter jemanden als Enkel, Urenkel oder Ururenkel vorzustellen, der gar nicht zur Familie gehörte. Wegen des großartigen Ereignisses auf der Insel war eine Schar von Reportern und Fotografen angereist. Sogar zwei Fernsehteams, eines aus Hamburg, das andere aus Berlin, waren gekommen, außerdem hatte sich eine unübersehbare Menge Neugieriger eingefunden. Und sie alle scheuten sich nicht davor, wie selbstverständlich durch Park und Haus zu spazieren, sich an den gereichten Tabletts mit Getränken oder belegten Broten zu bedienen oder die Handtücher und anderes in den Badezimmern zu benutzen, geschlossene Türen und Schränke zu öffnen oder sich in den düsteren, muffigen Kellergewölben auf Gespenster- oder sogar Schatzsuche zu begeben.
Trotzdem ging Franz zuweilen mit glänzenden Augen durch Haus und Gelände, einen nahezu entrückten Ausdruck im Gesicht, Notizblock und Stift in der einen, ein gutgefülltes Glas in der anderen Hand. Ständig war er auf der Suche nach Zuhörern. Er genoss seine Aufgabe, jenen Verwandten, die zum ersten Mal auf der Insel waren, die Geschichte ihrer Familie näherzubringen, da wuchs er über sich hinaus, da wechselte er gekonnt zwischen notwendigem Ernst und hinreißendem Humor. Wenn er zum Beispiel ungläubig Staunende in der Auffahrt entdeckte, die über diese seltsame Mischung von klassischer Architektur und phantasievollen Auswüchsen am Gutshaus rätselten, dann musste er einfach die Geschichte der beiden kuriosen Türme an den Ecken der vorderen Hausfront erzählen.

»Sie stammen noch aus der Zeit von Beatrice II.«, begann er regelmäßig. »Von einer Reise, die sie auch in das 1703 von Zar Peter I. gegründete St. Petersburg führte, brachte sie, für ihre Angehörigen übrigens wenig überraschend« – hier mischte er ein vielsagendes »Haha, so waren sie eben, unsere Frauen!« ein – »brachte also unter anderem einen russischen Zimmermann mit, der die Jahre, die er auf dem Gut und damit bei Beatrice II. blieb, auf seine Art und Weise nutzte. Das heißt, er ließ zahlreiche Buchen in der Umgebung schlagen und zimmerte aus deren zugeschnittenem Holz und mit Hilfe einiger Handwerker aus der Herrschaft des Inselfürsten zwei turmartige Gebilde, die dann auf die Ecken zwischen Haupthaus und Seitenflügeln rechts und links gesetzt wurden. Weil das aber nur im Obergeschoss und in Höhe des Dachbodens geschah, mussten sie durch jeweils zwei starke Stützpfeiler gehalten werden.« An dieser Stelle trat er an einen der Pfeiler und rüttelte daran. Nur leicht, natürlich, denn das Holz war ziemlich morsch.
»Nebenbei gesagt«, fuhr er dann fort, »ich halte diese Türme für an die Wand geklatschte Wespennester. Vogelkäfige aus Holz! Aber bei den von-Sand-Frauen war und ist eben alles möglich, sogar Geschmacksverirrungen architektonischer Art. Wir von-Sand-Männer haben uns jedenfalls stets gegen derartige Entgleisungen zu wehren versucht, doch leider, leider ...«
Abschluss und Höhepunkt seines humoristisch gefärbten Ausflugs in die Historie war stets die Erinnerung an jene Constanze von Sand, die anno 1799, gerade geschwängert, ihren ihr kurz vorher Angetrauten mit der Reitgerte zum Teufel gejagt hatte, weil er es gewagt hatte, einen der Turmpfeiler anzusägen, um seine Standfestigkeit zu prüfen.
Mit Geschichten und Bonmots um und über Distelitz scharte Franz nun täglich Mitglieder der von-Sand-Familie um sich. Sechs Wochen lang trafen in diesem Sommer 92 immer neue Gäste ein, während andere schon wieder abreisen mussten, letztlich wegen der Tatsache, dass man sich überall auf die Füße

trat und sogar das große Foyer zuweilen einer Ölsardinenbüchse glich. Trotzdem lief alles wie am Schnürchen, wie Franz mit Genugtuung bemerkte. In der großen Küche trieb Bertha ihre drei Gehilfinnen, junge Mädchen aus der ländlichen Nachbarschaft, vom frühen Morgen bis zum späten Abend zu Bestleistungen an. Sophie persönlich kümmerte sich darum, dass Adam und ihr Enkel Heinrich für flüssigen Nachschub aus dem Vorratskeller sorgten und sich niemand über ein leeres Glas beschweren musste, und auch darum, dass keiner der jüngsten von Sands im verschlammten Badeteich unterging, im Küchengarten über die Radieschen oder den Kompost herfiel, auf der Suche nach dem Fußball über die Steilküste stürzte, sich in den Spinnweben auf dem Dachboden verfing oder sich gar in den Tiefen des Kellers verlor.
Der Höhepunkt des Familientreffens war zweifelsohne am zweiten Wochenende im August – der Sonntag fiel auf den 13., jenen Tag, an dem vor genau einunddreißig Jahren die Mauer in Berlin errichtet worden war. An diesem symbolträchtigen Wochenende also befanden sich fünfundneunzig Clanmitglieder gleichzeitig auf der Insel, die zum Teil im Freien nächtigten oder die eiligst zusammengetragenen Matratzenlager auf dem Dachboden und im Keller belegten. Allabendlich loderte unten am Strand ein mächtiges Feuer in die Höhe und röstete und verbrannte Grillwürste, Marshmallows, Kartoffeln, Gestrüpp und an der Küste gestrandete Baumstämme und anderes. Am Sonntagabend griff das Feuer auf die Holztreppe über, die mit einhundertsechsunddreißig Stufen vom Gutshaus zur Küste hinunterführte. Da zwischen den dichtgeparkten Fahrzeugen kein Durchkommen war, griff die dörfliche Feuerwehr nach mit Ostseewasser gefüllten Eimern statt nach Schläuchen. Diesem beherzten Einsatz war es zu verdanken, dass die Familie später lediglich über die verkohlten Reste von etwa einem Dutzend Holzstufen nach unten beziehungsweise nach oben klettern musste.

Zu einem weiteren bemerkenswerten Zwischenfall kam es in der Nacht auf Montag. Einer der Reporter, die in diesen sechs Wochen regelmäßig aus der Inselstadt und vom Festland gekommen waren, um für ihre Zeitungen, Illustrierten, Rundfunk- und Fernsehsender über das Familientreffen zu berichten, und sich nur mit körperlicher Gegenwehr davon abhalten ließen, sogar nachts ins Haus und dort in die einzelnen Zimmer zu drängen, wurde von Sophie dabei ertappt, wie er sich gerade über die im Vorratskeller gelagerten kärglichen Reste eines saftigen Rinderschmorbratens mit diversen Beilagen hermachte. Eigenhändig packte sie ihn am Kragen und zerrte ihn unter lautem Gezeter nach oben. Ein nicht minder aufdringlicher Fotograf einer Nachrichtenagentur hielt diesen Moment mit seiner Kamera und Blitzlicht fest. Das Foto mit der wütenden Hausherrin und ihrem entsetzt dreinblickenden Opfer war am übernächsten Tag in sämtlichen Zeitungen abgebildet, die auf der Insel zu haben waren. Von den Beteiligten eher unbeachtet fotografiert und gefilmt, wurde in einer weiteren Nacht das wilde Drunter und Drüber bei einer ausufernden Parkparty aller anwesenden von-Sand-Generationen, in deren Verlauf Berthas selbsteingelegte Sauergurken sowie – selbstverständlich gut abgenagte – Kotelettknochen nach Wilhelm-Tell-Manier mittels eines schnellgebastelten Bogens auf den leuchtend gelben Kürbis auf dem Kopf des an einen Baumstamm gefesselten Vertreters des südamerikanischen Clanzweiges geschossen wurden. Auch dieses Foto erschien in den Zeitungen, während der filmische Beitrag zum Leidwesen der Familie lediglich im regionalen TV-Programm lief.
»So ein Spektakel veranstaltest du ein zweites Mal nur über meine Leiche!«, drohte Sophie ihrem Sohn Franz an. Der schaute verdattert und gleichzeitig wie ertappt drein. Es war das erste Mal seit ungefähr zwei Wochen, dass seine Mutter ihn direkt ansprach. Ertappt fühlte er sich, weil er es gewesen war, der noch von Frankfurt aus die Medien Norddeutschlands mit-

tels einer Pressemitteilung über das bevorstehende Fest informiert und dazu eingeladen hatte.

Überschattet wurde das Familientreffen von zwei Unfällen, die Sophies männliche Nachkommenschaft betrafen, was wiederum niemanden besonders aufregte, denn bisher hatte – bis auf Franz und Felix – keiner der von-Sand-Männer das siebzigste Lebensjahr erreichen können.
Der erste, der nun ins Gras, genauer: in die Wurst biss, war Felipe aus Kolumbien, einer der sieben Söhne von Sophies Sohn Carlos. In der allgemeinen Hektik der Zusammenkunft war zunächst niemandem aufgefallen, dass oder wann Felipe abhandengekommen war. Und als Adam an einem dieser schönen sonnigen Tage wieder einmal in die Unterwelt des Hauses stieg, um Nachschub für die durstigen Kehlen der Gäste zu holen, war es für den Armen zu spät, weil er sich im Keller mit Sophies Apfelschnaps zuerst einmal beinahe zu Tode gesoffen hatte, bevor er dann in einem lichten Moment seine falschen Zähne in eine der dort hängenden Hartwürste schlug. In dieser Hartwurst, ebenfalls Eigenbau der Hausherrin, war sein falsches Gebiss stecken geblieben. Eigentlich hätte das kein Problem sein müssen, da Felipe sein Gebiss jederzeit und ohne Probleme aus dem Mund nehmen konnte. Doch jener Haftkleber, den er am Tag seines Verschwindens wohl zum ersten Mal ausprobierte, erwies sich als äußerst tückisch. Die extrem gute Haftfähigkeit des Klebers wurde ihm zum Verhängnis – er erstickte nicht nur an dem gewaltigen Bissen Hartwurst, sondern auch noch an ebendiesen falschen Zähnen, die sich nicht vom Gaumen beziehungsweise aus besagter Wurst lösen ließen.
Während Felipe also eher sang- und klanglos verschwand, wurde um Dimitrij, einem von Sophies Enkeln aus der Friedhelm-Linie, der sich in Regierungskreisen auf Kuba hochgearbeitet hatte, ein paar Tage lang allgemein und echt getrauert. Seine schöne Baritonstimme hatte in diesem Sommer mehr als einmal

die nachmittägliche Cocktailtime-Runde auf der Terrasse begeistert, wenn er russische Volkslieder und da immer wieder »Kalinka« schmetterte, eine Melodie, ein Rhythmus, der den einen oder anderen der Jüngeren im Clan sogar zu akrobatisch-tänzerischem Einsatz hinriss und für den einen oder anderen Bandscheibenvorfall oder Kreuzbandriss sorgte. Eigentlich hieß Dimitrij ja Eberhard Dieter, aber da er in dritter Ehe eine Russin geheiratet hatte und dieser Olga zuliebe sein Deutsch und sein perfektes Spanisch mit zahlreichen russischen Worten spickte und tagtäglich die von ihr persönlich bestickten Folklorekittel trug, rief ihn die Familie nur »Dimitrij«. Der Zweieinhalbzentnermann hatte gerade seinen dreiundvierzigsten Geburtstag hinter sich und saß beim abendlichen Essen an diesem ansonsten friedlichen Tag auf der Insel zwischen der kleinen Beatrice aus München und Sophies Ururenkel René aus Weimar, als er sich nach dem Verdrücken einer gehörigen Portion Schweinebraten mit Kraut und Kartoffelklößen plötzlich mit dramatisch wirkender Geste an seine breite Brust griff, unter tiefen, grollenden Seufzern, die auch den Rest der Familie am Tisch aufhorchen ließen, zunächst puterrot, dann blau anlief und schließlich vom Stuhl kippte und nicht mehr aufstand.
»Tja«, sagte Sophie laut und völlig gelassen, als dieser ihrer zahllosen Enkel – oder Urenkel? – keinen Schnaufer mehr machte, »wieder einer weniger.«
Wie Felipe wurde auch Dimitrij in der Familiengruft beigesetzt. Inmitten all der Steinsärge und der Enge in der Gruft geriet Franz in Atemnot und stürzte noch vor dem Ende der Rede des Pfarrers an die frische Luft.
»Keine Steinsärge mehr«, stöhnte er, »künftig nur noch Urnen!«

Nach diesem Zwischenfall und auch, weil die Vorräte in Sophies Keller zusammengeschmolzen waren, machte sich erste Aufbruchstimmung unter den Familienmitgliedern breit.

»Und du?«, fragte Sophie ihren Ältesten vor allen anderen. »Willst du etwa noch länger bleiben?«
Und dann setzte sie seinem Ärger und Kummer auch noch eine andere Krone auf. Da beobachtete er sie an einem dieser wunderbaren Abende auf der Insel, wie sie am Arm seines Sohnes Robert durch den verwilderten Park spazierte und sich angeregt mit ihm unterhielt. Rein zufällig – selbstverständlich rein zufällig! – war er in ihre Nähe geraten und musste nun, verdeckt hinter einem blühenden Azaleenbusch, zuhören, wie Sophie ihrem Begleiter vom Besuch eines Antiquitätenhändlers aus Berlin berichtete.
»Er war an einigen Sachen interessiert«, erzählte sie gerade. »Aber die Familienbibel oder Adalberts Ohrensessel gebe ich nicht her. Also hat er nur den alten Schinken mitgenommen.«
»Du meinst das Gemälde vom Gutshaus?«, wollte Robert wissen. »Das in diesem schweren Holzrahmen? Das muss einiges wert gewesen sein.«
»Es hat gerade so gereicht für dieses von deinem Vater inszenierte Theater«, erklärte Sophie. Sie lachte so laut und fröhlich, dass Franz hinter dem prachtvoll blühenden Azaleenbusch zusammenzuckte. »Zum Glück hatten Bertha und ich das Bild noch vor Kriegsende im doppelten Boden einer alten Kartoffelkiste im Keller versteckt, zusammen mit der Familienbibel und ein paar anderen Sachen. Und Gott sei Dank ist keiner von den Plünderern oder jemand anders je auf die Idee gekommen, da unten genauer nachzuschauen. War ja sowieso alles zugemauert beziehungsweise eingefallen. Du hast ja keine Ahnung, wie der selige Gottfried da unten gebuddelt hat, Junge.«
»Bestimmt hatte er seine Gründe.«
»Ja«, sagte Sophie. »Es waren nicht immer gute Zeiten in diesen über vierhundert Jahren, immer wieder Kriege und Überfälle. Und manchmal war es ganz praktisch, wenn man das Haus unbemerkt verlassen konnte. Oder wenn man Strandgut verschwinden lassen wollte. Solch einen Schleichweg hat übrigens

auch mein Adalbert mehr als einmal benutzt, wenn er …« Sie verstummte kurz, dann fuhr sie fort: »Schwamm drüber, das ist lange her. Jedenfalls hat Adam eine Menge Schutt wegschaufeln müssen, als er das Bild wieder aus dem Keller geholt hat.«
Franz, dessen Hände einen der fragilen Zweige umklammert hielten, stöhnte bei diesen Worten laut auf und kniff die Augen fest zusammen. Er konnte nichts anderes denken als: *mein* Bild – verkauft!
Er schrak zusammen, als sich der Busch vor ihm raschelnd teilte und Robert sagte: »Ach, du bist es, Vater.«
»Wie konntest du nur!«, fuhr Franz seine Mutter an. »Ausgerechnet dieses Bild! Ausgerechnet dieses Gemälde mit unserem Haus! Hast du nicht einmal an deine Familie gedacht?«
Und sie, sie musterte ihn von oben nach unten und von unten nach oben und meinte kühl: »Und ob ich an diese Familie gedacht habe!«
Er war zuweilen langsam von Begriff, doch jetzt kapierte er. »Du hättest …«, stotterte er, völlig perplex. »Wir hätten …«
»Möchtest du die Rechnungen sehen?«, fragte sie spitz.
Darauf wusste er zu seinem Leidwesen nichts zu sagen.

III

Diesen Mauerfall in Berlin sowie die ganze Aufregung drum herum in West und Ost hatte ich verständlicherweise zunächst nur am Rande mitgekriegt. Ich war erst gute sieben Jahre vorher, nämlich im Frühjahr 1982, geboren worden. In Weimar, wo mein Vater, Walter von Sand, und ich, René, damals lebten, hatte ich in der Volksschule gleich um die Ecke ein Jahr vorher damit angefangen, mich mit dem sogenannten Ernst des Lebens auseinanderzusetzen. An den Wochenenden und in den Ferien besuchte ich meistens meinen Großvater Heinrich in Erfurt oder meine Ururgroßmutter Sophie auf Wittow im Norden von Rügen. Durch Opa, der vor dem Krieg in seiner Freizeit als Statist im Nebenberuf und einmal sogar in einer kleineren Rolle in einem Lustspiel am Theater tätig gewesen war, und meinen Vater, der als Lehrer am Weimarer Gymnasium Deutsch und Geschichte unterrichtete und in seiner Freizeit eine Arbeitsgruppe von jungen Autoren leitete, kam ich schon früh mit Büchern jeder Art in Berührung, auch mit denen, die in der DDR nicht unbedingt erwünscht waren und deshalb nur unter der Hand gehandelt werden konnten. Im Grunde genommen bestand meine Erziehung vor allem aus der Freiheit, jederzeit wahllos und uneingeschränkt lesen zu dürfen, bis mir die Augen heraushingen – eine Begeisterung übrigens, die ich, wie sich später herausstellen sollte, mit meiner einzigen Cousine unter zahllosen männlichen Verwandten, nämlich Beatrice von Sand, teilte. In anderen Lebensdingen aber war ich seinerzeit etwas mehr als nur naiv, was nicht allein an meinem apolitischen und auch sonst chaotischen Vater lag, sondern ebenso daran, dass ich eine chronische Bronchitis und

Rachitis hatte, eine Brille wegen starker Kurzsichtigkeit tragen musste und überhaupt eher mickrig ausgefallen war. Damit kam ich für gewisse sportliche oder sonstige Aktivitäten meiner Altersgenossen, von denen die meisten eifrige Jungpioniere waren, erst gar nicht in Frage.
Beatrice VII. von Sand, kurz Bea gerufen, die zwei Jahre vor mir und auf der westdeutschen Seite der Mauer auf die Welt gekommen war, erkannte intuitiv, wie leicht ich am Anfang unserer Beziehung noch zu beeinflussen war. Als ich meine Cousine um x Ecken im Sommer 92 bei Sophie auf der Insel kennenlernte, verstand ich nämlich bei allen Gesprächen zwischen meinem Familienzweig aus dem Ostblock und jenen aus dem europäischen und überseeischen Westen, genauer gesagt, aus allen Erdteilen und Gegenden, die uns DDR-Bürgern bis zur Wende verschlossen geblieben waren, zunächst mehr Bahnhof als etwas Wesentliches.
Also war ich auf Hilfe und Erklärung beziehungsweise Aufklärung dringend angewiesen. Und da weder mein Opa noch mein Vater und auch kein anderer von denen im Ostzweig, die ich kannte, Zeit für mich hatten, musste ich mich zwangsläufig an den Klassenfeind wenden.
»Eines ist klar«, sagte Bea gleich am ersten Tag unserer Bekanntschaft zu mir, »ich, eine Vertreterin des Westens und damit des Fortschritts, werde dir wegen deiner lahmarschigen DDR-Vergangenheit immer einen Schritt voraus sein, einen sehr großen Schritt, und das auf allen Ebenen, die du dir vorstellen kannst. Also sperr deine Ohren auf, Kleiner, und hör mir genau zu, wenn ich mit dir rede. Etwas Besseres als ich kann dir in diesen Zeiten der Wende gar nicht passieren.«
Damals bezog Bea einen Teil ihrer Weisheiten noch von ihrem Urgroßvater Franz, einem meiner beiden noch lebenden Urgroßonkel aus dem Westen beziehungsweise Ausland. Franz' Bruder Felix ging am Stock und hatte, wie Opa mir berichtete, nach einem schweren Schlaganfall eine ziemliche Macke im

Kopf. Ich fand ihn deshalb interessant, weil er in seiner Jugend als Söldner nach Afrika gegangen und angeblich mit fünf afrikanischen Frauen gleichzeitig verheiratet war, von denen ihn zu meinem Leidwesen aber nur zwei zum Familientreffen begleiteten.

Franz, Beas Urgroßvater, mochte ich auf Anhieb nicht besonders, auch wenn er einige für mich faszinierende und neiderweckende Dinge mitgebracht hatte, zum Beispiel einen dicken Mercedes, einen tragbaren Computer, eine altmodische Reisetasche aus Leder mit glänzenden Scharnieren und einer beeindruckenden Zahl von Seitenfächern sowie eine schwarze Lederaktentasche mit Zahlenschloss und seinen Initialen in Gold auf der Vorderseite. Dass er außerdem ein weitgereister und beruflich erfolgreicher Mann war, ließ er bei jedem seiner Gespräche mit seinen Verwandten durchblitzen, da konnte zumindest auf unserer Ostseite niemand mithalten. Für meine Abneigung ihm gegenüber hatten unter anderem die Erzählungen meines Opas vor dem ersten Treffen gesorgt. Opa kannte seinen Onkel noch aus der Zeit vor der Mauer und hatte ihn dann im Frühling vor dem Familientreffen bei dessen erster Erkundungstour auf Rügen wiedergesehen.

»Es kommen schlechte Zeiten auf Sophie und damit auch auf uns zu«, hörte ich Opa seitdem öfter zu meinem Vater sagen. »Was zwei Weltkriege und unsere Freunde, die Russen, mit ihrem Kommunismus und die sozialistische DDR unter Honecker und Konsorten nicht geschafft haben, das schafft Franz mit dem kleinen Finger. Der macht uns alle platt, wirst sehen.«

Mein Vater, der sich nach dem Mauerfall wegen der deutsch-deutschen Wiedervereinigung um seine berufliche und damit auch meine Zukunft sorgen musste, hörte im Gegensatz zu mir nur mit einem Ohr zu, denn er fragte ziemlich geistesabwesend: »Ist dieser Franz nicht schon längst jenseits von Gut und Böse? Er muss doch mindestens Mitte achtzig sein.«

»Was ›Gut‹ betrifft, bestimmt hundertfünfzigprozentig im Jenseits«, erklärte Opa mit dumpfer Stimme. »Mit ›Böse‹ allerdings noch lange nicht. Außerdem ist er Mitte siebzig. Und so wie er aussieht und auftritt, hat er in den vergangenen vier Jahrzehnten des Aufschwungs im Westen vor allem für sein eigenes Wohl gesorgt. Für den ist diese Wiedervereinigung nur deshalb ein Grund zum Jubeln, weil er sich, was Sophie und Distelitz betrifft, bestimmt schon wieder profitable Geschäfte ausrechnet. Und«, fügte Opa brummig hinzu, »er wird alles dransetzen, um das zu bekommen, was ihm seiner Meinung nach noch immer zusteht.«

»Und was ist das?«, wollte ich wissen.

Er musterte mich lange, dann sagte er: »Na, er ist doch Sophies ältester Sohn und damit der Älteste von uns allen in dieser Familie. Und es gibt eben Erbschaftsgesetze für so was.« Bevor ich nachhaken konnte, fügte er düster hinzu, jetzt wieder an meinen Vater gewandt, der eigentlich eine Glosse für die Weimarer Zeitung schreiben wollte, aber gar nicht gut drauf war und deshalb den berühmten roten Faden nicht fand: »Und überhaupt, alle aus dem Westen werden jetzt bei Sophie einfallen wie die Geier.«

Vorsichtig begann ich: »Aber was …?«

Doch Opa winkte ab. »Lass man, René. Sei froh, dass du noch nicht erfahren hast, wozu manche Leute fähig sind.«

Später, als ich wieder einmal bei ihm übernachtete und mit ihm zusammen vom Sofa aus den Film *Der Pate* im Fernsehen anschauen durfte, sagte er: »So wie der da, so ist Franz. Ein Patriarch … eben wie dieser Pate da, nach dessen Pfeife alle tanzen müssen, ob sie wollen oder nicht.«

Als dann die Szene mit dem kopflosen Pferd zwischen den blutrotgefärbten Seidenlaken im Bett des Paten lief, zog ich mir die Wolldecke, die auf dem Sofa lag, damit man die Löcher in der Polsterung nicht sehen konnte, über den Kopf. In dieser Nacht träumte ich von einem unheimlich dicken Mann ohne Gesicht, dessen Leibwächter mit finsteren Mienen und mit Maschinenpistolen unter ihren Jacketts vor dem altem Gutshaus auf der Insel herumhingen. Als ich nach diesem unheimlichen Traum aufwachte, nahm ich mir fest vor, mir diesen Franz bei Gelegenheit ganz genau anzuschauen. Da ich schon einige Krimis im Fernsehen gesehen hatte, wusste ich in etwa, wo ich bei einem Verdächtigen nach Waffen zu suchen hatte.

Im Frühjahr 92 kriegte Sophie Distelitz offiziell wieder zurück. Wie Opa erzählte, war die Gemeinde auf Wittow froh, dass sie den alten, verwahrlosten Kasten endlich los war und sich nicht noch um Investoren oder sogar um den Abriss kümmern musste. Der Norden von Rügen, also die Halbinsel Wittow, mit seinen in der LPG-Zeit ausgelaugten Feldern und mit dem Steinstrand unterhalb der Steilküste war für mögliche Käufer ohnehin nicht interessant – bis auf das Kap, aber das war unverkäuflich und schon immer so eine Art Wahrzeichen, weil hier im 6. Jahrhundert bis 1168 eines der wichtigsten Heiligtümer der Slawen stand, nämlich die Jaromarsburg mit dem Swantevit-Tempel.
Sophie war also wieder Eigentümerin vom Gut. Und schon im Sommer darauf fielen dann die »Geier«, also die Verwandten aus Sophies westlichem Familienzweig auf der Insel ein. Ich war im April gerade zehn geworden und hatte in diesen ersten zwei Jahren der Wende bereits am eigenen Leib erfahren, dass wir aus dem Osten nach dem Mauerfall in vielen Dingen und Angelegenheiten einen enormen Nachholbedarf hatten. Nicht, dass wir nicht stolz auf das waren oder sein konnten, was in den Jahrzehnten nach dem Krieg in unserer DDR geschaffen worden war, wie mein Opa immer wieder betonte. Aber für uns galten eben andere Werte als für die Kapitalisten im Westen. Opa und mir reichte zum Beispiel ein alter Weltatlas, um auf Reisen zu gehen, während unsere westlichen Verwandten in Autos, Züge oder Flugzeuge steigen mussten, um den Erdball zu umkreisen. Und auch wenn Opa und ich nicht wirklich

reisten, in unseren Köpfen und Gesprächen waren wir ebenfalls schon überall auf der Welt.
Da ich ein ziemlich gewieftes Kerlchen war, das heißt, meine Augen überall und außerdem Gottfrieds Segelohren hatte, spürte, sah und hörte ich, dass es Abgründe zwischen Ost und West gab, die viel größere Hindernisse darstellten als vorher die Mauer oder der Todesstreifen an der Grenze. Also beherrschten Misstrauen, Argwohn, Vorsicht und Streitereien dieses große Familientreffen bei Sophie vom ersten Tag an. Die Spannung in der Luft war zuweilen so groß und spürbar wie vor einem heftigen Gewitter. Jeder erzählte und lachte, aber mir kam es vor, als wären sie alle Schauspieler, die sich erfolgreich mit ihren Rollen identifizierten. Manchmal dachte ich, dass bei all diesen Unterhaltungen eigentlich ganz andere Gespräche im Gange waren, mit Worten und Sätzen, die keiner aussprach, die aber trotzdem im Raum standen. Wir aus dem Osten kamen immer wieder unter Druck, unsere DDR-Vergangenheit zu verteidigen. Wir duckten uns unter der lautstarken Jovialität der anderen. Und die fühlten sich anscheinend auch nicht viel besser, wenn einer von unserer Seite genauer erzählte, was seiner Meinung nach den Osten vom Westen unterschied.

Nur meine Cousine Beatrice und ich hatten keine Schwierigkeiten miteinander. Wir verstanden uns auf Anhieb, obwohl sie ein Mädchen war und ich ein Junge.
Gleich am ersten Tag unseres Zusammentreffens überredete sie mich dazu, mit ihr auf die einzige alte und höchste Buche im Park zu klettern.
»Von da oben aus haben wir alles unter Kontrolle«, erklärte sie mir. »Wir können so ziemlich alles sehen, was die anderen machen. Und hören, was da drüben auf der Terrasse geredet wird.«
Wir standen unter besagtem Baum, und ich betrachtete die Terrasse mit der brüchigen Begrenzungsmauer. Zwischen den ein-

zelnen und meist zerbrochenen Platten hatten sich Löwenzahn, Brennnesseln und Ableger vom Sanddorn ausgebreitet. Keiner von uns, auch Sophie oder Bertha nicht, hatte in den Jahren vorher jemals auf dieser Terrasse gesessen.
Bea war meinem Blick gefolgt. »Du kannst Gift darauf nehmen, dass sich die Meute hier versammeln wird, egal, ob sie über Steine stolpert, mit den Absätzen hängen bleibt oder sich ihre Designerhosen an Dornen zerreißt. Cocktailtime«, fügte sie erklärend hinzu. »Jeden Nachmittag Punkt siebzehn Uhr, sozusagen als Einstimmung aufs Dinner Punkt neunzehn Uhr.« Sie zeigte auf meine Armbanduhr aus Plastik, die ich von Opa zum zehnten Geburtstag bekommen hatte. »Du kannst deine Ticktack danach stellen. Die trinken ihren Cocktail immer um diese Zeit, ob sie nun in der Wüste von Dubai sind, im Eis der Antarktis oder auf einem Golfplatz in Australien.« Sie packte mich am Arm. »Und jetzt komm mit auf den Baum, Kleiner. Ich habe wirklich keine Lust auf den Kinderkram da im Park.«
Auch ich hatte keine große Lust, mit der Horde der nun vereinigten Jugend aus Ost und West Fußbälle in die ohnehin schon kaputten Kellerfenster oder aufs Dach der Remise zu schießen, die Goldfische im versumpften Teich zu jagen oder mit Fahrrädern und sonstigen mitgebrachten Vehikeln den schon immer ramponiert wirkenden Rasen rund ums Haus endgültig zu ruinieren. Ich wollte eigentlich auch mit einem Mädchen nicht viel zu tun haben, erkannte aber rasch die Vorzüge einer Freundschaft mit ihr.

»Wir sind füreinander bestimmt, Kleiner«, erklärte Bea mir. »Du bist von nun an mein ständiger Begleiter. Also wirst du jetzt sofort mit mir auf diesen Baum klettern.«
Sie starrte mich an und zog dabei ihre dicken rotblonden Augenbrauen über ihren grün- und goldengesprenkelten Augen hoch bis zu ihrem wildgekräuselten Pony.

In diesem Jahr konnten Bea und ich noch zusammen in einer Astgabel ziemlich hoch im Wipfel sitzen; unsere Hintern passten dicht nebeneinander genau in die Kuhle zwischen drei Ästen. Von dort oben hatten wir tatsächlich einen guten Blick auf alles, was sich im Park rund ums Haus, auf der Terrasse oder hinter den Fenstern im Erdgeschoss, im oberen Stockwerk und auf dem sichtbaren Teil des Dachbodens so tat.
Bea klärte mich schon beim ersten Mal auf der Buche über das komplizierte Beziehungsgeflecht unserer westlichen Angehörigen auf. Fast ununterbrochen redete sie darüber, wer gerade mit wem ein Verhältnis hatte und wessen Kind ein untergejubeltes oder ein legales war und wer gerade in finanziellen oder beruflichen Schwierigkeiten steckte, wer sich eine Millionenvilla leisten konnte und wer nur einmal im Jahr in Urlaub fuhr oder wer so knauserig war, dass er sich nicht mal die Butter aufs Brot gönnte. Sie verschwieg auch nicht, dass ihr Urgroßvater Franz mit zunehmendem Alter allmählich den genauen Überblick auf das Ausmaß von Sophies Familie verlor und sich deshalb auf jene Vertreter der vier Generationen nach seiner Mutter konzentrierte, die ihm bei familienbedingten Entscheidungen sowieso nach dem Mund redeten. So ganz nebenbei teilte sie mir auch mit, dass Franz überall auf der Welt seine Spione habe, die ihn über die beruflichen Aktivitäten, die ehelichen Seitensprünge und Unfälle von Sophies Nachkommen informierten.
»Und jetzt seid ihr im Osten dran«, sagte sie. »Schau dich also immer um, wenn du unterwegs bist. Aber so, dass der Spion das nicht merkt. Und bei dir zu Hause würde ich nach versteckten Wanzen suchen – sogar im Wasserkasten im Klo kann eine sein. Und glaub mir, mein Urgroßvater kennt sich in solchen Sachen bestens aus.«
Ich schwieg meistens fasziniert, da wir aus dem Osten bisher höchstens halb so interessant gelebt hatten wie die westlichen Zweige der Familie. Doch ich speicherte alles Gehörte, um es

später brühwarm meinem Opa zu berichten, wenn wir, er, Vater, Sophie und ich, in der Remise auf unseren Eisenbetten lagen, weil im Haus kein Platz mehr für uns war.
»Wusste ich's doch«, knurrte Opa dann. »Alles Kapitalisten von der übelsten Sorte!« Nur die Sache mit den Spionen glaubte er mir nicht, die hielt er für Kinderkram.

Wenn es innerhalb der Familie eine Meisterschaft in Sachen »Mit-dem-können-wir-machen-was-wir-wollen« gegeben hätte, dann wäre ich in diesem ersten gemeinsamen Sommer zweifellos als Sieger hervorgegangen. Wo immer jemand in den Dreck geschubst wurde, sich die Knie aufschlug, seine Hose zerriss, in der Gruft oder im Keller eingesperrt wurde – stets handelte es sich um mich.
Für Opferrollen war ich also wie geschaffen, und deshalb drückte ich mich in diesem turbulenten Sommer 92 vor den Spielen der anderen Jungen, so oft es eben ging. Meistens verzog ich mich dann in die stille und wegen der im Lauf der Jahrhunderte nachgedunkelten Holzvertäfelung immer ein wenig düster wirkende Bibliothek. Hier hielt ich mich als wahrer Bücherwurm sowieso gern auf und hatte oft das Gefühl, dass die nach der FDGB-Ära im Haus wieder mit nicht vielen, aber mit den unterschiedlichsten Büchern gefüllten Regale sich mir zuneigten, um mir ihre geheimen Schätze zu offenbaren und mich dazu aufzufordern, sie zu heben. Als Bea mir eines Tages dorthin folgte und wie ich staunend und erwartungsvoll die Titel und Autorennamen vor sich hin murmelte, wurde mir, verbunden mit einem Gefühl von freudiger Wärme, klar, dass ich, der ich es bisher eher mit Erwachsenen zu tun bekommen hatte, endlich jemanden in meinem Alter gefunden hatte, mit dem ich über die Bücher, die ich las, und über die Gedanken, die ich mir über den Inhalt machte, reden konnte.
Bevor es aber tatsächlich dazu kam, spielte Bea mir gegenüber

am liebsten Schutzengel und Retterin. Sie klatschte mir, wenn ich wieder einmal Opfer rauher Spiele der übrigen Jugend geworden war, ungebeten kaltes Wasser ins verschlammte Gesicht und wischte mir nach unerwarteten Stürzen mit ihrem T-Shirt die Tränen ab, kratzte mir mit ihren splittrigen Fingernägeln Erdbrösel und winzige Steinchen aus frischen Wunden, machte Mund-zu-Mund-Beatmung, wenn sie mich vom Grund des Badeteichs wieder ans Tageslicht geholt hatte, wohin die anderen mich zu entsorgen versucht hatten. Sie zeigte mir Karategriffe, die ich aber nie erfolgreich anwenden konnte, weil die anderen Jungen sie ebenfalls kannten, und sorgte auch noch Jahre später, als ich endlich aus dem Alter für derartige kindliche Unfälle raus war, für mein Wohlergehen.
Irgendwann in diesem ersten gemeinsamen Sommer sagte Bea zu mir: »Ich finde, du bist für einen Ossi ganz in Ordnung, Kleiner. Jedenfalls nervst du nicht wie die anderen, die einen ständig fragen, welche Chancen sie im Westen hätten, und die auf einmal alles das haben wollen, was wir auch haben.«
Wie üblich in unserem ersten Sommer, saßen wir an diesem sonnigen Nachmittag auf unserer Buche und beobachteten das Treiben der anderen. Adam, Berthas Mann und neben Opa mein bester Freund, hatte gleich zu Beginn der Sommerferien gemeinsam mit mir alle noch einigermaßen stabilen Stühle aus den Zeiten der DDR-Plaste aus dem Schuppen geholt und tagelang abgeschrubbt und dann auf der Terrasse aufgestellt, die tatsächlich zum Lieblingsplatz der westlichen Verwandtschaft ab fünf Uhr am Nachmittag geworden war. Wegen Platzmangel saßen ein paar Tanten und Onkel sogar auf dem Boden und auf der kleinen Begrenzungsmauer, von der mein Opa schon seit ein paar Jahren annahm, dass sie bei der geringsten Belastung zusammenfallen könnte. Seiner Meinung nach gab es sowieso ziemlich viele brüchige Stellen in, an und um Sophies Haus herum. Weil Opa etwas vom Bauen und von Bausubstanz und Reparieren verstand und sich mit dem passenden Werk-

zeug auskannte, hatte er einen Sonderstatus bei meiner Ururgroßmutter – genauso wie ich, denn ich war, von Bea abgesehen, ihr erster Ururenkel gewesen. Ich hatte nie »Oma« oder sogar »Ururoma« zu Sophie gesagt, wie meine diversen Onkel und Cousins das taten. Ich kannte sie gar nicht anders als eben »Sophie« – eine Tatsache, die Franz sauer aufzustoßen schien, denn er verpasste mir jedes Mal, wenn ich in seiner Gegenwart Sophie mit »Sophie« ansprach oder sie in Unterhaltungen mit anderen so nannte, einen Rippenstoß und schimpfte mich »völlig respektlos gegenüber dem Alter«. Er sagte dann auch: »Aber was kann man von eurer Seite schon anderes erwarten, da gab es wohl nie so etwas wie Zucht und Ordnung.« Und das nahm ich ihm übel, denn wenn ich uns Jungen aus dem Osten mit denen aus dem Westen verglich, dann waren wir nicht die Bohne schlechter als die anderen.

Wie immer redeten und lachten die diversen jungen, älteren und alten Onkel und Tanten auf der Terrasse auch an diesem Nachmittag durcheinander und ließen Eiswürfel in ihren Gläsern klirren. Und wie immer waren die Verwandten aus dem Westen in der Mehrzahl. Sophie war weder in der einen noch in der anderen Gruppe; sie hielt, wie ich wusste, sowieso nicht viel von diesen spätnachmittäglichen Zusammenkünften. Außerdem hatte sie wie Bertha in der Küche alle Hände voll zu tun. Es genügte ihr, dass mein Opa dabei war, sozusagen als ihr Spion, der ihr dann später berichten konnte, was da so geredet worden war.

Ich beugte mich ein wenig vor und fixierte die Terrassenrunde unter uns genauer.

»Hab ich es mir doch gedacht!«, regte ich mich nach einer Weile auf. »Weil der Apfelschnaps schon alle ist, trinken deine Leute jetzt Sophies echt russischen Wodka weg und ihren letzten Krimsekt mit ihrem selbstgemachten Brombeerlikör vom vorigen Jahr. So etwas bekommen wir aus dem Osten immer erst zu Weihnachten und Silvester – und dann jeder nur ein Glas!«

»Reg dich ab, Kleiner.« Bea reckte sich ebenfalls, um besser nach unten sehen zu können. »Ich möchte wissen, worüber sie schon wieder zu reden haben«, überlegte sie dann laut. »Ich versteh nämlich kein Wort.«
Auch ich konnte kein Wort verstehen, hörte aber das unverkennbar polternde Organ von Urgroßonkel Franz aus dem Stimmengewirr heraus.
Ich schob gerade einen Ast mit Blättern zur Seite, als Franz sich bückte und einen dicken Ordner aus seiner monströsen Aktentasche nahm. Diese Aktentasche hatte er fast ständig bei sich, sogar mit an den Strand nahm er sie, wenn er dort seine wenig sportlich wirkende Morgengymnastik absolvierte. Ein- oder zweimal, als Franz ohne seine Tasche auf dem Klo war, hatte ich, leider vergeblich, versucht, das Schloss zu knacken und mir den Inhalt anzusehen. Irgendwie war ich davon überzeugt, dass er in dieser Tasche nicht nur Papierkram, sondern mindestens eine Maschinenpistole hatte.
Jetzt breitete er verschiedene Papiere auf dem Tisch aus, und alle anderen aus der Familie standen auf und beugten sich darüber.
»Runter, Kleiner!«, sagte Bea. Wir seilten uns ab.
»Dies!«, donnerte Franz gerade, als wir uns durch die Menge nach vorn drängelten. Immer wieder hieb er mit der geballten Faust auf den wackeligen Tisch, der ebenfalls noch aus DDR-Zeiten stammte. »So sieht Entwicklungs- und Aufbauhilfe für den Osten aus. Wir werden auch diese verschlafene Insel zum Leben erwecken.«
»Das ist nicht dein Ernst«, hörte ich meinen Opa sagen, der sich die ausgebreiteten Papiere genauer anschaute. »Das kannst du nicht machen!«
»Selbstverständlich ist es mir ernst damit!«, schnaubte Franz. »Hier – hier liegt die Zukunft, mein Junge!« Jetzt schlug er mit der flachen Hand auf das Papier. »Und was heißt machen – alles ist machbar, wenn das richtige Geld und ein gutes Konzept da-

hinterstecken. Das werdet ihr aus dem Osten auch bald merken.«

»Ich habe das schon hinter mir, das mit dem Merken«, sagte Opa. »Aber was dabei herausgekommen ist, ist für unsereinen mehr zum Heulen als zum Jubeln.«

Zu diesem Zeitpunkt wusste ich noch nicht, dass er sich Sorgen um seinen Arbeitsplatz im VEB-Walzwerk bei Erfurt machte, weil westdeutsche und ausländische Konzerne damit anfingen, im Osten ganze Betriebe oder Teile davon aufzukaufen und Leute in Opas Alter und auch viel Jüngere plötzlich ohne Arbeit dastanden.

»Hast du eine Ahnung, was an diesen Strichen unsere Zukunft sein soll?«, fragte ich Bea und zeigte auf das oberste Papier.

Sie sah mich forschend an. »Ich dachte, du weißt schon davon.«

»Wovon?«

Sie hielt ihren eindringlichen Blick weiter auf mein Gesicht gerichtet. »Er will hier auf Distelitz ein Feriendorf für Leute aus dem Westen bauen.«

»Ein grandioser Plan!«, hörte ich ein paar Leute neben und hinter uns sagen. »Typisch unser Franz. Immer am Ball. Damit hätten wir ausgesorgt.«

»Und was sagst du dazu?« Bea boxte mich in die Rippen. »Willst du etwa nicht reich sein? Und möchtest du nicht, dass Sophies altes Haus neu gebaut wird? Oder das jemand sehr viel Geld hineinsteckt, damit es wieder so aussieht wie früher?«

»Keine Ahnung«, antwortete ich, weil ich mir das Gutshaus partout nicht anders vorstellen konnte. Solange ich zurückzudenken vermochte, hatte sich hier nichts verändert. Ich kannte und liebte es so, wie es war. Zu allen Jahreszeiten war ich schon hier gewesen, und das Haus mit seinen Geheimnissen und die Landschaft, die schlanken Baumstämme an der Steilküste und die See dahinter, die Wärme in Sophies Augen und in ihrer Kü-

che waren zu einem Eindruck verschmolzen, der mir nur Wohlgefühl vermittelte.
In diese Gedanken verloren, drehte ich mich einen Moment lang von Bea weg und sah hoch, an den Köpfen der anderen vorbei. Es war einer jener Sommertage an der See, an denen das Meer so blau ist wie der Himmel darüber. Die Nachmittagssonne spiegelte sich in den Fenstern des Gutshauses und ließ sogar die hölzernen Rahmen, von denen die Farbe abgeblättert war, warm glänzen. Die Sonne beleuchtete auch die rostenden Dachrinnen, sie erhellte die geheimnisvolle Tiefe der Risse in den löchrigen Mauern und vergoldete die Moospolster, die sich unter den Balken auf dem Balkon und über den Türrahmen ausbreiteten. Zwischen zwei blanken Steinen zwischen Hauswand und linkem Holzturm erhob sich eine zierliche Birke, umgeben von fedrigen Farnblättern. Und das Dach, nun ja, das hatte schon immer mehr Löcher gehabt, als mein Opa neue Ziegel auftreiben konnte. Aber es gab genügend Eimer und Wannen im Haus, die bei Regen aufgestellt werden konnten.
»Ich will nicht, das Sophies Haus anders oder wie neu wird«, erklärte ich. Aber niemand hörte mir zu, denn die Stimme meines Urgroßonkels Franz war viel lauter als meine.
»Alt«, sagte er, »schlechte Bausubstanz, das sieht doch ein Blinder mit'm Krückstock. Die Grundmauern stammen noch aus dem 16. Jahrhundert. Das muss man sich mal vorstellen – seit mehr als vierhundert Jahren existieren diese Mauern schon.«
»Steht unser Haus unter Denkmalschutz?«, wollte jemand von den anderen wissen.
»Ach wo! Denkmalschutz – lohnt sich nicht mehr. Schaut euch doch um.«
Wie auf Knopfdruck wurde nach rechts und nach links geguckt, auf die halbe Ruine auf der einen, auf die spärlichen Mauerreste der einstigen Nebengebäude auf der anderen Seite, auf die löchrige Parkmauer, die verrottende Remise. Dann kehrten die Blicke zu Franz zurück.

»In ein paar Jahren fällt hier alles zusammen.« Er wandte sich wieder seinen Papieren zu. »Aber so lange können wir nicht warten, denn bis dahin redet wahrscheinlich kein Mensch mehr von Wiederaufbau. De facto heißt das: Wer jetzt nicht investiert, der guckt in die Röhre.« Mit seinem dicken Zeigefinger tippte er auf seinen Plan. »Und der Urlauber, der in den nächsten zwei, drei Jahren auf die Insel kommt, der hat seine Fernreisen schon hinter sich und erwartet nun auch hier den Komfort, den er in allen Ferienanlagen auf der Welt vorfindet. Also werden wir hier ein Urlaubsdomizil bauen, das seinen Erwartungen nicht nur hundertprozentig, sondern hundertfünfzigprozentig entspricht.«

Dann ging es so richtig los. Jeder wollte seinen Senf zu diesem Thema abgeben.

»Genau! Das alte Haus hier abreißen und neu bauen. Am besten eine schöne Hotelanlage mit allem Komfort.«

»Oder eine Schönheitsfarm.«

»Endlich Zimmer mit Bad«, warf eine meiner angeheirateten West-Tanten ein, an deren Namen ich mich nicht erinnern konnte.

»Ehrlich gesagt, ich verbringe meinen Urlaub auch lieber in einem Viersternehotel als in diesem primitiven Kasten«, murmelte jemand.

»Wir können froh sein, wenn wir den alten Kasten los sind.«

»Für ein Grundstück dieser Größe bekommst du sogar im Osten Millionen nachgeschmissen.«

So ging das hin und her. Ich konnte meinen Blick nicht von Franz wenden. Er stand da wie der Napoleon auf dem Bild in meinem Geschichtsbuch.

Und dann fragte jemand: »Irre ich mich, wenn ich annehme, dass es Sophies Eigentum ist, über das wir hier reden und bestimmen wollen?«

Der das fragte, war ein gewisser Großonkel Lukas, der in Luzern eine gutgehende Bank als Direktor leitete. Ich musterte ihn unauffällig. Eigentlich war nichts Besonderes an ihm, er sah mit Gottfrieds Segelohren eben aus wie alle von-Sand-Männer. Er bewegte sich nur ein bisschen anders als die meisten. Vielleicht lag das am Geld, mit dem er tagtäglich zu tun hatte. Dass in der Schweiz Massen von Geld herumlagen, das hatte Bea mir anvertraut. »Alle Reichen der Welt haben ihr Geld dort deponiert. Wegen der hohen Vermögenssteuern in ihren Heimatländern. Deshalb gibt es in dem Land nur stinkreiche Banken und stinkreiche Leute … wie Großonkel Lukas.«

Ich guckte wieder weg. Der Schweizer sah nicht gerade reich aus in seinen ausgeleierten Shorts und dem bekleckerten Hemd. Außerdem steckten seine Füße in bunten Gummilatschen.

Ich stand so dicht neben Franz, dass ich die Spannung in seinem Körper spüren konnte. Und ich roch ihn, denn er schwitzte wie ein Affe.

»Sophie hat es verdient, dass wir, ihre Familie, ihr jetzt alle Schwierigkeiten aus dem Weg räumen und dazu beitragen, dass sie ihren Lebensabend in Ruhe genießen kann«, sagte er mit lauter Stimme.

Da musste ich den Kloß in meinem Hals loswerden. Ich sagte, nein, ich schrie: »Ich will nicht, dass du das mit Sophie machst! Ich finde ihr Haus nämlich tausendmal schöner als alle eure doofen Schickimicki-Hotels zusammen!«

Jetzt starrte nicht nur meine Cousine mich an, sondern auch Franz und die anderen. Aber bevor jemand etwas äußerte, spürte ich eine schwere, harte Hand auf meiner Schulter. Und als ich aufblickte, sah ich meinen Opa, der neben mir stand. In seiner zerschlissenen Arbeitshose und dem schmutzigen Hemd wirkte er wie ein Fremdkörper neben Franz im Mafiosi-Anzug und unter all den anderen in ihren gestreiften oder gemusterten Hemden, in ihren bunten T-Shirts und kurzen Hosen und mit Sonnenbrillen auf den Nasen. Doch im Gegensatz zu den anderen passte Opa genau zu Sophies Haus, das sich hinter ihm jetzt bis zum Himmel zu strecken schien und mit seinen in der

Sonne changierenden Farben an braune Kuhscheiße und graue Regenwolken und einen Sonnenuntergang über der Ostsee erinnerte und genau in diese Landschaft gehörte. Opa passte auch zu der halbzerfallenen Remise mit den dicken Spinnweben und den Mauselöchern in den Ecken, zu dem duftenden Unkrauthaufen hinten im Kräutergarten, zu den jungen und schon verkrüppelten Bäumen, die sich entlang der Steilküste in die weiche Erde krallten und vom nächsten Sturm vielleicht doch entwurzelt wurden. Jedenfalls, dachte ich, jedenfalls ist mein Opa hier mehr zu Hause als alle aus dem Westen zusammen. Und kein anderer wird etwas mit dem Haus machen können, wenn Sophie und mein Opa das nicht wollen.

»Keine Bange, mein Junge«, knurrte er. »Niemand wird sich an diesem Haus oder sonst was, das Sophie gehört, vergreifen, ob er nun aus dem Westen oder sonst woher kommt. Dafür werden ich und ein paar andere schon sorgen, das verspreche ich dir.«

Obwohl er durch fest zusammengebissene Zähne und ziemlich leise sprach, schien ihm jeder zuzuhören. Und ich dachte, als er aufhörte zu reden: Komisch, wie laut Stille manchmal sein kann.

Später, wieder auf unserem Hochsitz, fragte Bea: »Kannst du mir erklären, warum dein Opa so viel Einfluss auf Sophie hat? Ist er ihr heimlicher Liebhaber oder ihr Leibwächter, oder was?« Sie trieb mir ihren Ellbogen in die Rippen. »Los, sag schon! Du bist doch derjenige unter uns, der schon immer hier war, also musst du auch über solche Sachen Bescheid wissen.«

»Quatsch mit Soße!«, gab ich, im Inneren noch immer aufgeregt, zur Antwort. »Willst du das wissen, oder hat dich dein blöder Franz vorgeschickt?«

»Er ist nicht mein blöder Franz! Er ist mein Urgroßvater!«

Eine Weile schwiegen wir, beide beleidigt, und horchten auf die

wiederaufgeflammte Diskussion unten auf der Terrasse. Ich sah, dass Opa sich im Hintergrund hielt. Sogar von hier oben konnte ich erkennen, dass sein Gesicht rot wie eine Tomate war. Ich machte mir Sorgen um ihn. Aufregung schadete seinem angegriffenen Herzen und trieb seinen Blutdruck nach oben, das war nicht gut für seine Gesundheit.
«Ich persönlich werde mich dafür einsetzen, dass sich kapitalkräftige Investoren ...«, polterte Franz plötzlich los.
Und mein Opa polterte, ihn unterbrechend, aus dem Hintergrund: »Niemand von uns hat etwas dagegen, wenn du dein Geld oder das Geld deiner Investoren in alles Mögliche oder in deinen Arsch steckst. Aber Hände weg von Sophies Haus und Grundstück!«
Dann stapfte er davon, und immer, wenn er wütend war, merkte man überhaupt nicht, dass da, wo eigentlich sein linkes Bein sein sollte, eine Prothese war.
»Also, das hab ich noch nicht erlebt, dass einer aus der Familie so offen gegen Franz ist«, meinte Bea neben mir bewundernd.
»Mein Opa ist eben anders, der kneift den Schwanz nie ein«, sagte ich und war ziemlich stolz auf ihn. »Der hat schon immer gewusst, was für Sophie und überhaupt für alles richtig oder was falsch ist. Er konnte das nur nicht immer so laut sagen, weil die Stasi ihn dann beobachtet hätte.«
»Stasi?«
»Staatssicherheitsdienst«, erklärte ich. »Das waren die Spione von der Regierung in der DDR.«
Ich merkte, dass sie das nicht verstand, weil sie nur »Aha« sagte und dann gleich weiterfragte: »Und warum weiß dein Opa immer, was für Sophie richtig oder falsch ist?«
Also erzählte ich ihr in kurzen Worten Opas Geschichte, die mit seiner und der Geburt seines Zwillingsbruders Dietmar 1942 in Tokio begonnen hatte. »Und als sie beide fünf waren und der Krieg gerade vorbei, da sind sie mit den Knochen ihres Vaters – das war der Friedhelm – also mit Friedhelms Knochen

im Sarg und mit einer Nonne aus dem japanischen Waisenhaus auf die Insel gekommen«, beendete ich meinen Bericht. »Und jetzt wohnt Dietmar in Dresden und Opa in Erfurt.«
»Wahnsinn!«, meinte Bea. »Und wie ging das dann weiter … mit deinem Opa und den Knochen von seinem Vater?«
»Weil er und Dietmar Waisenkinder waren, hat Sophie die Vormundschaft über sie gekriegt. Heinrich, also mein Opa, hat schon als Junge bei Sophie alles repariert, was kaputt war. Er hat später Zimmermann gelernt und dabei ein Bein verloren. Er repariert noch immer alles, obwohl er auch sonst viel Arbeit hat. Außerdem möchte er gern wieder eine Frau haben, aber leider findet er keine, die genauso gut zu ihm ist wie meine Oma. Die hieß Krystina und war aus Russland und ist schon lange tot.«
Beas Augen glänzten. »Eine echte Russin! Erzähl von ihr!«
»Über die kann ich nichts sagen, die kannte ich doch gar nicht. Ich weiß nur, dass Opa ihretwegen von der Insel weg und nach Erfurt ins Werk gegangen ist, weil er da mehr verdient hat als ein Zimmermann. Da haben sie dann zwei Söhne bekommen, Ernst und eben Walter, meinen Vater. Und als mein Vater zwanzig Jahre alt war, ist meine Oma gestorben.«
»Ich finde deinen Opa total in Ordnung«, erklärte sie mit weitaufgerissenen Augen. »Ich wünschte, ich hätte so einen. Meiner, also der Vater meines Vaters, der war nur Legionär in Afrika – du weißt schon, so was Ähnliches wie Urgroßonkel Felix – und ist dann bald von Rebellen erschossen worden. Und mein anderer Opa hat eine Firma in Holland, die Käse macht. Der redet immer nur über Käse, wenn wir ihn besuchen. Jedes Mal muss ich einen von diesen komischen Schutzanzügen und besondere Schuhe anziehen, weil er mir seine Käserei zeigen will.« Sie seufzte tief, es klang ziemlich verzweifelt. »Also total langweilige Typen im Vergleich zu deinem Opa, sage ich dir.«
Ich streckte meinen Arm aus und zeigte nach unten, wo Franz sich gerade über eine Platte mit Schnittchen hermachte.

»Aber du hast noch deinen Urgroßvater, und der ist bestimmt nicht langweilig, oder?«
Sie zog eine Grimasse, und ich musste so lachen, dass ich fast vom Hochsitz fiel.

»Was hast du eigentlich gemeint, als du zu Franz sagtest, er solle erst überlegen, bevor er ›unser‹ sagt?«, fragte ich Opa an diesem Abend, als wir beide und mein Vater auf den Eisenbetten im Erdgeschoss der Remise lagen, gleich neben den Hühnern. Unter dem Dach gab es noch zwei Räume, da hatte Sophie früher, als die Sache mit dem FDGB noch lief, geschlafen, bis in einem Winter dann das halbe Dach eingestürzt war. Kurz vor dem Einfall der Familie hatten sie und Adam unten einen Teil für die Hühner und das Schwein abgetrennt und im restlichen Raum ein paar Eisenbetten aufgestellt – man konnte ja nie wissen, wie viele Leute da kamen. Als klar war, dass Sophie ihr Zimmer im Haus Franz überlassen würde, zog sie eben wieder in der Remise ein, samt ihrem alten Lederkoffer, in dem sie ihre paar Schätze aufhob, wie zum Beispiel den Katalog einer amerikanischen Firma, die Harley-Davidson-Maschinen baute und verkaufte. Der Katalog stammte noch aus der Zeit vor dem Krieg, aber Sophie hütete ihn wie ihren Augapfel.
Opa, mein Vater und ich schliefen in diesem Sommer ebenfalls in der Remise, denn mit dem einstigen Klassenfeind unter einem Dach – nein, danke!, wie Opa sagte.
»Warum soll Franz nicht ›unser‹ sagen?«, wiederholte ich meine Frage.
»Überleg erst, bevor du dumme Fragen stellst«, meldete sich mein Vater aus dem Bett auf der anderen Seite, also weiter weg von den Hühnern, die er verabscheute und nur in gebratenem Zustand mochte. Zu Opa sagte er: »Vergiss nicht, dass Sophie ihn schon vor dem Krieg rausgeschmissen hatte, damals, als diese Geschichte … du weißt schon.«
»Warum hat sie ihn rausgeschmissen?«, wollte ich prompt wissen.

»Sohn, halt deinen Mund! Das sind Sachen, die du nicht verstehst.«
Opa schnaufte nur laut und drehte sich auf seinem wackeligen und knarrenden Bett herum, so dass er mich ansehen konnte. »Ich finde zwar nicht, dass du solche Sachen nicht verstehst, aber dein Vater muss es ja wissen.« Er drehte sich wieder in Richtung des anderen Bettes. »Ich reg mich trotzdem auf. Nicht einen Finger hat er in all den Jahren für seine Mutter oder für Distelitz gerührt. Und das stinkt mir.« Er machte eine Handbewegung zu seinem Hals hin. »Bis hier oben stinkt es mir, Junge!«
»Dir hat schon immer viel gestunken, Heinrich«, sagte Vater. »Aber um auf seinen Plan zurückzukommen: Wo er recht hat, hat er recht. Nach einem Grundstück wie diesem leckt sich der Westen doch jetzt schon alle Finger.«
»Es gefällt mir aber nicht, was er vorhat«, knurrte Opa. »Ich will nicht, dass Sophie sich weiter aufregt. Sie wird nie zustimmen. Nie im Leben. Die hat ganz andere Pläne für sich und ihr Haus, das kannst du mir glauben.«
»Ich weiß.« Nun jammerten die Federn im Bett auf der anderen Seite. »Deshalb jetzt Schluss der Debatte, das ganze Gerede bringt sowieso nichts.«
Eine Weile herrschte tatsächlich Stille in der Remise.
»Ausgerechnet Franz«, hörte ich Opa dann murmeln. »Der mit seinen undurchsichtigen Geschäften. Immobilien- und Finanzmakler. Anlageberater – dass ich nicht lache! Das ist doch kein ordentlicher Beruf, so was gibt es doch nur im Kapitalismus. Alles Halsabschneider! Aber nicht mit Sophie! Und ich bin auch noch da. Nur über meine Leiche!«
So redete er noch eine ganze Weile mit sich selbst, und irgendwann schlief ich ein.

Auch Opa hatte dem FDGB angehört, dieser schon 1945 entstandenen Einheitsgewerkschaft in der DDR. In der Zeit, in der die Genossen das Gutshaus noch zur Erholung nutzten, war er in jedem Jahr ein paarmal auf der Insel gewesen und hatte, weil sich sonst niemand darum kümmerte, das repariert, was vor allem nach den Winterstürmen auszubessern oder zu reparieren war. Später waren er und ich eben an seinen freien Wochenenden und Urlaubstagen auf die Insel gefahren, Opa mit seiner Werkzeugkiste und ich aus gesundheitlichen Gründen.

Ich war gerne mit Opa zusammen. Dass er schon immer eine Art Hans Dampf in allen Gassen gewesen war, hatte Sophie mir erzählt. »Du hättest ihn sehen sollen, als er noch jung war, Junge! Immer und überall dabei war er. Kein Baum war ihm zu hoch, kein Dach zu steil. Es gab nichts, was ihn nicht interessierte, nichts Kaputtes, was er nicht zu reparieren versuchte.« Jedes Handwerk hatte ihn interessiert, doch er entschied sich, Zimmermann zu werden. Im zweiten Lehrjahr verlor er bei einem dramatischen Arbeitsunfall sein linkes Bein und seinen besten Freund. Aber ein Mann wie Opa gab nicht auf, sondern machte weiter. Nach dem Unfall hatte er schnell lernen müssen, sich auf einem Bein oder auf Krücken fortzubewegen. Sogar auf Dächern sei er mit nur einem Bein herumgehüpft, berichtete Sophie. Seine Prothese bekam er erst ein paar Jahre später, da hatte er gerade Krystina aus Moskau kennengelernt, die im Krieg als Fremdarbeiterin in Thüringen gestrandet war. Auf einem Foto von seiner Hochzeit konnte man den Ersatz aus Holz genau erkennen, weil Opa in dem Moment, in dem der Fotograf abdrückte, aus Jux sein Hosenbein bis zum Knie hochzog. Mit der Prothese kam er besser zurecht als mit den Krücken, nur bei Wetterwechsel musste er sie abschnallen, wegen dem Phantomschmerz, wie er mir erklärte.

Auch in diesem chaotischen Sommer 92 war Opa wieder wegen dringender Reparaturen am Haus und nicht etwa wegen der Wiedervereinigung und des Familientreffens auf der Insel. Aber das – und auch Sophies Rückzüge von den Plätzen, an denen sich die Familie versammelte – schien niemandem in der Menge aufzufallen, am wenigsten meinem Urgroßonkel aus Frankfurt am Main.

Wenn ich nicht mit meiner Cousine zusammen war, dann folgte ich Opa auf Schritt und Tritt, denn wo immer er auftauchte, gab es für mich die Möglichkeit, meine Kenntnisse über die Unterschiede zwischen uns im Osten und denen im Westen zu erweitern und meine Aversion gegen alles Kapitalistische und damit Klassenfeindliche zu schüren.

Opa hatte sich vom Gerede und Protzen seines Onkels bisher nicht so leicht aus der Fassung bringen lassen, aber an diesem Tag wurde es ihm wohl doch zu viel. Er stand inmitten der letzten Clanmitglieder, die sich noch nicht zur Abreise entschließen konnten, über alles Mögliche schwatzten und lachten und an ihrem Nachmittagsdrink nippten.

Und dann sagte Franz den fatalen Satz: »Vierzig Jahre DDR lassen sich eben nicht so leicht ausmerzen, die sind wie Ungeziefer, wie Dreck. Ihr Mief wird auch nach Jahren der Wiedervereinigung noch an den Menschen hier kleben. Einmal Kloakengeruch, immer Kloakengeruch – den kriegt man nicht mehr los.«

Dabei musterte er demonstrativ meinen Opa, dem ich über Mittag geholfen hatte, ein völlig verstopftes Klo im oberen Stockwerk zu reinigen, bevor die Scheiße überlief. Wir hatten allerlei ekligen Mist aus dem Rohr geholt und in zwei großen Eimern nach unten und bis zur Grube direkt an der Steilküste getragen.

Ich hielt wieder einmal den Atem an. Die Luft um uns schien auf einmal zu knistern vor Spannung.

Opa hatte ebenfalls gehört, was sein Onkel da gesagt hatte, denn er richtete sich kerzengerade auf und schob seine Schultern ruckartig nach hinten. Ich biss mir auf die Lippe, denn ich wusste doch, dass sein Rücken wegen der schweren Arbeit im

Walzwerk schon lange nicht mehr in Ordnung war und bei solchen Bewegungen höllisch schmerzte.
»Ach«, sagte er ziemlich laut, »bildet ihr aus dem Westen euch etwa ein, dass Ungeziefer und Dreckschweine nur hier im Osten hausen?«
Die Franz-Leute rückten zu ihrem Vertreter auf, während meine Ost-Verwandtschaft das tat, was sie in kritischen Situationen meistens getan hatte – gemeinsam so zu gucken, als ginge sie das alles nichts an. Aber ich sah trotzdem, dass sich auch ihre Rücken verspannten.
»Das gibt Ärger, wirst sehen«, sagte ich zu Bea an meiner Seite.
»Na, na«, meinte Franz herausfordernd, »du wirst doch nicht gleich bei der erstbesten Bemerkung wieder ausrasten, Heinrich, oder?« Er sah sich unter seinem Gefolge um. »Wir reden hier über die Versäumnisse der vergangenen vier Jahrzehnte. Doch diese Zeiten sind nun vorbei, mein Lieber. Jetzt sind wir ja da, eure ...«, er lachte kurz und keckernd, »... eure Retter!«
Einen Moment lang hingen nur sein Keckern und dieses Wort »Retter« in der Luft, weil alle anderen schwiegen, die einen mit betroffenen, die anderen mit nichtssagenden, die restlichen mit ungläubigen Mienen.
»Schön, dann rettet mal!«, sagte Opa plötzlich und holte Hammer und ein paar Nägel, Zangen und Zollstock und Schrauben und noch ein paar andere Dinge, die er für die Reparaturen so brauchte, aus seinen Taschen und schmiss sie Franz direkt vor die Füße. »Wenn das so ist, dann fangt doch bitte an, wo Rettung am notwendigsten ist!« Er zeigte auf das Werkzeug. »Bitte schön, greift nur zu!«
Franz und Anhang starrten Opa und dann das Werkzeug und dann wieder Opa an wie eines der sieben Weltwunder.
»Ich weiß nicht recht, was du damit andeuten willst, Heinrich.« Franz beugte sich vor und betrachtete durch seine dicken Brillengläser nochmals den Werkzeughaufen vor ihm und dann

wieder meinen Opa. »Ehrlich gesagt, unter uns gibt es nur wenige, die für derartige Arbeiten begabt sind.« Erneut ließ er dieses seltsam gequetscht klingende Lachen hören. »Schreibtischhengste, wenn du verstehst, was ich meine.« Er sah sich unter den anderen um. »Oder ist hier einer, der einen Nagel in die Wand hauen kann, ohne dabei seinen Daumen zu treffen?« Kopfschütteln und hier und da vereinzeltes Gelächter waren die Reaktion.

»Da hast du die Antwort«, sagte Franz und lächelte Opa ein falsches Lächeln zu. »Unsere Fähigkeiten und Stärken liegen auf einer anderen Ebene.« Er schien etwas in Opas Gesicht zu sehen, das ihn beunruhigte, denn er sagte schnell: »Wir sind doch heilfroh, dass du unserer Sophie so unter die Arme gegriffen hast, Mann! Und das machst du wohl noch immer, Ehrenmann, der du bist.« Ein paar meiner Wessi-Verwandten klatschten. Franz hatte sich von seinem Plastestuhl erhoben und legte Opa jetzt mit jovialer Miene einen Arm um die Schultern. »Und du als Rentner, mein Lieber ...«

»Rentner?«, unterbrach Opa ihn. Er zog seine Lippen so fest nach innen, dass sie nur noch ein schmaler Strich waren. »Du meinst Arbeitsloser – übrigens nur eine Folge dieser so bedeutsamen Wende«, knurrte er. »Und mit meinen knapp über fuffzig werde ich dank eurer fortschrittlichen Regierung bestimmt keine Arbeit mehr und noch lange keine Rente bekommen.«

»Oh!«, machte Franz und dann nichts mehr. Er nahm seinen Arm von Opas Schultern.

Ich starrte Opa an. Dass er und mein Vater erst vor kurzem darüber geredet hatten, dass irgendwer aus dem Westen sich für das relativ kleine ehemalige VEB-Walzwerk bei Erfurt interessierte, hatte ich in der Aufregung um das Familientreffen total vergessen. So kurz nach der Wende ging bei uns im Osten sowieso vieles drunter und drüber; immer wieder passierte etwas ganz anderes mit uns, als die Politiker angekündigt beziehungsweise versprochen hatten. Opa sagte oft: »Früher fingen die

Märchen mit ›Es war einmal an‹ an, heute mit ›Ich verspreche‹.« Überall, auch bei uns zu Hause in Weimar, wurde darüber geredet, dass Leute aus ihren Wohnungen ausziehen mussten, weil ein Wessi seine Besitzansprüche auf das Haus geltend machte, oder dass es nun keine VEBs mehr gab, dass Betriebe plötzlich neue Namen und neue Chefs und Mitarbeiter aus dem Westen hatten und die ehemaligen Arbeiter auf der Straße standen.

Nun hatte es also auch meinen Opa erwischt.

Ich drängte mich zu ihm durch und nahm seine Hand. Er erwiderte den Druck und murmelte: »Ist schon gut, mein Junge. Das gehört wohl dazu, zu dieser Wiedervereinigung, dass etliche von uns endgültig auf der Strecke bleiben.« Laut und wieder an Franz gewandt, sagte er: »Wenn dir oder einem anderen in dieser illustren Runde auch nur ein kleines bisschen an diesem alten Kasten hier liegt, dann …« Er stieß mit seiner Fußspitze in den Werkzeughaufen auf dem Boden. »Bitte schön, greift nur zu«, wiederholte er trotzig. »Ich zum Beispiel brauche in den nächsten zwei, drei Stunden jemanden, der statt Sophie mit mir aufs Dach steigt, da hat der Ostwind nämlich wieder einmal ein paar Ziegel gelockert, die unbedingt befestigt werden müssen. Wenn das erledigt ist, könnten wir die Hölzer für die Treppe runter zum Strand erneuern. Im Keller ist wieder ein Stück Decke runtergekommen, da müssen wir den Rest abstützen, damit nicht der gesamte Küchengarten plötzlich einsackt und wir im Winter ohne Kartoffeln und ohne Gemüse sind. Und wem diese Arbeiten noch nicht reichen, der kann mir beim Reparieren des Treppengeländers im Haus helfen.« Er hatte meine Hand so fest gepackt, dass ich meine Knochen knacken hörte. »Und so weiter und so fort«, sagte er. »Für die nächsten Jahre, vielleicht auch Jahrzehnte – falls dieses Haus das noch aushält – haben wir hier genug zu tun. Also …« Er lockerte seinen Griff um meine Hand, bevor ich losjaulen konnte. »Also machen wir aus euren künftigen Billigurlauben

hier bei Sophie was draus – Aktivurlaub sozusagen. Die Ärmel hochgekrempelt und in die Hände gespuckt, Leute! Wäre doch mal was ganz anderes für euch West-Weicheier als Sonnenbaden auf Mauritius oder Hochseeangeln bei Florida, oder?«
Er ließ mich los, bückte sich, sammelte sein Werkzeug wieder ein und ging in Richtung Remise davon, ganz aufrecht und ohne zu humpeln wie sonst.
Ich stand jetzt allein und genau zwischen den beiden Fronten, die sich kämpferisch musterten und anschwiegen. Und dann war plötzlich Bea neben mir.
»Dein Opa hat doch wohl nur einen Jux gemacht – mit Sophie aufs Dach steigen, oder?«
»Jux?« Ich sah sie erstaunt an. »So schnell wie Sophie auf dem Dach ist, kannst du nicht mal bis drei zählen.«
Sie riss die Augen auf; sie glichen jetzt honiggelben Murmeln mit wütend grünen Sprenkeln drin.
»Verarsch mich nicht, Kleiner!«
Wieso verarschen, wollte ich sie fragen, doch da drehte sie sich schon von mir weg und schrie in Richtung Franz: »Na los, ihr Parasiten. Setzt eure Ärsche endlich mal in Bewegung und helft Heinrich dabei, Sophies Haus am Leben zu erhalten!«
»Bravo, Beatrice!«
Der das brüllte, war Udo aus Hamburg, einer meiner entfernten Großonkel, der, wie er mir anvertraut hatte, nur noch die Grünen wählte.
»Amen«, sagte jemand laut neben mir. Als ich aufsah, blinzelte Onkel Lukas, der Banker aus der Schweiz, mir zu und grinste. »Lassen wir diesen Saftladen hinter uns und steigen mit Heinrich zusammen aufs Dach?«, fragte er laut. »Ich wollte schon immer mal kaputte Schindeln gegen neue auswechseln.«

»Lass es endlich raus, Kleiner«, sagte Bea zu mir, als wir kurz darauf wieder auf unserem Hochsitz saßen und ich mich derart

über Franz aufregte, dass ich mich mehrmals an meinem eigenen Atem verschluckte. »Wenn du immer nur schluckst, brauchst du bald einen Psychiater.«
»Ich brauch keinen Psychiater! Den braucht höchstens dein bescheuerter Franz!«
Sie legte ihre Hand auf meinen Arm und ließ sie da liegen. Ihre Hand war kühl und angenehm auf meiner Haut. Auf einmal konnte ich wieder ruhig atmen und musste nichts mehr sagen. Auch Bea schwieg. Wir saßen eine ganze Weile so und sahen hierhin und dorthin und schließlich Sophie zu, die mit einem Korb am Arm im Küchengarten hin und her ging und Karotten aus der Erde riss und Salatköpfe und Kräuter abschnitt. Von unserem Hochsitz aus sah sie ziemlich klein aus – wie eine von diesen Arbeiterameisen, die viel zu tun hatten und von morgens bis abends auf den Beinen waren.
»Sie will mindestens hundert werden«, unterbrach Bea unser Schweigen. »Also richtig alt.«
Ich hatte mir, ehrlich gesagt, bisher selten Gedanken über das Alter meiner Ururgroßmutter gemacht. Sie war für mich schon immer irgendwie alt gewesen und hatte sich in den vergangenen Jahren meines Lebens überhaupt nicht verändert. Ich liebte sie so, wie sie war, nämlich mit ihrem dünnen grauen Zopf, der ihr bis zum Hintern reichte, wenn sie ihn nicht zum Knoten in ihrem Nacken aufsteckte, in ihrer verdreckten, von Adam übernommenen Latzhose und dem Männerhemd darunter und mit den tausend oder noch mehr Falten und Fältchen in ihrem Gesicht, die zu tanzen anfingen, wenn sie lachte oder irgendeinen Quatsch für mich vorführte. Und sie hatte früher oft einen Grund gefunden, mit mir zu lachen – vor diesem Sommer jedenfalls.
Jetzt erinnerte ich mich daran, was mein Opa mir vor etwa zwei Jahren über Sophie erzählt hatte. »Sie wird bestimmt hundertzehn, wenn nicht noch älter, so wie sie körperlich und geistig beisammen ist. Das liegt einfach in der Familie. Alle echten

von-Sand-Frauen haben den Tod eben allzu gern an der Nase herumgeführt. Oder sie sprangen ihm immer wieder von der Schippe, so wie Sophie im letzten Frühling, als das morsche Treppengeländer im Haus nachgab und sie von der halben Treppe nach unten ins Foyer fiel. Wie ein Stein fiel sie unten aufs Parkett, und mir blieb vor Schreck beinahe das Herz stehen. Und dann stand sie einfach wieder auf, klopfte sich den Staub von der Hose und sagte zu mir: ›Nun guck nicht so dumm aus der Wäsche, Heinrich, hol deine Werkzeugkiste und nagle das alte Ding wieder ordentlich zusammen, damit nicht doch mal was Ernstes passiert, wenn ein Fremder ins Haus kommen sollte.‹« Einmal, das war auch vor etwa zwei Jahren, da hatte, während ich so tat, als würde ich in meinem Buch lesen, Opa zu meinem Vater gesagt: »Sophie ist ein ganz schön zähes Luder, wie eine Katze mit mindestens neun Leben. Die hat zwei Weltkriege, die Depression und dann die Nazis überlebt, die hat die Russen, die Enteignung und den Arbeiterstaat hier und die Fahrten mit ihrem klapprigen Motorrad ohne Schaden überstanden und immer wieder das kaputte Dach und den eingestürzten Schuppen.« Und da zu diesem Zeitpunkt gerade die Mauer gefallen war und er, wenn auch nur kurz, manchmal noch genauso euphorisch darüber war wie alle im Osten, hatte er hinzugefügt: »Und jetzt wird sie mit der Wiedervereinigung und all dem Scheiß drum herum ebenfalls locker fertig werden, wirst sehen.« Ich rechnete nach seinen Worten schnell nach und stellte mit Entsetzen fest, dass Sophie ihre neun Leben schon hinter sich hatte. »Na, na«, hatte Opa gemeint, als ich ihn darauf ansprach und er in meinem Gesicht wohl die Besorgnis gesehen hatte, »keine Panik, Junge. Ich rechne den letzten Weltkrieg mit den Nazis und das Dach mit der Remise zusammen, da bleibt noch eine Menge Leben übrig für Sophie.«

»Ich werde immer auf sie aufpassen und sie immer beschützen«, versicherte ich jetzt inbrünstig meiner Cousine, ganz er-

füllt von meiner Zuneigung für unsere Ururgroßmutter. »Sie und Distelitz!«
Und Bea sagte ebenso ernst wie ich: »Klar, Kleiner. Und ich helfe dir dabei.«

Naturgemäß erlebte die Geschichte des von-Sand-Gutes in diesem ersten gemeinsamen Sommer eine wahre Renaissance. Wieder und wieder wurde sie erzählt, meistens von Franz oder einem seiner Nachkommen, und zuweilen derart ausgeschmückt, dass vor allem Sophie die Haare zu Berge standen, wie sie dann sagte, und sie dem Geschichtenerzähler kurzerhand den Mund verbot.
Bea und ich hielten uns sowieso lieber an meinen Opa. Ihm folgten wir auf Schritt und Tritt, wenn wir keine Lust mehr dazu hatten, auf unseren Baum zu steigen, die muffigen, teilweise einsturzgefährdeten und immer dunklen Kellerräume zu erkunden, auf dem Dachboden nach der Vergangenheit zu kramen oder am Strand nach interessant gemusterten Steinen zu suchen oder uns vor den anderen in die Bibliothek zu retten. Inzwischen waren mir die Gesichter aus dem Westen einigermaßen vertraut, nur die Namen und die verzwickten Verwandtschaftsgrade brachte ich noch immer durcheinander. Was sich letztendlich auch als unwichtig erwies, denn die meisten von denen, die zum großen Familientreffen angereist waren, kamen in den folgenden Jahren nur noch selten und dann nach dem späteren Eklat am Tag von Sophies hundertstem Geburtstag sowieso nicht wieder.
Obwohl ich Opas Bericht über die Geschichte der von-Sand-Frauen und ihrem Gut seit meinem dritten Lebensjahr praktisch auswendig kannte, war ich auch diesmal wieder völlig fasziniert von seiner Erzählung.
Alle von-Sand-Frauen, auch Sophie, waren, wie Opa berichtete, Frauen, die nach nur kurzen Ehen mit unbedeutenden Männern das Gut allein führten. »Und das nicht schlecht«, sagte er

mit Stolz in der Stimme. »Denn die gräfliche Familie war bis etwa 1920 auf der Insel wer, kann ich euch sagen! Allein die Pferdezucht war Gold wert. Überall im Haus hingen wertvolle Gemälde, nicht nur die paar, die Sophie im Krieg verscheuern musste, damit ihre Jungen und später wir anderen auf dem Gut was zum Beißen hatten.«

Bis in die Mitte des 16. Jahrhunderts reichten die Wurzeln der von-Sand-Familie zurück. »Da hatte Graf Gottfried von Sand aus Pommern ganz Wittow vom Inselfürsten als Geschenk für besondere Verdienste erhalten und das große Gutshaus, diverse Nebengebäude und auch die Gruft für sich und seine Frau Adele erbauen lassen«, berichtete Opa. »Und überall persönlich mitangepackt hat er, der selige Gottfried. Der war nämlich nicht nur der Herr Graf für seine Leute, sondern auch noch eine Art Architekt und Forscher, also ein richtiger Herumpussler. Eine Art Flaschenzug hat er zum Beispiel direkt an der Steilküste konstruiert, und damit wurden dann die Steine vom Strand unten nach oben transportiert. Die Reste von dem Ding standen 49 noch da, gleich neben der Treppe runter zum Strand. Die hab ich gesehen, als ich auf die Insel kam. Adam und ich haben die verfaulten Holzdinger damals weggeräumt und dann die Treppenstufen erneuert, weil bald nach der Enteignung die ersten Werktätigen vom FDGB ins Haus kamen. – Ja, Stein auf Stein wurde damals gesetzt«, kehrte er nach einer kurzen Denkpause wieder zu Gottfrieds Zeiten zurück. »Beton gab es noch nicht, deshalb musste jeder Stein genau ausgesucht und eingepasst werden, damit die Mauern und vor allem die Gewölbe im Keller nicht wieder einstürzten. Das war Maßarbeit, kann ich euch sagen!«

Ich bemerkte, dass Bea Sophies Haus plötzlich mit ganz anderen Augen als vorher betrachtete. »Das heißt, diese Mauern beziehungsweise dieses ganze Haus steht seit vierhundert Jahren, ohne dass jemals etwas zusammengefallen ist?«, fragte sie ungläubig.

»Na ja«, gab Opa zu, »die Grundmauern stehen seit 1560 unverändert da. Ein Teil vom Haus, das heißt die Seitenflügel, und die damaligen Nebengebäude waren aus Holz errichtet, und die haben selbstverständlich nicht so lange gehalten. In der Vergangenheit gab es auf Gut Distelitz immer wieder richtig große Brände, weil die Küche damals noch in einem Anbau aus Holz war. Und auch in dem einen oder anderen Krieg wurde viel zerstört, was dann später neu aufgebaut werden musste. Und jedes Mal wurden dann eher Steine als Holz verwendet.«

»Uh!« Bea schüttelte sich. »Ich geh nie wieder freiwillig in den Keller!«

»Der Geheimgang«, erinnerte ich Opa.

»Ja, Gottfried wollte partout einen Geheimgang bis zur Steilküste haben. Von wegen der Strandräuber«, fügte er erklärend hinzu, weil Bea ihm einen ziemlich skeptischen Blick zugeworfen hatte. »Aber bis zur Steilküste ist er doch nie gekommen, da hat seine Adele wohl ein Machtwort gesprochen. Die hatte ein besonderes Auge und auch Gespür für den Boden. Die wusste, wie weich die Erde hier sein kann, mit all der Kreide drin. Außerdem gab es schon genug Gänge, durch die man aus dem Haus kommen konnte, ohne dass jemand das bemerkte.«

»Adele«, griff Bea den genannten Namen auf. »Das war die mit den Kräutern, oder?«

Opa nickte. »Richtig. Die Ahnfrau von uns allen. Die mit den roten Haaren und den grünen Augen, deren Porträt im Foyer hängt. Übrigens könnt ihr das alles in der Familienchronik nachlesen, falls ihr mir nicht glaubt«, fügte er augenzwinkernd hinzu.

Bea und ich grinsten uns an und dann ihn. Selbstverständlich glaubten wir ihm, schließlich hatten wir uns die Chronik in diesem ersten all unserer gemeinsamen Sommer schon angesehen. Heimlich, denn Sophie bewachte das kostbare Stück in ihrem Sekretär in der Bibliothek mit Argusaugen und hatte den

Schlüssel zur Schublade versteckt. Doch ich wusste schon immer, wo ich ihn finden konnte.
Also erzählte Opa weiter: »Kurz nach der Geburt von Beatrice I., seiner Tochter, ist Gottfried dann als forschender und fernwehkranker Weltenbummler von dannen gezogen und nicht mehr zurück und deshalb auch nicht mehr dazu gekommen, weitere Kinder, vielleicht sogar einen Sohn zum Erben von Gut Distelitz zu zeugen. Adele hatte wohl keine Lust auf einen neuen Ehemann, und so blieb sie allein mit ihrem Kind auf dem Gut und wurde so etwas wie eine weise Frau, da sie sich mit Kräutern und in der Geburtshilfe ganz gut auskannte. Auch ihre Beatrice bekam nach ihrer Heirat mit dem Sohn eines Barons aus Pommern nur eine Tochter. Und diese ...«
»Das war die mit dem Fluch«, nahm ich eine gravierende Entwicklung in der Reihe unserer Ahnen vorweg.
»Fluch?«, fragte Bea prompt und höchst interessiert.
Opa funkelte mich empört an; er mochte es nicht besonders, wenn ich seinen Erzählstrom unterbrach.
»Und diese Elspeth«, fuhr er dann fort, »verstand sich noch besser als ihre Oma und ihre Mutter auf Kräuter und Heilkunde und wurde sogar nach Putbus gerufen, wenn am Fürstenhof jemand krank geworden war. Darüber und weil Elspeth ihnen auch die Kundschaft aus den Dörfern wegnahm, ärgerten sich ein paar Frauen aus der Stadt ganz gewaltig, und deshalb zeigten sie die Gräfin beim Gericht als Hexe an. Da man aber Elspeth nichts anderes als Heilkunst nachweisen konnte, verhängte eine der neidischen Frauen den Fluch, dass es in der von-Sand-Familie auch künftig in jeder Generation nur eine Tochter geben sollte. Das traf tatsächlich zu. Und als letzte der von-Sand-Frauen hat der Fluch eben Charlotte, also Sophies Mutter, getroffen«, beendete Opa seine Geschichte. »Danach hat er sich irgendwie umgedreht. Das heißt, von Sophie an gab und gibt es nämlich nur noch Jungs in der Familie, und nicht zu knapp!« Er lächelte Bea an und kniff ihr leicht in die Wange.

»Bis auf eine Ausnahme. Zum Glück bist du dann gekommen.« Er drohte ihr spielerisch mit dem Finger. »Aber pass nur auf, dass du einmal den richtigen Mann heiratest, Kleine. Sonst kriegst du womöglich auch wieder nur Jungs, und das wäre doch jammerschade.«

Bea dankte ihm mit einem hinreißenden Lächeln. Dann fragte sie: »Warum hießen die Männer von den Frauen nach Adele eigentlich immer von Sand? Früher war es doch normal, dass die Frauen bei der Heirat den Namen ihres Mannes annahmen – oder?«

Opa prustete und zwinkerte mir zu. »Früher war vieles anders. Da durften Frauen nicht einmal eine eigene Meinung haben. Aber das hat sich keine von-Sand-Frau gefallen lassen, die haben von Anfang an darauf geachtet, sich keinem Mann zu beugen und dass ihr Nachname und Gut Distelitz in ihren Händen blieb. Auch Sophies Mann Adalbert musste das akzeptieren.«

Ich kicherte und stieß Bea an. »Vielleicht war er ganz froh darüber, er hieß nämlich Adalbert von Haubacke.«

Wir brachen gleichzeitig in Gelächter aus.

»Hört ihr mir nun zu oder nicht?«, rief Opa, erbost über die neuerliche Unterbrechung.

»Erzähl weiter!«, bat Bea.

Er ließ sich sowieso nicht aufhalten, wenn es um die Familiengeschichte ging. Demnach hatten Gut und Frauen im Lauf der Jahrhunderte diverse kriegerische Auseinandersetzungen, Revolutionen, Pest und Cholera und ebenso die knappen zwei Jahrhunderte, als die Insel zur schwedischen Krone gehörte, ohne Schwierigkeiten überstanden und hielten weiter durch, als 1815 Preußen sich die Insel einverleibte und ebenso den größten Teil des von-Sand-Besitzes auf Wittow. Fast den gesamten Rest – und das war immer noch eine Menge, wie ich wusste – verloren dann die Männer im 19. beziehungsweise Sophies Adalbert zu Beginn des 20. Jahrhunderts entweder an betrügerische Spekulanten oder am Spieltisch. Nur das Gutshaus und das Grundstück drum herum, das wegen seiner hohen Mauern und Zäune und dem großen Tor mit dem Wappen der von Sand – der von schmalen gefiederten Blättern umrankten Distelblüte im kunstvoll geschmiedeten, aber nun nur noch vor sich hin rostenden Eisen an der Einfahrt – schon immer »Park« genannt worden war und nach dem letzten Krieg völlig verwilderte, blieben bis Anfang der fünfziger Jahre im Familienbesitz.

»Und nun, da Sophie das Gutshaus samt Park wieder zurückgekauft hat und bestimmt irgendwann vererben wird, bist wahrscheinlich du mal dran«, sagte Opa zu Bea, nachdem er wieder in der Gegenwart angekommen war. »Du bist das einzige Mädel in der ganzen Mischpoke. Jetzt weißt du, was das für dich heißen kann.«

Bea riss die Augen weit auf. »Ich weiß doch gar nicht, wie man das macht – immer in einem Gutshaus und auf dem Land leben. Außerdem«, wandte sie sich an mich, »außerdem könnte ich nie im Leben ein Schwein schlachten. Oder einem Huhn den Hals umdrehen … wie … wie Sophie das macht.«

»Das lässt sich alles lernen«, versicherte Opa völlig ernst. Dann wechselte er das Thema. »Soll ich dir erzählen, wie wir deine Geburt gefeiert haben, Mädel?« Opas sonst stahlgraue Augen glänzten jetzt wie dunkle Glasmurmeln bei der Erinnerung an diesen 1. Januar vor zwölf Jahren. »Das ist ja auch der Geburtstag von Sophie«, sagte er. »Nur dass sie eine Menge Jährchen mehr als du auf dem Buckel hat. Und als wir den Anruf von deinem Vater bekamen, hat sie zur Feier des Tages eine Flasche von ihrem heimlich Selbstgebrannten spendiert, du weißt schon, den besten Apfelschnaps auf der Insel, aber das erzähl bloß nicht weiter, sonst haben wir doch mal einen Kontrolleur oder sogar das Finanzamt am Hals! Na ja«, er lachte, »und diese Flasche und vielleicht noch das eine oder andere Bierchen haben sie und ich und Adam uns auf dem Dach gemeinsam hinter die Binde gekippt. Danach war ich voll wie eine Haubitze und bin dann fast vom Dach gefallen, wegen dem Sturm und dem Schnee, aber unsere Sophie, die hat mich gerade noch am Bein zu fassen gekriegt, zum Glück war es nicht die Prothese, und hat mich wieder raufgezogen. Mann, das war vielleicht ein Heidenspaß!«, rief er und haute sich dabei auf sein Holzbein, dass es nur so krachte.

Ich lachte und lachte, bis mir der Bauch weh tat. Auch meine Cousine hielt sich die Seiten, wurde aber noch vor mir wieder ernst.

»Ich glaub, ich will nicht erben«, sagte sie. »Ich glaub, ich lebe lieber in der Stadt, da fallen die Häuser und die Keller nicht so schnell zusammen wie Sophies Haus. Und«, sie zog die Schultern nach vorn und sah mich an, »da gibt es auch nicht so viele Gespenster wie hier.«

Ich sagte nichts dazu, weil ich als Erbe sowieso nicht in Frage kam.

Außerdem – Sophie war unsterblich.

IV

Das Haus war nicht erst zu DDR-Zeiten zum alten Kasten geworden, das sagte Heinrich sich nicht zum ersten Mal, als er Anfang November nach diesem chaotischen Sommer 92 wieder einmal auf dem Dach saß und die ersten Sturmschäden des beginnenden Winters ausbesserte. Es gab einfach nichts mehr, was er in den vergangenen Jahren nicht schon mindestens einmal repariert oder geflickt hatte, und das meistens gemeinsam mit Sophie und Adam. Damit hatte er als Schuljunge angefangen, als er nämlich jede freie Minute im Schlepptau von Adam und mit dessen Werkzeugkiste unter dem Arm oder auf der Schulter durch die einzelnen Räume, über Dachboden und Dach ging oder die zum Teil schon eingefallenen oder vom Einsturz bedrohten Kellerräume inspizierte und mit Holzstämmen abstützte wie einen Bergwerksstollen. Wie Adam hatte er morsche Balken überprüft und ersetzt, Dachschindeln in schwindelnder Höhe verlegt, Gerüste auf- und abgebaut und Schornsteine neu vermauert. Keine Leitung auf Distelitz, ob für Wasser oder Strom, war ihm damals fremd, keine Schwachstelle in den Kachelöfen und Kaminen oder in den Abzügen für die alten Eisenöfen. Und seit Anfang der siebziger Jahre, als nach dem FDGB auch der Fußballverein und die LPG wieder ausgezogen waren, sollte das Gebäude eigentlich dem Verfall überlassen werden. Doch nicht mit Sophie! Sie hatte sich zwar nicht mit Händen und Füßen dagegen gewehrt, aber auf andere Art und Weise protestiert, indem sie nämlich darauf vertraute, dass Distelitz viel zu abgelegen war, als dass sich jemand aus der Stadt noch einmal dafür interessierte. Heimlich, still und leise hatte sie wieder Besitz von ihm ergriffen, zuerst ein Zimmer nach dem anderen, dann den Keller und den Dachboden. Und seitdem war Heinrich erneut allem Kaputten, Durchrostenden, Gerissenen, Brüchigen auf der Spur. Zuerst waren es nur die Wochenenden oder die paar Feier- und Urlaubstage im Jahr gewesen, an denen er hier nach dem Rechten gesehen hatte. Aber jetzt, nach seiner Entlassung und der Schließung des VEB-Walzwerks, in dem er gute dreißig Jahre gearbeitet hatte, verfügte er über Zeit im Überfluss.

»Ein alter Kasten ohne Zukunft – aber einer mit einer glanzvollen Vergangenheit«, hatte er im Sommer zu der Kleinen aus München gesagt.

Für sich verglich er das Gutshaus mit einer kranken, vielleicht verletzten Katze, die sich verkrochen hatte und still vor sich hin litt und ihre Wunden leckte, während Tage, Nächte, sogar Wochen, die Zeit überhaupt über sie hinwegströmte, unaufhaltsam und ohne dass sie die steten Veränderungen um sich herum wahrnahm.

Aber Katzen waren bekanntlich zäh, und auch Sophie war keine, die aufgab, egal welche Wunden ihr das Leben oder das Schicksal schon geschlagen hatte und noch schlug. Nach jedem Schlag, nach jedem Sturz hatte sie sich wieder aufgerappelt, hatte ihr Kinn nach vorn geschoben, ihre mit der Zeit morsch gewordenen Knochen gerade gebogen und den Dreck von ihrer Hose geklopft und höchstens mal »Scheiß doch der Hund drauf!« gesagt.

Eigentlich war es kaum noch etwas Sichtbares mehr, das frühere Zeiten wachhielt, einmal abgesehen von dem Kristalllüster und dem Parkett im Foyer. Aber auch die hatten schon viel an Glanz verloren, der Lüster sowieso, denn seine ursprüngliche Größe und an die fünfzig Kerzenbirnen hatten, wie Sophie erzählte, einmal ausgereicht, um das gesamte Foyer in warmes Licht zu tauchen. Nun sah das Ding, wenn es an war, eher aus wie ein gerupftes Huhn, an dem noch das eine oder andere leuchtende Federchen hing. Und das Parkett – na ja, nach dem

ständigen Bearbeiten und Abschleifen mit Stahlspänen war auch nicht mehr viel übrig geblieben, das merkte man an den Türschwellen, die an manchen Stellen schon gute zwei, drei Zentimeter in der Luft hingen. Willkommene Schleichwege für die Mäuse unterm Parkett, dachte Heinrich. Mit denen hatte selbst die resolute Bertha mit ihren diversen Fallen noch nie kurzen Prozess machen können. Freche, gewitzte Biester waren das. Machten es sich sogar auf den paar Postermöbeln im Foyer bequem, die Sophie über den Krieg hatte retten können, weil sie die Sessel und Sofas rechtzeitig in den Keller geschafft und erst nach und nach wieder ans Tageslicht geholt hatte. Gelitten hatten sie dort, in der muffigen, feuchten Luft und unter dem Schutt. Kaum noch zu erkennen, wie dieser jetzt verschlissene Bezug früher ausgesehen hatte.
Und doch konnte man sich noch immer vorstellen, dass da einst Gäste des Hauses draufgesessen hatten. Vornehme Gäste, Leute mit Kultur, die sich über ganz andere Themen unterhielten als jetzt die West-Bagage. Pah!
Heinrich schnaubte verächtlich bei der Erinnerung an den vergangenen Sommer und ließ seine Gedanken dann wieder wandern, während er die nächsten zwei Schindeln auf das Loch im Dach legte. Seine Hände arbeiteten ohnehin automatisch, die spürten von selbst, ob was nicht passte oder gerichtet werden musste. Sie kannten dieses Haus und seine Macken in- und auswendig, sie erspürten jede kleinste Bruchstelle. Und zuweilen kam es Heinrich vor, als würde das ganze Haus sich mit einem Seufzer der Erleichterung seinen Händen überlassen.
Du spinnst ja!, sagte er sich.
Aber er spann nicht, das wusste er. Dieses Gutshaus war etwas ganz Besonderes. Bereits als Junge hatte er gespürt: Es lebte! Wenn er zum Beispiel durchs Foyer ging, dann war ihm manchmal, als würden ihn flüsternde Stimmen, verhaltenes Lachen oder das leise Schaben und Schleifen von ledernen Schuhsohlen auf dem alten Parkett begleiten. Wenn er in der Bibliothek das

Kaminholz entzündete, konnte es sein, dass er hinter sich das Rascheln von umblätternden Buchseiten hörte oder leise Gespräche. Oder er roch auf einmal den Rauch einer guten Zigarre und hörte, wie Flüssigkeit gemächlich in einem Glas herumgeschwenkt wurde. In den unzähligen Kellerräumen, die er manchmal durchstreifte, schienen die Feldsteine, aus denen das Fundament des Gutshauses errichtet worden war, zuweilen unter der Last über ihnen zu ächzen und zu seufzen. Und in manchen Sturmnächten, wenn die dünnen Zweigenden der alten Buche übers Mauerwerk fingerten, die Dachschindeln klapperten und alles Hölzerne im Haus knackte und knisterte, war ihm, als würden ihn leise Stimmen auffordern, das Haus zu verlassen und ans Steilufer zu gehen und nach in Seenot geratenen Schiffen Ausschau zu halten, wie die Leute vom Gut und aus den umliegenden Häusern und Dörfern auf Wittow das schon vor Jahrhunderten und sogar noch dann getan hatten, als der Leuchtturm auf dem Kap schon lange errichtet worden war und sein Licht den Schiffen den Weg vorbei an Untiefen und anderen Hindernissen zeigte.

»Nun fang nicht an zu spinnen, Junge!«, mahnte Sophie, wenn er von einem seiner Rundgänge in die warme Küche zurückkehrte und davon berichtete, dass eine Hand ihn auf der Treppe zum Obergeschoss, wo an der Wand nun wieder das Porträt vom seligen Gottfried von Sand und das von seiner Adele mit den bunt funkelnden Klunkern am Hals hingen, flüchtig berührt oder im Keller etwas sein Gesicht gestreift habe.

»Musst dich nicht wundern, du siehst eben Gespenster, die gibt es in gewissen Häusern, die können nur Leute von der Insel spüren, und da siehst du eben, dass du hierher gehörst, obwohl du doch eigentlich ein halber Japaner bist«, meinte Bertha. Und der alte Adam zwinkerte ihm vielsagend zu. Er war auch einer von der Insel, wie seine Bertha, die aus dem Fischerdorf Vitt kam. Die beiden hatten einen Teil der Vergangenheit im Haus miterlebt und wunderten sich über gar nichts mehr. Ihre Erzählungen von früher hatte er als Schuljunge mit in seine Träume genommen. Da sah er dann die Herren, die aus Putbus, aus Berlin und anderen Städten angereist waren, mit ihren Damen beim Lustwandeln durch den Park, am Strand oder beim Walzer auf dem Parkett in der Halle. Und Sophie unter ihren Gästen, eine junge, ganz junge Sophie, die Adeles Schmuck und auch Adeles Kleid trug und die seltsamerweise nie anders aussah als jetzt – schlank und biegsam wie eine Birke, mit einem von unzähligen Fältchen umkränzten Lächeln, das sein Herz erwärmte, und mit Augen, die tief in sein Inneres schauen konnten, und Händen, die alle seine Wunden heilten, auch die seiner Seele.

Als eine Art Engel hatte er seine Großmutter manchmal in diesen Träumen gesehen, in der weißen Tracht einer Krankenschwester, das einst rote Haar schon von den vielen Sorgen ins Graue verfärbt. Not und Entbehrungen hatten ihre Spuren in ihrem schönen Gesicht hinterlassen, und ihre Hände, die sie auf die Stirn eines Fiebernden legte, schienen ihm weich und kühl zu sein. Heinrich sah sie dann so, wie Bertha sie beschrieb, wenn sie von der Zeit erzählte, als das Gutshaus im Krieg vorübergehend zum Erholungsheim für Soldaten und einige Zeit darauf zum Auffanglager für Flüchtlinge aus dem Osten geworden war. »Die Zeit mit den Verwundeten und Verkrüppelten im Haus war trotz Krieg eine gute«, hatte Bertha ihm erzählt. »Da war immer jemand drunter, der Klavier spielen konnte oder eine Geige oder Mundharmonika organisiert hatte. Dann haben wir manchmal die paar Möbel in der Halle zusammengeschoben, und dann wurde getanzt und gesungen. Wie in Friedenszeiten war das«, hatte sie ihm vorgeschwärmt. »All diese großen Jungen, diese jungen Männer, manche mit nur einem Bein oder einem Arm, manche ganz kaputt im Kopf, aber ihre Augen haben gefunkelt und geleuchtet, wenn Sophie kam. Dann hat sie ihnen gezeigt, was eine Harke ist und wie man den Tango tanzt oder den Walzer.«

Das war anders geworden, als die Flüchtlinge kamen.

»Bis zu sieben, acht Leute in einem Zimmer und auf blankem Stroh«, berichtete Bertha. »In der Remise und im Stall, überall waren die Flüchtlinge. Und in der Küche wurden die Eier und die Kartoffelplinsen direkt auf der Herdplatte gebacken – wenn es überhaupt noch Eier und Kartoffeln gab. Das ging schneller als in der Pfanne. Und Suppen haben wir für die Leute gekocht, jeden Tag Riesentöpfe voller Suppe, Kartoffeln und Karotten drin, alles, was wir im Garten hatten, und auch das eine oder andere Stückchen Butter, ein Zipfelchen Wurst, viel hatten wir ja selbst nicht mehr. Aber Sophie war es wichtig, dass diese Armen was Warmes in den Bauch kriegten.« Unter den Flüchtlingen waren auch welche, die heimlich das Gold von den paar übrig gebliebenen Bilderrahmen im Treppenhaus schabten oder die Perlmuttplättchen aus der Mosaikkante der Vertäfelung in der Bibliothek kratzten. »Na ja«, meinte Bertha, »die armen Teufel besaßen kaum mehr als die Sachen, die sie auf dem Leib trugen, und so hat Sophie die Augen zugemacht und nichts gesagt, wenn wieder mal ein Stück von ihrem guten Geschirr oder dem Silberbesteck verschwunden war. Es war ja Krieg, und jeder von uns dachte manchmal ans Sterben. Ins Grab hätte keiner von uns was mitnehmen können. Und als dann einer von den Flüchtlingen hier auf dem Gut gestorben ist und das Dorf den Fremden nicht auf dem Friedhof haben wollte, weil der schon immer zu klein war und voll mit den eigenen Leuten, da hat sie den toten Flüchtling eben in der Familiengruft untergebracht. War ja noch etwas Platz drin, damals im Krieg und bevor dann Sophies Jungen aus dem Ausland zurückkamen, 1949 der Friedhelm, dein Vater, aus Asien, 54 dann der Carlos aus Kolumbien. Da waren wir schon enteignet und hatten die Gewerkschafter im Haus, und Sophie wohnte bei meinem Adam und mir im Dorf. Aber die Gruft, die hat sie sich nicht nehmen lassen, das hat sie trotz der Enteignung durchgesetzt, dass ihr Carlos da untergekommen ist. Der kam als Asche, da mussten wir erst eine Genehmigung in Berlin einholen, bevor wir die Urne in der Gruft aufstellen durften.«

Dass Sophie ihre Augen auch nicht aufgemacht hatte, als die Inselbewohner mit der Hacke Steine aus der Parkmauer holten, um damit ihre verfallende Kirche zu sanieren, und dass die Leute nicht vor den Ruinen der Nebengebäude haltmachten und sogar die restlichen Bäume im Park fällten, weil sie Material für den Bau von neuen Häusern brauchten, das hatte Heinrich, der gerade nach Erfurt gegangen war, von Adam erfahren.

»Sie ist erst fuchtig geworden, als die Leute damit anfangen wollten, den Parkettboden im Foyer aufzureißen und zu Kleinholz zu machen. Der Boden ist nämlich schon immer im Haus gewesen.«

Jetzt war er alt, abgewetzt von unzähligen Schuhen und Stiefeln, leicht wellig, dieser Parkettboden in der Halle, den Sophie mit Berthas Hilfe vor dem Familientreffen im letzten Sommer mit Stahlspänen bearbeitet und dann mit Leinöl eingerieben hatte, bis er wie eine Speckschwarte glänzte und auch so glatt war, dass man aufpassen musste, damit einem die Füße nicht plötzlich selbständig wurden und wegrutschten. Ja, hauchdünn war er mit der Zeit geworden. Aber Sophie hing nun mal dran.

Es hat was, dieses Haus, dachte Heinrich später, während er, noch auf dem Dach, die zerbrochenen Ziegel in einem Korb sammelte. Ob nur er und die drei anderen im Haus und vielleicht der eine oder andere aus der Familie das so sahen? Was war das Gutshaus denn – nur ein Relikt aus einer Zeit, die außer Sophie, ihren Söhnen und Bertha keiner aus der Familie erlebt hatte oder noch kannte? Oder war dieses Haus etwas ganz anderes, etwas Bedeutsames, nämlich ein unverzichtbarer Teil, der einzige – außer Sophie –, der diese in alle Winde zerstreute Familie von Sand noch zusammenführen und zusammenhalten konnte? Was würde mit dieser Familie geschehen,

wenn Sophie eines Tages ihre Augen für immer schloss und mit ihr dieses Haus starb?
Der kräftige Herbstwind, der ihn plötzlich mit einem kurzen Hagelschauer überfiel, roch bereits nach dem nächsten Winter, und Heinrich zog mit der freien Hand den Kragen seiner Jacke hoch. Er schüttelte sich, weil ihm kalt war und weil seine Gedanken in eine Richtung zu laufen begannen, die ihm nicht behagte und ihn nur bekümmerte.
Doch er wusste auch, so leicht kam er nicht davon, und deshalb hängte er sich an das erstbeste Wort, das sich in seinem Kopf drehte: Relikt!
Relikte! Ja, so hatte Walter, sein Sohn, Sophie und das Gutshaus bezeichnet, als sie in diesem Sommer in der Remise auf den alten Eisenbetten lagen und die halbe Nacht über alles Mögliche diskutierten. Walter hatte tatsächlich zu ihm gesagt: »Du klammerst dich zu sehr an Geschichte und Geschichten, Vater.« Da war Heinrich, wegen seiner bevorstehenden Entlassung und der Auflösung des Walzwerkes und auch wegen der vielen und meist völlig fremden Leuten im Haus sowieso am Ende mit seinen Nerven, fast aus der Haut gefahren. Er war aufgesprungen und hatte, weil er stand, automatisch nach einem Werkzeug gegriffen, einen Hammer oder ein Eisen, denn er griff im Stehen stets nach etwas, weil es auf Distelitz einfach immer etwas zu reparieren gab, egal, wo er nun mal stand. »Das sagst ausgerechnet du?«, hatte er gefragt und mit seinem Werkzeug vor Walters Nase herumgefuchtelt. »Du, der du – wie lange eigentlich, acht oder zehn Jahre? – deinen Schülern das Wissen um die Vergangenheit vermittelt hast?« Er war regelrecht enttäuscht von seinem Sohn gewesen. »Und ich dachte immer, dein Beruf als Geschichtslehrer sei dir wichtig!«, hatte er vorwurfsvoll gesagt. »War er auch«, hatte Walter bestätigt. »Aber weil ich, wie mein Sohn Kind dieser DDR, mich mit dieser falschen Historie und ihrer glorifizierenden Ideologie zu sehr identifiziert hatte, habe ich seit der Wieder-

vereinigung kein Recht mehr darauf, mich vor eine Klasse zu stellen.«
»Mein Gott, Walter!«, hatte Heinrich gerufen. »Fang bloß nicht wieder an zu jammern! Kannst du nicht einmal beim Thema bleiben?« Ebenso hitzig brüllte Walter zurück: »Ich bin beim Thema! Dieses ewige Hin und Her um Franz und sein Bauprojekt, dieses Tuscheln untereinander, diese Blicke, mit denen das, was noch übrig ist, taxiert wird, und dann dieses falsche Getue um Sophie – das alles geht mir auf den Wecker, verstehst du? Ich will nichts von ihr, und ich nehme an, du auch nicht. Also soll sie das, was sie vielleicht noch für dieses Haus kriegen kann, für sich selbst verbraten, verdient hat sie es sich schließlich, dass sie ihre letzten Jahre in Ruhe und ohne Geldsorgen verbringt. Von mir aus kann sie ihr Haus auch einem von denen aus dem Westen in den Rachen schmeißen, für Sophie wird sich bei uns immer ein Platz finden lassen, denke ich mal, dazu kenne ich dich und dein Verhältnis zu ihr einfach zu gut. Und«, fuhr Walter etwas gemäßigter fort, »vergiss eines nicht, Heinrich: Auf die Füße müssen wir uns im Osten sowieso allein stellen, dabei hilft uns keiner von denen da drüben.«
Klar, dass sich der Kleine, der René, der eigentlich längst hätte schlafen sollen, in den Streit einmischen musste. »Wieso was verkaufen?«, fragte er prompt. »Ich denke, Bea …« Heinrich war ihm ein bisschen zu heftig über den Mund gefahren. Das war eigentlich nicht seine Art seinem Enkel gegenüber, aber in dieser Nacht konnte er sich nicht zurückhalten. »Was willst du, Bengel, denkst du auch schon wie Franz und die anderen und sogar dein Vater, so …« Heinrich hatte nach dem richtigen Wort gesucht, und René sagte: »Du meinst zukunftsorientiert, Opa.« Klar, der Junge hatte das von Franz gehört, der hatte den ganzen Nachmittag von Zukunftsorientierung geredet, was immer das im Einzelnen heißen mochte. »Wenn dieses Wort bedeutet, dass auf Sophies Grund und Boden ein Betonklotz für Urlauber entstehen soll, dann … dann werde ich Distelitz

nie mehr betreten!«, hatte Heinrich gedroht. »Du kannst es auch Erneuerung nennen!«, brüllte sein Sohn im Lehrerton zurück.

»Klar!«, schrie Heinrich ebenso laut. »Das alte Gutshaus abreißen und was Neues bauen, mitten in die Natur! Die letzten Bäume fällen, dem bisschen Landwirtschaft endgültig den Hahn abdrehen, um Bauplatz zu gewinnen, das ist es doch, was Franz und seine Mischpoke wollen! Die Geschichte und Sophies Leben zubetonieren, alles Lebendige hier einfach wegwischen, als wäre hier nie etwas anderes gewesen als ein Haufen Ferienhäuser, die zehn Monate im Jahr oder noch länger leerstehen!« Eine Weile hatte Schweigen zwischen ihnen geherrscht, nur die vom Lärm aufgescheuchten Hühner nebenan gackerten noch aufgeregt durcheinander, und das Schwein grunzte und wühlte dabei den Dreck in seiner Koje auf, dass der Gestank durch alle Ritzen drang. Dann hatte Walter mit seiner sanftesten Stimme gesagt: »Wir wissen beide, dass Sophie auf ihrem Haus sitzt wie die Bruthenne auf ihrem Ei. Also wird sich hier sowieso nichts ändern, solange sie lebt.« Er hatte sich auf die andere Seite gelegt und nach einer Weile noch gesagt: »Aber ewig wird auch sie nicht leben, und dann ist es wahrscheinlich zu spät für Projekte wie das von Franz.«

»Wie meinst du das?«, hatte Heinrich nach einer Weile in misstrauischem Ton gefragt, und Walter, der zuerst getan hatte, als schliefe er schon, hatte schließlich geantwortet: »Weil Sophie nun mal am Leben hängt wie eine Spinne an ihrem Faden und uns deshalb noch eine ganze Weile erhalten bleiben wird. Und weil bis dahin alle anderen hier auf der Insel verkauft haben, was zu verkaufen war. Oder saniert, renoviert oder neu gebaut haben.« Walter hatte laut geseufzt. »Aber irgendwann wird das Interesse an der Insel wieder nachlassen, vielleicht, weil sie ebenso teuer geworden ist wie andere Orte, vielleicht, weil die Ostsee immer mehr verdreckt und die Fische nach Öl und Chemie schmecken und das Wetter nicht mehr so beständig ist wie früher oder wie im Süden und die Ostsee nicht genug nach Salz riecht und nicht so schöne Wellen hat wie die Nordsee oder der Pazifik. Und dann wird sich kein Arsch der Welt noch für dieses alte Haus hier interessieren. Dann wäre wirklich alles vorbei, und das wäre jammerschade … finde ich jedenfalls.«

»Du meinst …?«

»Ja«, sagte Walter. »Wenn in absehbarer Zeit nichts am Haus gemacht wird, dann kannst du es vergessen. Das müsstest du doch am besten wissen.« Im selben Atemzug hatte er noch hinzugefügt: »Außerdem habe ich keine Lust, mich mit meinem Vater zu streiten.«

Da war Heinrich still und nachdenklich geworden, hatte das Werkzeug zurück in die Kiste und sich selbst wieder auf das wackelige Bett gelegt. Was ist richtig, was ist falsch?, hatte Heinrich sich in dieser Nacht noch mehrmals gefragt und dabei in die nächtliche Stille gehorcht, die doch voll mit vertrauten Geräuschen war – das bei gutem Wetter gemächliche Hin und Her der See unterhalb der Steilküste, der Wind, der zu allen Jahreszeiten, mal stürmisch, mal leicht wie jetzt, über die Insel zog, das Atmen seines Sohnes und seines Enkels und das schlaftrunkene Gackern eines Huhns im Verschlag nebenan. Er hatte an die Ruhe gedacht, der er sich hier überlassen konnte, und an das sanfte Dahingleiten der Zeit in diesem Teil Rügens, das ihn schon als Junge fasziniert hatte und noch immer, bei jedem Aufenthalt bei Sophie, erneut in seinen Bann schlug, und daran, dass sich nun alles zu verändern begann.

Es war der Gedanke daran, dass sich der Prozess der Veränderungen schon an jenem Abend, als die Mauer unter dem Triumphjubel auf beiden Seiten in Berlin fiel, in Gang gesetzt hatte, der ihn schlaflos gehalten hatte bis zum Morgengrauen.

Kein Wunder, dachte Heinrich nun und befestigte weitere Ziegel auf den Dachsparren, kein Wunder, dass sich plötzlich alle überschlagen und auf Teufel komm raus sanieren und renovieren, denn schon jetzt, gerade mal drei Jahre nach 89, rollen ganze Buskolonnen und Pkws mit westlichen Nummernschildern über die Insel und sorgen nicht selten für Staus auf unseren alten, von Bäumen gesäumten Alleen, auf denen unsere Trabis früher noch ganz gemütlich dahertuckern konnten. Plötzlich wütend, schlug er Nagel um Nagel ins Holz, obwohl der eine oder andere gar nicht nötig gewesen wäre und er Verschwendung von Nägeln und anderem Material hasste wie die Pest. Aber mit der körperlichen Bewegung verschwanden der Zorn und andere weniger gute Gefühle, das wusste er aus Erfahrung. Nur mit Arbeit hatte er sich auch in den ersten einsamen Jahren nach dem Tod seiner Frau Krystina am Leben gehalten.

Den Anschluss nicht verpassen, erinnerte Heinrich sich an die Worte seines Onkels Franz; da kletterte er, den vollen Korb mit brüchigen Ziegelresten auf dem Rücken, die Leiter hinunter. Er brauchte nicht nach den Sprossen unter ihm zu sehen oder mit dem einzigen Fuß, den er noch hatte, danach zu suchen, er kannte jede Sprosse aus dem Effeff, seit vielen Jahren schon. Also betrachtete er beim Abstieg zuerst die wieder einmal löchrige und verschlammte Regenrinne, dann den Mauerabschnitt direkt unter dem Dach, wo der Schimmel nun auch außen sichtbar wurde und wo die um diese Zeit leeren Schwalbennester gleich grauen Geschwüren klebten. Als er an den Fenstern im Obergeschoss vorbeikam, klopfte er mit seinem Hammer leicht gegen einen Rahmen; das verrottende Holz splitterte und krümelte sofort. Über dem Bogenfenster im Erdgeschoss hebelte er mit dem Schraubenzieher einige Moospolster weg, die sich da breitmachen wollten.

Klar, dachte Heinrich, als er unten ankam und langsam ums Haus ging, eher humpelte, denn bei feuchtem Wetter machte ihm der Phantomschmerz im nicht mehr vorhandenen Bein zu schaffen. Hier muss einer ran, der nicht aufs Geld zu schauen braucht. Aber er kannte niemanden, der dafür in Frage kommen konnte – schon gar nicht sein Onkel Franz aus Frankfurt mit seiner dicken Kapitalisten-Aktentasche und seiner Aufschneiderei von wegen Kontakten zu Geldgebern, der ging doch selbst auf dem Zahnfleisch, das sah ein Blinder mit dem Krückstock.

Heinrich näherte sich der Stelle, wo früher, sehr viel früher einmal das aus Steinen und Holz errichtete Haus mit den Unterkünften für die Arbeiter und deren Familien auf dem Gut stand. Nach einer kaum zu bändigenden Feuersbrunst lange vor Sophies Geburt waren die Reste nicht mehr benutzt beziehungsweise das Gebäude nicht wieder aufgebaut worden und immer mehr in sich zusammengefallen. Den noch übrig gebliebenen Trümmerhaufen hatten Sophies Großmutter und ihre Mutter mit Erde und Kompost bedeckt, und wo bis 1944 noch die letzten zwei Pferde aus der einst bis nach England und Frankreich bekannten Zucht geweidet hatten, bevor sie zum Schlachter kamen, wuchsen jetzt eben Kartoffeln, Karotten, Zwiebeln und anderes Gemüse. Als er und sein Bruder 49 auf die Insel gekommen waren, hatte es keinen Arbeiter und kein Personal mehr gegeben, also hatten sie Bertha und seiner Großmutter im Frühjahr dabei geholfen, den Boden für die neue Saat vorzubereiten und im Herbst die Ernte einzubringen. An diese Zeit erinnerte er sich oft und gern, denn mit Sophie und auch mit Bertha und ihrem Adam gab es sogar in der Nachkriegszeit immer mehr zu lachen als zu jammern, wie es die Welt um Distelitz herum damals und auch jetzt noch tat, obwohl es ihr inzwischen schon so viel besser ging als einst dem Gut.

Etwas Besseres als die Enteignung in den ersten Jahren der DDR hätte Sophie gar nicht passieren können, dachte Heinrich jetzt, als er am Abfallhaufen hinter dem Gartenzaun einen Moment innehielt, um den Blick auf die stürmische See zu genießen, die zwischen den dünnen Baumstämmen entlang der Steilküste zu sehen war. Da wurden auf Staatskosten sogar ein paar neue Fensterrahmen und in den Badezimmern gleich sechs

Waschbecken nebeneinander eingebaut, wie in den Waschräumen beim Kommiss. Und in die Küche kamen zwei Elektroherde, einfache, ja, aber der alte eiserne Kochherd hätte nicht gereicht für all die Leute im Haus, die von der Gewerkschaft auf Urlaub geschickt wurden. Hier und da wurde auch mal was repariert. War auch nötig, war auch jetzt wieder dringend nötig. Einer allein schaffte das nicht, nicht einmal er, Heinrich, obwohl er doch nun arbeitslos war und keine Aussicht auf eine neue Stelle hatte und deshalb seine Wohnung in Erfurt am liebsten aufgeben und irgendwohin gehen würde, wenn da nicht der Kleine, der René, in Weimar wäre. Klar, er könnte auch hier auf Distelitz bleiben, für immer, bis …

»Ach«, sagte er laut vor sich hin, »scheiß doch der Hund drauf!«, und musste über sich selbst lachen, weil er schon so zu reden begann wie Sophie. Und auch über sie lachte er, ein bisschen nur und voller Wärme, und dabei begannen seine Gedanken abermals zu wandern. Er dachte an vieles und auch daran, dass es wieder Zeit wurde, die im Park vom Sturm gefällten jungen Buchen oder abgebrochenes und geschnittenes Strauchwerk zum Haufen zusammenzutragen und ein Feuer zu entfachen, bevor es wieder regnete oder sogar zu schneien begann. Und bevor die Jugend, die wie Franz und die anderen garantiert zu den Weihnachtstagen eintreffen würde, auf die Idee kam, am Silvesterabend ein kaum kontrollierbares Freudenfeuer anzuzünden. So ein Feuer war nichts für den alten Adam, der noch immer seine Kriegserinnerungen in seinem Kopf trug und manchmal durchdrehte, wenn er ein offenes Feuer sah. Da rannte er dann wie von Furien gehetzt und schreiend und keuchend durch die Landschaft, bis Bertha ihn eingeholt hatte und zurück ins Haus führte.

Also Weihnachten mit Franz! Wie würde Sophie diesmal ihr Eigentum verteidigen?, fragte Heinrich sich. Hatte sie gegen ihren Sohn mit dem Großteil der Familie hinter sich überhaupt eine Chance?

Plötzlich lachte er wieder, weil er sich an die Küchengespräche früherer Jahre erinnerte.
»Gegen die Nazis und ihre hochgestochenen Pläne von wegen Luxusabsteige für Parteibonzen hab ich das alles hier vor dem Krieg mit Händen und Füßen und mit meinen Zähnen und noch was ganz anderem verteidigen müssen, das könnt ihr mir glauben, Jungs«, hatte seine Großmutter erzählt. Und er stellte sich dann vor, wie sie nicht nur das Gutshaus, sondern auch das Silber und Adeles Schmuck mit einem Besen oder einer Schaufel in der Hand verteidigte und auch diese Leichen im Keller, von denen sie schon mehr als einmal gesprochen hatte. Manchmal hatte sie ihm und Dietmar bei dem Tratschen mit Bertha und Adam die Ohren zugehalten, aber er hörte trotzdem ziemlich gut, schließlich hatte auch er die Segelohren vom seligen Gottfried. Er stellte sich dann mindestens ein paar Soldaten in schwedischer Uniform oder ein paar Nazis tief unter dem Kellerboden vor, und manchmal, wenn er Kartoffeln oder anderes nach oben holte, trat er besonders vorsichtig auf und beleuchtete mit seiner Taschenlampe die dunklen Ecken, immer in Erwartung, dort einen Toten, ein Skelett oder dessen Geist entdecken zu müssen. Er hatte sich damals im Keller ziemlich gegruselt.
Später hatte Heinrich seinem Enkel René einiges davon erzählt und war mit ihm durch den nicht verschütteten oder in sich zusammengefallenen Teil dieses riesigen Kellers unter dem Gutshaus gegangen, weil der Junge nach den Sachen suchen wollte, die Sophie nach Ausbruch des Krieges in eine Kiste gepackt und dann so gut vergraben haben wollte, dass sie sich nicht mehr erinnern konnte, wo das war. Zumindest erzählte sie das so. Man kann ja nie wissen, hatte Heinrich zu seinem Enkel gesagt, vielleicht ist doch was dran an ihren Andeutungen. Also gruben sie, wenn nichts anderes zu tun war, hier und da herum, krochen durch Schutt oder klopften die Wände nach Hohlräumen ab. Auf dem Dachboden suchten sie ebenfalls,

tauchten unter Spinnweben hindurch, bliesen dicke Staubschichten von Gerümpel und öffneten klemmende Schranktüren, hinter denen sich von Motten zerfressene Kleidungsstücke wie von Geisterhand bewegten oder verblichene Papiere und anderer Kram stapelten – eben all das, was sich in alten Kellerräumen oder auf Dachböden so finden und ein Kinderherz und sogar das Herz eines erwachsenen Mannes höherschlagen lassen konnte.

Ja, unser René, unser Kleiner, dachte Heinrich, während er den Korb ausschüttete und dann mit einer Harke den Haufen glatt strich. Der Junge war ihm ähnlich, sehr ähnlich sogar, viel ähnlicher als seinem auch als Kind wenig an seinen Erzählungen und handwerklichen Fähigkeiten interessierten und seit der Wende nur noch frustriert wirkenden Vater, dem Walter. Er, Heinrich, hatte den kleinen René schon früh immer dann mit auf die Insel genommen, wenn es dort Arbeit gab. Er hatte ihm die Geschichte von Rügen und die des Gutes erzählt, hatte ihn gelehrt, einen gesunden Baum von einem ungesunden zu unterscheiden, hatte ihn die Schärfe von Sägezähnen und Taschenmesser und die sachten, zu jeder Jahreszeit vorhandenen Bewegungen in Erde, Kreide und Sand erspüren lassen und mit ihm zusammen Kaninchen, Eichhörnchen und auch den Zug der Kraniche beobachtet, die im Herbst und im Frühjahr in Scharen auf der Insel einfielen, um hier zu rasten oder sogar zu nisten. Er war mit ihm aufs Dach gestiegen, von wo aus sie, nebeneinander auf dem First sitzend und an einem der guten Äpfel von den Bäumen auf der Wiese kauend, den Sonnenuntergang betrachteten und dann die Sterne über der See und den aufgehenden Mond. Er unternahm mit seinem Enkel all das, was er selbst als Kind unternommen hatte, zusammen mit Adam, dem einzigen Mann auf dem Gut damals und für ihn und seinen Bruder Dietmar Vater- und Großvaterersatz in einem. Auch all das, was er einst gern mit seinen Söhnen Ernst und Walter unternommen hätte. Doch deren Interessen und Lebenswege wa-

ren von Anfang an andere als seine gewesen. Ernst wurde Dolmetscher und Übersetzer bei den Russen im Osten der geteilten Stadt Berlin und Walter eben Lehrer für Deutsch und Geschichte in Weimar.
Wenn meine Krystina nur nicht so früh gestorben wäre, dachte Heinrich, während er den Dreck von der Harke abklopfte. Mit ihr zusammen wäre das unaufhaltsame Älterwerden und vieles andere in seinem Leben bestimmt leichter zu ertragen gewesen. Zuerst mochte seine Großmutter nichts davon wissen, dass er heiraten wollte. Aber an seinem Hochzeitstag hatte sie ihn beiseitegenommen und gesagt: »Ich frage nicht, warum es so früh und warum es Krystina sein muss, Junge, denn ich brauch dich und sie nur anzusehen, um zu wissen, dass ihr zueinanderpasst wie die Faust aufs Auge.« Da war Krystina schon schwanger gewesen mit Ernst, und Walter kam knapp zwei Jahre später, als Heinrich die Stelle im VEB-Walzwerk in Erfurt gekriegt und dort auch eine Wohnung für seine Familie gefunden hatte. Ja, und dann war seine Frau gestorben, im Winter 82/83, hatte ihn allein gelassen, wegen dem Krebs, da waren die Jungen schon weg. Die Einsamkeit hätte nach ihm gegriffen und ihn umkrallt und vielleicht sogar zugrunde gerichtet, wären nicht Sophie und dann Walters Sohn, der kleine René, gewesen, die ihm das Gefühl vermittelten, gebraucht zu werden. So war es auch jetzt wieder, in seiner Arbeitslosigkeit und ohne die Aussicht, noch einmal an irgendeiner Maschine zu stehen und Verantwortung für die Qualität eines Produkts zu haben. Ohne Sophie, sagte Heinrich sich, ohne Sophie und René würde ich wahrscheinlich eingehen wie eine Primel.

Ein unangenehm kalter, fast schon frostiger Wind kam von der See die Steilküste herauf und ließ Heinrich frösteln. Er schlug den Jackenkragen hoch und zog sich die Klappen seiner alten Mütze aus Kaninchenfell, die er von einem Arbeitskollegen geerbt hatte, über die Ohren. Mit zusammengekniffenen Augen betrachtete er den sich eindunkelnden Himmel. Schnee wird's bald geben, dachte er, und nicht zu wenig, zusammen mit dem Sturm. Da werden Adam und ich bald mit dem Schneeschippen zu tun kriegen, damit Franz und die anderen direkt bis vors Haus fahren können, wenn sie kommen. Er musste bei dem plötzlichen Bild vor seinen Augen mit einem durch Schneematsch stelzenden Franz lachen; er lachte, bis ihm der stürmische Wind, der jetzt von vorn kam, den Atem nahm. Dabei hat Franz nun wirklich keine Ähnlichkeit mit einem Storch, überlegte er. Eher hat er etwas von einem alten Stier an sich, der sich aufbläst und seinen Kopf nach vorne schiebt, wenn er noch einmal den großen Macker mimen will oder ihm etwas gegen den Strich geht. Dabei ist Sophies Ältester immer noch ein gutaussehender Mann, auf den die Frauen stehen, sagte Heinrich sich nicht ohne einen Anflug von Neid. Wenn man ihn so sieht, wie er auf der Terrasse sitzt, sein Glas mit was weiß ich schwenkend, und die anderen, vor allem die Frauen, dicht um ihn geschart, als wäre er Gott weiß wer und nicht ein alter Gockel … Und er selbst, Heinrich, ein gestandenes Mannsbild, trotz der Prothese statt Bein, und mehr als zwei Jahrzehnte jünger als der andere – er guckte sozusagen in die Röhre.

Na ja, dachte er und grinste ein wenig, so ganz stimmte das ja doch nicht. Denn bei diesem verrückten Sommertreffen hatte er nicht nur Kurt, einen entfernten Cousin aus dem Franz-Zweig, kennengelernt, sondern auch dessen Frau Rosie. Die beiden waren aus Österreich angereist, wo sie auf einem Bauernhof in den Bergen Kärntens schottische Hochlandrinder züchteten. Sie waren die Einzigen gewesen, die Sophie etwas anderes als Pralinenschachteln, irrsinnig bunte Schals, Vasen oder anderen Schnickschnack als Gastgeschenke mitbrachten, nämlich eine ganze Rinderhälfte, Unmengen von Alpenbutter und Hirschwürsten und eine der köstlichsten Speckseiten, die Heinrich je probiert hatte.

Ja, diese Rosie …

Nein, nein!, rief er sich selbst zur Ordnung. Rosie ist verheiratet. Und mit verheirateten Frauen ließ er sich sowieso nicht ein, das brachte nur Ärger und manchmal auch Kummer. Was aus solchen Sachen mit verheirateten Frauen werden konnte, das sah er in der eigenen Familie. Walter hatte eben kein Glück mit den Frauen. Und als Vater war er auch nicht gerade überzeugend, und so entließ er den Jungen oft in die grenzenlose Freiheit, die sein Großvater und Sophie ihm boten. Der Kleine war ziemlich anfällig, was seine Gesundheit und körperliche Entwicklung betraf. »Die Hauptsache an dem Kleinen ist sein Kopf und das, was er da drin hat«, sagte Sophie, wenn er wieder einmal schniefte und hustete. Ja, Sophie, die wusste einfach, worauf es ankam. Und deshalb kämpfte sie nach der Enteignung auch so hartnäckig um Distelitz. Sie wusste, wenn in einem Haus kein Leben mehr ist, dann verliert es seine Kraft und zieht sich in sich selbst zurück. »Dann werden die Mauern brüchig«, hatte sie zu ihm gesagt, »und das Vergessen kann sich in allen Ecken einnisten und alles zum Einsturz bringen.«
Nein, Sophie hatte ein Ende nicht zugelassen – sie nicht. Sie hatte wer weiß was drangesetzt, um zwei Jahre nach der Enteignung wieder in das Gutshaus zurückkehren zu können – nicht als Hausherrin, das war klar, aber um für die Leute, die vom FDGB zur Erholung geschickt wurden, zu kochen und für Ordnung zu sorgen. Damals hatten auch Heinrich und sein Bruder Dietmar noch bei ihr gelebt, waren in die Dorfschule gegangen und Heinrich später in einem Zimmereibetrieb in die Lehre und Dietmar auf eine Sprachenschule in Stralsund. Und dann, Mitte der sechziger Jahre, als Sophie allein im Haus war, kamen Adam und Bertha, die bis dahin im Dorf gewohnt hatten, ebenfalls zurück. Mit allem Möglichen hielten sie sich und das Haus am Leben. Mit dem heimlich Selbstgebrannten zum Beispiel, mit den Kräutern und Tinkturen, die sie auf dem Markt verkauften. Auf die »Hühnergötter«, diese durchlöcherten Feuersteine, die am Strand herumlagen und Glück bringen

sollten, waren manche Leute ganz erpicht. Oder den einen oder anderen »Klapperstein«, einen in versteinerte Kreide eingehüllten Kieselschwamm, aus dem die weiche Kreide gewaschen war. Hier und da auch ein Stück Bernstein, das Sophie zwischen den angeschwemmten Algen gefunden hatte und das größer war als nur ein Daumennagel.

Ja, Sophie und ihr Haus waren schon immer etwas Besonderes gewesen. An diese beiden kam niemand ran. Auch kein Franz mit einem Bauprojekt.

Heinrich lachte erneut leise vor sich hin, weil er plötzlich an die teils wahren, teils ausgeschmückten Geschichten dachte, die auf der Insel über seine Großmutter und ihre Eigenheiten erzählt wurden, und jene, die er selbst miterlebt hatte. Damals zum Beispiel, an einem stürmischen Regentag im Herbst 49, als er und sein Bruder Dietmar von Schwester Anna, jener Nonne, die die beiden Jungen und den Sarg mit ihrem Vater Friedhelm von Tokio bis in das zerstörte, von den Siegermächten geteilte und besetzte und nach neuem Halt suchende Deutschland begleitet hatte, als er und Dietmar also von Schwester Anna an der Haltestelle im Dorf auf der Insel aus dem Autobus geschubst werden mussten, weil die ohnehin verstörten Jungen sich weigerten, auch nur einen Fuß auf diesen fremden Boden, in diese kalte, feuchte Luft und auch noch in die Nähe jener Gestalt zu setzen, die gleich einem schwarzen Gespenst aus dem Grau rundherum aufgetaucht war, gekleidet in einen unförmigen Regenmantel mit Kapuze und umwabert von mächtigen Gaswolken aus dem kaputten Auspuff eines Motorrades mit Beiwagen. Schwester Anna war nach Japan zurückgekehrt, ihre Aufgabe war schließlich erledigt, die Waisenkinder bei ihrer Großmutter. Das bisschen Gepäck der beiden Jungen verstauten Sophie und der Busfahrer im Beiwagen, so gut es eben ging, und befestigten den Blechsarg mit einem Kuhstrick an der wackeligen Sitzlehne. Heinrich und Dietmar mussten hinter ihrer Großmutter auf dem Motorradsitz Platz nehmen. Da klammerte sich Dietmar dann an Heinrich und Heinrich an Sophie, weil die voll aufdrehte und das Motorrad ruckartig vorwärtsschoss. »Keine Bange, Jungs!«, brüllte sie gegen das Motorengedröhn, gegen den Sturm, gegen das Schluchzen und verzweifelte Stöhnen und Ächzen ihrer Enkel und gegen das Klappern der Knochen ihres Sohnes im Sarg an. »Bevor ihr noch einmal atmet, sind wir schon zu Hause!« Den Atem hatte es ihnen tatsächlich verschlagen, und es hatte eine Weile gedauert, bis sie begriffen, dass sie nach den trotz ihrer Jugend schon erlebten Wirren und Schrecknissen nicht in einer weiteren Hölle gelandet waren, sondern bei Menschen, die ihnen wohlgesinnt waren.

V

Dieser Abend im Dezember, an dem sich die Insel mit einer dünnen, im kalten Mondlicht wie Glas schimmernden Schneedecke schmückte, an dem Sophie und Bertha in der Küche des Gutshauses mit der Herstellung der traditionellen, mehrere Kilo schweren Weihnachtspastete beschäftigt waren und Sophie mit einiger Beklemmung an ihr Bankkonto dachte, das im Zuge der Vorbereitungen für das Fest mit etlichen angekündigten Gästen wieder einmal zusammengeschnurrt war wie ein Gummiband, und in diesem Zusammenhang überlegte, ob sie nicht doch eine ganz bestimmte Nummer in Berlin anrufen sollte – dieser Abend, an dem Adam und Heinrich mehrmals aus der warmen Küche in den eiskalten Keller stiegen, um abermals herauszufinden, ob Sophies Apfelschnaps in diesem Jahr noch besser war als in den vergangenen Jahren –, dieser Abend war in München ein nasskalter. Hier pfiff ein unangenehmer Wind aus Nordost durch Häuserfluchten und um Ecken, trieb schweren Regen vor sich her, zerrte an den blattlosen Ästen der Bäume und beugte den einen oder anderen Wipfel, dass die Stämme nur so ächzten.

In ihrem Haus nahe der Isarauen erinnerte Marijke von Sand sich beim Packen der Koffer für den geplanten Weihnachtsbesuch ihrer Familie auf der Insel wieder einmal daran, dass sie gar nicht so harmlos war, wie sie gegenüber der Verwandtschaft ihres Mannes Peter tat beziehungsweise tun musste. Vor allem nervte sie das allgemeine Getue um ihre Tochter Beatrice, die als einziges Mädchen in diesem Männer-Clan im Mittelpunkt des Interesses stand. Und das war bestimmt nicht nur wohlwollendes Interesse.

Peter zuliebe hielt Marijke sich bei allen interfamiliären Gesprächen, Vermutungen und Diskussionen um Sophie und das Gut zurück, aber wenn sie allein waren, dann ließ sie kein gutes Haar am Rest des Clans – an dieser Meute von gierigen Wölfen, die nur eins im Sinn hatten, nämlich sich den Familienstammsitz unter den Nagel zu reißen und das Projekt von Franz zu realisieren, bloß um vielleicht doch irgendwann einmal den großen Reibach mit Touristen auf der Insel zu machen.
Ohne mich! Und ohne meine Tochter!
Marijke stammte aus einer typisch holländischen Familie, die seit jeher mit beiden Beinen fest auf dem Boden stand und eine gesicherte Zukunft ihrer Nachkommen nicht minder fest im Auge hatte. Obwohl sie selbst schon als Kind wenig Lust dazu verspürt hatte, in die Käseherstellung und -vertreibung einzusteigen, denen sich in Gouda bereits ihre Großeltern und nun ihre Eltern widmeten, war sie mit der Überzeugung aufgewachsen, dass holländischer Käse ein relativ sorgenfreies Leben ermöglichte. Also war sie sich auch dessen bewusst, dass der blühende Markenname »Kluntjes echter Gouda aus Gouda« auf Dauer erhalten werden musste. Da ihr jüngerer Bruder als Pilot in der Welt herumflog, statt sich mit Käse oder der Gründung einer eigenen Familie zu befassen, lag es auf der Hand, dass die Nachfolge in der Käserei an ihr, Marijke, beziehungsweise ihrer Tochter hängenbleiben würde. Beatrice war ihr einziges Kind und würde es aus bestimmten Gründen auch bleiben. Aber darüber wollte sie jetzt nicht nachdenken, sie hatte im Moment andere Sorgen. Peters Großvater, dieser Franz, hatte nämlich beschlossen, seine Urenkelin auf ein Internat in der Schweiz zu schicken, damit sie dort den – seiner Meinung nach! – für eine künftige Gutsherrin notwendigen Schliff erhielt.
Pah, Gutsherrin!, dachte Marijke, während sie eine von Peters Freizeitjacken begutachtete und dann in den Schrank zurücklegte. Was war von diesem Gut Distelitz denn noch übrig außer

einer langen Vergangenheit und diesem alten, baufälligen Haus mit dem bisschen Land drum herum, das Franz und die anderen großspurig als »Park« bezeichneten? Nichts als Unkraut und Brennnesseln, wucherndes Gebüsch und Unterholz. Wer ihr dabei geholfen hatte, zumindest einen kleinen Teil am Rand der Steilküste vom Gestrüpp zu befreien und dort eine Bank hinzustellen, der hatte sowieso schon immer zugepackt, wenn Not am Mann war. Also Heinrich mit seinem Holzbein und der alte Adam, der gekrümmt ging wie ein Fragezeichen. Und noch ein paar andere aus dem Osten.

Mit Peter, ihrem Mann, konnte Marijke über dieses Thema nicht reden, da war er taub auf beiden Ohren. Kein Wunder, sagte sie sich, wie immer wütend, wenn sie an Franz und an ihren – leider nicht nur in diesem Fall – wenig entscheidungsfreudigen Ehemann dachte, während sie Pullover auf Pullover zusammenfaltete und in den Koffer legte. Er ist geradezu infiziert von diesem Tamtam seines Großvaters um die Folgen der Wiedervereinigung! Und dann hat Franz ihm auch noch diesen Floh mit der Erbschaft ins Ohr gesetzt. Beatrice Gräfin von Sand – wie das schon klang! Von Zucht und Ordnung, vom Verkommen beziehungsweise Erhalt alter Werte und so weiter hatte Franz geredet, als sie alle im vergangenen Sommer auf der Terrasse von Sophies Haus saßen, wie die Hühner um ihren Gockel saßen sie da herum, als Beatrice vom Strand zurückkam, in ihrem hübschen knappen Bikini. Niedlich sah sie aus, rundherum gebräunt und strahlend gesund, mit ihren Sommersprossen und den wilden rötlichen Krauslocken. Ja, und dann hatte Franz seinen Sermon losgelassen von wegen verdorbener Jugend und so und dass manche Eltern – und dabei hatte er sie und auch Peter mit seinem kühlen Blick festzunageln versucht – einfach nicht fähig dazu seien, ihren Kindern die entsprechende Erziehung mit auf den Weg ins Leben zu geben. Als er auch noch davon anfing, dass er sich wohl persönlich um das Wohl seiner Urenkelin kümmern müsse, damit sie einmal

Sophies Nachfolge als Hüterin von Haus und Gut auf der Insel antreten könne, da war Marijke beinahe aus der Haut und ihm über den Mund gefahren.

Nach diesem Vorfall hatte Marijke sich vorgenommen, nie wieder auf die Insel zu fahren, wenn Peters Großvater oder die anderen ebenfalls bei Sophie waren. Klar, den einen oder anderen aus ihrer Familie mochte sie ganz gern, zum Beispiel Peters Onkel Heinrich aus Erfurt und seinen Sohn Walter, der ihr auf der Bank am Steilufer während eines herrlichen Sonnenuntergangs im Westen seine Zukunftssorgen anvertraut hatte. Dass Bea sich unter all diesen halbflüggen Jungen in der Familie Walters Sohn René ausgesucht hatte, diesen im Vergleich zu seinen lärmend über die Insel tobenden Altersgenossen eher stillen und immer nachdenklich wirkenden Jungen mit der bei Kindern gar nicht so seltenen Ausstrahlung, mehr zu wissen, als für sie gut war oder sie wissen sollten, wunderte sie ein wenig. Aber René schien für ihre extrovertierte Tochter voller Überraschungen zu stecken, denn die beiden hockten ständig zusammen, am liebsten auf ihrem Hochsitz in der alten Buche oder in Sophies Bibliothek.

Mit der alten Bertha hatte Marijke schon oft allein in der Küche gesessen. Mit ihr konnte man herrlich über Gott und die Welt schwatzen, die hatte noch einen unverdorbenen Menschenverstand und sah die Folgen der Wiedervereinigung von Land und Sophies Familie mit einer umwerfenden Art von Galgenhumor. Und dann natürlich Sophie. Was für eine Frau! Wie ein wunderbares Urgestein, in dessen Kern ein heftiges Feuer brannte, war sie Marijke vorgekommen.

Ein zum Mensch gewordener Teil dieses berührend alten Hauses am Rand der Steilküste, das seine Morbidität, sein unaufhaltsames Sterben unverhüllt zur Schau stellte und das sie, Marijke, auf seltsame Art und Weise schon beim ersten Schritt durch seine große Tür dazu aufgefordert hatte, sich mit ihm, mit seinen von Sonne, Regen und der Seeluft, von Flechten und

Moosen geschaffenen Farben auf von Stürmen blankgescheuerten Außenwänden und auch mit seinen Geheimnissen auseinanderzusetzen. Nur Sophies Gegenwart, das Feuer in ihr, schienen dieses sich wohl schon seit langem auf sein Ende vorbereitende Gutshaus noch am Leben zu erhalten und es dazu zu bringen, nun die Schwingungen so vieler lebender, so unterschiedlicher Menschen auf einmal zu ertragen und zu beherbergen. Marijke hatte vom ersten Moment an gewusst, dass sie sich zurückhalten musste, um der seltsamen Ausstrahlung dieses Hauses nicht zu verfallen und sich an diesen Platz zurückzuziehen, ohne Peter, ohne seine schreckliche Familie, für eine Weile – vielleicht für immer? Nicht daran denken, sagte Marijke sich. Denk an etwas anderes, sonst …

Sie dachte an Sophie.

Sophie war ein Modell, das Marijke gern gehabt hätte, als sie noch in der intensiven Malphase ihrer Berufsfindung als Künstlerin war. In Gedanken skizzierte sie, während sie den einen wie immer zu vollen Koffer zu schließen versuchte, indem sie sich auf den Deckel setzte, das herbschöne faltenreiche Gesicht dieser alten Frau. Mit Kohle, die ließ sich leichter verwischen als Bleistift oder manche Farben. Mit Kohle wurden harte Schatten weich und lebendig, da bewegten sich selbst feste Linien mit feiner Geschmeidigkeit über das Papier. Trotzdem würden die Knitter, die Falten und Furchen, all die Gräben in Sophies Gesicht genau zu erkennen sein, auch der zuweilen hochmütige, leicht verächtlich und gleichzeitig so verletzlich wirkende Zug um ihren Mund, wenn sie unauffällig die Schar ihrer männlichen Nachkommen beobachtete. In solchen Momenten hatte Marijke Sophie nicht in diesen scheußlichen Männerhosen und dem viel zu großen und auch noch karierten Hemd gesehen, die sie tagtäglich trug, sondern als die Gräfin von Sand, als Herrin auf Distelitz, im seidenen Kleid und mit dem prächtigen Familienschmuck, den Mittelpunkt einer angeregt plaudernden Gesellschaft.

Diese Zeiten hatte es tatsächlich gegeben, das hatte Marijke von Sophie erfahren, an jenem Tag, als sie lange das Bildnis der rothaarigen Schönheit Adele von Sand im Treppenhaus neben dem des hochmütig dreinblickenden Gottfried bewundert hatte. »Mit Adele und Gottfried hat alles angefangen«, hatte Sophie, die unvermittelt neben ihr auf der Treppe stand, leise gesagt. »Deshalb habe ich diese beiden Bilder aufgehoben, habe sie verstecken und vor den Russen retten können – anders als die anderen Bilder, die musste ich schon lange vor dem Krieg verkaufen, erst das eine, dann das andere und jetzt auch noch das allerletzte. Die brachten das Geld, das meine Söhne für ihre Wege ins Leben benötigten. Aber dieses hier, die Adele, die hat niemand bekommen, und auch den Gottfried nicht.«

»Eine wunderschöne Frau«, hatte Marijke gesagt.

»Ja, schön ist sie.« Sophie hatte sich leicht bei ihr eingehakt und stützte sich nun auf sie, kaum merklich, kaum mehr Gewicht als eine Feder schien sie zu haben. Marijke kannte das von ihrer eigenen Großmutter, die hatte im letzten Jahr ihres Lebens auch nicht mehr viel gewogen. So etwas wie Furcht hatte die junge Frau plötzlich verspürt beim Gedanken, dass auch Sophie neben ihr alt war – alt genug zum Sterben. Sie hatte ihren Arm fester an sich gedrückt, und die alte Frau hatte sie aufmerksam von der Seite angesehen und dann leise gesagt: »Adele ist eine, die nie altern wird, die immer so jung und ohne Makel bleiben wird, wie sie zu der Zeit war, als dieses Bild gemalt wurde. Nur Künstler besitzen die Fähigkeit, die Zeit anzuhalten, nicht wahr?« Sie hatte leise aufgelacht und dann mit immer noch leiser Stimme erklärt: »Aber nichts, auch nicht die Zeit, lässt sich tatsächlich aufhalten oder zurückdrehen, Kindchen. Alles ist vergänglich – auf Dauer gesehen sogar dieses Bild.«

»Erzähl du mir von Adele und von den anderen Frauen hier im Haus«, hatte Marijke ebenso verhalten gebeten. Sophie hatte Marijke eine Weile lächelnd angesehen, wie sie auf den Lärm im

Haus gehorcht und dann genickt hatte. »Es wird sich ergeben, dass wir einmal in Ruhe miteinander reden.

Ein paar Tage später, an einem Abend, als draußen im Park, auf der Terrasse und auch im Gutshaus die Gespräche verebbten, als sich der Himmel über der See langsam verdunkelte und mit Sternengruppen schmückte, scheinbar achtlos hingeworfen auf die Schwärze, vielleicht von Riesenhand, und doch von erstaunlicher Ordnung, als der merklich kühl gewordene Wind durch die einen Spaltbreit geöffneten und fast bis zur dunkel getäfelten Decke reichenden Bogenfenster der Bibliothek strich und die paar Holzscheite, die der alte Adam im offenen Kamin entzündet hatte, knisternd und knackend in sich zusammenfielen, da hatte Sophie es sich in dem verlotterten Ohrensessel bequem gemacht. Marijke saß zu ihren Füßen auf einem mit abgeschabtem Samt bezogenen Schemelchen, auf den vor Jahrzehnten und vielleicht schon vor Jahrhunderten die Damen des Hauses ihre zierlichen Füßchen gelegt hatten. Da begann die alte, in dem Monstrum von Sessel zerbrechlich und an anderen Plätzen so stark und zuweilen unnahbar wirkende Frau dann die Geschichte von Adele und den Frauen, die nach ihr gekommen waren, und von anderem zu erzählen.

»Sie, die Adele, stammte aus einer verarmten mecklenburgischen Adelsfamilie, aber der Graf, der Gottfried von Sand, der jüngste von sieben Söhnen auf einem der reichsten und größten Güter im Pommerschen, heiratete sie ohne Mitgift, obwohl seine Familie gegen diese Verbindung war und ihn sogar enterbte. Doch die Fürstenfamilie in Putbus war ihm wohlgesonnen, weil er sich gut auf die Pferdezucht verstand, und überließ ihm Wittow hier im Norden, wo Gottfried dann auch dieses Haus baute. Die Steine für die Grundmauern ließ er vom Strand über die Steilküste nach oben transportieren.« Sophie lachte leise vor sich hin. »Steine sind das, Mädchen, Steine, die Geschichten erzählen können, zum Beispiel Geschichten von den Gletschern der letzten Eiszeit vor mehr als zehntausend Jahren, denn als das Eis schmolz, ließ es nicht nur die riesigen Findlinge zurück, die du vor Arkona als Siebensnödersteen und auch vor Göhren weiter unten im Süden nahe der Küste finden kannst, sondern ebenso diese Steine, die das Meer rundlich geschmirgelt hat und die von den Bauern und Fischern hier schon immer für den Hausbau benutzt wurden. Aber du willst etwas über Adele hören, und ich Alte fasele über die Eiszeit«, hatte Sophie gesagt. »Also, Gottfried liebte seine Adele, und trotzdem verließ er sie ziemlich bald nach der Geburt ihrer Tochter, denn nicht nur Pferde gehörten zu ihm, sondern auch der Drang in die Ferne. Auf einem niederländischen Schiff segelte er durch den Indischen Ozean und auf einem portugiesischen zu den Bahamas. So wird es jedenfalls erzählt, und so steht es auch in der Chronik, die dort drüben im Sekretär liegt, in einer verschlossenen Schublade, denn in diesem Buch, das Gottfried seinerzeit hat binden lassen, findest du nicht nur die Bibelworte, darin kann der, der ein echtes Interesse dran hat, die ganze Familiengeschichte nachlesen.«

»Auch mehr über Adele und ihre Tochter?«

»Ja, ja«, sagte Sophie, »auch über Adele und ihre Tochter, die erste Beatrice in dieser Familie. Adele war die erste Frau unter uns von-Sand-Frauen mit einer besonderen Beziehung zum Mystischen und mit diesen manchmal doch etwas seltsamen Fähigkeiten einer weisen Frau. Und auch die erste Beatrice besaß magische und seherische Kräfte. Schließlich war sie ein echtes Inselkind, und unsere Insel war schon immer ein Ort des Mystischen, ein Ort alter Götter und Geistwesen. Musst nur mal rübergehen zum Kap und zur Ruine der Jaromarsburg mit den Resten vom Swantevit-Tempel, da ist noch viel zu spüren von dieser Vergangenheit.« Sie strich mit ihrer Hand rasch über Marijkes erhitzte Wange. »Auf unserer Insel war die Welt eben in Ordnung, mehr als anderswo, und deshalb sind wohl alle Frauen, die nach Adele und Beatrice I. kamen, so zäh und stark geworden. Sie haben Überfälle, Kriege, Pest und Cholera,

Plünderungen und noch Schlimmeres überlebt. Nie haben sie sich etwas wegnehmen lassen, auch ihre Männer nicht ...«, sie kicherte, »... denn die sind alle von selbst gegangen, weil wir Frauen schon immer stärker waren als sie.«
Und während sie weitersprach, hatte sie Marijke angesehen, und Marijke hatte plötzlich das Gefühl gehabt, doch nicht angesehen zu werden, weil Sophie durch sie hindurchgeblickt, vielleicht auch durch die Wand, die Bibliothek und Foyer voneinander trennte, wahrscheinlich durch alle Wände ihres Hauses und alle Wände der Häuser auf Wittow, in den Städten, in der Welt geblickt hatte, während sie mit leiser, melodisch klingender Stimme Bilder der Vergangenheit aufzeichnete. Und Marijke senkte die Lider und sah auf der Leinwand dieser Geschichten und Erinnerungen all diese Frauen vor sich, die sich ihre Schönheit und ihre Eigenheiten, sogar ihre Sturheit, mit der sie am Leben hingen, über alle Ereignisse hinweg bis zu ihrem letzten Atemzug bewahrt hatten.
Schließlich hatte sie die Augen wieder geöffnet, zutiefst berührt von der Lebendigkeit und von den Farben dieser Bilder. Sophie hatte leise aufgelacht und sie nun wieder mit einem forschenden Blick betrachtet und nach einer Weile gemeint: »Ich denke, dass ich nicht die letzte echte von-Sand-Frau sein werde.«
»Sophie«, sagte Marijke langsam und flach atmend, »da gibt es etwas, was du über mich und meine Tochter wissen solltest, bevor ...« Sie hatte gezögert, obwohl die Nähe und das Vertrauen zwischen der alten Frau und ihr fast greifbar waren und es sie drängte, endlich, endlich über das zu reden, es auszusprechen, was sie bisher niemandem gesagt hatte, schon gar nicht Peter, ihrem Mann. Sie hatte in Sophies Gesicht gesehen und in diese wachen Augen, die sie zum Sprechen aufforderten und nicht Überraschung, sondern Wärme und Verständnis versprachen. »Bea ist nicht ...«, begann sie.
Aber zu mehr war es an diesem Abend nicht gekommen, weil in diesem Moment die Tür der Bibliothek aufgerissen wurde,

mit einem verrostet klingenden Seufzer in den Angeln. »Da bist du, liebste Sophie!«, rief Franz dröhnend. »Wir haben dich schon sehr vermisst.«
Und als sie zu den anderen gegangen waren, da hatte Sophie zu ihr, Marijke, leise gesagt: »Du solltest einen Bernstein tragen, Mädchen. Bernstein stärkt den Glauben an sich selbst.«

Beim Packen für die Weihnachtstage auf Distelitz zögerte Rosie von Sand, frische Witwe neben zwei Ex-Frauen von Sophies Enkel Kurt. Rosie war sich nicht ganz im Klaren darüber, ob sie nun, nach dem kürzlich erfolgten Tod ihres Mannes, noch Mitglied des ständig wachsenden Clans war oder nicht. Ihre nur knapp sechs Jahre dauernde Ehe war aus drei Gründen kinderlos geblieben: Kurt hatte sich gleich zu Beginn ihrer Gemeinsamkeit während eines Jagdausflugs in Ungarn beim Stolpern über seinen Hund selbst angeschossen und damit unglücklicherweise eines wichtigen Teils seiner Manneskraft beraubt, dann hatte ihn die Aufzucht und Weiterverwertung schottischer Hochlandrinder, die er und Rosie auf ihrem Bauernhof im österreichischen Kärnten neben einem guten Dutzend Milchkühen und anderem Viehzeug hielten, voll in Anspruch genommen. Und außerdem waren sie beide zum Zeitpunkt ihrer Eheschließung über das übliche Alter zum Kinderkriegen schon hinaus. Die schottischen Rinder und die Milchkühe hatte Rosie nach der Einäscherung ihres Gatten billig an einen Nachbarn verkauft. Immerhin waren sie für ihren Verlust verantwortlich, denn Kurt war beim Stallausmisten mit seinen neuen Gummistiefeln auf einem noch dampfenden Kuhfladen ausgerutscht und hatte sich dabei selbst so unglücklich auf die Mistgabel gespießt, dass auch ärztliche Kunst nichts mehr flicken konnte.
Nun überlegte Rosie, was sie über die Feiertage machen sollte – auf dem Hof bleiben und sich der Stille, der Einsamkeit

und der Trauer ergeben oder doch nach Rügen fahren. Kurt hatte in seinem Testament bestimmt, als Asche in einer Urne auf die Insel und dort in die Familiengruft gebracht zu werden. Sollte sie der Urne auf ihrem Weg nach Norden folgen, obwohl ihr derart große und heuchlerische Familientreffen wie die rund um Sophie von Sand ein Greuel waren?

Gerade als Rosie den halbgepackten Koffer wieder ausräumen wollte, klingelte ihr Telefon.

»Also, was ich sagen wollte, Rosie«, begann eine ihr bekannte Baritonstimme. »Die Urne mit Kurt ist angekommen. Jetzt warten wir auf dich – Sophie und ich und die anderen.«

»Ich komme, Heinrich«, sagte sie froh.

Franz war an diesem Abend bereits auf dem Weg in Richtung Norden, das heißt, er saß neben Robert, seinem ältesten Sohn, in dessen Audi A6. Seit Frankfurt schneite es, und der Schnee kam waagerecht aus Nordost. Sie waren gerade von der Kasseler Autobahn in Richtung Eisenach und Erfurt abgebogen, als sich ein Lkw weiter vor ihnen auf der rutschigen Fahrbahn quer stellte und damit das soeben eingeleitete Überholmanöver der Fahrzeuge hinter ihm verhinderte. Nur wenige Meter vor dem sofort entstehenden Stau hatte Robert seinen schweren Wagen wieder unter Kontrolle.

»Das war knapp!«, stöhnte er und drehte den Motor mit noch zitternder Hand ab. »Wenn das länger dauert, dann kann ich meinen Termin heute Abend in Erfurt vergessen.«

»Das hätte ich dir auch ohne diesen Lkw da vorne sagen können«, erklärte Franz. »So lahmarschig, wie du fährst, wären wir sowieso nicht rechtzeitig ankommen. Und was deinen Termin betrifft, Junge, da kann ich dir jetzt schon sagen, dass du nicht lange um den Brei herumreden, sondern gleich auf den Putz hauen musst. Du wirst mit harten Bandagen vorgehen müssen. Ohne Mitleid, verstehst du. Mitleidlos und knallhart! Der Osten versteht nur diese eine Sprache, die ist er gewohnt, seitdem die Russen und dann die DDR dort das Kommando übernommen hatten.«

»Vater, ich …«

»Ich kenne dich doch«, schnitt Franz ihm das Wort mit Verachtung in der Stimme ab. »Nach allen Seiten moderat bleiben und alles mit einem Blick in die Gesetze absichern, das ist deine Devise. Aber du bist mein Sohn, und ein von Sand verliert nicht, nie, auch keinen Prozess, in dem es um die Rückgabe von enteignetem oder geschenktem Eigentum geht.«

»Hier geht es …«

»Ich weiß, worum es geht. Doch glaube mir, keiner von den Ossis wird ein Haus freiwillig räumen, das er sich nach Kriegsende und in DDR-Zeiten unter den Nagel reißen konnte. Die haben sich damals alles genommen, was unsereiner zurücklassen musste, bloß weil die Mauer gebaut wurde. Die waren nicht viel besser als 45 die Russen, die haben geklaut wie die Raben. Die haben alles weggeschleppt, was nicht niet- und nagelfest war. Sogar unsere Museen haben sie ausgeplündert. Unser Haus auf der Insel – wenn ich nur an die Gemälde denke, die da früher herumhingen!«

»Das Recht des Siegers, Vater«, sagte Robert nur. »Jetzt geht es um etwas ganz anderes.«

»Ja«, entgegnete Franz ungehalten, »jetzt sind es Deutsche, die Deutsche ausplündern.«

Robert musste wider Willen grinsen. »Richtig, wenn du die Wessis als Plünderer meinst. Aber im Ernst, wenn jemand seit vier Jahrzehnten oder noch länger in einem Haus wohnt, eine offizielle Überlassungsurkunde in Händen und wahrscheinlich auch noch einiges an Geld in dieses Haus gesteckt hat, dann erfordert das akribische Recherchen und Fingerspitzengefühl.«

»Man muss anders vorgehen als ihr lauwarmen Juristen das gewöhnlich macht. Wenn ich …«

»Vater!«, unterbrach Robert ihn scharf. »Halte dich aus meinen beruflichen Angelegenheiten raus! Es sind meine Klienten und meine Termine, nicht deine!«

Franz hob beide Hände. »Gut, gut«, sagte er. »Halte ich mich eben raus. Aber was Erfurt betrifft – ich hasse Ost-Hotels!«

»Scheißwetter!« Robert drehte den Knopf des Autoradios bis zum Anschlag, ohne einen Sender zu finden, der ihm Auskunft über das Ende des Staus geben konnte. »Du hast mich gefragt, ob ich dich mitnehmen kann. Du hättest morgen mit Lucia fahren sollen, dann hättest du in wenigen Stunden bei Sophie sein können und nicht zwei Nächte in einem Erfurter Hotel verbringen müssen.«

Franz schnaubte. »Pah! Ich traue den Fahrkünsten deiner momentanen Frau noch weniger als deinen. Ich sage nur: Italienerin – und auch noch mit Zwillingen schwanger. Italiener und Franzosen, die kenne ich, die fahren alle wie die Anfänger. Auch in dein Auto steige ich nur mit Vorbehalten, wie du weißt«, erklärte er in ärgerlichem Ton, »aber als Fatalist, der ich bin …«

»Bitte!« Robert beugte sich an seinem Vater vorbei zur Beifahrertür und machte sie auf. Sofort wirbelte Schnee ins Innere. »Du kannst gern aussteigen, wenn du willst.«

»Was … hier?« Franz starrte in das Schneegestöber, wo außer den blinkenden Warnlichtern des hängengebliebenen Lkws und der anderen Fahrzeuge vor ihnen, den Leitschienen rechts und links und den Fahrzeuglichtern hinter ihnen nichts zu erkennen war. Dunkeldeutschland, dachte er, die sparen tatsächlich noch immer, sogar an Strom. Laut fragte er: »Willst du mich, deinen alten Vater, etwa in dieser Öde und Kälte aussetzen?«

»Ich will dich nicht aussetzen, außer du steigst von selbst aus. Oder du bringst mich mit deiner Meckerei endgültig zur Verzweiflung, und dann kann ich für nichts mehr garantieren.«

Franz ächzte vor Entrüstung. »Das ist nun der Dank dafür, dass ich …«

Robert starrte geradeaus, er hörte nicht mehr hin. Tiraden dieser Art war er gewohnt, da kannte er jedes Wort. Es verging kaum ein Tag, an dem sein Vater sich nicht telefonisch in seiner Kanzlei meldete, um seinen Senf zu allem Möglichen abzugeben. Es gab überhaupt nicht viel in Roberts Leben, in das sein Vater sich nicht einzumischen versuchte. Und was er in seinen eigenen Unternehmungen hinterließ, war meistens das totale Chaos. Nicht nur einmal hatte er als Jurist seinen Vater aus einer verzwickten Situation heraushelfen müssen. Der konnte seine Finger einfach nicht von undurchsichtigen Geschäften lassen. Der fiel auf jeden herein – auf betrügerische Fondsmanager ebenso wie auf die Vertreter von dubiosen Briefkastenfirmen. Robert konnte nur ahnen, welche Geldmengen schon durch die Finger seines Vaters gegangen und wie viel er in den letzten zehn, zwanzig Jahren verloren beziehungsweise verspekuliert oder anderweitig in den Sand gesetzt hatte. Sein Lieblingsfilm war *Das Geld anderer Leute* mit Danny DeVito. Aber Franz war eben nicht schlau, er war kein Gewinner, und das Leben war auch kein Hollywoodfilm. Zum Glück, dachte Robert, zum Glück ist mein Vater noch immer nur ein kleines Arschloch im Vergleich zu den wirklich großen Betrügern, und so ist er bis jetzt meist mit heiler Haut dem von ihm angerichteten Schlamassel entkommen.

Aber was wäre, wenn er sich einmal nicht um seinen Vater kümmern würde? Wenn er ein einziges Mal nicht alle Hebel in Bewegung setzen würde – oder auch könnte –, um ihn aus einer prekären Lage herauszupauken? Wie oft hatte er sich das schon vorgenommen – und wie oft hatte er sich sagen müssen, dass er es einfach nicht schaffte, seinen Vater im Stich, vielleicht sogar einmal in einer Gefängniszelle auf den Kanaren, in der Karibik oder sonst wo schmoren zu lassen.

Doch Franz ließ sich nicht wegschieben.

Wie seine Frau Lucia hielt Robert seinen Vater trotz all seiner Schwächen und Fehlhandlungen auf beruflicher und auch emo-

tionaler Ebene für ein Phänomen. Für einen gleichzeitig naiven und gerissenen Menschenfänger und für einen großen Blender. Wenn Franz das große Geschäft, das große Geld witterte, konnte er jeden mitreißen, da er selbst von der Richtigkeit seines Denkens und Handelns überzeugt war. Da schmolzen mögliche Bedenken und Zweifel seiner Partner wie Butter in der Sonne. Und wenn das Kartenhaus schließlich in sich zusammenfiel – was bisher in den meisten Fällen passiert war –, dann war Franz ebenso erschüttert und betroffen wie die Klienten, die er vertrat. Dann suchte er Fehler und Versagen stets bei den anderen und nie bei sich selbst. Und – er gab nie auf.
Es war noch gar nicht so lange her, dass auch Robert ihm auf den Leim gegangen war, trotz all seiner Erfahrung, seiner Vorsicht und der Tatsache, dass er seinen Vater und dessen Machenschaften durch und durch zu kennen glaubte. Bei der Erinnerung an das Geld, das er bei dieser Aktion verloren hatte, verzog Robert seinen Mund zu einem bitteren Lächeln. »Eine todsichere Anlage«, hatte Franz versichert. »Du wirst sehen, deine paar Mäuse vermehren sich ganz von selbst. In spätestens zwei Jahren können wir schon Millionäre sein.« Doch die Gesellschaft, die das Projekt mit dem Geld der Investoren realisieren sollte, war plötzlich abgesprungen, nein, wie vom Erdboden verschwunden – mit sämtlichen Voraus- und Anteilzahlungen, auch mit Roberts hunderttausend. »Nie wieder mit Russen!«, hatte Franz nach dem Verschwinden seiner angeblichen Partner geschimpft. »Alles Verbrecher! Aber ich habe bessere Kontakte! Hier, in dieser Traumvilla«, sagte er und hackte mit seinem Zeigefinger auf die Hochglanzabbildung in seinem Katalog ein. »In dieser Villa werden wir schon bald sitzen und das Leben genießen – ich und du und deine Lucia, wenn …«
»Wenn!«, hatte Robert ihn angebrüllt. »Wenn, Vater … wenn!« Er war auch jetzt wieder wütend. »Verdammt«, schrie er, »warum geht es hier nicht weiter?«

»Ich weiß es nicht«, sagte Franz. »Übrigens, was unsere Sophie betrifft«, er sah Robert von der Seite an. »Du weißt, unser Grundstück …«
»Vater!«, unterbrach Robert ihn heftig.
»Ich will doch lediglich …«
»Ende der Diskussion!«, fuhr ihm Robert scharf ins Wort. »Solange Sophie lebt, rührst du auf Distelitz nichts an, Vater! Und wenn doch, dann bekommst du es mit mir zu tun, aber anders als bisher!«
Einen Moment lang saß Franz neben ihm wie eine Marmorstatue und starrte nach vorn in das Schneegestöber. Auch Robert starrte nach vorn. Dann hörte er Papier rascheln.
»Pfefferminz«, sagte Franz und hielt ihm ein Bonbon vor die Nase. »Das klärt die Luft.«
Robert machte automatisch den Mund auf und ließ sich den Bonbon zwischen die Zähne schieben.
»Ferienhäuser!«, informierte Franz ihn. »Ich will Ferienhäuser bauen. Aus Holz. Kein Beton. Das Projekt steht, das Geld ist da. Es muss nur noch ausgegeben werden.«
Später an diesem Abend stand Robert vor dem Spiegel über dem Waschbecken in seinem Hotelzimmer, wusch sich die Hände und betrachtete dabei sein Gesicht. Es war ein zerfurchtes, angegrautes Gesicht, das er dort sah. Bei Gott, dachte er, man sieht mir meine sechzig mehr an als meinem Vater seine achtzig. Und er fragte sich, ob er in seinem Leben als Ehemann einer vierten und noch ziemlich lebenslustigen jungen Frau, als ein schon in die Jahre kommender Vater von zu erwartenden Zwillingen und in seinem Beruf als nicht gerade erfolgreicher Rechtsanwalt mit starker Konkurrenz nicht doch manches falsch gemacht hatte.

Zu diesem Zeitpunkt, als Robert sich im vom Alter matt gewordenen Spiegel in seinem schlicht eingerichteten Hotelzimmer grübelnd betrachtete, da trugen im Gutshaus auf der Insel Sophie und Bertha die fertige Pastete und die Brotlaibe in den Vorratskeller, wo Adam und Heinrich seit Stunden auf der ausrangierten Gartenbank saßen und über Gott und die Welt diskutierten. Es war weit nach Mitternacht, und der am Abend noch relativ zahme Wind hatte sich inzwischen zu einem richtigen Wintersturm entwickelt, der sich heulend und jammernd auf die stille Landschaft warf, durch Gehölz und Waldstücke wütete und sich zornig in den weichen Leib der Steilküste verbiss.

»Ein Wetterchen, was?«, meinte Adam, zu dieser Stunde ungewohnt redselig, und blickte an den beiden Frauen vorbei und irgendwohin. »Erinnert an den Winter vor etwa vierzig Jahren, Windstärke 11 oder sogar 12. Von Nordost kam der über die Insel damals, und auf den Wiesen ersoffen die Schafe, weil ein paar von den Boddendeichen gebrochen waren und das Wasser überall mindestens einen Meter hoch stand.« Seine geröteten Nasenflügel blähten sich, als Sophie mit der duftenden Pastete an ihm vorbeiging. »Wir könnten doch ...«, begann er, wieder in der Gegenwart.

Und Bertha sagte scharf: »Lass die Finger davon, Alterchen, die ist nicht für unsereiner, die ist für die Gäste.«

»Gäste!« Umständlich holte Adam eines seiner großen Taschentücher aus seiner hinteren Hosentasche. »Was für ein hochtrabendes Wort für eine Horde von Leuten, die nur deshalb auf die Insel kommen, weil sie hier kostenlos Urlaub machen können und bei ihrer Abreise auch noch ein Fresspaket kriegen.« Er schneuzte sich und faltete das Tuch dann sorgsam zusammen, bevor er es wieder einsteckte. »Früher war das mal anders, da hatten die Werktätigen immer recht, immer Vorrang, und die paar privaten Urlauber mussten als Untätige warten, bis sie bedient wurden.«

»Früher war Rügen eben nur nebenbei Ferieninsel«, erklärte Bertha nachsichtig. »Da hatten die Leute hier noch Felder und

die Ställe voll mit Schweinen und anderem Viehzeug. Und die Planwirtschaft mit den vielen freiwilligen Erntehelfern, da war eben nicht viel Zeit übrig für die echten Touristen. Aber jetzt ist das anders, jetzt muss unsereiner schauen, wie er zurechtkommt.« Sie schichtete die Brotlaibe ins Regal. »Diese Wende«, sagte sie dann. »Diese Wende, die verändert eben alles, auch bei uns auf der Insel.«
»Ob's auf Dauer gut ist oder schlecht, das werden wir wahrscheinlich nicht mehr erleben«, meinte Sophie.
Heinrich, der von der Bank aufgestanden und etwas wackelig auf Bein und Prothese war, nahm ihr die tönernen Gefäße mit der Pastete ab und stellte sie auf eines der Bretter, wo noch Platz war. »Das haben wir nun davon«, sagte er. »Nichts als Ärger und Verzicht. Nicht einmal diese gute Weihnachtspastete können wir noch allein aufessen.«
»Scheißwende«, brummte Adam ärgerlich.

VI

Auch nach dem ersten Familientreffen waren sämtliche folgende Festtage zu jeder Jahreszeit wegen der zwar weniger, aber noch immer zahlreich angetanzten Besucher turbulent gewesen, so dass meine Cousine Bea und ich erst im Winter 95/96 so richtig dazukamen, unsere Gemeinsamkeiten in Sachen Buch und Literatur zu kultivieren. Diesmal waren nämlich nur Franz, sein Sohn Robert und zwei andere seiner diverscn Söhnc mit ihrcm Familicnanhang, Bcas Lcutc, Rosic aus Kärnten sowie ein Onkel aus Prag mit Familie und ich mit Opa und meinem Vater aus dem Ost-Zweig angereist. Also verzogen Bea und ich uns, wann immer es ging, in die Bibliothek und lasen alles, was wir dort in die Finger bekamen, bis uns die Augen heraushingen. Die paar Klassiker in schweren, muffig riechenden Ledereinbänden, die Sophie über alle Nachkriegswirren hinweg hatte retten können, ließen wir stehen, Goethe und Schiller hatte ich in Weimar ja quasi vor der Haustür, das genügte mir erst einmal. Außerdem war mein Vater als Lehrer öfter in Kontakt mit den Werken großer und in der DDR geduldeter alter Dichter gewesen und hatte mich an seinen Vorbereitungen für den Unterricht vor seiner Klasse schon in frühester Jugend teilnehmen lassen. Und auch jetzt, als Schriftsteller und freier Mitarbeiter mit eigener Kolumne bei einer thüringischen Tageszeitung, setzte er sich häufig mit der Literatur auseinander. Mit seiner eigenen Schriftstellerei ging es allerdings schwierig voran, was wohl weniger an der Qualität lag als an der Tatsache, dass die goldenen Zeiten für viele Schreibenden gemeinsam mit der DDR untergegangen waren und dieser Beruf nun auch bei uns im Osten in der Krise steckte.

Opa hatte mir das so erklärt: »Nichts ist mehr mit fester Anstellung in einem Verlag und monatlichem Honorar, wie zu DDR-Zeiten oft üblich, sofern man regimefreundlich agierte und genügend viel schrieb. Außerdem ist jetzt eine ganz andere Art von Literatur gefragt, aber dein Vater lässt sich von mir ja nichts sagen.« Nun bot mein Vater sein erstes Romanmanuskript seit einem Jahr verschiedenen Verlagen an wie sauer Bier. Aber da es weder einer der in den ersten Jahren nach dem Mauerfall gefragten Romane zum Thema Wiedervereinigung noch ein Krimi oder ein politisches Sachbuch war, blieb er im Schriftstellerberuf ziemlich glücklos und wurde immer frustrierter und depressiver. Seine treuesten Anhänger waren natürlich Opa und ich; wir beide hielten durch bis zum letzten Wort, wenn Vater uns aus seinen Texten vorlas, auch wenn uns dabei zuweilen die Augen zuzufallen drohten oder wir nicht so recht verstanden, worum es eigentlich ging, oder an den falschen Stellen lachten oder jaulten und dann für Stunden das enttäuschte Gesicht meines Vaters ertragen mussten.

Was mich in diesen Jahren interessierte und fesseln konnte, das fand ich nun in Sophies Bibliothek, in diesem eher düsteren und auf mich stets irgendwie beschädigt wirkenden Raum. Beschädigt deshalb, weil meine Ururgroßmutter mir in diesem Raum so viel von früheren Zeiten erzählt hatte – von Zeiten, in denen die bis zur Decke hochstrebenden Regale mit bibliophilen Kostbarkeiten gefüllt waren und in denen sich an kühlen Sommerabenden die Familie und ihre Gäste hier versammelt hatten. »Bis Mitte der dreißiger Jahre kamen vor allem die Hitzköpfe aus Berlin zu uns auf die Insel, um in der Bibliothek über Politik und Kunst und alles andere Interessante in der Welt zu philosophieren«, hatte sie mir berichtet. »Da ging es oft hoch her und über weitreichende Themen, oft die ganze Nacht bis zum frühen Morgen, das kannst du mir glauben. Bis dann die Nazis kamen, da war es dann auf einmal aus mit der Freiheit, über alles zu reden, da musste man schon sehr aufpas-

sen, vor allem, wenn mein Sohn, der Franz, und seine Parteikumpane hier herumsaßen. Zum Glück hab' ich ihm dann den Riegel vorgeschoben.«
Aber diese Geschichte mit seinem Rausschmiss, nachdem er in Hitlers Partei eingetreten war, die erfuhr ich in voller Länge erst sehr viel später.

Wenn Bea und ich uns also in der Bibliothek aufhielten, dann holten wir uns aus der Schublade in Sophies Sekretär manchmal die alte, in Leder gebundene Bibel mit der Familienchronik im Anhang. Wir liebten es, in diesem großen, umfangreichen Monstrum von Buch zu blättern und die teilweise schon verblasste Schrift im Chronikteil zu entziffern, die vergilbten und an den Rändern zerfransten Seiten mit unseren Fingerspitzen zu berühren und den leicht muffigen Geruch alten Papiers einzuatmen. Natürlich hatte Sophie stets ein Auge auf das kostbare Stück, vor allem dann, wenn Franz oder jemand anders aus der Familie sie dazu überredet hatte, die Bibel aus ihrem Versteck zu holen.
Beim großen Familientreffen war das kostbare Stück ebenso Gesprächsstoff wie der angeblich im Keller versteckte Familienschatz oder das Bauprojekt von Franz gewesen. Und an einem Nachmittag hatten Bea und ich diesen komischen Onkel Herbert aus Westberlin – den »BND-Rentner«, wie Opa ihn nannte und der das Haus nie ohne seine Spezialbrille mit Blitzableiter verließ – in der Bibliothek dabei erwischt, wie er mit einem von Opas Schraubenziehern am Schloss der Schublade herumwerkte und mit seiner Frau Marlene über den Preis redete, den ein Antiquar in Berlin oder anderswo für die Bibel zahlen würde.
Die Chronik im Anhang war tatsächlich nicht nur ein Register mit Daten von Hochzeiten, Geburten, Taufen, Todesfällen und Namen, sie enthielt vor allem handschriftliche Berichte über besondere Ereignisse auf dem Gut. Da schrieb zum Beispiel Adele

im Jahre 1580 vom Erlebnis, die erste Kartoffel ihres Lebens gegessen zu haben, die fünfzehn Jahre vorher aus Südamerika nach Europa eingeführt worden war. Aber erst ihre Enkeltochter, die zweite Beatrice, ließ auf den Ländereien des Gutes auch den Anbau von Kartoffeln ausprobieren. Um 1630, also mitten im Dreißigjährigen Krieg, hatte Adeles Ururenkelin Constanze von Sand ein Bild vom niederländischen Maler Rubens für ihre schon stattliche private Galerie gekauft, nachdem sie beim Verkauf eines prächtigen Zuchthengstes aus dem von-Sand-Gestüt an Gustav II. Adolf von Schweden »einen recht ansehnlichen Haufen von Goldstücken erzielt« hatte. Dieses Bild und noch ein paar andere mussten ein Jahrhundert später wieder verkauft werden, weil im Zweiten Nordischen Krieg zwischen 1700 und 1721 auch Preußen involviert war und die Insel ausgeblutet wurde und das Geld für Saatgut und Lebensunterhalt der Menschen auf dem von-Sand-Gut an allen Ecken und Enden fehlte. Eine Beatrice schrieb in dieser Zeit des Krieges über ihre Bewunderung für die Engländerin Anne Bonney, die in Männerkleidung auf einem Piratenschiff gedient hatte: »Was für eine Frau! Ich wollte, ich hätte ihren unbändigen Lebenswillen in mir – und einen Teil ihrer anscheinend grenzenlosen Freiheit. Aber ich bin gebunden an diese Insel.« Und Sophies Urgroßmutter war im Sommer 1876 nach Berlin gereist, um ihre schiefen Zähne in der ersten von Frauen geführten Zahnarztpraxen in Deutschland richten zu lassen. »Gerne wäre ich länger in dieser herrlichen und so lebendigen Stadt geblieben, aber die Insel zieht mich zurück wie ein Magnet, nicht zu vergessen das vom Sturm abgedeckte Dach der Stallungen, das dringend repariert werden muss«, war in ihrem Bericht zu lesen.

»Schau, das ist sie … unsere Ururgroßmutter«, sagte Bea und schlug die Seiten mit Sophies Eintragungen auf. »Geboren am 1. Januar 1900, eine Minute nach zwölf. In der Nacht also, in der alle Menschen darauf warteten, dass die Welt untergeht.« Sie sah mich nachdenklich an. »Vielleicht hat ihre Geburt ja die

Welt vor dem Untergang gerettet? Zuzutrauen wäre es ihr, meinst du nicht auch?«

Ich grinste, ein wenig schief, weil sich gerade der zweite meiner Weisheitszähne oben rechts durch den Gaumen arbeitete, und das war ein etwas schmerzhafter Vorgang.

»Klar. Sie wurde wahrscheinlich nur aus diesem einen Grund geboren.«

»Hä?«

»Na ja«, nuschelte ich, weil meine Zunge sich immer wieder selbständig machte, um das Wachstum meiner Weisheit im Gaumen zu kontrollieren. »Weil sie die Erste in der Familie war, die nur noch Jungs bekommen hat. Und ohne uns Männer hätte es keinen Krieg ...«

Ich kam nicht dazu, meinen Satz zu vollenden, denn Bea nahm mich in den Schwitzkasten. Sie war nicht nur zwei Jahre älter und größer als ich und ein Kind des westlichen Fortschritts, sondern auch ein ziemlich starkes Mädchen. Und ausgerechnet das vergaß ich in dieser Zeit manchmal noch.

»Blödmann! Sexist!«, zischte sie mir ins Ohr. »Arsch mit Ohren!«

Ein paar Minuten später hatte sie mich wieder losgelassen und zeigte nun auf die akkurate Schrift unserer Ururgroßmutter. »Da hast du es schwarz auf weiß: 1916 das erste Kind. Also hat Sophie *es* mit ihrem Adalbert gemacht, als sie fünfzehn war. Wahrscheinlich auch noch früher, nur dass es da nicht gleich geschnackelt hat.«

»Wahrscheinlich war das ein Fehler«, gab ich zu bedenken. »Denn wenn es früher geschnackelt hätte, wäre dein Franz vielleicht nicht so ein fieser Kerl geworden.«

Aber es war nicht zu ändern, Sophies erster Sohn, Franz Friedrich Heribert von Sand, wurde im ersten Jahr nach ihrer Hochzeit geboren. Genau ein Jahr später kam Friedhelm Gustav Arnold, 1918 dann Claus Eberhard Ferdinand, 1919 Carlos Manfred Richard und zum Schluss Felix Conrad Bernhard auf die Welt.

»Jetzt habe ich die Nase voll von Schwangerschaften und Geburten und auch, weil mir kein einziger Name mehr für einen Jungen einfällt«, hatte Sophie 1920 geschrieben.
Über ihren ältesten Sohn schrieb Sophie 1920, da war Franz etwas mehr als vier Jahre alt: »Dieser Bengel dreht sich wie das Fähnlein im Wind, wenn er irgendwo einen Vorteil für sich wittert. Und er liebt die Macht! Aber in Fällen, in denen er gefordert wird, zieht er den Schwanz ein – wie sein Vater, der Schuft.«
Erstaunlicherweise war es dann Franz, der am längsten an Sophies Schürzenzipfel hängenblieb. Mit sechzehn trat er der von Hitler gegründeten Partei bei, heiratete im Alter von neunzehn Jahren eine Schauspielerin und wurde einer in Hitlers SS – und damit endete Sophies schriftlicher Bericht über ihren Ältesten. »Komisch«, kommentierte Bea diese Tatsache, »als wäre er vom Erdboden verschwunden gewesen.«
Am Tag nach der Geburt von Friedhelm, also meinem Urgroßvater, hatte Sophie in die Chronik geschrieben: »Kleine Schnecke / Musst du denn den Fuji besteigen? / Dann aber ganz langsam.« Aus Bertha hatte ich schon vor einiger Zeit herausgekriegt, dass Adalbert seiner Frau diesen Haiku-Vers des japanischen Dichters Issa ins Ohr geflüstert hatte, just in dem Moment, in dem er seinen zweiten Sohn zeugte. Bertha hielt es für möglich, dass dieser Vers der Grund für Friedhelm war, schon lange vor Ausbruch des Zweiten Weltkrieges den Spuren seines Vaters bis nach Japan zu folgen und dort ebenso wie später Sophies Adalbert sein Leben im Schatten des Fudschijama auszuhauchen.
Claus, der sich, wie seine Mutter in der Chronik schriftlich festgehalten hatte, im zarten Alter von knapp fünfzehn zum ersten Mal und gleich überaus erfolgreich mit einem Mädchen von der Insel eingelassen hatte, blieb für seine Mutter, für besagtes und noch Jahre nach dieser Liaison ledig gebliebene Mädchen sowie für seine erstgeborenen Söhne Traugott und Gottfried nach ei-

ner Forschungsreise im Sommer 1939 in Australien verschollen. Knapp zwanzig Jahre später tauchte er in einem Illustriertenbericht über die Smaragdjäger im heißen Inneren des fünften Kontinents namentlich und abgebildet wieder auf, allerdings ohne Angabe einer Adresse. Sophies Kommentar zu Mutmaßungen und Gerüchten zum Verbleib dieses Sohnes lautete stets: »Ein Maulwurf war er bereits als Junge, genau wie einst der Gottfried von Sand. Schon als Vierjähriger hat er die Steilküste hier halb durchlöchert, da mussten wir ihn so manches Mal ausgraben, weil er von allein nicht mehr rauskommen wollte. Höhlenforscher wollte er werden. Na ja, und nun ist es eben die australische Wüste, die ihm wohl den Garaus gemacht hat.«
Über Carlos lasen Bea und ich, dass er schon mit vierzehn Jahren dem Rauschgift verfallen war, das ein berühmter Literat aus Frankreich mit auf die Insel und damit auch ins Gutshaus gebracht hatte. Weil der Nachschub nicht funktionierte, riss Carlos zwei Jahre später nach Rotterdam aus, heuerte als Schiffsjunge auf einem Frachter an und kam so nach Kolumbien, wo er als erfolgreicher Kokainbauer und Vater von acht Söhnen aus drei Ehen Ende der sechziger Jahre entweder von einem Kokainjäger aus den Vereinigten Staaten oder von einem einheimischen Dealer erlegt wurde – genau ließ sich das nicht eruieren. Die Urne mit seiner Asche kam auf einem unter griechischer Flagge fahrenden Öltanker bis nach Rotterdam und dann auf Umwegen mit Bahn, Bus und Pferdefuhrwerk bis auf die Insel, wo sie in der Familiengruft schließlich ihre Ruhe fand.
Am interessantesten für meine Cousine und mich war jedoch die Lebensgeschichte von Felix, dem jüngsten von Sophies Söhnen. Der hatte, wie Sophie schrieb, schon als kleiner Junge auf alles, was sich bewegte, geschossen, zunächst mit der Steinschleuder, dann mit Pfeil und Bogen und später mit den Jagdgewehren, die sein Vater Adalbert bei seiner überstürzten Abreise im Gewehrschrank auf dem Gut vergessen hatte. Weil er schon nach kurzer Zeit aus Ermangelung an noch lebenden

Hasen, Rebhühnern, Möwen, Eichhörnchen, Katzen, Hunden und anderem Kleingetier schließlich auch vor dem Rindvieh auf den Weiden und den Kranichen, die im Herbst auf der Nordspitze von Wittow einfielen, nicht innehielt, machte Sophie ein weiteres ihrer kostbaren Bilder zu Geld und war heilfroh, als Felix damit aus ihrem und dem Blickfeld einiger junger Mädchen und Frauen auf Wittow und dem Rest von Rügen verschwand, um Legionär in einer abenteuerlichen Kriegsgruppe in Afrika zu werden. Bei seinem ersten Einsatz in Südafrika legte er sich schon in der ersten Nacht mit einer rabiaten Löwin an, die das Lager auf der Suche nach Nahrung durchstreifte. Dabei verlor er eines seiner Augen, fast ein Bein und erlitt noch eine Reihe anderer Blessuren. Seine Kameraden hielten ihn für tot oder zumindest für nicht transportfähig und ließen ihn einfach in der Steppe liegen. Dort fand ihn die Medizinfrau eines Eingeborenenkrals, die sich zum Meditieren unter einem Affenbrotbaum aufgemacht hatte. Sie schleppte ihn zurück in ihr Dorf und pflegte ihn gesund, was wohl ziemlich lange dauerte, denn er vergaß, dass er eigentlich Legionär war. Und weil Europa inzwischen im Krieg versank und Felix in der Zeit seiner Genesung nicht nur die Medizinfrau, sondern nach Stammessitte auch deren Schwester und noch drei andere Frauen geheiratet und mit Nachwuchs beglückt hatte, blieb er, wo er war, zumal der Stamm in ihm eine Art König zu sehen meinte. So hatte er sein Leben jedenfalls in mehreren an Sophie gerichteten Briefen geschildert. Und sie hatte alle diese Briefe in die Chronik geklebt, mit ironischen oder sarkastischen handschriftlichen Randnotizen versehen.
»Mann, Kleiner!«, stöhnte Bea bei dieser Lektüre. »In was für eine Familie sind wir da bloß hineingeraten! Lauter Irre!«
Wir waren gerecht, wir zählten Sophie mit zu den Irren.

An einem dieser stillen Wintertage in der Bibliothek schaute Bea mich von der Seite an und sagte: »Wir müssen was für die Entwicklung deiner Hormone tun, Kleiner.«
Weil sie mich so starr ansah, ohne zu zwinkern, konnte ich mich in ihren großen grün-goldenen Augen spiegeln. Ich sah also ein pickeliges Mausgesicht mit dicker Brille, die bemerkenswerten Segelohren unseres gräflichen Ahnherrn Gottfried und strähniges, schwarzes Haar darüber – Erbstück meiner russischen Großmutter beziehungsweise meiner indischen Urgroßmutter. Ich konnte nicht anders, ich grinste mich selbst an, weil ich mich so schön hässlich fand. Meine Zähne standen schief und krumm, da wir in den neuen Bundesländern noch zu wenige Kieferorthopäden und andere Verschönerungsfachleute hatten. Außerdem befürchtete mein Vater, am Ende auf den Kosten für eine Kieferregulierung sitzenzubleiben, zumal unsere Krankenkasse, die aus den Gründerzeiten der DDR stammte, noch immer nicht wusste, was sie nach den politischen Veränderungen noch oder schon an Krankheitsfolgen zu übernehmen hatte oder nicht. Unterstützt wurde er von Opa; er war der Ansicht, dass schief gewachsene Zähne keinerlei Einfluss auf den Intellekt hatten. Und Intellekt war seiner Meinung nach das A und O des Lebens.
»Du bist keine Schönheit«, bestätigte Bea mein Urteil über mich selbst. »Und viel größer als vor drei Jahren bist du auch noch nicht. Aber was nicht ist, das kann noch werden.«
Ich sah zu ihr hoch, sogar im Sitzen war sie mindestens einen halben Kopf größer als ich. Im Sommer leuchtete ihr rötliches Haar in der Sonne wie reifendes, vom Sommerregen feuchtes Getreide auf den Feldern. Jetzt, im Winter und im Licht der Funzelbirne an der Decke, schimmerte es wie Haselnussschalen. Ich mochte Beas Haar, aber das sagte ich nicht. Ich mochte noch viel mehr an ihr als nur ihr Haar, und auch das verschwieg ich. Ich war noch nicht einmal vierzehn, und lieber hätte ich mir die Zunge abgebissen, als zuzugeben, dass mir ein Mädchen ganz gut gefiel. Außerdem war sie meine Cousine.

»Ich könnte noch wachsen«, überlegte ich laut.
»Du musst«, sagte sie. »Stell dir vor, wie blöd das einmal aussehen wird, du so kurz und ich so lang.«.
»Und wie willst du das mit meinen Hormonen machen?«, kehrte ich an den Ursprung unseres Gesprächs zurück.
»Ganz einfach, Kleiner.« Sie zupfte an ihrem krausen Pony herum. »Wir machen *es* miteinander.«
»Was machen wir miteinander?«
Doch dann dämmerte es mir plötzlich. Ich war zwar mickrig, was mein Äußeres betraf, aber ich war nicht blöd und hatte aus Filmen und Büchern und auch aus den nächtlichen Gesprächen meiner männlichen Verwandtschaft, mit der ich schon öfter das Matratzenlager im Gutshaus geteilt hatte, eine Menge über Mädchen und Frauen gelernt. Aber die Vorstellung, *das* mit meiner Cousine zu machen, gefiel mir nicht.
»Das geht nicht, das ist Blutschande.«
»Nur unter nahen Verwandten«, klärte sie mich auf. »Und wir sind nicht nahe verwandt. Stell dir vor, wer schon alles zwischen uns ist. X Onkel und Großonkel und Urgroßonkel! Sophies Blut ist in deiner und meiner Generation schon derart verwässert, dass man es gar nicht mehr als Blut bezeichnen kann.«
Ich starrte sie an und stellte mir klares Wasser in unseren Adern vor. Ich bekam eine Gänsehaut dabei.
»Wir müssten nachsehen, ob das stimmt«, schlug ich vor. »Wir könnten uns die Pulsadern aufschneiden.« Dabei dachte ich an mein Schweizer Taschenmesser, das Adam mir geschenkt und das ich bisher nur an Stöcken und Holzstücken ausprobiert hatte.
Bea runzelte die Stirn. »Ich will's einfach mit dir machen, kapiert!« Sie sah mich so streng und durchdringend an, dass ich meinen Blick abwenden musste. »Heute Abend!«, sagte sie. »In der Gruft. Da kommt im Dunkeln niemand mehr hin. Und bring eine Decke mit, Kleiner.«

»Prima, machen wir's eben auf Friedhelms Sarg.« Ich musste lachen. »Es kann aber sein, dass mein Urgroßvater uns zugucken möchte. Du hast doch hoffentlich nichts dagegen, oder? Vielleicht haben seine ollen Knochen ja noch ein bisschen Spaß an unserer Vögelei.«

Aber Bea lachte nicht mit. Ihre Augen funkelten mich wütend an.

»Ich bin in ein paar Tagen sechzehn! Sophie war fünfzehn, als sie mit dem Ficken anfing!«

»Aber ich möchte unbedingt warten, bis ich fünfzehn bin.« Als ich in ihr Gesicht sah, wusste ich schon, dass diese Ausrede nicht funktionierte, deshalb sagte ich noch: »Adalbert war bestimmt auch älter als dreizehn, als er mit Sophie anfing.«

»Wahrscheinlich«, gab sie zu. »Wir könnten sie fragen. Trotzdem, ich kann und will nicht warten, Kleiner! Es muss noch heute sein. Heute. Spätestens in einer Woche. Oder nie!«

»Wieso nie?«

»Blödmann!« Sie stöhnte und verdrehte die Augen. »Du hast keine Ahnung!«

»Hä?«

»Ich sterbe nämlich gleich nach diesen Ferien, nur damit du Bescheid weißt«, erklärte sie. »Und ich will *es* machen, bevor ich tot bin.«

Jetzt fiel bei mir der Groschen.

»Du bist bescheuert!«, schrie ich.

Ich ärgerte mich, ich war richtig sauer, vor allem auf mich. Ich kannte doch eine ähnliche Szene aus dem Buch, das Bea und ich gleich in den ersten Tagen unserer letzten Sommerferien zu lesen begonnen hatten. »Steck dir den John Irving in den Arsch!«, brüllte ich.

Sie blieb ruhig. »Kleiner«, sagte sie, »heute Abend in der Gruft bei meinem Urgroßonkel Friedhelm beziehungsweise deinem Urgroßvater. Und komm ja nicht ohne Decke. Und du weißt doch, das erste Mal muss richtig sein, das bleibt für immer.«

»Warum ich?«, fragte ich. »Kann nicht jemand von den anderen …?«
»Du musst es sein!«, schrie sie triumphierend. »Seite 487, ich zitiere: ›Du wirst nicht über mich wegkommen – jedenfalls nicht ohne meine Hilfe! Vergiss nicht, ich hab dich von Anfang an bemuttert!‹«
»Vergiss es!«, schrie ich zurück.
Später und allein in der Bibliothek las ich in Irvings *Das Hotel New Hampshire* auf Seite 487 nach.
Meine Cousine Bea war mir wie immer einen Schritt voraus, sogar was das Lesen betraf.

Später, beim Hackbraten mit Kartoffeln und Gemüse, erzählte Robert, der Rechtsanwalt aus Frankfurt am Main, dann so nebenbei von seinem Erfolg bei den Verhandlungen über die Rückgabe eines Hauses in Erfurt an die ehemaligen und vor dem Bau der Mauer in den Westen getürmten Eigentümer.
»Keine einfache Angelegenheit«, erklärte er.
»Ich hab's dir gesagt, diese Ossis sind ziemlich zäh, die muss man hart rannehmen«, meinte Franz.
Er schien ziemlich zufrieden mit dem Erfolg seines Sohnes zu sein, denn er nahm sich nach diesen Worten die dritte Portion Kartoffeln und häufte sich ein weiteres Stück Hackbraten auf seinen Teller. Dass Opa, mein Vater und ich und einige andere am Tisch ihn sprachlos anstarrten, übersah er wohl.
»Und was wird jetzt mit den Leuten, die bisher in den Häusern gewohnt haben? Hast du die einfach auf die Straße gesetzt, Onkel Robert?«, fragte ich mit vollem Mund. »So etwas ist nämlich vor einem Jahr den Großeltern von einem Freund von mir in Weimar passiert. Die leben nach dem Rausschmiss aus ihrer Mietwohnung nun in einer Gartenlaube. Weil nämlich überall die Mieten erhöht wurden, konnten sie sich von ihrer Rente keine Wohnung mehr leisten.«

Robert druckste herum. Ihm war anzusehen, dass er sich, im Gegensatz zu seinem Vater, nicht wohl in seiner Haut fühlte.
»René«, sagte Walter, »man spricht nicht mit vollem Mund.«
Ich schluckte brav und erzählte dann weiter. »Und in der Straße, in der mein Vater und ich wohnen, gibt es in dem Schmuckgeschäft an der Ecke seit ein paar Wochen einen Alles-muss-raus-Verkauf. Da kriegst du die schönsten Bernsteinketten hinterhergeschmissen, weil das ganze Haus einem aus dem Westen gehört und demnächst zu teuren Eigentumswohnungen umgebaut werden soll.«
»Da kannst du nichts machen«, erklärte Opa, bevor Robert den Mund aufmachen konnte. »Die früheren Eigentümer von drüben sitzen eben am längeren Hebel. Und sie haben, wenn's hart auf hart kommt, die besseren Anwälte und Papiere.« Er fixierte Robert mit kühlem Blick.
»Na, na!«, fuhr Franz auf. »Recht muss eben Recht bleiben, auch hier im Osten.«
»Auf die Sichtweise kommt es an«, knurrte Opa. »Nur auf die Sichtweise.«
Rosie aus Kärnten, die neben ihm saß, legte ihre Hand auf seine Hand. Ganz kurz nur und ganz leicht. Aber ich sah es, und Bea sah es auch.

Ich war sauer auf Franz und auch auf Robert, und das sagte ich Bea, als wir gleich nach dem Essen auf der Treppe nach oben und direkt unter dem Bild von Adele saßen. Unser Ahnherr Gottfried hing links von ihr und etwas höher. Meine Cousine fand seinen Gesichtsausdruck ziemlich arrogant und auch noch dumm und ihn und das Gemälde insgesamt nicht sehr bemerkenswert, und deshalb blieben wir öfter bei Adele sitzen.
»Das sind Einzelfälle«, belehrte sie mich. »Manchmal gehen solche Sachen auch anders aus. Dann wechselt nur der Besitzer, der lässt alles, wie es ist, und die Mieter können in ihren Wohnungen bleiben.«

»Wenn er nicht die Miete erhöht.«
Sie kniff mich in den Arm. »Es gibt nicht nur Kapitalisten, sondern auch noch andere Menschen auf unserer Seite, Kleiner. Solche, die sich wirklich Gedanken über die Folgen der Wiedervereinigung machen.«
Ich war noch immer böse, deshalb knurrte ich: »Ja, aber nur über die positiven Folgen, die diese Wiedervereinigung für euch Wessis bedeutet.«
»Sag nicht immer Wessi, das ist jetzt out, Kleiner!«
»Und du sag nicht immer Kleiner zu mir!«, zischte ich zurück.
Eine Weile schwiegen wir beide, dann fragte Bea: » Meinst du, Adeles Schmuck ist echt?«
Eigentlich war ich noch nicht bereit zum Umdenken, doch dann fragte ich zurück: »Denkst du etwa, der selige Gottfried hat ihr unechte Klunkern um den Hals gehängt?« Ich warf einen forschenden Blick auf das Konterfei unseres Ahnherrn im vergoldeten Rahmen weiter oben an der Treppe. Er sah aus wie immer, also altmodisch, arrogant, verstaubt und ziemlich uninteressant – bis auf die enormen Ohren, die von seinem Kopf abstanden wie gehisste Segel. Also betrachtete ich lieber wieder das Bild unserer Ahnfrau. Ich war fasziniert von dem sanften und doch wachen Blick aus ihren grün-goldenen Augen, der mir zu folgen schien, wo immer ich mich im Foyer, auf der Treppe oder oben auf der Empore gerade aufhielt. Ihre roten Locken ringelten sich zum Teil an ihrem Hals entlang bis in den ziemlich tiefen Ausschnitt ihres Kleides. Viel konnte man von dem Schmuck nicht sehen, aber was ich sah, das schaute auf keinen Fall aus wie buntes Glas. »Klar ist Adeles Schmuck echt«, sagte ich überzeugt. »Sonst hätte Sophie ihn nicht vergraben, bevor ihn die Nazis oder die Russen oder sonst wer in die Finger kriegten.«
»Wir könnten mal wieder nach dem Schatz suchen.« Bea stieß mir ihren Ellbogen abermals in die Rippen. »Vielleicht haben wir mehr Glück als die anderen.«

Tatsächlich gruben seit dem ersten Sommer mehrere unserer Verwandten bei jeder Gelegenheit nach Sophies angeblich verstecktem Vermögen. Franz zum Beispiel hatte ich einmal dabei beobachtet, wie er nachts mit dem Spaten den Küchengarten bearbeitete. Und als sich Bertha am Morgen über den welkenden Haufen aus der Erde gerissener Kräuter und zerstörter zarter Salatköpfe, Kohlrabi und roter Rüben aufregte und laut zeterte, hatte er zunächst den Unschuldigen gespielt und auf Adams trockene Bemerkung »Ich hab ihn mit dem Spaten im Garten gesehen, als ich pinkeln war« mit Empörung reagiert. Aber dann hielt Bertha ihm seine verdreckte Hose, die er in die Waschküche geworfen hatte und an der frische Petersilien- und Schnittlauchreste sowie ein Rübenblatt klebten, unter die Nase. »Alles nur Indizien!«, schnaubte er wütend, bevor er sich samt schwarzer Aktentasche und Zeitung in Richtung Terrasse davonmachte. Andere Onkel und ein paar von den angeheirateten Tanten gruben sich stundenlang durch die endlosen Kellerräume oder tauchten nach ihrer Suche auf dem Dachboden verstaubt und mit Spinnweben in ihren Haaren und intensiv nach Mäuse- und Taubendreck riechend auf. Ein paar Jungen waren sogar auf die Idee gekommen, in der Remise alles auf den Kopf zu stellen oder auseinanderzunehmen, sogar die Betten von Sophie, von Opa, meinem Vater und mir. Weil sie auch nicht vor dem altertümlichen Lederkoffer haltgemacht hatten, in dem Sophie ihre persönlichen Papiere und andere für sie wichtige Sachen aufhob und der sogar für mich tabu war, war meine Ururgroßmutter richtig fuchtig geworden. Zur Strafe hatten unsere Cousins beziehungsweise jungen Onkel dann den Schweinekoben und den Verschlag für die Hühner säubern müssen – unter lautem Protest- und Igitt-Geschrei, versteht sich.
Ich musste jetzt noch darüber lachen.
»Wo willst du denn noch graben?«, fragte ich meine Cousine. »Es gibt kein Plätzchen mehr, an dem die anderen nicht schon gesucht haben.«

»Keine Ahnung«, gestand sie. »Aber irgendwo muss Adeles Schmuck doch sein, oder?«
»Wir könnten sie fragen.«
»Wen – etwa Adele?«
Ich sah von der Treppe aus hoch und direkt in Adeles faszinierende Augen, deren Grün mit dem Grün der Smaragde in ihrer Halskette und ihren langen Ohrgehängen wetteiferte. Einen Moment lang glaubte ich, sie zwinkere mir zu.
»Klar, wen denn sonst. Etwa Sophie?«
Sie beugte sich auf ihrer Treppenstufe vor, bis ihr Gesicht genau zwischen Adele und mir war, also musste ich in Beas Augen sehen. Sie waren ähnlich grün-golden wie die von Adele, aber trotzdem anders, weil es da auch irgendwo ein schokofarbenes Braun gab. Und Beas Haare waren nicht einfach rot wie Adeles, sondern schimmerten eher wie ein rotorangefarbener Sonnenuntergang. Doch mir gefiel, was ich sah. In Beas Augen hätte ich stundenlang schauen können, und in ihren Haaren hätte ich gern mal meine Finger vergraben, wie die Schauspieler das im Film bei bestimmten Szenen mit den Schauspielerinnen machten.
Ich wollte gerade meine Hand nach ihr ausstrecken, als Bea sich zurücklehnte. Ihr Gesicht verschwand aus meinem Blickfeld, und ich sah wieder Adele an und bewunderte wieder einmal ihre bemerkenswert üppigen Formen im tiefen Ausschnitt ihres Kleides und die langen Locken, die auf ihren Schultern lagen. Ihr hatte man zugetraut, eine Hexe zu sein. Aber Magie und anderes nicht gerade Alltägliches hatte bei allen Frauen in unserer Familie eine Rolle gespielt. Auch Sophie sah, sagte oder tat zuweilen Dinge, die sogar für Opa oder Bertha unerklärlich waren. Aber war sie deshalb eine Hexe? Die auf ihrem Besen über die Landschaft flog, ihren langen grauen Zopf vielleicht aufgelöst, während der Wind ihre zerschlissenen Hosenbeine und das zu weite Hemd flattern ließ?
Bei diesem Bild musste ich lachen. Aber weil Bea sich erneut

vorbeugte und mich nun ziemlich misstrauisch musterte, wurde ich schnell wieder ernst.
»Weißt du eigentlich schon, dass Sophie Sachen macht, die andere Frauen nicht machen?«
Sie zog die Nase so kraus, dass die immerwährenden Sommersprossen darauf zu tanzen anfingen.
»Und was ist das?«
»Also«, fing ich dann weitschweifig an, weil ich mich nicht entscheiden konnte, wo ich beginnen sollte. Natürlich konnte ich mich auch nicht mehr an alles erinnern, was ich in diesen noch nicht ganz vierzehn Jahren mit und bei Sophie erlebt hatte; außerdem reichten meine Erinnerungen maximal bis in mein drittes Lebensjahr zurück. Das war die Zeit, in der ich – angefeuert von Sophies eigener Begeisterung für körperliche Bewegung – meine ersten Kletterversuche startete. Meine Lieblingsobjekte waren damals die zwölf Stufen der Freitreppe, die von der mit Kies bestreuten Auffahrt bis zur großen Eingangstür reichte, und die beiden steinernen Löwen mit dem komischen Brezelschweif, die Gottfried anno 1561 von einer Italienreise mit auf die Insel gebracht und beidseitig der breiten Treppe hatte aufstellen lassen. Sophie war mein turnerisches Vorbild auf dieser Treppe. Aber während sie sprang, glitt oder flog und schwebte, fiel ich. Und egal, wie ich fiel, ich fiel beziehungsweise stürzte immer auf besonders dramatische Art und Weise auf Stein oder Kies, in günstigen Fällen in die dornigen Rosenbüsche rechts und links oder kopfüber in den Dreck. Damals und auch noch in den Jahren danach hatte ich, wenn ich bei meiner Ururgroßmutter war, eigentlich immer irgendeines meiner Gliedmaßen in Gips oder zumindest verbunden. Jedenfalls sorgten wir beide, Sophie und ich, stets für Aufsehen und Aufregung im Haus.
»Also«, fing ich erneut an, »sie macht Sachen, von denen normale Leute nicht die Spur von Ahnung haben.«
Wieder musste ich lachen, weil ich plötzlich an meine Ausflüge

mit Sophie auf dem Motorrad dachte. Das war so ein altes Krad mit Beiwagen, das Adalbert bei seinem Verschwinden vom Gut zurückgelassen und das sie eigenhändig repariert und aufgemöbelt hatte. Mit diesem Motorrad war sie – das hatten Bertha und Adam mir erzählt – in den schlechten Jahren nach dem Krieg zum Beispiel regelmäßig auf die Märkte in der Umgebung gefahren, wo sie das Gemüse und das Obst aus ihrem Garten verkaufte. Da verkaufte sie auch die Eier von den Hennen, die sie zuerst vor den Russen verteidigt und dann gleich nach dem Krieg vor den Frauen aus Berlin und Rostock, die auf Hamstertour unterwegs waren, in der Remise versteckt hatte. Auch zu meiner Zeit zog sie sich, bevor wir mit dem Motorrad losfuhren, erst einmal die alte Lederkluft von Adalbert an, die an den Knien und Ellbogen und am Hintern schon reichlich ausgebeult und abgewetzt wirkte und ihr viel zu groß und zu weit war. Zum Schluss setzte sie sich noch die lederne Fliegerkappe auf den Kopf. Die hatte sie in einem Kriegswinter in den Wellen der Ostsee entdeckt und dann unterhalb der Kreidefelsen mit einer Gartenharke aus dem Wasser gefischt und im Backofen getrocknet und ihr später mit Hilfe vom Wachs aus den Bienenstöcken hinten auf der Obstwiese eine einigermaßen passende Form wiedergegeben.

»He, Kleiner, warum lachst du?«, fuhr Bea mich an, als ich nicht aufhören konnte zu lachen, weil ich nun auch an die verblüfften Gesichter der Vopos denken musste, wenn Sophie und ich auf dem knatternden, keuchenden Motorrad auf den holprigen Alleen über die Insel in Richtung Bergen rasten, das Gemüse, die Eier und manchmal auch ein paar lebende Hennen im Karton mit Löchern im Beiwagen und ohne Rücksicht auf Geschwindigkeitsbegrenzungen oder irgendwelche Verkehrszeichen. Die Vopos hatten es längst aufgegeben, uns anzuhalten oder Sophie den Führerschein abnehmen zu wollen. Erstens hielt sie nicht freiwillig an, sondern brauste einfach in rasanten Schwüngen an jedem vorbei, der sich ihr in den Weg zu stellen

versuchte. Und zweitens besaß sie gar keinen Schein, hatte noch nie einen besessen, und das wussten sogar die Vopos. Niemand und nichts konnte uns hemmen, wenn wir beide Wege abkürzten und mit der klapprigen Maschine Felder oder einen Hühnerstall durchfurchten und Stacheldrahtzäune, Gatter, einen Hahn und einmal sogar ein Schaf oder andere Hindernisse niederwalzten. Sie lachte und kreischte vor Vergnügen, und ich klammerte mich von hinten an sie, zitternd vor Angst und gleichzeitig vor Lust. Ich wurde durchgeschüttelt wie Beton in einer Mischmaschine und hopste rauf und runter auf dem harten Ledersitz wie ein Gummiball. Ich schrie »hurra!« und »schneller!«, wenn wir durch Wasserlöcher oder Morast schlitterten und schließlich so mit Dreck verkleistert waren, dass Bertha uns nicht in die Küche lassen wollte, bevor wir uns an der Regentonne nicht einigermaßen gesäubert hatten.
Ja, ich fühlte mich gut und wichtig, wenn Sophie nach solchen Ausflügen sagte: »Du bist mir vielleicht einer – klein und mickrig, aber ganz schön oho!« Sie sagte auch: »Außer dir hat das noch kein anderer mitgemacht.«
Ich hörte auf zu lachen, denn jetzt war es Bea, die mich gepackt hatte und schüttelte. Drohend fragte sie: »Lachst du etwa über mich, du Blödarsch?«
Ich wischte mir die Lachtränen weg und betrachtete dabei ihr zornrotes Gesicht mit den niedlichen Sommersprossen rund um ihre Nase. Und gleichzeitig dachte ich mit echtem Bedauern daran, dass diese alte Maschine ihren Geist vor einigen Jahren endgültig aufgegeben hatte und nun in der Remise vor sich hin rostete, mit der Fliegerkappe am Lenker, in der sich die Hühner bereits ein Nest für ihre Eier gebaut hatten. Allerdings hatte Sophie mir im vergangenen Sommer anvertraut, dass sie jetzt mit einer flotten Japanerin, vielleicht auch mit einer schweren Harley-Davidson als Ersatz für das alte Ding liebäugle. »Mit so einer könnte man direkt auf Weltreise gehen«, hatte sie mir erklärt, als wir uns gemeinsam die entsprechenden Katalo-

ge anschauten, die mit der Post gekommen waren, und die technischen Daten der einen mit denen der anderen verglichen. Naturgemäß gefiel uns die Harley besser. »Die ist vielleicht langsamer als die Japanerin, aber sie zieht gut weg, wenn sie erst einmal in Fahrt gekommen ist«, hatte Sophie laut überlegt. »Das ist wichtig, wenn ich durch die Mongolei oder die Sahara fahre. Wüstensand kann ganz schön tückisch sein, das haben wir ja gesehen.« Im Winter davor hatten wir nämlich die Fernsehübertragung der Rallye zwischen Paris und Dakar von Anfang bis Ende verfolgt und mit den Bikern gebangt. »Klar, lieber die Harley«, hatte ich zu ihr gesagt. »Ich komme mit und repariere, wenn du irgendwo hängenbleibst.«

»Ich bleibe nie hängen!«, widersprach sie ernst, doch mit einem vielsagenden Funkeln in den Augen. »Aber du kannst trotzdem mitkommen, schließlich hast du auch noch nichts von der Welt zu sehen gekriegst, genau wie ich, bis auf das eine Mal. Aber das ist lange her«, sagte sie, ehe ich da nachhaken konnte. «Und bevor wir losfahren, musst du noch was Richtiges auf die Rippen kriegen, Junge.« Zum Schluss hatten wir die Kataloge wieder in dem alten Koffer unter ihrem Eisenbett in der Remise versteckt. Außer Bea und mir, Opa und Vater kam zwar selten jemand hierher, weil es da ziemlich streng nach Hühnermist, Schwein und anderen Sachen roch und überall in den Ekken große Spinnen saßen und die Mäuse ohne Scheu vor uns nach Fressbarem suchten – aber man konnte nie wissen! »Dass du mir nicht tratschst, hörst du!«, hatte Sophie mich aufgefordert. »Denn wenn die anderen erfahren, was wir beide so alles gemacht haben und noch machen wollen, dann werd ich wahrscheinlich von heut auf morgen entmündigt oder gleich in die Klapsmühle gesteckt. Dann können wir uns unsere Weltreise womöglich doch in den Arsch schmieren, und das wäre echt schade.«

»Nein«, sagte ich jetzt zu Bea, »ich lache nicht über dich.« Und dann begann ich zu erzählen, angefangen bei meinen frühesten

Erinnerungen an meine Zeiten mit Sophie, den gewagten Kletterpartien an der Steilküste, den Ängsten und dem Gelächter auf Angelpartien im durchlöcherten Ruderboot auf See bis hin zu Sophies und meinen Ausflügen auf dem Motorrad. Zum Schluss fragte ich meine Cousine:
»Hast du sie schon mal Fußball spielen gesehen?«
Beas glänzende Augen flackerten; sie konnte nur den Kopf schütteln.
Ich setzte mich auf meiner Treppenstufe so richtig in Positur und fuhr fort zu erzählen: »Das war im Sommer, bevor das mit der Mauer in Berlin passierte. Da war ein Fußballtrainer aus Leipzig mit einer Jugendgruppe zur Erholung hier. Und als Sophie denen mal zuguckte, als sie auf der Wiese Fußball spielten, hat sie an seinem Trainingsprogramm herumgemeckert. Da hat der Trainer zu Opa gesagt, seine Großmutter sei eine alte und verrückte Schachtel und solle sich gefälligst um ihrem Alter angemessene Angelegenheiten kümmern. Opa hat das prompt erzählt, und Sophie hat sich furchtbar aufgeregt und dann mit Opa, Adam und mir und ein paar Jungen aus der Nachbarschaft eine Mannschaft gebildet und gegen die aus Leipzig gespielt. Sophie hat im Tor gestanden, weil sie ja nicht mehr so schnell rennen kann, und wir haben natürlich gewonnen. Und in der Zeitung stand dann, dass sie sogar zwei Elfmeter gehalten und fast alle anderen Angriffe erfolgreich abgewehrt hat. Und ein Foto von ihr im Tor war auch dabei.«
»Das ist nicht dein Ernst!« Bea sah mich so starr an, dass ich schon meinte, sie würde diesen Blick für immer beibehalten müssen.
»Doch, doch«, versicherte ich ihr. »Die Zeitung liegt bestimmt noch irgendwo herum. Opa wollte den Bericht über das Fußballspiel einrahmen und dann in der Halle aufhängen. Aber Sophie war dagegen.«
»O Gott!«, keuchte Bea halb erstickt vom Lachen. »Gibt es denn hier nur Irre?«

Ich verlor mich für einen Moment in ihren blitzenden Augen und dachte, dass mir ihr wildes Kräuselhaar besser gefiel als Adeles vornehme Locken.
Sie schwieg und sah mich nur an. Eine Weile saßen wir so da. Dann beugte Bea sich plötzlich vor und küsste mich direkt und ziemlich lange auf den Mund.
»Was meinst du«, sagte sie danach mit einer ganz komischen Stimme und knabberte an meinem Ohrläppchen, »gehen wir jetzt gleich in die Gruft und machen *es* miteinander?«
Ich war so perplex, dass ich nichts mehr sagen konnte. Da, wo mein Herz war, ratterte eine Eisenbahn vorbei. Das Dröhnen und Wummern war auch in meinen Ohren. Und vor meinen Augen blitzte es wie bei einem Gewitter.
»Wir müssen uns beeilen, Kleiner«, flüsterte Bea in mein Ohr. »Es wird Zeit, die Luft aus dem Ballon zu lassen, bevor er explodiert.«
»Hoho, ihr beide!«, rief in diesem Moment jemand unten an der Treppe. »Was treibt ihr denn da miteinander?«
Zuerst sah ich ihn nur verschwommen, aber langsam klärte sich mein Blick wieder. Es war Onkel Jean aus Frankreich, der mich rettete. Ich wusste allerdings nicht genau, wovor – vor dem Höhenflug oder vor dem endgültigen Untergang?
Und während Bea sich von Jean dessen neues Motorrad vorführen ließ, ließ ich meine von seltsamen Gefühlen und Gedanken geschundene Seele von Bertha und einem ihrer köstlichen Apfelpfannkuchen mit Sanddornsirup streicheln.

VII

Dieser Onkel Jean kam auch im folgenden Sommer wieder, samt Motorrad. Und ich litt Höllenqualen.

»Du hast Liebeskummer«, erklärte Rosie, die in diesem Sommer ebenfalls für ein paar Tage auf der Insel war, mir meinen Zustand. Wir mochten Rosie, Bea und ich; sie war uns unter all den angeheirateten Tanten die netteste und interessanteste. Wie ich war Bea beeindruckt, wenn Rosie von den beiden Flüchtlingsfamilien erzählte, die sie nach dem Tod von Kurt in ihrem Bauernhaus in Kärnten aufgenommen hatte. Die eine war aus dem Kosovo, die andere aus Serbien. »Die einen sind Christen, die anderen Moslems«, erzählte unsere Tante. »Und seit 92 hauen sie und noch ein paar andere auf dem Balkan sich immer wieder gegenseitig die Köpfe ein. Als der Krieg da unten Anfang 90 losging, haben wir die Knallerei bis Klagenfurt und Villach hören können.« Sie lachte, zeigte uns dabei ihr Pferdegebiss hoch bis zum rosigen Zahnfleisch und ließ ihren nicht gerade üppigen Busen unter der Bluse ein bisschen wackeln. Rosie war Lehrerin an einem Gymnasium und unterrichtete Deutsch und Geschichte. »Ich bin gegen jede Art von Krieg«, klärte sie uns auf. »Ich bin seit der Scheiße, die die Amis in Vietnam gemacht haben, Pazifistin.« Das gefiel mir, denn ich war auch gegen jede Art von Krieg.

Bei Rosies Gesprächen mit Bea und mir hörte oft auch mein Opa zu; ich hatte schon seit einiger Zeit so eine Ahnung, dass er gern mit ihr zusammen war. Und sie mochte ihn ebenfalls. Immer wieder blieb ihr Blick an Opa hängen, der sich seine feuerrote Baseballmütze, die Bea ihm geschenkt hatte, neuerdings verkehrt herum aufsetzte und auch sonst noch ziemlich

flott für sein Alter aussah. »Wenn ihr Lust habt, kommt mich besuchen«, sagte Rosie manchmal. »Ich lad euch drei ein in unsere Berge. Im Herbst sind sie am schönsten.«
»Fahren wir?«, fragte ich Opa, als wir allein waren. Und er wurde auf einmal ein bisschen rot und kriegte einen ganz versonnenen Blick. Aber dann antwortete er: »Nee, nee, Junge. Ich kenne den Ural und die Karpaten, ich brauch die Alpen nicht auch noch.« Aber wie er das sagte und wie er dabei aussah, das gab mir zu denken.
Also ging ich aufs Ganze: »Sei ehrlich, du bist in die Rosie verknallt.« Seine Wangen und seine Segelohren wurden noch ein bisschen röter.
»Quatsch!«, entrüstete er sich. »Die Rosie mag man eben. Sie ist ein Unikum und was Besonderes – ein bisschen wie Sophie.«
»Und du liebst Sophie, also kannst du dich auch in Rosie verlieben.« Er grinste schief und sah an mir vorbei irgendwohin und mit leichtem Silberblick. »Irgendwie«, sagte ich, »irgendwie siehst du aus wie ein verliebter Kater, fehlt nur noch, dass dir das eine Ohr nach unten hängt.« Opa hatte keinen Liebeskummer und litt auch nicht an Eifersucht. Das musste er nicht, denn Rosies Mann, der Kurt, der war ja schon unter der Erde beziehungsweise in der Familiengruft, und einen anderen hatte sie nicht, weil die Männer in dem gemischten Kärntner Chor, den sie leitete, für sie nicht zählten. Also war sie allein in ihrem beeindruckenden, aber schon alten Range Rover auf die Insel gekommen. Und hier war sie auch meistens allein oder aber mit Opa, Bea und mir oder mit mir allein unterwegs. Rosie hatte, wie sie gern sagte, eben Hummeln im Hintern. Und sie hatte keine Lust auf so eine riesige Familie. »Ich will nicht still sitzen und über Belangloses quatschen oder stundenlang am Strand liegen und auf irgendetwas herumkauen wie die anderen aus dieser Meute von Rindviechern.«
Jetzt erklärte sie mir, als sie meine Leidensmiene gesehen und ich ihr nach einigem Herumdrucksen meine Qual wegen Bea und

Jean gestanden hatte: »Der Liebeskummer gehört zur Liebe wie der Hahn zur Henne.« Da waren wir beide gerade barfüßig unterhalb der Steilküste auf dem schmalen und steinigen Uferstreifen in Richtung Kap Arkona unterwegs und Bea mit Jean auf dem Motorrad in Richtung Kleinzicker im Mönchgut auf der Inselsüdspitze. »Beim ersten Mal ist dieser Kummer besonders schlimm, weil man ihn ja noch nicht kennt. Da glaubt man, er zerreißt einem das Herz. In ganz schlimmen Fällen beeinflusst er sogar das Hirn.« Sie betrachtete mich forschend und meinte dann, sichtlich beruhigt: »Aber so weit ist es bei dir noch nicht.«
»Woher weißt du das?«
Sie kickte einen der im Sand herumliegenden und von Mineralien verfärbten Steine ins Wasser, das träge gegen einen Felsbrocken klatschte. Auf dem Felsen breitete gerade ein Kormoran seine Flügel aus, um sich von der Sonne wärmen zu lassen, wobei er langsam von einem Fuß auf den anderen trat.
»Junge, ich bin Lehrerin an einem Gymnasium, da hab ich tagtäglich mit Burschen und Mädchen in deinem Alter zu tun – also auch mit Liebeskummer jeder Dimension. Da gibt es Leute, die können nur noch Unsinn verzapfen oder stammeln. Andere gucken Löcher in die Luft statt sich auf ihre Arbeit zu konzentrieren. Und vor allem die Mädchen heulen bei jeder Gelegenheit los, man muss sie nur mal streng angucken. Also alles Symptome für Leere im Hirn – die bei dir Gott sei Dank noch fehlen.«
Diesmal war der Stein, den sie wegkicken wollte, etwas zu groß, und so schlug sie sich den Zeh auf. Ich gab ihr mein Taschentuch zum Verbinden.
Gemeinsam kletterten wir über einen der Bäume, die ein Sturm am Rand der Steilküste entwurzelt hatte.
Ich mag dich, wollte ich zu Rosie sagen. Ich möchte, dass du in meiner Nähe bleibst, zusammen mit Opa. Aber ich blieb stumm, denn ich wusste nicht genau, ob es wirklich das ausdrückte, was ich für sie empfand und was ich mir wünschte.

Als Bea auch am nächsten Tag wieder verschwunden war und ich mich draußen ziellos herumtrieb, traf ich Rosie, die sich gerade eines der Fahrräder aus dem Verschlag in der Remise holte.

»Vielleicht gibst du mir einen Tipp, wo ich heute hinfahren kann?«, meinte sie. »Heute brauche ich Natur statt schnatternder Menschen! – He!« Sie stupste mich an, als ich nicht gleich reagierte. »Ich rede mit dir, René!«

Natürlich hatte ich sie gehört, denn sie hatte ein ziemlich lautes und fröhlich klingendes Organ. Aber ich stand wohl ein bisschen dumm in der Landschaft, weil ich ununterbrochen an Bea und Jean denken musste und weil Bea mir fehlte und weil ich so ziemlich alles und jeden doof fand.

Sie grinste mich breit an. Ich konnte nicht anders, ich starrte wie gebannt auf ihre langen, starken und leicht gelblichen Pferdezähne, die in der Sonne glänzten.

»Was hältst du davon, dir ebenfalls ein Fahrrad zu holen und mir eine eher menschenleere Stelle zu zeigen? Ich wette, du kennst eine ganze Menge davon.«

»Klar, machen wir.«

Also pumpten wir die Reifen an unseren Rädern auf und packten eine Menge belegter Brote und eine Thermoskanne mit Milchkaffee aus Berthas Küche in den Fahrradkorb.

Plötzlich freute ich mich auf den Ausflug allein mit meiner Lieblingstante. Ich schnupperte in die Luft, es roch nach Sommer und nach Freiheit. Entlang der Steilküste hinterm Haus segelten dicke Sahnewolken über den sommerblauen Himmel. Die Ostsee darunter hatte ihre langgezogenen Wellen mit Eiweißhäubchen und mit streichholzschachtelgroßen Schiffen verziert. Die Möwen waren weiße Punkte.

»Ost, West oder Süd?«, fragte ich, in meinem Rücken die Steilküste und die See, den Horizont und weit dahinter irgendwo Schweden und Norwegen und noch weiter dahinter den Nordpol.

Rosie drehte auf ihrem Fahrrad eine Proberunde durch den Kies in der Auffahrt.

»Von mir aus bis ans Ende der Welt!«, schrie sie lachend.

Wir radelten los, ließen uns vom Wind treiben und von ihm Haut und Haare zausen, vorbei an den grün-gelb leuchtenden Rapsfeldern und den saftig grünen Wiesen, die Wittow an manchen Stellen zu einem Schachbrett machten und aus denen die Lerchen hoch in den Himmel stiegen. Ich zeigte Rosie die von Stürmen und vom Kot der Kraniche ausgefransten Buchen am westlichen Teil der Steilküste und den Jahr um Jahr ein wenig mehr zum Strand abrutschenden Hang, wo sich die Brombeerranken um dünne Buchenstämmchen gewunden hatten, als würden sie sich von ihnen Halt erhoffen. Dann fuhren wir durch das Sonnengelb reifender Kornfelder und durch das überwältigende Rot und Blau von Mohn und Kornblumen, holperten über das Kopfsteinpflaster einer schmalen Straße und weiter auf sandigen Feldwegen und irgendwann vorbei an den alten, mit Reet gedeckten Bauernhäusern, die sich in den Schatten von Apfelbäumen duckten. Wir sahen links die gemütlich tuckernde Fähre von Wiek nach Hiddensee aus dem Hafen und durch den Bodden ziehen und vorne rechts von uns die langgezogene schmale Nordspitze der Nachbarinsel selbst, die in der sommerlich diesigen Luft gleich einer dünnen grauzarten Wolke über der See zu schweben schien.

Natürlich war Rosie bereits auf Hiddensee gewesen, aber sie ließ sich von mir trotzdem einiges über diese Insel im Nordwesten von Rügen erzählen. Ich machte das sogar gern, denn Hiddensee war einst ein berüchtigtes Strandräubernest, und bis vor ein paar Jahren hatte ich in meinen Träumen entweder als Hauptmann einer wilden Strandräubergruppe oder als mutiger Kapitän so manchen Kampf ausgefochten, ähnlich wie Klaus Störtebeker, Seeräuber aus Wismar, den man 1401 gehängt hatte. Und selbstverständlich redeten Rosie und ich über Gerhart Hauptmann, einen von Opas Lieblingsdichtern, der von 1926 an viele Sommer auf Hiddensee verbracht hatte und 1946 dort beerdigt worden war. Opa hatte ihn mir vor allem durch sein Vorlesen von Auszügen aus *Der arme Heinrich*, *Schluck und Jau* und später aus *Der Bogen des Odysseus* nähergebracht. Mit Opa war ich noch vor der Wende auf Hiddensee gewesen. Da hatten wir uns das Dichterhaus und das kleine Inselmuseum angesehen, in die damals noch stille Inselkirche geguckt und die verblassten Inschriften auf den alten Grabsteinen auf dem Friedhof zu entziffern versucht.

»Ach ja«, fügte ich schließlich noch hinzu und konnte aus mir unerfindlichen Gründen plötzlich nicht anders, als starr auf meinen Lenker zu gucken, »mein Vater war auch dabei, das hätte ich beinahe vergessen. Damals war er noch Lehrer, deshalb konnten wir nur in den Schulferien zusammen zu Sophie fahren. Sonst hat Opa mich immer mitgenommen.«

Und da fragte Rosie scheinbar so ganz nebenbei: »Es geht ihm nicht besonders gut, deinem Vater, was?« Und als ich dazu nichts zu sagen hatte beziehungsweise nichts sagen wollte, fuhr sie fort: »Weißt du, manche Menschen brauchen einfach mehr Zeit als andere, um mit großen Veränderungen in ihrem Leben fertig zu werden.« Aus dem Augenwinkel sah ich, dass sie mit einer Hand lenkte, die andere in ihre Jackentasche steckte und mich von der Seite anschaute. »Warst du schon einmal im Westen? Nach dem Mauerfall, meine ich.«

»Ja, in Berlin, vor zwei Jahren und mit Papa zusammen«, antwortete ich ziemlich mürrisch und hoffte, dass sie das Thema fallenließ, denn darüber, ob es meinem Vater gutging oder nicht und aus welchem Grund, das ging meiner Meinung nach keinen Wessi etwas an, auch Rosie nicht, obwohl sie nicht aus Deutschland, sondern aus dem Ausland kam. Ich konnte einfach nicht vergessen, wie dieser alte Arsch Franz beim großen Familientreffen über ihn hergezogen war und alle anderen Wessis mitgelacht hatten, als mein Vater sich gewunden hatte wie ein Aal, weil er noch keinen fertigen, geschweige denn veröffentlichten Roman vorlegen konnte. Nach einer Weile sagte ich: »Wir sind einen ganzen Tag lang mit dem Bus nur durch Westberlin gefahren. Und am Potsdamer Platz haben wir uns die paar Reste von der Mauer angesehen, die mit den Graffiti drauf.«

Rosie wich einem tiefen Loch im sandigen Feldweg aus. Ich hob meine Schultern; aber jetzt, da ich einmal angefangen hatte, darüber zu reden, wollte ich auch alles loswerden.

»Mein Vater hat in diesen Stunden im Bus und dann an der Mauer nicht viel mit mir gesprochen. Er hat immer nur gesehen und gesehen – jedes Haus, jede Straße, einfach alles hat er sich angesehen. Und irgendwie dachte ich die ganze Zeit, dass er … na ja, dass er gleich anfangen würde zu heulen. Ich fand das komisch.« Als sie nichts sagte, fragte ich: »Es *ist* doch komisch, wenn ein erwachsener Mann heult, bloß weil auf einmal alles anders ist, oder etwa nicht?«

»Nicht, wenn er einen triftigen Grund dazu hat.«

Ich überfuhr mit voller Absicht einen dicken Regenwurm, der es sich auf dem Weg bequem gemacht hatte. An der Stelle, wo ich ihn überrollt hatte, war er platt wie eine Flunder.

»Was für einen Grund sollte er denn gehabt haben?«

Wieder sah sie mich von der Seite an und ich stur geradeaus.

»Stell dir mal vor, du hast immer so eine Art Mauer, an die du dich lehnen, auf die du dich verlassen kannst. Du hörst auf andere, die dir erzählen, dass dich diese Mauer vor allen möglichen schädlichen Einflüssen schützt. Weil sie das immer wieder erzählen und du der Meinung bist, dass sie das wissen müssen, glaubst du das auch. Und auf einmal, sozusagen über Nacht, ist da nichts mehr.«

»Doch, da ist was«, sagte ich. »Nämlich ein Loch, und Vater ist prompt hineingefallen.«

Eine Weile radelten wir schweigend weiter, ohne dass ich etwas von dem, was vor mir oder um mich herum war, wirklich sah oder hörte. In meinem Kopf ging schon länger und immer öfter alles durcheinander. Das hatte nicht nur etwas mit Bea und meinen Gefühlen für sie zu tun, sondern viel mehr mit der zunehmenden Verstörtheit meines Vaters. Manchmal machte er mir wirklich Angst mit seinem depressiven Gerede.

»In Ostberlin ging es noch«, erzählte ich schließlich weiter. »Da war er schon öfter gewesen, da kannte er sich einigermaßen aus und wusste fast immer, wo wir gerade waren und in welche Richtung wir gehen oder fahren mussten und wo die Mauer war. Aber als wir dann in den Westen kamen, stand er da wie … wie jemand, der sich vor dem nächsten Schritt fürchtet.«

Ich erinnerte mich plötzlich an das Gesicht, das mein Vater machte, als wir zum ersten Mal durch das Brandenburger Tor am Tiergarten vorbei und in Richtung Siegessäule blickten. Ich wusste noch, dass ich ihn ansah, weil ich ihn irgendetwas gefragt und er nicht geantwortet hatte. Für einen Moment war ich richtig erschrocken gewesen über diese Mischung von Verlorenheit, Angst, Faszination und Unglauben in seiner Miene. Ich meinte jetzt noch den Druck seiner Finger zu spüren, mit denen er meinen Oberarm umklammert hatte.

Klar, das Gefühl der Beklemmung, das mich an diesem Tag begleitete, hatte sich mit der Zeit verlagert. Inzwischen war es nicht nur das, was ich im Gesicht meines Vaters lesen konnte, jetzt waren es auch seine Worte, seine Stimme, seine Körperhaltung, die Art, wie er sich umguckte, obwohl niemand hinter ihm war, die mir zu schaffen machten. Er hatte sich verändert, er veränderte sich noch immer. Aber ich kannte mich nicht aus mit Depressionen und Verlusten, auch nicht mit verpassten Chancen, mit Enttäuschungen und mit bedrohlichen Existenzängsten. Während mein Vater sich duckte, seinen Kopf einzog und im Schlaf redete und manchmal schrie, war ich einfach nur neugierig auf das Leben, ob nun im Kommunismus oder im Kapitalismus. Die Mauer war weg, und draußen in der Welt ereignete sich so viel. Ich wollte daran teilhaben. Ich wollte mitrennen. Ich wollte mich mit dem Wind der Freiheit vorwärtstreiben lassen. Und ich wollte einen Vater, an dem ich mich gleichzeitig reiben und orientieren konnte, nicht einen, der sich schon in die Hosen schiss, wenn er nur einen Fuß auf Westboden setzte. Nicht den Vater, der mit geschlossenen Augen am Schreibtisch hockte, die Hände untätig neben der Schreibmaschine, und der in sich hineinzuhorchen schien, ob sich da drin vielleicht noch was Lebendiges regte. In solchen Momenten kam er mir alt vor, furchtbar alt. Und ich fragte mich zuweilen, warum ausgerechnet ich mit so einem alt und verunsichert wirkenden Vater erwachsen werden sollte – und warum ich ihn trotz allem liebte.

Während ich das und mehr dachte, hatte ich nicht auf die Landschaft, ihre Geräusche und Töne geachtet, sondern war immer nur stur geradeaus gefahren. Doch plötzlich drehte der Wind, packte uns von vorn, pfiff und sang in meinen Ohren und blies mir prompt die trüben Gedanken aus dem Hirn. Ich sah mich nach Rosie um. Sie war direkt hinter mir und lachte breit, ihre Wangen und ihre Nase waren von der Sonne und vom Wind gerötet, ihre Haare flatterten wie eine Fahne im Wind, und sie fuhr freihändig.

»Bring deinen Vater mit, wenn ihr zu mir in meine Berge kommt, du und Bea und Heinrich«, keuchte sie.

Ich musste die angestaute Luft aus meinen Lungen lassen und schrie laut: »Jaha!« Dann ließ ich den Lenker von meinem Fahrrad los und fuhr ebenfalls freihändig weiter.

An einer breiteren Wegstelle war Rosie neben mir.

Wir grinsten uns an, und der Sturm riss und zerrte an unseren Jacken und Hosenbeinen und an unseren Lippen, Wangen und Haaren.

»Meine Lieblingsstelle«, erklärte ich später, da hatten wir unsere Fahrräder am Leuchtturm auf dem Bug abgestellt, der größten Sandhakenbildung auf Rügen und zu DDR-Zeiten noch unzugängliches Militärgelände, und uns zu Fuß durch raschelndes Schilf, Steinhaufen und Matsch und Wolken von aufsteigenden Insekten bis zu jener winzigen sandigen Stelle am Bodden durchgekämpft, die ich vor etlichen Sommern mit Opa zusammen entdeckt hatte und wo wir manchmal Plötzen angelten – heimlich, da das Angeln ohne Angelschein nun überall auf der Insel verboten war.

»Sollen wir?«, fragte Rosie, als ich ihr das gestand, während wir schwitzend im warmen Sand saßen, die sanften Wellen vom Bodden unsere nackten Zehen kitzelten und wir die Wurst- und Käsebrote aus unserem Korb verschlangen. Sie kramte in der Tasche ihrer Jacke, und ich sah ziemlich verblüfft drein, als sie ein Schweizer Taschenmesser, eine Tube Sonnencreme, zwei Packungen Taschentücher, eine Rolle saure Drops und ein paar andere Sachen und schließlich einen aufgewickelten Bindfaden und einige Büroklammern herausholte und mir entgegenhielt.

»Das hast du alles in dieser einen Jackentasche gehabt?«

Rosie grinste und kramte nochmals. »Klar, und hier ist noch ein Kaugummi.« Sie betrachtete den Klumpen kritisch. »Aber den kann ich dir leider nicht anbieten, den hab ich schon mit meinen eigenen Zähnen bearbeitet.«

Sie bog die Büroklammer auseinander und dann zu einem Haken und befestigte den Bindfaden daran. Ich suchte nach Käfern und Würmern. Wir angelten trotzdem nichts, aber wir blieben sitzen, wo wir waren und guckten auf den Bodden und quatschten über Gott und die Welt im Allgemeinen und schließlich über Sophie und Distelitz im Besonderen. »Ich finde deine Ururgroßmutter und das Gutshaus faszinierend«, sagte sie. »Ich kenne zwar einige Leute, die mit ihren Häusern alt geworden sind und sich partout nicht von der Stelle rühren oder etwas Neues akzeptieren wollen, aber sie sind mit deiner Sophie und ihrem Drumherum überhaupt nicht zu vergleichen.«

»Opa sagt, sie ist stur wie ein Ochse.«

Sie lachte ihr herzhaftes Lachen, mit weit geöffnetem Mund.

Ich starrte darauf und überlegte, ob sie mit dem Lachen aufhören würde, sollten sich ein paar von den uns umschwirrenden Mücken in ihren Schlund verirren.
»Ich wette, dein Opa ist noch nie einem Ochsen begegnet, denn nicht mal zehn Ochsen auf einmal können es mit der Sturheit deiner Ururgroßmutter aufnehmen. Und ich muss es schließlich wissen, ich bin auf einem Bauernhof mit Viechern aufgewachsen.«
»Kennst du Sophies Spitznamen?«, fragte ich, und als sie den Kopf schüttelte, sagte ich: »Sanddistel – weil sie so schön stachelig sein kann, wenn jemand sie ärgert.«
»Das passt doch wie die Faust aufs Auge.«
Wieder lachte Rosie, und ich schaute sie an und wurde nun doch etwas misstrauisch, weil ich nicht wusste, worüber sie lachte. Auf Sophie und auf ihr Haus ließ ich eben nichts kommen, die waren für mich heilig.
Sie boxte mich freundschaftlich in die Seite. »Glaub mir, ich hab meinen Kurt nach Rügen gebracht, weil er es so wollte. Aber seine Asche in der Gruft ist nicht der einzige Grund, warum ich auf diese wunderschöne, so friedliche und noch unberührte Insel komme – und zu Sophie.« Sie stieß mich erneut an. »So, und jetzt radeln wir nach Hause, bevor uns die Mücken hier noch völlig zerstechen. Und wenn es regnet, kommen wir mit einer richtigen Angel wieder her. Versprochen.«

Doch der Regen blieb in diesem Sommer aus, und der Sommer ging vorbei, ohne dass ich meine Unschuld verlor. Bea reiste eine Woche vor mir ab, weil ihre Ferien früher endeten als meine. Aus diesem Grund bekam sie auch nichts von Andrej Stoschenkows erstem Besuch auf Distelitz mit. Er kam, um am Sarg jenes unbekannten Soldaten zu weinen, den Sophie vor sechs Jahrzehnten unterhalb der Steilküste von Wittow gefunden und in der Familiengruft hatte beisetzen lassen. Lange hatte sie gehofft und darauf gewartet, dass sich Angehörige des

Toten bei ihr meldeten. Nun war sein Sohn gekommen, nämlich Andrej, geboren im Februar 45, da war sein Vater schon tot und ruhte in fremder Erde, das heißt auf einem steinernen Bord in der Gruft und genau unter dem Sarg von Friedhelm von Sand, dessen Knochen 1949 zurück in die Heimat gekehrt waren.

VIII

Sophie legte den Telefonhörer auf, vorsichtig, als wäre er zerbrechlich. Eine Weile saß sie noch auf dem Stuhl neben dem alten, schon wurmstichigen Tischchen und ließ ihren Blick durch das Foyer wandern. Alles war noch da, alles war an seinem Platz – die paar Sesselchen, so durchgesessen, dass ihre Sprungfedern über das Parkett ratschten, wenn sich jemand setzte; die drei Sofas, deren Bezüge irgendwann einmal von sattem Grün und jetzt nur noch staubiggrau waren; ein paar niedrige Tische, die wuchtige Anrichte, eine Vitrine ohne Glasscheiben; der ramponierte Leuchter, der stets sachte schaukelte und die paar übriggebliebenen Kristallhänger leise klirren ließ, auch wenn kein Durchzug herrschte.

Durch die hohen Bogenfenster an drei Seiten des langgestreckten Raumes fiel das weiche, bereits herbstlich getönte Tageslicht auf den Parkettboden und ließ ihn an manchen Stellen glänzen wie alte, schon etwas brüchige Seide. Sophies Platz zwischen den Türen zur Bibliothek und zu dem schmalen Gang zur Küche und anderen Räumen lag die schwere hölzerne Eingangstür mit ihrem unhandlichen Griff und Schloss aus handgeschmiedetem Eisen, das wie eine Distel geformt war, genau gegenüber. Links von Sophie befand sich die Treppe nach oben, und über ihr erstreckte sich die Galerie, von der zwei Türen rechts und links zu den Türmen und die Flure zu den übrigen Räumen des Hauses abgingen.

Sophies Blick kehrte zum Foyer zurück. Alles Möbel, die noch älter sind als ich, dachte sie. Der Gewehrschrank zum Beispiel, den Beatrice III. ihrem Ehemann um 1730 bei einem Schreiner in Stralsund hatte anfertigen lassen. Zu Zeiten von Sophies

Mutter war das klobige Ding mit den reliefartigen Schnitzereien von verendenden Hirschen und Wildschweinen über den Türen auf den Dachboden gewuchtet worden, weil die Hausherrin mit der Jagd und mit Waffen an sich nichts im Sinn gehabt hatte, zum Leidwesen ihres Gatten. Der war zum Zeitpunkt, an dem das gute Stück ausrangiert wurde, längst über alle Berge. Sophie hatte den Kasten, an dem die Glastüren und auch die Vorrichtungen für diverse Gewehre fehlten, vor vielen Jahren zusammen mit Heinrich, Adam und Bertha vom Dachboden wieder ins Foyer zurückgewuchtet. Geächzt und gestöhnt hatten sie alle vier unter seinem Gewicht wie die Ochsen vor dem Pflug. Bei der Gelegenheit – und weil sie sowieso schon schwitzten wie die Affen – hatten sie dann gleich noch die zwei Ledersofas und die alte Anrichte aus Kirschholz vom Boden geholt und auch den einen oder anderen Stuhl, den Sekretär für die Bibliothek und das Tischchen, auf dem jetzt das Telefon stand. Adam hatte mächtig viel zu tun gehabt, um alles Wackelige wieder zu befestigen. Er hatte geschliffen, gehämmert und gekleistert, und sie und Bertha hatten das Leder und das Holz mit allem Möglichen bearbeitet, bis es wieder einigermaßen ansehnlich war. Irgendwo im weitläufigen Keller, wahrscheinlich längst vom Schutt zugedeckt, von den Mäusen zernagt oder vom Schimmel befallen, musste noch der eine oder andere Teppich liegen, der einst das Parkett in der Halle geschmückt und die Schritte in der Bibliothek gedämpft hatte. Aber wo das war, das hatte Sophie vergessen oder vergessen wollen. Viel genutzt wurde das Foyer sowieso nicht mehr, außer über Weihnachten und Neujahr und zu diesen anderen Zeiten, wenn …

Aber daran wollte Sophie nicht denken, nicht jetzt, nicht in diesem Moment, in dem sich etwas Wichtiges anbahnte. Wichtig für sie, ja, das bestimmt, denn schließlich betraf das, was sie vorhin am Telefon besprochen hatte, sie selbst am meisten.

Sie lächelte.

Sie hatte etwas Gewaltiges in Gang gebracht.
Nicht etwa überstürzt, sondern nach reiflicher Überlegung. Nächtelang hatte sie auf ihrem schmalen Eisenbett in der Remise wach gelegen, gegrübelt und dabei auf die vielfältigen Geräusche gehorcht, die vom auch in diesem Sommer bis auf den letzten Platz belegten Haus herüberschwappten. Hin und her hatte sie gedacht, und das nicht zum ersten Mal. Für und Wider abgewogen und schließlich entschieden, dass es Zeit war, Nägel mit Köpfen zu machen. Dann, nachdem vor zwei Tagen auch die letzten Familienmitglieder wieder abgereist waren, hatte sie mit Adam und Bertha über ihren Entschluss geredet. »Gut so für dich und für uns«, hatte Bertha gesagt und weiter ihren Brotteig geknetet, mit noch immer kräftig wirkenden Armen, die Ärmel ihrer geblümten Bluse bis zu den Ellbogen hochgekrempelt, mit glühenden Apfelbäckchen im Gesicht. Dabei hatte sie zu Adam rübergeguckt, der am Küchentisch saß und so tat, als würde er die Zeitung lesen. »Was sagst du dazu, Alterchen?« Adam hatte lange an seinem Pfeifenstiel herumgekaut und irgendwohin gesehen, wie immer, wenn er konzentriert über etwas nachdachte, und dann in seiner trockenen, so oft kurz und bündigen Art nur ein einziges Wort, nämlich »richtig!« gesagt.
Mit Heinrich hätte Sophie jetzt gern ausführlicher geredet. Aber Heinrich war schon vor drei Wochen mit René nach Weimar zurückgefahren, weil die Schulferien zu Ende waren. Und weil es Walter wieder einmal schlechtging und Heinrich ihn in dieser Situation nicht allein mit dem Jungen lassen wollte. Früher, vor der Wende, war sein Sohn noch ganz in Ordnung gewesen. Depressiv war er erst nach der Aufgabe seines Lehrerberufs geworden. Seitdem hing er in der Luft, wie Heinrich das bezeichnet hatte. »Den Boden hat er unter den Füßen verloren«, sagte er. »Wie so viele andere hier bei uns. Er kannte ja nichts anderes als unsere DDR. Dass wir manchmal herumgemeckert haben, das gehörte eben zum Leben – wo meckert man

denn nicht herum? Und von wegen ›goldener Westen‹! Was haben wir für Illusionen und Träume gehabt, all die Jahre lang. Aber dass da auch nur mit Wasser gekocht wird, das verkraften manche bei uns eben nicht so leicht.« Also war Heinrich mit René nach Weimar gefahren, voller Sorgen um seinen Sohn. Sophie vermisste ihren Enkel. Heinrich fehlte schon nach ein paar Tagen an allen Ecken und Enden. Jedes Mal, wenn das Haus nach einem Ansturm der Familie wieder leer war, demonstrierte es seinen unaufhaltsamen Verfall besonders deutlich. Adam war, sooft er es mit seinen einundneunzig noch schaffte, auf den Beinen, doch sein bisschen Hämmern hier und Schrauben dort bewirkten rein gar nichts mehr. Bei Heinrich war das anders, der sah alles, jede Schwachstelle, jeden Fleck, jeden Riss. Und was er nicht sah, das erspürte er mit seinen Händen. Oder er hörte oder fühlte es einfach. Dann stand er irgendwo im Haus oder draußen und mit geschlossenen Augen, ganz still stand er da, seinen Kopf leicht geneigt, als würde er auf irgendeine Stimme horchen, auf irgendeinen Laut, ein Knirschen oder Reißen, was sonst keiner hörte, und legte seine Hand auf die Wand oder irgendwohin. Und wenn er wieder bei sich war, dann sagte er: »Auf dem Dach scheint wieder was locker zu sein.« Oder: »Ich muss mal im Keller nach der Wasserleitung sehen, da tropft was.«

Ja, mit Heinrich würde ich jetzt gern über diesen Anruf vorhin reden, sagte sich Sophie, als sie sich später an diesem Tag in die Bibliothek zurückzog. Sie hatte die Gespräche mit diesem ihrer diversen Enkel schon immer geschätzt und konnte sich in jeder Situation auf seine Unterstützung und auf sein Urteilsvermögen verlassen. Und doch fragte sie sich auf einmal leicht beklommen, was sie ihm, vor allem ihm, der mehr als jeder andere in ihrer Familie an Distelitz hing, mit ihrer Entscheidung vielleicht antat. Nicht nur sein Sohn hatte mit der Wende den Boden unter den Füßen verloren, auch Heinrich war nicht mehr derselbe wie vor ein paar Jahren noch. Er wirkte seit seiner Entlassung aus dem Walzwerk manchmal abwesend und schroff. Und ruhelos war er geworden. Durchmaß den Park draußen sogar in den Nächten mit raumgreifenden Schritten. Ein Gespenst mehr vor ihren Fenstern, denn auch Adam war immer öfter auf der Flucht vor den Schrecknissen in seinem Kopf. Sophie hatte die beiden Männer oft beobachtet und sich so ihre Gedanken gemacht.

Adam hatte ihr den alten Ohrensessel an eines der hohen Bogenfenster in der Bibliothek gerückt, und da saß sie nun und sah den zwei nach diesen sommerlichen Wochen mit ewig hungrigen Mäulern noch lebenden Hühnern und dem alten Hahn zu, die im Sand hinter der Remise eifrig scharrten und nach Insekten oder Würmern pickten. Der Sommer balancierte auf dem schmalen Grat zum Herbst, und im Gutshaus und in der welkenden Wildnis drum herum war nun wieder wohltuende Ruhe eingekehrt. Nur in der Küche nebenan klapperte Bertha wie immer mit ihren Kochtöpfen und Pfannen, und Adam hämmerte irgendwo irgendetwas fest, auch das ein gewohntes Geräusch. Durch das geöffnete Fenster strich eine unerwartet milde Brise. Sophie schnupperte in die Luft. Es roch nach staubigen Stoppelfeldern und trocknendem Gras, nach sonnengetränktem Habichtskraut und Schafschwingel und anderen Blüten und Kräutern, nach Hühnern, Schwein und den Pferden aus dem Dorf, die in der Nähe weideten. Es roch auch leicht nach Holzrauch, nach Salz und Sand und nach verrottenden Algen und nach Fisch. So hat es hier immer gerochen, und so wird es auch künftig hier riechen, dachte sie. Und die Stille hier würde sich ebenfalls nicht verändern – eine Stille, die hörbar war, voller Geräusche wie dem Summen von Bienen, dem feinen Rascheln vergilbender Blätter in den Bäumen und dem späten Lied einer Lerche hoch überm längst abgeernteten Feld. Nichts würde sich hier verändern, nichts vom Sand verweht werden wie anderswo auf der Insel. In Juliusruh zum Beispiel,

wo schon vor einiger Zeit damit begonnen worden war, die Pensionshäuschen und kleinen Parks zu verdrängen, die dem Ort zu DDR-Zeiten das gewisse Etwas verliehen hatten.
Nach Juliusruh, dem einstigen Künstlerdorf mit dem schönsten Strand am nördlichen Ende der Schaabe, diesem schmalen Landstreifen zwischen Ostsee und Bodden, hatte Franz sie kurz vor seiner Abreise in seinem protzigen Auto kutschiert. »Damit du mal rauskommst aus deinen vier Wänden«, hatte er gesagt. »Mal ein bisschen andere Luft zu schnuppern kriegst.« Und sie hatte sich die Bemerkung verkniffen, dass die Luft im vielleicht zwanzig Kilometer entfernten Juliusruh auch nicht anders sein würde als hier am Kap. Sie kam sich überrumpelt vor. Ihre Gefühle waren zwiespältig. Auf der einen Seite hatte sie etwas dagegen, wie eine alte, auf ihren Beinen nicht mehr ganz sichere Frau gesehen und behandelt zu werden, auf der anderen verlieh ihr dieser männliche Arm, den Franz ihr als Stütze bot, eine seltsame, fast schon vergessen geglaubte Beschwingtheit, die sie die Stufen der Freitreppe geradezu hinabschweben ließ. Sogar die Autotür hatte Franz ihr aufgehalten und dann auch noch darauf geachtet, dass kein Fitzelchen von ihrem Rock oder ihrem Schal eingeklemmt wurde. Beim Fahren hatte er mehrmals zu ihr herübergesehen, sie angelächelt und gemeint: »Gut schaust du aus, richtig damenhaft in diesem Kostüm.« Dass sie dieses Kostüm, das mindestens vierzig Jahre alt war, überhaupt angezogen hatte, war nur Bertha zu verdanken. »In den ollen Klamotten, die du Tag für Tag anhast, kannst du dich unmöglich in einen Mercedes setzen«, hatte sie gesagt. Zum ersten Mal seit Jahren hatte Sophie also vor ihrem Kleiderschrank gestanden. Viel war nicht drin, und was drin war, roch nach Mottenkugeln und nach vergangenen Zeiten und ein bisschen, ein ganz klein bisschen nach dem Parfüm, das sie vor dem Krieg zum letzten Mal benutzt hatte. Das Kostüm, für das sie sich schließlich entschied, war ihr inzwischen viel zu weit geworden, der Rock schlackerte um ihre Hüften, und die Jacke

hing an ihr wie ein ausgewrungener Waschlappen. »Na ja«, hatte Bertha gemeint und ihre Nase gekraust, »für einen Café-Besuch geht's gerade noch.«
Hach!, dachte Sophie jetzt. Das war doch alles für die Katz gewesen. Sie hätte es wissen müssen, dass Franz nicht einmal im Traum daran dachte, seiner Mutter wenigstens einen Kaffee zu spendieren. Es war ja möglich, dass er das vorgehabt hatte, bevor sie nach Juliusruh kamen. Aber als sie mit eigenen Augen sehen konnte, was dort entstand, nämlich eine riesige Strandresidenz mit Tennisplätzen und Schönheitsfarm, da war bei ihr die Klappe runtergefallen. »Ist das nicht phantastisch, was hier gebaut wird?«, hatte Franz geschwärmt. Am liebsten hätte sie sich die Ohren zugehalten, um nichts von dem zu hören, was er da redete und redete. Sie verstand sowieso nichts von Investoren und Finanzmaklern und von Geldern in für sie unvorstellbaren Höhen, die auf Konten auf einer Insel irgendwo im Atlantik lagen und nur abzuholen waren, sobald Zustimmungen und Genehmigungen vorlagen, und so weiter und so fort. Sie war ganz erschlagen und geschockt von dem ins offene Auto drängenden Lärm auf der Baustelle, dem Gestank und dem Staub, der wie eine Glocke über der Landschaft hing und die angrenzende See grau und teilnahmslos erscheinen ließ, obwohl sie doch gerade an Sommertagen wie diesem so blau sein konnte wie der Himmel selbst.
»Auf keinen Fall, nie werde ich zulassen, dass auf meinem Grund und Boden etwas so Scheußliches entsteht!«, hatte sie gesagt. Zornig, denn sie war zornig. Sehr zornig sogar.
Und da sie schon wieder auf der Rückfahrt und in der Nähe von Distelitz waren und sie keine Lust dazu hatte, sein verbissenes Schweigen noch länger zu ertragen, hatte sie ihn aufgefordert, den Wagen anzuhalten und sie aussteigen zu lassen. Sie hatte die Abkürzung durch die Felder genommen und war dann an der Parkmauer entlang und an der Gruft und dem Friedhof vorbei zur Steilküste gegangen. Dort hatte sie an ih-

rem Lieblingsplatz unter einem der Bäume gesessen, ihren schmerzenden Rücken an den Stamm der dünnen, hoch aufgeschossenen Buche gelehnt, ihre heißen, schmerzenden Füße über den Abgrund gehängt und über alles Mögliche nachgedacht, auch darüber, dass Franz in vielem, was Distelitz betraf, unrecht und nur in einem einzigen Punkt recht hatte – wenn er nämlich darauf drängte, dass möglichst bald etwas mit ihrem Haus geschehen musste.

Bis zu seiner Abreise war sie Franz aus dem Weg gegangen. Und als er beim Verabschieden vor der Freitreppe wie üblich dröhnte: »Also dann bis Weihnachten und bis zu deinem Geburtstag, liebste Sophie!«, da konnte sie sich ihren üblichen Sarkasmus, aber auch ihre Enttäuschung und ihre gleichzeitige Erleichterung über dieses Ende eines ansonsten schönen Sommers und vor allem ihren Ärger auf diesen Sohn nicht verkneifen und sagte: »Hoffentlich wird sich bis dahin ein freier Platz für dich auf der Schlankheits- und Schönheitsfarm in Juliusruh finden lassen – nötig hättest du es.« Die Lacher seien auf ihrer Seite gewesen, hatte Bertha später erzählt. Sophie selbst hatte das nicht mitbekommen, sie hatte sich nach ihren an Franz gerichteten Worten sofort umgedreht und war zurück ins Haus gegangen und hatte die schwere Holztür fest, ganz fest hinter sich geschlossen und sich dann mit dem Rücken dagegengelehnt, erschöpft, ausgelaugt wie stets, wenn die Familie endlich wieder abgereist war.

Da hatte sie ihren Entschluss aber schon im Kopf. Und auch das Überschlafen, zu dem der letzte Zweifel in ihr geraten hatte, hatte nichts daran geändert.

An diesem Morgen hatte sie also wieder in Berlin angerufen – und damit den Stein, nein, den Brocken, eine ganze Lawine ins Rollen gebracht.

»Da sswidanja«, flüsterte Sophie vor sich hin.

Sie mochte die russische Sprache, hatte sie stets gemocht und sie deshalb gelernt, wann immer sie die Möglichkeit dazu hatte, zuerst von Sergej und seinen Musikern, dann von den Zwangsarbeitern, die im Krieg auf dem Gut waren, später von Heinrichs Frau Krystina und seit kurzem nun wieder von neuen Freunden in Berlin. Das Russische zerging ihr auf der Zunge, es war weich und voller dunkler Melodien, die sie tief im Innersten berührten und zuweilen, in einsamen Stunden, an jenen Mann erinnerten, den sie, lange nach Adalberts Verschwinden, für eine viel zu kurze Zeit in ihr Leben gelassen hatte. Niemand wusste Genaues von ihrer damaligen Verbindung zu Sergej Antow, diesem großartigen Pianisten, der die Konzertbühnen der Welt für ein paar Tage gegen die Stille Rügens eingetauscht hatte. Nur Bertha. Und Bertha war, wenn es darauf ankam, verschlossen wie eine Auster.

»Sergej«, murmelte sie. »Sergej.«

Ihre Gedanken begannen wieder zu fließen. Sie lächelte, ihre Augen nun fest geschlossen und ihre Nasenflügel gebläht, um alle Gerüche, die der Wind von draußen ins Innere der Bibliothek brachte, wahrnehmen und wiedererkennen zu können. Fast unmerklich regte sie sich, schmiegte ihren Rücken enger an das brüchige Leder und dachte dabei an jene taumelige, helle Zeit mit Sergej, an jene Zeit der tausend und mehr Gerüche und Empfindungen nach einsamen Jahren, nach kalten Nächten, und schließlich daran, dass sie diesen rollenden Stein nicht aufhalten würde, nicht mehr aufhalten könnte, denn es war ein gewaltiger Stein, ein Felsen, der Träume, Illusionen und Pläne von Franz und den anderen in ihrer Familie, die darauf warteten, dass sie endlich aufgab, niederwalzen würde wie nichts.

Sophie konnte nicht sagen, ob sie nur erleichtert sein oder sich sogar über das, was sie in Gang gebracht hatte, freuen sollte – sie war in diesem Moment einfach froh darüber, dass sie hier ungestört sitzen konnte, in diesem Sessel, in diesem Raum, in diesem Haus, auf diesem Stückchen Land, in dem ihre Füße wurzelten, und umgeben von dieser sie durchdringenden Ruhe

und Stille. Nichts und niemand konnte sie hier entwurzeln, nichts und niemand konnte ihr den Schatz ihrer Erinnerungen schmälern oder sogar nehmen.
Bei diesen Gedanken und der Vorstellung, ihre Nachkommen, vor allem aber ihren Sohn Franz noch immer überraschen zu können, kicherte Sophie vor sich hin, nun schon auf der Schwelle zwischen Wachsein und leichtem Schlaf.

IX

An diesem Abend und in dieser Stunde lange nach Dienstschluss saß Peter von Sand in München noch immer an seinem Schreibtisch in einem sechsstöckigen Bürohaus am Sendlinger Tor und grübelte darüber nach, wann und wie er seiner Frau Marijke und ihrer gemeinsamen Tochter Beatrice seine Trennungsabsicht erklären sollte, ohne als Verlierer oder allzu großes Arschloch dazustehen. Was sollte er Marijke sagen, was sie nicht schon wusste – dass ihre Ehe in eine Sackgasse geraten war und sie beide sich Tag für Tag vor allem damit beschäftigten, den anderen zu zermürben und die Gemeinsamkeiten zu zerschlagen, mit Worten und Taten? Wie war es nur möglich gewesen, dass sie so lange nicht bemerkt hatten, wie ihre Liebe langsam verkümmerte, dass nun Ärger, Frustration und Gleichgültigkeit, sogar Gehässigkeit ihren Platz einnahmen?
Marijkes Reaktion auf seinen Vorschlag, sich für eine Weile zu trennen und aus dem Weg zu gehen, um aus der Distanz einen neuen und wieder gemeinsamen Weg zu finden, konnte er sich vorstellen. Sie würde die Flucht nach vorn antreten, Untreue vermuten und deshalb sofort die Scheidung wollen. Sie hatte schon immer Nägel mit Köpfen gemacht. Ihre Spontaneität hatte ihn am Anfang ihrer Beziehung fasziniert, da hatte er sich von ihr mitreißen lassen, war unüberlegt Wagnisse eingegangen, zu denen er allein nie fähig gewesen wäre. Zum Beispiel diese Rucksacktour durch Thailand – von sich aus wäre er nie auf die Idee gekommen, in einem solchen Land auch nur einen Schritt außerhalb einer relativ sicheren und komfortablen Hotelanlage zu machen und sich sogar zu den Einheimischen in klapprige Autobusse zu setzen. Oder sich auf einer Almwiese

zwischen dummglotzenden Kühen und winzigen Augentrostblüten zu lieben. In eine Disco zu gehen, obwohl man aus dem Alter längst heraus war, in dem man seinen Körper noch zu wilden Rhythmen verrenken konnte. »Wovor fürchtest du dich?«, hatte sie vor vielen Jahren wissen wollen, nachdem er ihren Vorschlag, den Abend in einem dieser Tanzschuppen zu verbringen statt vor dem Fernseher, abgelehnt hatte. »Dass dir ein Hexenschuss oder ein Bandscheibenvorfall den Spaß verderben könnte? Oder dass dich jemand als Grufti einstufen könnte, weil du deinen Arsch oder was weiß ich sonst noch nicht mehr hochkriegst?«

Also war er mitgegangen – und hatte seinen Spaß gehabt. Mit Marijke zusammen war eben alles möglich. *War* alles möglich gewesen, musste er sich verbessern. War, bis er es angesichts seines Postens bei der Bank zum Beispiel nicht mehr passend fand, mit einem Dreitagebart, in Jeans und mit lässig aufgekrempelten Hemdsärmeln – wie Marijke ihn am liebsten sah – zu Vorstandssitzungen zu erscheinen. Er hätte es gern anders gehabt, aber er musste sich einfach seiner beruflichen Verantwortung bewusst sein. Deshalb legte er nun Wert auf gebügelte Hemden, auf frische, ungestopfte und zusammenpassende Socken und auf ausgebürstete Anzüge. Und er fuhr selbstverständlich eine seiner Stellung entsprechende Limousine, während Marijke noch immer ihren alten Mini bevorzugte, wenn sie zu Künstlerseminaren oder zu Vernissagen kreuz und quer durch Deutschland und die westlichen Nachbarländer gondelte.

So waren sie auseinandergedriftet, hatten sich langsam, aber sicher immer weiter voneinander entfernt, ohne es zu merken. Inzwischen irritierte sie ihn, ließ ihn in seinen eigenen Augen schwerfällig, geradezu statisch erscheinen. Und das war etwas, das ihm nicht behagte. Er brauchte Marijke doch. Er brauchte ihre Stärke, ihre Unterstützung, ihre herausfordernde Art, Fähigkeiten in sich zu entdecken, von denen er keine Ahnung hatte.

Er brauchte seine Frau aus vielen Gründen zum Überleben. Aber Marijke brauchte ihn nicht. Sie hatte ihn nie gebraucht. Ohne mich, dachte er, ohne mich ist Marijke sogar besser dran. Ohne mich kann sie machen, wozu sie gerade Lust hat. Also keine Verpflichtungen mehr, keine Empfänge, keine Szenelokale, kein St. Moritz oder Kitzbühel, in denen beziehungsweise wo er sich samt charmanter Ehefrau und verwöhnter Tochter sehen lassen musste, weil dort nun mal die besten Bankkunden zu finden waren.

Und für Marijke auch keine Treffen mehr mit seiner Familie. Kein Zusammentreffen mehr mit Franz, der noch vor ein paar Jahren nichts, aber auch gar nichts anbrennen ließ und jetzt auf einmal eine altmodisch heile Welt um sich haben wollte und sich schon aufregte, wenn ein junges, gut gewachsenes und ausgesprochen hübsches Mädchen wie Beatrice an einem heißen Sommertag im Bikini im Garten erschien. Der sich anmaßte, höchstpersönlich über das Schicksal seiner Urenkelin zu entscheiden und zu wachen und die elterlichen Fähigkeiten von Marijke und ihm bei jeder Gelegenheit in Frage stellte.

»Sie ist *meine* Tochter!«, hatte Marijke ihren Mann nach einer dieser ständigen Auseinandersetzungen mit Franz angebrüllt. Und Peter, der sich angesichts ihrer Wut nichts zu sagen oder zu fragen getraute, hatte den Kopf eingezogen.

Sie ist auch meine Tochter, sagte er sich jetzt und beugte sich vor, um in seinem Spiegelbild in der Fensterscheibe hinter seinem Schreibtisch nach Ähnlichkeiten zwischen sich und Beatrice zu suchen. Sie schlug ihrer Mutter nach, das fand er durchaus erfreulich, denn Marijke war nun mal eine aparte Frau, die viele Blicke auf sich zog und die er deshalb gern und voller Besitzerstolz vorzeigte. Auch diese zuweilen überschäumende Lebendigkeit hatte Bea von ihrer Mutter, dieses mitreißende Temperament. Und diese, nun, diese gewisse Art, sich in Szene zu setzen, die einem Mann das nicht immer angenehme Gefühl aufdrängen konnte, die eigene Position überdenken zu müssen.

Aber was hatte Bea von ihm, ihrem Vater?

Nichts, aber auch gar nichts Äußerliches. Nicht einmal die Haarfarbe stimmte überein, denn Bea war rot und er eher mehlfarben. Aber dieses Rot stammte eindeutig aus seiner Familie, man musste sich nur das Bild von Adele im Gutshaus auf der Insel ansehen. Obwohl …

Er knipste seine Schreibtischlampe aus, stützte den Kopf auf beide Handflächen und sah zu, wie sich die Nacht langsam über die Stadt zu schieben begann. Eigentlich hätte er um diese Zeit längst zu Hause sein können. Marijke wartete bestimmt mit dem Essen auf ihn – oder auch nicht, denn neuerdings hatte sie an den Abenden oft etwas anderes vor. Und Bea … Er seufzte. Mehr noch als der möglicherweise endgültige Verlust seiner Frau beunruhigte ihn einen Moment lang der Gedanke an den kühlen, forschenden Blick seiner Tochter, einer nun Sechzehnjährigen, die er manchmal dabei ertappte, dass sie ihn so interessiert und abschätzend beobachtete, als würde sie einen toten Frosch im Biologieunterricht in ihrer Schule sezieren. So fremd wie er Beatrice wahrscheinlich vorkam, so fremd war auch sie ihm in den letzten drei, vier Jahren geworden. Nun gut, er hatte sich nicht immer die Zeit genommen, die sie vielleicht von ihm erwartet hatte. Marijke war als Mutter viel besser dafür geeignet, die Probleme einer Pubertierenden zu verstehen und zu lösen.

Eine Welle von Selbstmitleid durchfuhr ihn. Finster starrte er hinaus in die Nacht. Der Himmel war hoch und ziemlich klar, doch die Sterne hatten bei der überwältigenden Lichtflut, die aus den Straßen Münchens nach oben stieg, kaum eine Chance. Wie anders der Himmel doch über der Insel war.

Es war ein Fehler, ausgerechnet jetzt an Rügen zu denken, sagte Peter sich. Zwangsläufig drängte sich ihm nun die Erinnerung an das letzte und wenig erfreuliche Treffen mit seinem

Großvater Franz auf. Dieses alte Scheusal mischte sich in alles ein – er wollte nicht nur über Beatrice entscheiden, sondern mischte sich tatsächlich auch noch in seine und Marijkes Ehe ein! Dabei hatte der Alte in seinem bisherigen Leben mehr als eine Frau und Scheidung hinter sich gebracht und vertrat noch immer die Meinung, dass Frauen für einen von-Sand-Mann jederzeit auswechselbar waren. Aber ausgerechnet bei ihm, Peter, diesem einen unter seinen zahlreichen Enkeln, besann er sich auf moralische Werte, die längst überholt waren, längst der Vergangenheit angehörten. Und das hatte mit Beatrice zu tun, in der Franz partout die Erbin beziehungsweise die Nachfolge von Sophie auf dem Familienstammsitz auf der Insel sehen wollte. Also hatte Beatrice in wohlgeordneten Verhältnissen zu leben. Getrennt lebende oder sogar geschiedene Eltern kamen für dieses Kind überhaupt nicht in Frage.

Ärgerlich trommelte Peter auf der Glasplatte seines Schreibtisches herum.

Wo immer ein Schlamassel auftrat, hatte sein Großvater seine Finger mit im Spiel. Franz wusste ein Feuer schon immer zu schüren. Mit Andeutungen über – vielleicht – noch vorhandenes Vermögen, über Werte von – wahrscheinlich längst verscheuerten – Gemälden und Vermutungen über den legendären und angeblich verschollenen Familienschmuck, seinem Gerede über Grundstückspreise und so weiter und mit seinen altertümlichen Ansichten über Ethik hielt er den gesamten Clan seit Jahren in Atem.

Peter drückte mit Daumen und Zeigefinger auf seine Nasenwurzel; angeblich sollte das Kopfschmerzen mildern. Und Kopfschmerzen hatte er seit einiger Zeit permanent. Spannungsschmerzen, Stressfolgen, das hatte sein Arzt gesagt und Massagen und Urlaub empfohlen. Peter dachte eher an einen Gehirntumor. So etwas lag doch in der Familie, zumindest zwei seiner Onkel waren in den vergangenen fünf oder auch zehn Jahren daran oder an etwas Ähnlichem gestorben. Im besten

Mannesalter, noch nicht einmal fünfzig der eine, gerade sechzig der andere. Und ein Neffe, zweiunddreißig, war vor ein paar Wochen wegen Schizophrenie in die Klapsmühle gekommen. Überhaupt lebten die von-Sand-Männer nie lange – von Franz und Felix einmal abgesehen. Woran das nur lag? Und wie schaffte es Franz, sich ohne die in seinem Alter eigentlich üblichen und unübersehbaren Verrottungsanzeichen am Körper und im Hirn so langsam, aber sicher über den Achtzigern zu bewegen?

Alter Knacker!, dachte Peter erbost. Hat dieser alte Knacker denn noch immer nicht begriffen, dass er sich aus bestimmten Dingen besser heraushalten sollte? Ist ihm noch nicht aufgefallen, dass sich die Frauen von heute so gut wie nichts mehr gefallen lassen, schon gar nicht diese Art von Bevormundung? Und was sollte das: Beatrice Gräfin von Sand, die »Gutsherrin«! Diese Zeit war doch passé, genauso wie ein Adelstitel, das alles war mit dem letzten Krieg endgültig untergegangen. Heute redete man von »Bauern« und »Bäuerinnen« – und auch das war ein aussterbender Beruf und schon gar nichts für ein Großstadtmädchen wie Beatrice.

Wider Willen musste Peter lachen. Seine Beatrice, Kind einer technisierten, globalisierten Welt, als Bäuerin auf einer verschlafenen Insel? Als steife Gutsherrin, die ihren Gästen Tee in Meißner Porzellan anbot und damenhaft an einem Kekschen knabberte?

Einfach lachhaft!

Er war sich natürlich klar darüber, dass sein Großvater mit dieser Taktik vor allem eigene Ziele verfolgte. Beatrice war lediglich Mittel zum Zweck, der Spielball in dieser großen Familie, die wahrscheinlich nur aus Raffgier, Egoismus, Neid und Eifersucht noch zusammenhielt. Sophies Ende war vorauszusehen, da musste man leider auf dem Boden der Tatsachen bleiben. In ein paar Monaten siebenundneunzig! Ein weiblicher Methusalem. Naturgemäß würde der gesamte Clan und damit auch er,

Peter, um sie, die letzte Vertreterin der Vergangenheit, trauern. Aber noch mehr würden diese von-Sand-Leute um die verlorene Möglichkeit kostenloser Urlaubstage auf der Insel weinen. Denn mit Sophie würde auch das alte Gutshaus vom Erdboden verschwinden, das war so klar wie Kloßbrühe. Marode genug war der Kasten, viel zu marode für eine kostspielige Sanierung aus rein sentimentalen Gründen. Franz und die anderen hatten mehr als einmal deutlich genug gemacht, dass keiner auch nur einen Gedanken, geschweige denn sein Geld für eine Sanierung des Gebäudes verschwenden würde. Aber wenn Sophie ihre Augen für immer schloss, bevor Beatrice volljährig war …

Peters Gedanken kehrten zum aktuellen Problem zurück.

»Sie ist *meine* Tochter!«, hatte Marijke ihren Mann vor ein paar Tagen wieder einmal angeschrien, als er mit ihr darüber reden wollte, dass die Idee seines Großvaters mit dem Internat in der momentanen Situation in ihrer Ehe vielleicht doch nicht so schlecht sei. Jedenfalls konnte er sich vorstellen, dass es für das Kind besser war, wenn es die täglichen und unerfreulichen Szenen zu Hause nicht mitbekam.

»Sie ist *meine* Tochter!«

In letzter Zeit schrie seine Frau ihn öfter an, und er brüllte zurück, oder er duckte sich.

Wieso sagte sie »meine Tochter«?

Sein Kopf schmerzte. Er starrte auf das Telefon auf dem Schreibtisch; es hatte seit Stunden nicht geblinkt, nicht geklingelt. Er hätte gern mit jemandem über sein Problem geredet, er sehnte sich nach Verständnis, nach Zuspruch, nach Trost. Vielleicht sollte er Sophie anrufen, seine Urgroßmutter? Sophie würde ihm wahrscheinlich allein durch ihre Anwesenheit und mit der Wärme in ihren Augen das Gefühl geben, trotz all seiner Fehler und Schwächen noch etwas wert zu sein.

Aber Sophie war weit weg. Und es war fraglich, ob sie in ihrem Alter tatsächlich verstand, was ihn quälte und worum es ihm ging. Schließlich lebte sie schon seit langem in einer ganz ande-

ren Welt als der Rest ihrer Familie. Distelitz, Wittow – nein, ganz Rügen kam ihm vor wie eingesponnen. Ein weiches, schützendes Netz aus feinen Fäden umgab diese Insel. Und unter dieser schützenden Hülle entwickelte sich eine ganz andere Art von Leben als das, was er und die anderen lebten. Das hatte Peter schon beim ersten Schritt auf diesem Eiland gemerkt, das spürte er noch immer bei jedem seiner Aufenthalte bei Sophie. Trauminsel – das war das richtige Wort. Eine Trauminsel, nirgendwo fest verankert, einfach dahintreibend, auf der sensible Menschen wie er die Sehnsucht nach Frieden, nach Geborgenheit in sich stillen konnten.
Peter schloss die Augen vor der Dunkelheit in ihm und um ihn herum.
Aber der Satz »Sie ist *meine* Tochter!« geisterte weiter durch seinen Kopf.

In Frankfurt schloss Franz von Sand zum letzten Mal die Designer-Glastür seiner bisherigen Penthouse-Wohnung hinter sich und dachte, während er, bepackt mit zwei vollen Kartons, zum Aufzug ging, mit einem Anflug von Schaudern an die Alternative, zu der er sich aus verschiedenen Gründen hatte entschließen müssen. Diese Alternative – selbstverständlich nur eine Übergangslösung – bestand aus zwei Zimmern, Kochnische und Bad und lag am nördlichen Rand der Main-Metropole und ebenfalls im letzten Stockwerk eines Hauses, genauer gesagt, unter dem Schrägdach eines Reihenhauses. Es war nicht das erste Mal in den vergangenen zehn, fünfzehn Jahren, dass er umzog. Seine berufliche Tätigkeit brachte viel Abwechslung, aber auch viel Risiko in sein Leben. Und ihn nicht selten an die Grenze der Seriosität, doch das hatte seiner Überzeugung nach stets etwas mit den undurchsichtigen Machenschaften seiner in- und ausländischen Geschäftspartner zu tun, von denen gerade wieder einer wegen Betrugs in den Knast gewandert war

und ihm, dem Unschuldigen in dieser Sache, eine gerichtliche Vorladung aufgehalst hatte.
Vielleicht sollte ich damit aufhören, mich um die Angelegenheiten fremder Leute zu kümmern, sagte Franz sich, als er das Hochhaus mit seiner im letzten Abendlicht rötlich glänzenden Fensterfassade verlassen hatte und die beiden Kartons mit seinen restlichen Geschäftsunterlagen auf dem Rücksitz seines alten Mercedes verstaute. Sein Blick fiel auf die grellbunte Reklametafel einer großen Bank auf der anderen Straßenseite. »Sie sind ein Gewinnertyp«, stand da in großen Lettern. Vor einem pompösen Bungalow, der Franz an die zahllosen Bungalows erinnerte, die er im Lauf seines Lebens hatte verkaufen wollen, und an die wenigen, die er tatsächlich vermitteln konnte, räkelte sich eine Bikinischönheit am Poolrand.
Franz winkte der Schönen zu. Bald, dachte er, schon wieder zuversichtlich. Sehr bald sogar. Seine Zuversicht war es, die ihn in Schwung hielt. Zuversicht und die Tatsache, dass er immer wieder auf die Füße fiel, statt unterzugehen wie etliche andere in seinem Beruf. Und naturgemäß sein trotz aller Niederlagen nie endender Traum, einmal am Ziel anzukommen.
Vielleicht, nein, ganz bestimmt schon demnächst.
Texanischer Ölmillionär – also Geld wie Heu, dachte Franz, als er an einer Ampel halten musste. Die Familie von altem Adel mit Wurzeln in Mecklenburg. Wahrscheinlich war dem Kerl der Name von Sand sogar noch geläufig, schließlich gingen die adligen Gutsherren von damals ja nicht nur gemeinsam auf die Jagd.
Er nahm die rechte Hand vom Steuer und legte sie auf die schwarze Aktentasche auf dem Beifahrersitz, in der seine Unterlagen für das geplante Feriendorf, diverse Prospekte und einer der schönsten Bildbände über Rügen sowie sein Flugticket lagen. Selbstverständlich würde er sich langsam an diesen texanischen Mister herantasten müssen. Ihn nicht gleich mit seinem Projekt überfallen. Ihm erst einmal die Insellandschaft, ihre

Natur und Atmosphäre schmackhaft machen und dann nach und nach auf die Möglichkeiten zur touristischen Erschließung des Gebietes Wittow im Norden und den winkenden Gewinn aus einer derartigen Ferienanlage kommen. Franz hatte sich seine Strategie genau überlegt und sogar schriftlich skizziert, denn diesmal *musste* es klappen! In meinem Alter, dachte er, mit achtzig, kann ich doch reif für die Insel sein, oder?
Nur kurz wurden diese erfreulichen Überlegungen vom plötzlichen Gedanken an seine widerspenstige Mutter getrübt.
Ach was!, sagte Franz sich, während sein linker Fuß im Takt zur »It is my way«-Melodie aus dem Autoradio wippte. Sophies Starrsinn wird letztlich dahinschmelzen, wenn ich ihr diesen Goldjungen von altem Adel präsentiere.
Er winkte einer anderen Reklametafel am Straßenrand zu, auf der ein Reisebüro mit dem endlosen weißen Strand von Mauritius lockte.
Bald!

Zu diesem Zeitpunkt, als sein entfernter Cousin Peter sich in München seiner Verzweiflung und seinem Kopfschmerz überließ – als dessen Frau Marijke das Innere ihrer Villa am Rand von München ruhelos durchmaß und an eine ganz bestimmte Zeit und ihre Folgen in ihren damals noch ehelosen Jahren zurückdachte – als sein Großonkel Franz sich wieder einmal ganz oben auf der Welle seiner bis dahin mehr oder weniger glücklosen Träume befand und eher falsch als melodisch auf das, was hinter ihm lag, pfiff, also auch auf seine Penthouse-Wohnung hoch über Frankfurt am Main –, zu diesem Zeitpunkt also stand Walter von Sand am offenen Fenster seiner Wohnung in einem grauen, tristen Plattenbau am Rand von Weimar und sah zu, wie die allerletzten Anzeichen der Abendsonne dieses Septembertages hinter einem anderen, ebenso grau und trist wirkenden Plattenbau verschwanden. Er hörte die

Geräusche von der Straße bis hoch in den fünften Stock. Durch die dünnen Wände hörte er den Streit seiner Nachbarn in der angrenzenden Wohnung und das Plärren eines Kinder in der Wohnung auf der anderen Seite. Durch den Straßenlärm hindurch hörte er irgendwo einen Vogel singen. Er hörte, dass hinter ihm im Zimmer sein Sohn René und sein Vater Heinrich angeregt über irgendetwas redeten und immer wieder auflachten.

Er verspürte ein Gefühl von Verlust und Trauer, weil er selbst diese Art von Verbindung mit seinem Sohn längst verloren hatte. Plötzlich konnte er sich nicht mehr daran erinnern, wann er das letzte Mal mit René gesprochen oder ihn umarmt hatte. Den ganzen Sommer über war der Junge auf der Insel gewesen und erst vor ein paar Tagen mit Heinrich zusammen zurückgekommen.

In dieser Zeit bei Sophie war er ein gutes Stück gewachsen, waren seine Wangen schmaler, sein Blick noch wachsamer geworden. Am Morgen hatte Walter seinen Sohn heimlich durch den Türspalt im Badezimmer beobachtet, wie er sich den Flaum auf seiner Oberlippe abrasierte. Dieser Junge, gerade mal vierzehn Jahre alt, sah in diesem Moment der Konzentration aus, als hätte er Pläne und Ziele für ein ganzes Leben – also genau das, was ihm, seinem Vater, fehlte, wozu er nicht fähig war. Wie konnte er auch, bei über vier Millionen Menschen ohne Arbeit in Gesamtdeutschland und dieser unerträglichen Situation im Osten, der noch zwischen Euphorie und Tristesse und schon zwischen Rebellion und Fatalismus schwankte.

Und da hatte er, Walter, beschlossen, seinem Dasein hier in Weimar ein Ende zu bereiten.

Wieder horchte er. Ihm war, als wäre er allein, als würden alle diese Geräusche draußen und die beiden Stimmen hinter ihm im Zimmer die Glocke, die ihn seit geraumer Zeit einschloss, nur am Rande streifen.

»Ich hau ab«, sagte er plötzlich und drehte sich zu dem Sofa mit

Heinrich und René um. »Ich geh rüber … in den Westen. Und dann noch weiter weg.«
Er blickte in die überraschten Gesichter der beiden Menschen, die ihm am nächsten waren, und brach dann in hysterisches Gelächter aus, während ihm die Tränen übers Gesicht rannen.

X

Der alte Mann saß, zusammengekrümmt und erschöpft von der rasenden Flucht vor den Gespenstern seiner Vergangenheit, am Rand der Steilküste, da, wo im letzten Winter ein stürzender Baum mit seinen in den weichen Boden gekrallten Wurzeln ein großes Stück Erdreich mit sich in die Tiefe gerissen hatte. Der Rand war nachgiebig und bröckelig, und Adam wühlte seine noch immer zitternden Hände in das kühle Weiche, knetete feuchte Erde und Wurzelstückchen zu kleinen Ballen. Sein Blick irrte über die See, die an diesem stürmischen Tag im Frühling so aufgewühlt war wie sein Inneres, hielt sich am Horizont fest, wo sich Himmel und Wasser berührten, beide vom heftigen Wind zu stumpfem Graublau verfärbt. Die schmale, kaum sichtbare Trennungslinie wurde unterbrochen von einem einzelnen Schiff mit hohen Aufbauten, das sich unendlich langsam vorwärtszubewegen schien.

Der alte Mann atmete schnell und flach, um den Schmerz in seiner Brust erträglich zu halten. Ein Schmerz, der ihn beim Rennen durch den verwilderten Park mit der Wucht eines schweren Hammers getroffen hatte und dann zur Faust geworden war, die nun sein Herz zu umklammern versuchte. Adam beugte sich noch weiter vor und dachte daran, dass er sich vor dem Sterben schon lange nicht mehr fürchtete, und wenn es jetzt sein sollte, dann würde er dem Tod eben hier begegnen, an diesem zumindest für seinen knochigen Hintern behaglichen Platz in weicher Erde, mit dem Blick auf die Weite der See und mit dem frischen, würzigen Wind in der Nase.

»Na, mein Alterchen, hast wohl deine Tropfen wieder vergessen«, sagte jemand hinter ihm, und Adam dachte: Bertha, natürlich meine resolute Bertha. Sie und Sophie, diese beiden Frauen in meinem Leben, die machen es mir nicht einmal beim Sterben leicht. Die haben schon damals, gleich nach dem Krieg, ihr Netz ausgeworfen, als ich untergehen wollte, und mich wieder an Land gezogen wie einen müden Fisch.

»Wir brauchen dich im Haus«, sagte Bertha. »Die Kinder kommen bald.«

»Welche, die alten oder die jungen?« Er sah zu ihr hoch und grinste sie schief an. »Der Osten oder der Westen?«

Sie lachte herzhaft; ein plötzlicher Windstoß riss ihr Lachen mit sich.

»Von beiden was. Heinrich und unser René«, zählte sie etwas atemlos auf. »Unsere Kleine, die Bea, ebenfalls. Und natürlich die Rosie.« Sie zog ihre rundliche Nase kraus. »Und der Andrej, du weißt schon, der will diesmal sogar ein paar Tage bleiben.«

Adam nickte. Den Andrej kannte er, gut sogar. Der kam jetzt öfter. Der fühlte sich bei Sophie wie zu Hause, weil sie ihm mit Quark und Sauerkraut gefüllte Blinis vorsetzte, die er sonst nirgendwo mehr bekam. Wenn Sophie jemanden mochte, dann zeigte sie es ihm auch. Und Andrej war einer, den man mögen musste.

»Und Robert kommt ebenfalls. Du weißt doch, das ist der Rechtsanwalt aus Frankfurt. Der Älteste von Franz. Sophie will diesmal unbedingt einen Rechtsanwalt dabeihaben.«

Adam sammelte Spucke in seinem Mund und spuckte sie aus, und der Wind trug seine Speicheltröpfchen gleich einem zarten Schleierchen mit in den Abgrund.

»Rosie kommt?«

Bertha kicherte. »Wegen Heinrich, denk ich mal. Und morgen oder übermorgen kommt dann der Rest von Rosie.« Sie musste selbst über das, was sie da gerade gesagt hatte, lachen. »Ich meine die anderen aus ihrem Chor.« Sie knuffte ihn leicht in die Seite. »Zahlende Gäste, Adam! Solche hatten wir schon seit Jahren nicht mehr im Haus.«

Adam dachte noch immer nach und versuchte sich an diese Rosie zu erinnern. Unter so vielen Gesichtern in Sophies Familie, die Jahr für Jahr im Gutshaus auftauchten, war das gar nicht so leicht, denn die von-Sand-Männer wechselten ihre Frauen anscheinend so oft wie ihre Hemden.

»Ich kenn keine Rosie.«

»Die Frau von Kurt«, erinnerte Bertha ihn. »Kurt, dessen Asche vor fünf Jahren in die Gruft gekommen ist.«

»Ah ja, *die* Rosie!«

Er grinste sie so breit an, dass sie alle seine Zahnlücken sehen konnte, und das war eine ganze Menge, weil er sich seit Jahren weigerte, einen Zahnarzt an sein Restgebiss zu lassen. »Die Rosie, auf die unser Heinrich ein Auge geworfen hat.« Er sah erneut auf die wühlende See hinaus. »Höchste Zeit, dass sich wieder jemand um ihn kümmert. Er geht langsam ein wie eine Primel, denk ich mal. Jetzt, wo der Walter nicht mehr da ist.«

Sie legte ihre warme, starke Hand sachte auf seinen bloßen Kopf, genau auf die empfindliche Stelle, wo sich direkt unter den paar übriggebliebenen Haaren und der Haut sein Gehirn wölbte, weil damals, mitten im Krieg, kein Arzt an ein Stück Stahl gedacht hatte, mit dem man das weggeschossene Stück Schädelknochen hätte ersetzen können. Wenn das Wetter umschlug, spielte diese Stelle verrückt, dann hatte er das Gefühl, sein Gehirn dränge nach draußen, wolle explodieren.

Wieder lachte Bertha, diesmal leise.

»Du hättest gern einen Sohn wie Heinrich gehabt, nicht wahr?«

Adam hob die Schultern; die Bewegung tat in der Brustgegend noch immer etwas weh, ganz leicht nur. Der Schmerz verwehte mit seinem nächsten Atemzug.

»Was brauch ich eigene Söhne oder Enkel. Sophie hat genug davon, da kann sie doch den einen oder anderen, die in Ordnung sind, mit uns teilen.«

»Wär ja 42 auch schon zu spät fürs Kinderkriegen gewesen.«

Sie lehnte sich leicht an ihn. »Wird schon alles seine Richtigkeit haben, auch dass wir all die Jahre bei Sophie geblieben sind.«
»Richtig.«
Sie schwiegen und betrachteten die See und die Himmelswölbung darüber, die ein paar Schwäne, Möwen und Seeschwalben im Flug durchschnitten. Dann half sie ihm auf. »Und jetzt komm, du alter Faulpelz, bevor dein Hintern hier noch Wurzeln schlägt oder sogar anfriert.«

Als Heinrich und René am Nachmittag im Gutshaus eintrafen, waren Robert und Andrej Stoschenkow schon seit Stunden da, hatten nach einem längeren Spaziergang gemeinsam am Strand nach Bernstein gesucht und saßen nun mit Sophie in der Bibliothek, wie Bertha erzählte. Heinrich wusste, warum sie dort auf ihn warteten. Deshalb hatte sie nichts gesagt, als er nach der Begrüßung ebenfalls in der Bibliothek verschwand. René trieb sich nach einem heißen Kakao und einem ordentlichen Stück Streuselkuchen schon wieder irgendwo draußen herum. Unser Kleiner ist verliebt, dachte Bertha mit Wärme, obwohl der Junge nun wirklich kein Kleiner mehr war und das Verliebtsein zur Jugend gehörte wie der Hahn und das Ei zum Huhn. Hoch aufgeschossen, richtig lang, viel länger als der Walter, sein Vater, damals in dem Alter. Lang, zappelig und viel zu dünn, der Kleine. Heinrich, der, noch immer ohne Arbeit, nach Walters Abgang zu seinem Enkel in die Wohnung in Weimar gezogen war, weil der Kleine dort in die Schule ging, also der Heinrich sorgte bestimmt gut für ihn, der liebte seinen René, der würde alles für diesen Jungen tun. Aber was waren die Kochkünste eines Mannes, der schon viel zu lange allein lebte, gegen die Küche einer Frau! Kaum der Rede wert, bestimmt nicht mal ein Pfefferkorn wert, sagte Bertha sich und schob den gewaltigen falschen Hasen aus Hackfleisch, hartgekochten Eiern und Gemüse fürs Abendessen in den Backofen. Nun noch die Kartoffeln auf den Herd stellen, dann den Tisch decken. »Wir essen wie immer in der Küche«, hatte Sophie am Morgen gesagt. »Wir sind ja Gott sei Dank nicht so viele wie sonst über die Feiertage. Aber nimm das gute Geschirr – wegen dem Andrej.«

Andrej! Ein schöner Name, dachte Bertha. Und wie Sophie diesen Namen auf ihrer Zunge zergehen ließ. Überhaupt, wie sie über den Andrej sprach. Diese Wärme hatte sie in ihrer Stimme nur, wenn sie über Heinrich, René, Bea und den einen oder anderen aus der Familie redete, der ihr noch nahe war. Kein Wunder, sagte Bertha sich. Ihr selbst gefiel dieser Russe ja auch. Ein gutaussehender, sauberer Mann mit feinen Manieren, das war er schon, als er zum ersten Mal auf die Insel gekommen war, um die Leute kennenzulernen, die seinem im Krieg gefallenen Vater auf ihrem Grund und Boden einen Platz gegeben und auch noch Jahrzehnte nach dem Krieg nach seinen Angehörigen gesucht hatten.

Sophie, die Andrej in die Familiengruft begleitet hatte, hatte seine Tränen gesehen. Tränen, obwohl er seinen Vater gar nicht gekannt hatte, weil er erst nach dessen Tod geboren worden war. »Ich kann mich nicht erinnern, dass einer meiner Söhne je um seinen Vater geweint hat – und sie haben ihn gekannt«, hatte sie damals gesagt.

Aber Andrejs sichtbare Rührung in der Gruft, in der sein Vater seit 1944 ruhte, war nicht der einzige Grund, warum Sophie diesen Mann, der etwa im Alter ihres Enkels Heinrich war, mochte. Sie verstand sich einfach blendend mit ihm. Wenn sie miteinander redeten, in einem Kauderwelsch aus Deutsch, Russisch und Französisch, dann blühte sie regelrecht auf, dann klang ihr Lachen so hell und herzlich wie schon lange nicht mehr, dann röteten sich ihre Wangen sachte, und ihre Augen blitzten so blau, grau und grün wie die See an manchen schönen, aber kühlen Sommertagen. Seit ungefähr drei Jahren kam der Russe nun ab und zu auf die Insel, um seine Hand auf den steinernen Sarg mit den Gebeinen seines Angehörigen zu legen und seinen dunkel-melancholischen Blick zum Eingang der Gruft und hinaus auf Sophies Haus und die sanft modellierte Landschaft drum herum zu richten. »Dieses Haus ist wie eine freundliche alte Katze, die sich am Tag vor ihrem Tod noch einmal in der warmen Sonne räkelt und darauf vertraut, dass dieser Moment nie vergehen wird«, hatte er in seinem keineswegs perfekten, aber so wunderbar melodisch klingenden Deutsch auch an diesem Vormittag wieder gesagt, als sie alle am Krimsekt nippten, den er mitgebracht hatte. So etwas Poetisches war Sophie von keinem ihrer Söhne oder deren Nachkommen gewöhnt, das musste ihr ja runtergehen wie Öl.

Außerdem, dachte Bertha, außerdem hat die gute Sophie schon immer was übriggehabt für das Russische. Mit den paar Fremdarbeitern, die damals, in den dreißiger Jahren, auf dem Gut aushalfen, mit denen hatte sie sich ebenso prächtig verstanden wie später mit den Zwangsarbeitern. Und dann der Pianist, der Sergej! Mit dem hatte sie ganze Nächte zusammengesessen und sich von ihm Geschichten erzählen und Lieder vorsingen lassen. Und dann war sie mit ihm einfach auf und davon – für ganze drei Monate! Beinahe wäre es mit den beiden etwas geworden, aber nur beinahe, denn der Sergej war dann umgekommen. Und das ausgerechnet in Afrika, wo kein Mensch hinkam, um mal ein paar Blumen auf sein Grab zu legen.

Noch einen, den Jakob, hatte es in diesen Jahren vor dem Krieg gegeben, der Sophie nahegekommen war und mit dem es etwas hätte werden können. Auch ein aufrechter Mann mit guten Manieren. Dem war nicht anzusehen, dass er kein Arier war. Und ein guter Arbeiter war er, dieser Jakob. Das Gut brauchte endlich wieder einen Mann, da lag nach Adalberts Abgang einfach zu vieles brach, was Sophie und die anderen nicht allein schafften. Die Pferdezucht zum Beispiel. Auch um die hatte Jakob sich gekümmert. Das war zu der Zeit, als Franz mit seiner Schauspielerin und mit seinen Parteigenossen hier auf Dis-

telitz aufkreuzte, also kurz vor Kriegsbeginn. Und Franz brauchte den Jakob nur anzusehen, um Bescheid zu wissen.
»Ts,ts«, machte Bertha bei dieser Erinnerung. Wieder eine Tragödie mehr in Sophies Leben. Und gleich danach war die Familie dann endgültig auseinandergebrochen. Ihrem Sohn Franz hatte Sophie das Haus verboten. Seine Brüder schwirrten ja längst in der Weltgeschichte herum. Und dann, als sie alle ihre Mutter bis auf den letzten Pfennig geschröpft hatten, gab es für sie wohl keinen Grund mehr, noch einmal nach Distelitz zu kommen. Zurück blieb das ausgeblutete Gut. Und eine Sophie, die sich zuerst – heimlich und an Berthas Schulter – die Augen ausgeweint hatte und sich dann einen noch dickeren Eispanzer zulegte als damals, nachdem ihr Adalbert verschwunden war.

Gut, dass der Andrej diesmal länger als nur ein paar Stunden bleiben wird, überlegte Bertha, als sie den Tisch für das Abendessen deckte. Gut fand sie es inzwischen auch, dass Robert einmal ohne seine Lucia und die jetzt zweijährigen Zwillinge gekommen war; die kleinen Racker hätten nicht nur ihre Eltern, sondern auch alle anderen auf Distelitz in Atem gehalten. Und Sophie war nach den wie immer turbulenten Tagen über Weihnachten und Neujahr einfach noch nicht richtig zur Ruhe gekommen. Wie oft hatten sie in den vergangenen Wochen nachts zu dritt oder mit Heinrich, der wieder mal für ein paar Tage zum Reparieren auf der Insel war, in der Küche gesessen und über alles Mögliche und schließlich über die von Sophie beschlossene Lösung für Distelitz diskutiert. Und obwohl nun alles seinen Weg ging, waren Sophies Sorgen allem Anschein nach nicht kleiner geworden.
Auch Walters Verschwinden machte ihr zu schaffen, selbst wenn das nun schon über ein Jahr her war. »Ich steige aus«, hatte er erklärt, als er zum letzten Mal ins Gutshaus gekommen war. »Ich halte es nicht mehr aus – nicht mehr hier im Osten, nicht im Westen, vor allem aber nicht in diesem vereinigten

Deutschland. Ich muss weg. Ich bin leer, ausgehöhlt. Ich habe nichts mehr in meinen Händen. Ich weiß nicht mehr, wer ich bin und wo ich stehe. Um mich herum zerfällt alles.«
»Was meinst du mit ›zerfällt alles‹?«, hatte Sophie gefragt. Und er hatte geantwortet: »Es gibt keine Ordnung, keine Gemeinschaft, keinen Zusammenhalt mehr!«
»Keine Ordnung?« Sie hatte ihn und dann sie, Bertha, und Adam groß angesehen.
»Verstehst du denn nicht?« Walter hatte geseufzt.
»Nein«, hatte Sophie gesagt. »Aber ich hab schon immer was gegen Diktaturen gehabt, wie du weißt. Und wir *hatten* bis 89 eine Diktatur, die mir vorschreiben wollte, nach oder in welcher Ordnung ich zu leben hatte. Das hat mir oft, sehr oft nicht gepasst, das kannst du mir glauben, Junge!«
»Ich weiß. Aber auch eine verordnete Ordnung ist wichtig und gut.«
»Schön und gut, sofern sich jeder an die Regeln hält und nicht versucht aus der Reihe zu tanzen«, hatte Bertha sich trocken eingemischt. Walter hatte sie der Reihe nach angesehen und dann gesagt: »Wir haben deshalb ganz gut gelebt, weil wir immer wussten, woran wir mit unserer DDR waren. Wir wussten, was wir hatten und was nicht, und mit diesen Tatsachen haben wir uns arrangiert. Keiner von uns hat sich mehr leisten können als sein Nachbar oder seinen Trabi schneller bekommen als die anderen. Jeder hat da zugepackt, wo es etwas zu tun gab. Wir wussten einfach, dass wir uns aufeinander verlassen konnten. Das nenne ich Ordnung und Gemeinschaftsgefühl. Und diese beiden Werte sind mit der Wiedervereinigung verlorengegangen. Versteht ihr, deshalb muss ich weg!«, hatte er gerufen. »Nicht morgen oder übermorgen, auch nicht im nächsten oder übernächsten Jahr. Jetzt!«
»Warum jetzt?«, hatte Sophie leise gefragt. »Was befürchtest du zu verlieren, dass du nicht wartest, bis dein Sohn erwachsen genug ist, um allein zurechtzukommen?«

»Weil ich Angst habe!«
»Wovor denn Angst, Junge?«
Wieder hatte Walter sie der Reihe nach angesehen, regelrechte Verzweiflung im Blick, und dann gesagt: »Ich fürchte mich davor, ebenso egoistisch zu werden wie die da drüben.«
»Es gibt kein ›drüben‹ mehr«, hatte sie ihn überflüssigerweise erinnert.
Und Walter hatte gesagt: »Wenn ich in diesem vereinten und tiefer denn je gespaltenen Deutschland bleibe, werde ich vielleicht ein … ein zweiter Franz!« Er schüttelte sich. »Davor graut mir!«
Eine Weile hatten sie alle nur dagesessen und sich ihre eigenen Gedanken gemacht. »Aber wohin?«, hatte Sophie schließlich gefragt, und Walter hatte mit den Schultern gezuckt und über sie hinweggesehen, mit leerem Blick. »Dein Sohn …«
»Für René ist gesorgt!«, unterbrach er sie so heftig, dass ihr noch geöffneter Mund zuklappte wie eine Muschel. »Er hat seinen Großvater. Und Heinrich ist ihm von Anfang an mehr Vater gewesen, als ich das jemals sein könnte.«
»Aber wo«, hatte Bertha das darauffolgende unbehagliche Schweigen beendet, »wo willst du finden, was du suchst?«
Er hatte geantwortet: »Ich weiß es nicht. Ich werde suchen müssen. Vielleicht habe ich Glück. Vielleicht finde ich irgendwo auf dieser Welt tatsächlich einen Ort, einen Platz, an dem ich wieder ich sein kann.« Walter hatte sie angesehen, ernst, mit düsterem Blick und schweigend und dann den Kopf gesenkt und gerade deshalb auf die anderen furchtbar einsam und verloren gewirkt. Bertha hatte angefangen zu heulen, Sophie saß mit versteinerter Miene da und guckte irgendwohin, und Adam hatte auf seinem Pfeifenstiel herumgekaut wie ein Wilder.
Schon am nächsten Tag hatte Walter das Geld, das Sophie ihm zugeschoben hatte, und die belegten Brote und Äpfel, die Bertha ihm zusteckte, in seinen Rucksack gepackt und war di-

rekt von der Insel aus losgezogen. Und Sophie hatte zu Bertha gesagt: »Eine ganze Weile hatten wir hier im Osten unsere Ruhe, jeder ist an seinem Platz geblieben, und ich dachte schon, jetzt ist Schluss damit. Aber jetzt bricht sie auch hier aus, diese von-Sand-Unruhe. Er hat sie ebenso im Blut, der Walter, wie meine Söhne und die meisten ihrer Söhne. Sie treibt ihn. Aber wahrscheinlich wird auch er nie finden, was er sucht. Und nie zufrieden sein können. Das ist der wirkliche Fluch unserer Familie«, hatte sie bitter hinzufügt.

Vielleicht wird sie heute mal schlafen können, weil der Andrej sie auf andere Gedanken bringt, dachte Bertha hoffnungsvoll und horchte einen Moment lang auf das freundlich klingende Stimmengemurmel in der Bibliothek, die direkt neben der Küche lag. Gut so, sagte sie sich und rückte die alten Stühle um den großen Tisch zurecht, mit denen schon Generationen von Sands waghalsige Kippversuche unternommen hatten und die nun knarrten und leicht wackelten. Automatisch strich sie mit ihren Fingern die Tischkante entlang, an denen Sophies Jungen damals und später die Urlauber von der Gewerkschaft und seit einigen Jahren nun die jüngeren Nachkommen in der Familie heimlich ihre ersten Taschenmesser ausprobiert hatten. Sie dachte auch an die angeschlagenen Stellen an Bechern und Tellern, die sie hinter ihrem und dem Rücken von Sophie mit Zähnen oder Fingernägeln größer geschabt hatten, wenn das Essen nicht schnell genug auf den Tisch gekommen war. Auf das Essen hatten sie alle gewartet wie hungrige Wölfe und sich ebenso gierig draufgestürzt, wenn es endlich gebracht worden war. Noch heute trieb sich zum Beispiel Franz mit Vorliebe in der Küche herum und schnupperte in Töpfe und Pfannen. »Wo findet man das denn noch, Kochen auf dem Holzherd!«, sagte er manchmal und zuckte dabei mit seinen Nasenflügeln und mit seiner Oberlippe wie ein flämendes Ross. Aber er sagte auch: »Das Himmelreich ist nichts gegen deinen Schweinebra-

ten, Bertha!« Ja, manchmal, nein, selten, sehr selten konnte sogar Sophies Ältester noch charmant sein.
Sonst war er eher ein Ekel, schon immer gewesen. Ein Theater hatte er jedes Mal gemacht, der Junge, wenn er von Berlin nach Distelitz kam. Und dann diese Nacht auf Neujahr damals. Geschrien und gebrüllt hatte er, dass die Wände nur so wackelten. Sogar das mit dem Sergej hatte er ihr vorgeworfen, und dass sie sich mit dem Jakob eingelassen hätte, wie eine billige Hure benommen, ausgerechnet mit einem Juden, einem ungebildeten, dreckigen Landarbeiter. Das waren seine Worte gewesen, und da war Sophie schließlich doch der Kragen geplatzt, und sie hatte Franz vor die Tür gesetzt und ein paar Wochen später, also nach ihrer Rückkehr aus der Schweiz, ausbezahlt. Auch die anderen vier hatten ihren Erbanteil bekommen. »Basta, Schluss, aus!«, hatte Sophie damals gesagt. Und auch ihre Stimme hatte geklungen wie vereist.
»Ich als Erbe«, hatte Franz bei diesem ersten Besuch 92 auf der Insel getönt. Ha!, dachte Bertha, da ist Sophie ihm aber ganz schön über den Mund gefahren. Recht hatte sie.
Vorbei, vorbei, sang sie dann lautlos vor sich hin, während ihre Hände hierhin und dorthin flogen, ihre Nase nach den Wohlgerüchen in der Küche schnupperte und ihre Zunge beim Probieren von garendem Gemüse und köchelnder Suppe leise schnalzte. Nach einer Weile sagte sie sich nochmals »gut so!«, aber damit meinte sie nun das Plaudern und Lachen von Sophie, Andrej und Heinrich nebenan, den kräftigen Bratenduft, der die geräumige Küche durchzog, das Geräusch sachte kochender Kartoffeln auf dem Herd, den hübsch gedeckten Tisch, den Blick durchs Fenster und auf ihren Adam und den René, die im Küchengarten ein Beet umstachen, auch das sich langsam nähernde Geräusch eines Wagens in der Auffahrt.

»Ich weiß nicht«, sagte Bea und schleuderte ihren viel zu langen Pony mit einer graziösen Kopfbewegung zur Seite, damit sie mich ansehen konnte. »Von allen Büchern von Irving, die wir inzwischen gelesen haben, gefällt mir sein *Hotel New Hampshire* immer noch am besten. Ich mag den Irrsinn, die Ironie und die Komik darin.«
»Du magst Franny und John und das, was sie miteinander machen«, entgegnete ich. »Weil sie dich an uns erinnern.«
»Du sagst es – Irrsinn, Ironie und Komik. Das ist Leben!«
»Ich mag Bradbury«, gestand ich. »Du weißt doch, das Buch über das Erwachsenwerden.«
Sie betrachtete mich einen Moment lang abschätzend. »Es wird tatsächlich Zeit, dass du erwachsen wirst, Kleiner. Du solltest mehr üben.«
Bea war seit Januar siebzehn, und ich näherte mich rapide meinem fünfzehnten Geburtstag im April – und hatte noch immer das Gefühl, dass meine Cousine mich nicht für voll nahm. Aber ich liebte sie. Und gerade jetzt, da ich Vorbilder für meine persönliche Praxis brauchte, stand mein Vater mir nicht mehr zur Verfügung. Und mein Opa – nun ja, der hatte wegen Rosie mit der Revitalisierung seiner Hormone zu tun und deshalb nicht mehr so viel Zeit für mich und meine Fragen.
Bea schmiss mir einen Schuh an den Kopf. Ich breitete meine Arme einladend aus und sagte: »Du weißt doch, ich liebe dich.« Und musste so sehr lachen, dass ich schließlich zu niesen anfing.
»›Nichts allzu Tantrisches, bitte‹«, begann sie aus unserem Lieblingsbuch zu zitieren.
Obwohl ihre Stimmung nicht gerade mitreißend war, ging es nun hin und her: »›Ich will dich, setz deinen Arsch in Bewegung und komm rüber. – Solange wir es nicht ausprobieren, werden wir nie wissen, ob wir auf immer darauf verzichten können. – Du brauchst keine Angst zu haben. – Ein bisschen Angst habe ich schon. – Aber hör bloß nicht auf. Wenn du auf-

hörst, bring ich dich um! – Ich kann nicht mehr! – Ich weiß, dass du's schaffst!‹« Und so weiter und so fort. Wir hatten dieses Kapitel in Irvings Roman wirklich sehr intensiv und mehr als einmal gelesen und gerade diese eine Szene oft rezitiert. Früher. Aber während Franny und John es im Buch miteinander machten, stand Bea noch immer an den Schrank gelehnt, und ich lag allein auf dem Bett.
Plötzlich hörte Bea auf und betrachtete mich auf eine Art und Weise, bei der ich eine Gänsehaut kriegte. Zuerst wich ich ihrem Blick aus, doch dann sah ich sie ebenfalls starr an. Sie hatte ihre zu Weihnachten noch naturroten Haare inzwischen schwarz gefärbt. Ihre ebenfalls schwarzen Brauen rutschten über der Nase zusammen wie ein dicker Pinselstrich. Und die Farbe ihrer Augen wechselte zwischen Braun und Grün und Gold. Mit ihren rotangemalten Lippen sah sie aus wie ein trauriger Clown. Mir fiel auf, dass sie noch kein einziges Mal gelacht hatte, seit sie angekommen war.
»Du siehst …« Ich machte eine Pause, weil ich unter ihrem seltsamen Blick doch etwas unsicher geworden war und nun nicht genau wusste, was ich sagen oder tun sollte, und beendete den Satz dann mit den lahmen Worten »… irgendwie anders aus als sonst.«
Sie stemmte die Fäuste in ihre Taille und guckte noch düsterer. »Was willst du von mir, Kleiner? Los, spuck's aus!«
Ich starrte sie weiter an, bis ich das Gefühl bekam, dass meine Augen gleich herausfallen würden. Ich schaute kurz in Richtung meiner Fußspitzen, damit sie sich wieder stabilisieren konnten, und dann erneut in ihr Gesicht.
»Ist der Ballon vielleicht schon geplatzt, weil ich mich mit meinen Hormonen nicht beeilt habe?«
Sie sah an mir vorbei.
»Richtig«, sagte sie dann mit einer ganz hohen Stimme. »Ich hab's hinter mich gebracht. Ich bin eine typische Wessi, das heißt, ich bin dir schon wieder einen Riesenschritt voraus, ob-

wohl du seit 89 Zeit gehabt hast, mich einzuholen.« Sie seufzte theatralisch. »Wahrscheinlich werden wir uns nie, nicht einmal in der Mitte treffen können, weil du so ein Ossi-Lahmarsch bist.«
Ich lag ganz still. Ich hielt sogar den Atem an. Hätte ich mich bewegt oder geatmet, wäre die Welt vielleicht untergegangen. So ging nur meine ganz persönliche mit einem Schlag in die Binsen.
»Und ... wer?«, keuchte ich nach einer Weile.
Sie kam näher und setzte sich zu mir aufs Bett. Nicht so nah, dass wir uns berührten, aber ich konnte ihr Gesicht im Profil sehen. Und ich konnte sie riechen. Sie roch nach Frühling, nach Kräutern und nach Chemie. Und auch nach Traurigkeit und Alleinsein.
»Spielt das eine Rolle?«
Ich zuckte mit den Schultern, und sie berührte mich nun doch, das heißt, sie legte mir ihre Hand auf den Arm und ließ sie da liegen.
»Das wird nichts mit uns«, sagte sie. »Entweder haben wir beide zu viele Gemeinsamkeiten, oder wir sind zu unterschiedlich. Mit uns ist das wie mit der Wiedervereinigung.« Sie drehte ihren Kopf zu mir und sah mich mit Riesenaugen an. »Tut mir leid, Kleiner. Ich hab mal gedacht, wir könnten die Kluft zwischen uns überbrücken. Aber es geht wohl doch nicht.«
Ich schluckte an dem Kloß in meinem Hals. Ihre Hand lag schwer auf meinem Arm, darunter spürte ich mein Blut pulsieren.
»Kenn ich das Buch, aus dem du gerade zitierst? Oder ist dieser Quatsch auf deinem eigenen Mist gewachsen?«
Sie kniff mich ziemlich gemein, zwirbelte meine arme Haut und meine paar Härchen zwischen Daumen und Zeigefinger.
»Du Arsch mit Ohren!«
»Gut!«, japste ich. »*Das* kann nur von dir sein. So etwas sagt sonst niemand zu mir.«

Sie ließ sich auf mich fallen, und eine Weile rangelten wir lustlos miteinander. Schließlich hielt ich sie fest und steckte kurz meine Nase in ihre schwarzen und beklemmend nach Chemie riechenden Krauslocken.
»Warum schwarz?«, murmelte ich in ihr Ohr. »Trägst du Trauer?«
Da richtete sie sich abrupt wieder auf und rückte von mir weg. »Von wegen Trauer! Wütend bin ich!«
»Aber warum? Vielleicht, weil du deine Unschuld nun doch ohne mich verloren hast?«
Sie riss ihren Kopf weg. Es musste ziemlich weh getan haben, denn sie sah auf einmal aus, als würde sie anfangen zu weinen. Aber vielleicht glitzerten ihre Augen auch nur deshalb, weil sie wütend war. Sie funkelte mich eine ganze Weile an, dann sagte sie: »Mein Vater ist der größte aller Ärsche mit Ohren. Und meine Mutter ist auch nicht besser – eben eine egoistische Emanze!«
Adam hatte mir gegenüber, als wir das Gartenbeet umgruben und ich mit einem Auge immer in Richtung Auffahrt schaute, schon angedeutet, dass Beas Eltern sich gleich nach Weihnachten getrennt hatten, dass Marijke wieder nach Gouda zu ihren Käse-Leuten gehen und dort Landschaftskunst machen wollte und Bea nach den Osterferien in ein von ihrem Urgroßvater Franz höchstpersönlich ausgesuchten Internat in der Schweiz kommen sollte, um dort ihr Abitur zu machen und den letzten Schliff als künftige »Gutsherrin« zu erhalten. »Dass die beiden sich trennen, das war zu erwarten«, hatte Adam gemeint. »Wenn zwei Leute nicht mehr als den Familiennamen gemeinsam haben, dann sollten sie es bleiben lassen. Peter ist ja nicht der erste von Sand, der das macht.«
»Bea«, hatte ich ihn erinnert, »die Tochter, die haben sie gemeinsam.« Da hatte er mich auf einmal ganz komisch angesehen und etwas gebrummelt, was ich nicht verstanden hatte. Ich ließ es dabei und meinte nur: »Gutsherrin, dass ich nicht lache!

Wo ist denn hier noch ein Gut?« In dem Moment waren Rosie und Bea vor dem Haus aufgetaucht und aus Rosies klapprigem Geländewagen geklettert, so dass ich nicht mehr nachfragte, was er da in seinen nicht vorhandenen Bart genuschelt hatte.

»Das wenigstens haben wir gemeinsam«, versuchte ich meine Cousine jetzt zu trösten. »Mein Vater ist auch weg, schon viel länger als deiner. Und von meiner Mutter hab ich sowieso nicht mehr als ein paar ziemlich lästige Gene mitgekriegt.« Ich tastete vorsichtig nach ihrer Hand, doch sie zog sie sofort weg.

»Lass das!«, zischte sie mich an. »Ich kann im Moment niemanden leiden – auch dich nicht!«

Das war hart, doch ich konnte es verstehen, ich hatte ja ähnliche Erfahrungen gemacht und mich, nachdem mein Vater abgehauen war, ziemlich einsam und deprimiert gefühlt, obwohl Opa da war und ich eigentlich nichts gegen ihn sagen konnte, weil er total in Ordnung war und nicht an mir herummeckerte. Nachts lag ich manchmal stundenlang wach und horchte auf sein Atmen und auf sein Schnarchen im Zimmer nebenan und auf die vielen anderen Geräusche in unserem Plattenbau mit über fünfzig Wohnungen und hauchdünnen Wänden. Ich verfluchte meinen Vater und wünschte ihm alles Mögliche an den Hals, zum Beispiel, dass er bis zu seinem Lebensende allein und auf der Suche nach einem besseren Leben oder seinem Selbst bleiben möge. Wenn ich den Schlaf endlich zu packen bekam, dann rissen mich Schritte irgendwo auf der Straße oder im Gebäude wieder zurück. Jedes Mal war ich dann wieder hellwach, und der Schlaf hing irgendwo an einem Faden, und ich hoffte, dass es die Schritte meines Vaters waren, der kam, um zu bleiben, oder der kam, um mich zu holen.

Aber mein Vater kam nicht. Er hatte die Chance verpasst, dem Frust, der in unserem dem westlichen Aufschwung nachhinkenden Teil Deutschlands der Euphorie auf dem Fuße folgte, zu entgehen. Wir hätten früher abhauen sollen, aber wir waren in Weimar geblieben, untätig, wie festgenagelt, weil Vater sich weigerte, als einer von Tausenden von Lemmingen vielleicht doch Opfer des Kapitalismus und damit des ehemaligen Klassenfeinds zu werden. Er hatte, als er die nur mühsam beginnende Verzahnung von Ost- und Westdenken am eigenen Leib zu spüren bekam, lieber seinen Beruf aufgegeben, als die Geschichtsschreibung der DDR oder die mit der Wende zwangsläufig verbundenen Veränderungen bei uns aus wiedervereinigter Sicht zu überdenken.

Ja, ich war enttäuscht von meinem Erzeuger und darüber, dass er nicht einmal daran gedacht hatte, mich mitzunehmen. Ich wäre vielleicht sogar gern mit ihm gegangen, denn auch in meinem Leben war vieles nicht mehr in Ordnung. In unserer Straße rasierten sich zum Beispiel einige von den älteren Jungen die Köpfe, malten sich Hakenkreuze auf den Schädel und zeigten ihre Klappmesser und Totschläger, wenn sie sich draußen trafen und irgendwo herumsaßen. Als ich im letzten Sommer mit Opa darüber reden wollte, sagte er nur: »Du halt dich da gefälligst raus, Junge! Nazis hatten wir schon in der Familie, auf die können wir gut verzichten.« Ich wusste natürlich, wen er damit meinte.

Inzwischen hatte sich mein erster großer Zorn auf meinen Vater etwas gelegt. Mir war nämlich aufgegangen, dass wir schon länger vor seinem Verschwinden einfach keinen Draht mehr zueinander gefunden hatten. Wahrscheinlich war ich ihm zu schwierig geworden mit meinen Fragen zu und den erwachten Zweifeln an seinen Lebenszielen. Vielleicht hatte ich mit meinen eigenen Wünschen an die Zukunft nur sein Dilemma verstärkt, den für ihn als Lehrer relativ bequemen und sicheren Verhältnissen der DDR nachzutrauern und sich vor den aufregenden Chancen, die die Öffnung nach Westen für unsereinen bedeuteten, zu fürchten. Vielleicht lag unsere locker gewordene Beziehung auch daran, dass ich mit ihm seit Beginn meiner Pubertät eher über Dienstleistungen und Sachwerte verkehrte, als dankbar auf seine Zuwendung und Erziehung zu reagieren.

Mir wurde auch bewusst, dass ich damit begonnen hatte, mich so ziemlich gegen alles abzugrenzen, was für ihn und seine Generation bis vor ein paar Jahren noch lebenswichtig gewesen war, das heißt, ich war nicht ordnungsliebend, nicht fleißig, nicht sauber, nicht diszipliniert, nicht gehorsam, nicht anpassungsbereit. Und ich fühlte mich frei – ein Gefühl, das meinem Vater aufgrund seiner eigenen Erfahrungen suspekt war, um das er mich aber gleichzeitig beneidete.

Was sich nicht legte, war meine Enttäuschung darüber, dass mein Vater sich den Problemen zwischen uns so mir nichts, dir nichts entzogen hatte, ohne uns die Möglichkeit zu lassen, einmal von Mann zu Mann darüber zu reden und vielleicht sogar gemeinsam nach Lösungen zu suchen.

Mit Opa, der noch immer zu den Millionen von Arbeitslosen in Gesamtdeutschland zählte und jetzt mit mir in der Wohnung in Weimar wohnte, weil ich nicht zu ihm nach Erfurt umziehen und die Schule wechseln wollte, kam ich ganz gut zurecht. Aber das war schon immer so gewesen, dass er mir irgendwie näher war als Vater. Er fand meistens die passenden Worte, und wenn mir mal so richtig elend war, dann beruhigte er mich: »Es wird nicht so schlimm werden, René. Es ist bemerkenswert, wie wir Menschen lernen, mit allem zu leben. Und wenn wir nicht durch das, was wir verlieren und vermissen, was wir wollen und nicht haben können, stark werden können, dann könnten wir nie stark werden, oder? – Na also«, sagte er, als ich über seine Worte nachgedacht hatte, und nickte und legte seinen Arm um mich. Da saßen wir dann noch eine ganze Weile nebeneinander auf dem Sofa, und Opa gab mir sein großes kariertes Taschentuch, damit ich mir die Tränen abwischen und den Rotz aus der Nase holen konnte.

An ihrem ersten Tag auf der Insel kam Bea aus ihrer Depression nicht mehr raus, und statt mit mir hockte sie nach dem

Abendessen mit Sophie, Rosie und Bertha zusammen in der Küche. So viele Frauen auf einmal waren mir dann doch zu viel. Ich wollte mich in die Bibliothek flüchten, doch da saßen Opa, Robert, Adam und Andrej Stoschenkow aus Berlin und redeten miteinander über etwas, das ich wohl nicht hören sollte, denn sie verstummten schlagartig, als ich erschien. Ich kannte den Andrej schon von seinem ersten Besuch vor etwa drei Jahren auf Distelitz. Aber damals war er nicht länger geblieben als einen Tag, und den hatte er zum Teil in der Gruft, zum Teil mit einem langen Spaziergang durch den Park und entlang der Steilküste verbracht. Wir hatten uns zufällig am Strand getroffen, wo ich in den vom Frühjahrssturm angeschwemmten Algen nach Bernsteinstücken und vom Wasser ausgelaugten Ästen suchte, und waren eine Weile zusammen weitergegangen. Dabei hatte er mir ein bisschen über sich erzählt, dass er etwa im Alter von meinem Opa und verheiratet war und mit seiner Familie seit kurzem in Berlin-Dahlem lebte. Ich erfuhr auch, dass er früher Offizier gewesen war, die Armee aber aus gesundheitlichen Gründen verlassen hatte, sich für Umweltfragen engagierte und dass er jetzt irgendetwas mit Autohandel zu tun hatte. Mir gefiel, dass er sich so offensichtlich für Rügen interessierte, und da eben weniger für die Sandstrände bei Binz oder den anderen Badeorten an der Ostküste und mehr für die herbe Schönheit von Landschaft und Natur auf Wittow. Und er mochte Sophie und das Gutshaus, was mir natürlich noch wichtiger war. Außerdem war Andrej mir sympathisch, weil er mich nicht wie einen kleinen Jungen behandelte, der keine Ahnung vom richtigen Leben hatte und deshalb noch viel lernen musste – so gingen jedenfalls die meisten erwachsenen Wessis aus dem Clan mit mir und meinen Altersgenossen aus dem Osten um. Und er las sogar Bücher, was die wenigsten Männer in Sophies Familie taten, und kannte eine Menge ausländischer Schriftstellernamen und nicht nur die Fachautoren aus Wirtschaftsmagazinen, wie zum Beispiel mein Urgroßonkel Franz.

Seitdem kam Andrej nun sporadisch nach Distelitz – aber bisher war er immer nur dann gekommen, wenn keiner von den Wessis da war. Und jetzt hatte er eine große Reisetasche und seinen Laptop mitgebracht und eines der Turmzimmer bezogen, was meiner Ansicht nach auf einen längeren Aufenthalt hinwies.
Überrascht war ich auch, weil Robert allein gekommen war. Sonst hingen er und seine Lucia doch immer zusammen. Nun erzählte er, dass seine italienische Frau mit den Zwillingen zu ihren Eltern nach Verona gefahren sei. »Ein paar ruhige Tage will er bei uns verbringen – und noch was anderes erledigen«, hatte Adam mir anvertraut, als wir das Beet im Küchengarten umstachen, während ich auf Bea wartete. Was das, was er noch zu erledigen hatte, betraf, nun ja, ich fragte nicht, ich hätte erstens keine Antwort gekriegt und hatte zweitens was anderes im Kopf, nämlich Bea.
Mit meiner Cousine zusammen war Rosie aus Österreich nach Distelitz gekommen. Und sie erwartete auch noch ihren Chor, der ebenfalls bei Sophie wohnen und am Ostermontag im nahen Altenkirchen singen sollte.
Irgendwie war in diesen Osterferien alles anders als gewohnt. Und weil mir diese Heimlichtuerei von Sophie, Robert, Andrej und meinem Opa in der Bibliothek suspekt war, beschloss ich, ein wachsames Auge auf alles zu haben, was sich in diesen Tagen im Gutshaus so tat. Man konnte schließlich nie wissen, wozu was gut war. Mir wurde zum Beispiel etwas beklommen zumute, als ich mich fragte, ob der Russe womöglich ähnliche Pläne mit Sophies Haus und dem Park hatte wie Franz. Und war Robert bei diesem Treffen als Mittelsmann für seinen Vater dabei, und wollte er Andrej dazu bringen, sein Geld in dieses von Franz geplante Feriendorf zu investieren? Dass der Russe aus einer ziemlich wohlhabenden Familie stammte, das hatte Adam mir schon vor einiger Zeit gesteckt. »Rrrreich ist errr, derrr Rrrusse!«, hatte er gesagt und dieses grollende, typisch

russisch klingende R nachgemacht. Damals hatte ich über Adams Nachsatz »und gut für Sophie« nicht nachgedacht, der konnte alles oder nichts bedeuten. Jetzt fiel er mir wieder ein, und ich überlegte: Was will dieser Andrej Stoschenkow von ihr?

Auf den Gedanken, dass meine Ururgroßmutter etwas von ihm wollte, kam ich nicht. Ich war eben davon überzeugt, dass Sophie alles im Griff beziehungsweise noch immer etwas im Hinterkopf oder in einem nur ihr bekannten Versteck hatte und sich von niemandem, schon gar nicht von Franz und Konsorten oder einem Russen mit Geld einfangen ließ. Aber Vorsicht war besser.

Davor, dass ich mich weiter in derartigen Gedanken verirrte, bewahrte mich Opa. Er erwischte mich, als ich gerade mein Ohr auf das Schlüsselloch in der Küchentür legte und auf das, was Bea und die anderen Frauen dahinter zu reden hatten, zu lauschen versuchte.

»Wo Frauen tratschen, da haben gestandene Männer wie wir nichts verloren«, flüsterte er mir ins Ohr. Opa war rot im Gesicht wie eine Tomate, hatte ein sonderbares Funkeln in seinen Augen und haute mir seine Pranke auf die Schulter, dass ich vor Überraschung fast in die Knie ging. »Komm mit uns in die Unterwelt, Sohn meines Sohnes. Wir ersäufen dort unseren Kummer und begießen unsere Freuden.«

Ich war etwas skeptisch. Ich hatte Opa in der letzten Zeit nicht oft in solch einem gelockerten und trotzdem zielbewussten Zustand gesehen. Außerdem hatte er eine Fahne und schwankte leicht.

»Was meinst du mit ersäufen?«

Er furchte nachdenklich die Stirn, schloss die Augen halb und sah über mich hinweg irgendwohin.

»Wie alt bist du jetzt, Junge?«

»In dreieinhalb Wochen fünfzehn.«

»Also Kummer und Freuden auch in deinem Leben«, sagte er und schob mich vor sich her in Richtung Kellertür. »Kannst du trotzdem ein Geheimnis bewahren?«
»Das kommt drauf an.«
»Gut so, Junge«, sagte er. »Dann haut's ja hin.«
Ich fand, dass mein Opa in Rätseln sprach, und das passte überhaupt nicht zu ihm. Normalerweise wusste ich, woran ich bei ihm war.
»Was haut hin?«
Er lachte kurz auf und schubste mich weiter.
»Ich denke, es wird Zeit, dass du erwachsen wirst.«
»Ich bin erwachsen!«
Ich stemmte mich gegen ihn. Irgendwie bildete ich mir ein, mehr Kraft als er zu haben. Opa war Mitte fünfzig, also ein ziemlich alter Knochen in den Augen eines fast Fünfzehnjährigen. Klar, es gab im Clan ältere Männer als ihn. Franz zum Beispiel. Aber für mich waren jetzt sowieso alle Leute über dreißig so eine Art Tattergreise.
Opa verstärkte seinen Druck auf meine Schulter und schob mich einfach weiter.
»Hast du's schon hinter oder noch vor dir?«, fragte er.
»Äh … hm«, machte ich und überlegte krampfhaft, was er nun wieder meinte.
»Siehst du«, sagte er gut gelaunt. »Dazu brauchst du Männer wie uns.«
Mit Männer wie uns meinte er sich selbst sowie Adam, Robert und Andrej, die im Flur standen und anscheinend schon auf uns warteten.
Opa hielt mich wie ein Karnickel am Kragen meines Poloshirts, das Bea mir zu Weihnachten geschenkt und das ich an diesem Tag extra für sie angezogen hatte.
»Ich habe ihn. Jetzt sind wir komplett, Jungs!«
Ich sah mir die »Jungs« im Funzellicht der Wandlampen an. Andrej, so groß und massig, dass er den schmalen Flur zwi-

schen Küche und Kellertür auszufüllen schien, grinste breit und vielsagend, und Adam kaute, seine Augen bis auf einen schmalen Schlitz zusammengekniffen und fest auf mein Gesicht gerichtet, auf seinem Pfeifenstiel herum. Robert, der seinem Vater Franz äußerlich leider ziemlich ähnlich sah, guckte über mich hinweg und irgendwohin.

Ich drehte mich zu Opa um, dessen Schatten auf der Holzvertäfelung im Flur größer zu sein schien als er selbst. »Ich möchte lieber doch nicht ...«

Was ich sagen wollte, wurde abgewürgt, denn Opa zog meinen Shirtkragen noch ein wenig enger.

»Was denn, willst du etwa kneifen, jetzt, wo der Gaul endlich einen Stall gefunden hat?«

»Nn ... nein«, gurgelte ich.

»Gut so«, brummelte Adam. » Dann können wir wohl loslegen mit dem Begießen der Zukunft.«

Hintereinander stiegen wir die ausgelatschten, glatten Steinstufen hinunter in die weitverzweigte Unterwelt des Gutshauses und landeten im großen Vorratskeller. Adam holte eine Flasche vom guten Apfelschnaps aus dem Regal, und Andrej zog eine Flasche Wodka aus der einen und noch eine Flasche Wodka aus seiner anderen Jackentasche. Opa hatte wie immer sein Taschenmesser in einer seiner Hosentaschen und wusste außerdem, wo Bertha den Landkäse und die letzte aller Hartwürste vom letzten Herbst sowie das frisch gebackene Brot vor immer hungrigen Leuten wie uns versteckte. An Sitzgelegenheiten hatten wir die alte wackelige Gartenbank, eine etwa halbvolle Bierkiste und ein kleines leeres Fass, in dem Sophie in jedem Herbst ihr Sauerkraut ansetzte. Das Fass war leer, auch die meisten Regalbretter. Normalerweise hätten die im Herbst eingelagerten Vorräte und das Eingemachte leicht bis nach Ostern gereicht. Aber das war in der Zeit vor der Wende gewesen.

Am Anfang redeten Opa und die anderen über alles Mögliche, über die Politiker in Gesamtdeutschland vor allem, die es ihrer

Meinung nach noch immer nicht kapiert hatten, dass sich Gemeinsamkeiten einfach nicht aufzwingen und die Mauer in den Köpfen von Ost und West nicht so einfach wegreden ließen. Währenddessen gingen die erste Flasche Apfelschnaps und die erste Flasche Wodka reihum. Jedes Mal, wenn ich sie selbst ansetzte, fixierten mich acht Argusaugen, und deshalb schluckte ich brav. Als der Apfelschnaps und der erste Wodka ausgetrunken waren und Andrej ohne Widerrede auch seine zweite Wodkaflasche köpfte, kam die Rede schließlich auf Sophies Haus und auf Franz, der, so erzählte Robert uns, noch immer versuchte, einen Investor für sein geplantes Feriendorf auf Sophies Grund und Boden zu interessieren.
»Der wird nicht aufgeben, bis ihn eines Tages der Schlag trifft«, prophezeite Adam.
Der Andrej kannte Franz bisher nur aus unseren Erzählungen und mehr oder weniger bissigen Bemerkungen. Jetzt wollte er wissen: »Sturer Bock, sturer Ochse, Ekel, alter Knacker, Schmarotzer, Moralprediger, Sophies Grabstein, Geizkragen – ist dieser Franz überhaupt ein Mensch?«
Robert, Opa und Adam sahen sich an und brachen dann in brüllendes Gelächter aus.
»Alles, er ist einfach alles zusammen!«, keuchte Opa. »Und leider Gottes auch so etwas wie ein Mensch. Aber was für einer!«
Adam sprang plötzlich auf – er, der sich sonst eher bedächtig bewegte, sprang zu meiner und auch Opas Überraschung tatsächlich auf wie, na ja, eben wie jemand, der noch alle Knochen und Gelenke beisammen und noch kein Rheuma und eine heile Schädeldecke hatte und noch nicht Anfang neunzig war. Er schmiss sich regelrecht in Pose, was schon ziemlich komisch aussah, und machte dann Franz nach, das heißt, er stolzierte auf wackeligen Beinen und mit vorgewölbtem Bauch und in den Nacken gelegtem Kopf wie ein Storch durch den Keller und die Regale entlang, schlug mit seinen Flügeln ... äh ... mit seinen

Armen und fegte außer einem Glas mit Gewürzgurken auch eines mit dem guten Brombeergelee vom Brett.
»Ups«, machte er, schaute sich den klebrigen Schlamassel auf dem Boden an und kicherte. »Das wird aber Ärrrgerrr geben! Nicht mit Sophie«, versicherte er ernsthaft und guckte uns auf eine Art und Weise an, die einen neuen Lachanfall erzeugte. »Nurrr mit Frrranz und den anderrren Wessis, die sind nämlich ganz scharrrf auf diese guten Sachen.«
»Rrrichtig!«, stimmte Robert zu, der anscheinend auch nicht so viel vertragen konnte wie ich. » Nurrr mit Frrranz, dem alten Knackerrr!«
»Du gefällst mir, Robert«, sagte Opa fröhlich. »Prost, Cousin!«
Nachdem wir den Glibber und die Glassplitter mit Hilfe von Schaufel und Besen und einem nassen Lappen entsorgt hatten, setzten wir uns wieder. Auch die zweite Wodkaflasche war inzwischen geleert worden, diesmal wieder mit meiner – jetzt allerdings eher sporadisch eingesetzten – Hilfe. Aber da Opa gerade die zweite Hartwurst angeschnitten hatte und sie ohne den entsprechenden Schluck nicht recht rutschen wollte, griff Adam erneut ins Regal und hielt Andrej den nächsten Apfelschnaps unter die Nase.
»Hier, schluck noch einen«, sagte er. »Ist sowieso bald alles deins.«
Ich war inzwischen in einem Zustand, in dem mir der Sinn mancher Worte schon verlorenging und meine Wachsamkeit sich verkrümelt hatte, und deshalb grinste ich den Russen ebenso auffordernd an wie Opa, Robert und Adam. Ich wusste auch nicht mehr genau, warum ich eigentlich hier im Keller saß und nicht mit Bea irgendwo im Haus. Und irgendwann war ich trotz der Menge Hartwurst, Käse und Brot und Sauergurken zwischen Bier und Schlucken aus Andrejs Wodkaflasche so betrunken und derart selig über das überwältigende Gefühl, mit meinen noch nicht ganz fünfzehn Jahren in die Gemeinschaft

erwachsener Männer, in ihre Rituale und ihre Gedankenwelt aufgenommen worden zu sein, dass ich, an Andrej gelehnt, wegschlief.

Ich erfuhr auch danach nichts von dem, was die anderen ausheckten oder sogar wussten. Bea sagte nichts, Rosie ebenfalls nicht, und auch Sophie und die anderen schwiegen. Robert hatte sich in sein Zimmer verzogen, um an seinem Computer zu arbeiten. Ich horchte an seiner Tür und versuchte – ohne Erfolg – durchs Schlüsselloch auf seinen Bildschirm zu schauen. Als Saufkumpan war er schwer in Ordnung, aber sonst traute ich ihm noch immer nicht über den Weg.
Andrej reiste wieder ab nach Berlin, dafür kam Rosies Chor, ein Haufen fröhlicher, immer summender, singender Leute im Dirndl beziehungsweise im Trachtenanzug. Ihren Auftritt in Altenkirchen ersparte ich mir, denn ich hatte mir eine Erkältung geholt, als ich in der Nacht nach der Ankunft der Sängerrunde in die noch blattlose und in diesen Stunden von einem kräftigen, ganz und gar nicht frühlingshaften Nordostwind gepeitschte Buche gestiegen war, in der Hoffnung, von dort oben in Beas Zimmer im linken Turm sehen zu können. Ich kannte inzwischen vieles an ihr, aber eben noch nicht alles. Sie hatte zu meinem Leidwesen die Gardinen vorgezogen. Dafür versammelte sich Rosie mit ihren Leuten im Park, um den silbrigen Vollmond anzusingen, der sich über der aufgewühlten See zwischen die Sterne gehängt hatte.
In dem Moment, als ich wie Espenlaub zitterte und meinen Ausguck beziehungsweise Horchposten frustriert aufgeben und nur noch in ein warmes Bett kriechen wollte, kletterte Bea zu mir auf den Hochsitz.
»Frühlingsanfang«, tippte sie mit Blick auf die im Kreis herumtanzenden Figuren unter uns. »Fehlt nur noch, dass sie als Nackedeis durch den Park hopsen wie die Irren. Obwohl …« Sie

zog den Kopf ein, und der Wind zerrte an ihren Haaren. »Bei diesem Wind werden sie es wahrscheinlich nicht tun – leider.«
Ich konnte nur nicken. Ich zitterte noch immer und nieste andauernd.
»Du hast mich angeniest, du Arsch mit Ohren«, sagte sie genervt. »Jetzt kriege ich alle deine Bakterien und Viren ab!« Sie guckte kurz von mir weg nach unten zu Rosie und dann wieder mich an. »Du musst mir versprechen, dass ich nicht ohne dich sterben muss, Kleiner.«
Der Mond in ihren Augen hatte plötzlich eine Korona wie die Sonne bei einer Sonnenfinsternis. Ich fühlte mich, als wäre ich in einen Strudel geraten, der mich immer weiter in die Tiefe zog. Ich musste meine Hand ausstrecken und Beas Arm berühren, sonst wäre ich irgendwohin abgestürzt. Ihre Haut war warm unter meiner Haut, und mir war, als würden kleine Blitze durch die Stellen zucken, wo wir uns berührten.
Und dann beugte meine Cousine sich vor und küsste mich – nicht wie sonst, sondern mit geöffneten Lippen. Ich konnte und wollte nicht anders, ich küsste zurück, und der Wind brauste über uns hinweg, durch uns hindurch, er kämmte jeden Gedanken aus meinem Hirn und übertönte jedes Geräusch, sogar das Jaulen und Juchzen von Rosies Chor irgendwo unter der Buche.
»Mannomann«, flüsterte Bea, als wir zwischendurch mal Atem holen mussten. »Du bist der erste Ossi, den ich richtig küsse.«
»Und du meine erste Wessi«, murmelte ich beim nächsten Atemholen.
»Nicht schlecht, oder?«
»Wundert mich überhaupt nicht, bei der gemeinsamen Vorgeschichte, die wir haben.«
»Was hältst du eigentlich von der Vereinigung?«, wollte ich später wissen.
»Du Arsch!«, flüsterte sie in meinen Mund. »Damit haben wir doch schon angefangen.«

Ich holte durch den einen Mundwinkel Atem und zischelte dann: »Es gibt da noch immer gewisse Barrieren zwischen Ost und West.«

»Die schaffen wir auch noch«, quetschte Bea an meiner Zunge vorbei. »Nur nichts übereilen.«

In dieser Nacht – die im Endeffekt nur eine halbe Stunde oder so war, denn der Mond war lediglich eine Handbreit weitergerückt, und Rosie und ihre Leute sangen und tanzten noch immer durch den Park, als wir schließlich aufhörten –, in dieser halben Stunde also holten wir auf dem Hochsitz in unserer Buche zumindest in Sachen Küssen alles nach und auf, was wir uns seit dem ersten Familientreffen 1992 mehr oder weniger bewusst gewünscht und bis zu diesem Moment erfolgreich unterdrückt, das heißt durch Blödeleien verdrängt oder durch literarische Anspielungen vertuscht hatten.

»Wir haben noch viel vor uns«, versicherte Bea mir auf dem Weg über das Kletterseil nach unten. »Aber ich denke, wenn wir so weitermachen, dann können wir in absehbarer Zeit konkret von einer deutsch-deutschen Vereinigung reden.«

Ich hielt ihre Hand und lachte und nieste in einem, als wir über den Rasen und die Terrasse zum Haus rannten, getrieben vom ziemlich kalten Wind und von dieser irrsinnigen Sehnsucht, uns irgendwo im Warmen zusammen zu verkriechen.

»An uns sollten sich die Wiedervereinigungspolitiker in Bonn ein Beispiel nehmen. Wenn die gemeinsam an einem Strick ziehen würden!«

»Stell dir vor, die aus dem Westen küssen die aus dem Osten und umgekehrt.«

»Und der eine steckt den anderen an.«

»O Gott!«, schrie sie. »Etwa so wie wir uns gerade? Dann hätten wir womöglich eine deutsch-deutsche Pandemie!«

Ich blieb einen Moment lang stehen, direkt im gelben Licht, das aus dem Fenster zur Küche auf den noch winterlich bräunlichen Rasen fiel, und küsste sie ausgiebig.

»Ich weiß gar nicht, was du dagegenhast«, krächzte ich danach. »So etwas nennt man doch Einheit, oder?«
Und als wir dann doch und völlig durchgefroren in die Küche kamen, zitterten und niesten wir tatsächlich gemeinsam.
»Na so was«, sagte Bertha, die gerade das Geschirr vom Abendessen wegräumte. Sie musterte Bea und mich interessiert und etwas kühl. Bertha hatte zuweilen diesen Möwenblick, der einem durch und durch ging, auch wenn man nichts Wesentliches angestellt hatte. Allerdings glühte Beas Gesicht ziemlich verdächtig, und auch meines fühlte sich heiß an.
»Ihr beide, ihr macht jetzt, dass ihr in eure Betten kommt – aber getrennt, bitte!«
»Ist doch logisch, dass wir in ein Bett wollen«, meinte Bea auf der Treppe nach oben und genau unter Adeles Bild. »Jetzt, wo wir beide erkältet sind.«
Ich sah mich beim Weitergehen zu unserer Ahnfrau um, ihr Blick, sanft und grüngolden schimmernd wie immer, folgte uns. Auch ihr Lächeln war sanft wie immer. Und irgendwie hatte ich auf einmal den Eindruck, sie zwinkerte mir zu. Ich konnte nicht anders, ich zwinkerte zurück. Mein Lächeln verzerrte sich allerdings, als ich zwei Stufen höher Gottfrieds kühlen, abschätzenden Blick erwiderte. Nur kein Neid, Alter!, dachte ich und streckte ihm kurz die Zunge raus.
Irgendwann später, viel später, als Bea und ich – zumindest kurzzeitig – wieder etwas anderes hören konnten als nur unseren Atem, als Regen auf das Dach platschte, der stürmische Wind mit den lockeren Dachschindeln über uns klapperte und von irgendwoher wilder Gesang in Fetzen wehte, da verriet Bea mir endlich den Grund der Geheimgespräche in der Bibliothek und in der Küche.
»Der helle Wahnsinn«, hauchte ich in ihren Mund.
»Wenn du etwas verrätst, dann …«
»Ich sage kein Wort, Ehrenwort!«
»… dann lasse ich dich am langen Arm verhungern, Kleiner!«

»Wage es!«
»Ich glaube, heute ist der glücklichste Tag meines Lebens«, flüsterte sie mir später ins Ohr.
»Warum?«, fragte ich, obwohl ich mir denken konnte, was sie meinte.
Aber irgendwie war ich wohl doch nicht ganz auf der Höhe oder aus bestimmten Gründen viel höher als auf dieser Höhe, denn sie sagte:
»Weil ich nämlich den alten Kasten nicht mehr erben muss.«

XI

An einem späten Nachmittag im Sommer 99, kurz bevor er mit Lucia und den Zwillingen zum alljährlichen Sommerurlaub bei seiner Großmutter auf Rügen aufbrechen wollte, saß Robert von Sand in Frankfurt an seinem Schreibtisch in der Chefetage der renommierten Kanzlei von Sand & Stein und telefonierte mit seinem Vater Franz, der sich gerade wieder einmal aus beruflichen Gründen auf Gran Canaria aufhielt. Während er durch die breite Fensterfront seines Büros den nur ein paar Gehminuten entfernten Dom betrachtete, über dem eine diesige gräuliche Glocke zu hängen schien, und darüber nachdachte, mit welchem Prunk und Aufwand in dieser mächtigen gotischen Kathedrale einst deutsche Kaiser und Könige gewählt und gekrönt worden waren, unterbrach Robert den Wortschwall seines Vaters gelegentlich mit einem »Ja«, »Nein« oder »Du hast recht«. Dabei hielt er den Hörer mindestens einen halben Meter von seinem Ohr entfernt, denn die laute, aggressive, zuweilen zwischen Zetern und heller Begeisterung schwankende Stimme zerrte an seinem in den vergangenen Monaten ohnehin ziemlich dünn gewordenen Nervenkostüm.

»Da ist doch was im Busch!«, sagte Franz zum wiederholten Mal. »Und wenn meine Nase mich nicht trügt – und das tut sie, wie du weißt, sehr, sehr selten –, dann steckst du da mittendrin!«

»Nein!«, sagte Robert mit Nachdruck, ebenfalls zum wiederholten Mal, und dachte, nicht ganz ohne Triumph und gleichzeitig mit einer ihn nicht gerade angenehm berührenden Spur von jenem Gefühl des Ertapptseins, das ihn seit frühester Kindheit im Umgang mit seinem Vater begleitete: Ja, selbstverständlich stecke ich mittendrin. Und das nicht erst seit gestern oder vorgestern, sondern schon seit gut einem Jahr. Und nicht einmal du mit deiner angeblichen Spürnase hast etwas davon mitbekommen, haha!

»Also warst nicht du es, der sich bei der Bank in Luzern nach dem Verbleib unseres Familienschmucks erkundigt hat?«

»Nein!« Und diesmal sagte er die Wahrheit, denn er hatte sich gehütet, selbst in Genf nachzufragen, schließlich hatte Sophie darauf bestanden, dass der Name der Familie bei dieser Transaktion nicht auftauchte.

»Ich habe doch gewusst, dass der Schmuck noch existiert!« Die Stimme seines Vaters überschlug sich fast. »Unsere gute Sophie hat uns jahrzehntelang an der Nase herumgeführt!«

»Ach ja?«

Franz schnaubte wie ein wütender Stier. »Sie hat uns graben und graben lassen wie die Verrückten, und dabei lagen Adeles Klunkern schon kurz nach Kriegsbeginn in Genf im Tresor dieser Bank!«, schrie er. »Ins Fäustchen hat meine Mutter sich gelacht, wenn ihre Familie im Schweiße ihres Angesichts ...«

»Vater, du«, unterbrach Robert das Gebrüll mit bewusst verhaltener Stimme, eine Taktik, die er sich im langjährigen Umgang mit schwierigen Klienten angewöhnt hatte. Auch diesmal hatte sie Erfolg, denn Franz verstummte schlagartig. »... du hast gegraben, und ein paar andere Verrückte dazu, aber nicht die Familie«, beendete Robert seinen angefangenen Satz. Er wechselte den Hörer in die andere Hand und massierte seine linke Schulter und fragte sich, welcher Teufel seinen Vetter Lukas in Genf diesmal geritten hatte. Ein gutes Gefühl hatte Robert bei dessen überraschendem Besuch vor ein paar Tagen hier in seinem Büro sowieso nicht gehabt. Es wäre ihm lieber gewesen, wenn er sein Wissen über den Verbleib des Schmuckes und vor allem über das plötzliche Interesse eines kapitalkräftigen Käufers an diesem wertvollen Stück hätte leugnen können. Doch Lukas war nicht umsonst Generaldirektor einer der größten Bankhäuser in der Schweiz. Und auch wenn jene kleinere Bank, in deren Tresor Adeles Schmuck seit sechs Jahrzehnten lag, wie alle Banken in der Schweiz sich bestimmt zugeknöpft zeigte, wenn es um Informationen über ihre Kunden und deren Konten an Außenstehende ging, untereinander hatten sie zumindest in den Chefetagen keine Geheimnisse. Also hatte Lukas ihm eröffnet: »Ich weiß alles. Ich weiß, dass Sophie den Familienschmuck im Frühjahr 1940 als Sicherheit für einen sogar für heutige Verhältnisse recht bedeutenden Kredit für eine Privatperson hinterlegt hat.« Lukas hatte einen mehr als seltsamen Laut ausgestoßen. »Zinslos!«, rief er dann mit einer Mischung aus Staunen und Empörung. »Ein zinsloser Kredit! Vereinbart wurde auch noch, dass sie ihren Schmuck jederzeit zurückkaufen konnte, im Falle dass die Bank dann noch nicht selbst auf ihn zurückgegriffen hatte.«

»Und, hat sie?«, wollte Robert wissen.

»Nein, sechs Jahrzehnte lang nicht!«, antwortete Lukas. »Aber jetzt wittern meine Kollegen Geld, das heißt, der Familienschmuck kommt wahrscheinlich schon bald unter den Hammer, wenn Sophie nichts dagegen unternimmt.«

»Ist das alles, was du weißt?«, hatte Robert gefragt und insgeheim befürchtet, dass doch jemand geredet und sich nicht an die Vereinbarung gehalten hatte, die er und die anderen vor einigen Wochen auf Distelitz getroffen hatten. Er dachte auch: Wenn du wüsstest, mein Lieber, wer der Kontakt gewesen ist, der Sophie den Kredit damals ermöglicht hatte. Und unter welchen Voraussetzungen. Doch auch darüber war bei den entscheidenden Gesprächen in der Bibliothek Stillschweigen vereinbart worden. »Das, was damals passiert ist, das geht niemanden etwas an«, hatte Sophie alle Überlegungen energisch beendet. »Nur mich!« Dabei war eine ungesunde Röte über ihr altes und noch immer schönes Gesicht gehuscht, und ihre Augen hatten für einen Moment all das flackernde Glänzen des Feuers im Kamin eingefangen – vor unterdrücktem Zorn.

»Ist das alles, was du weißt?«, hatte Robert seine Frage an Lukas wiederholt. Und Lukas, der wohl extra wegen dieser Angelegenheit nach Frankfurt gekommen war und ihm gegenübersaß, hatte ihn durch seine auffallende Hornbrille unangenehm eingehend gemustert und dann ebenso kühl gemeint: »Wenn du mehr weißt, Robert – und das nehme ich an –, dann solltest du dein Wissen im Interesse der Familie nicht für dich behalten.« Gut, hatte Robert gedacht, ich kann nicht so tun, als wäre ich nicht informiert, also werfen wir dem Löwen einen Brocken hin, gegen den auch Sophie nichts einzuwenden haben kann. »Wenn du die Familiengeschichte kennst – und das setze ich voraus –, dann weißt du auch über die finanziellen Probleme von Sophie und Distelitz in der Zeit vor dem Krieg und bis in die Gegenwart hinein Bescheid. Und ich nehme stark an, dass du auch darüber informiert bist, dass Sophies Mann Adalbert derjenige war, der den Kontakt zur Schweiz aufgebaut hatte. Das heißt, er hat vor seinem Verschwinden immer wieder Geld aus den Erträgen, die das Gut seinerzeit noch erzielte, in die Schweiz referiert – ohne Wissen seiner Frau allerdings. Als Sophie dahinterkam, war dieses Schweizer Konto selbstverständlich schon wieder abgeräumt und das Geld zusammen mit unserem guten Adalbert in Richtung Japan verschwunden.« Er lächelte kurz und freudlos. »Dennoch scheint der Name von Sand in der Bank in Genf präsent geblieben zu sein. Was wohl damit zusammenhing, dass Sophie sämtliche Schulden, die ihr Ehemann auch in der Schweiz hinterlassen hatte, beglich. Und später, als dann ihre Söhne …« Er verstummte. So weit war er noch nicht, dass er seinen eigenen Vater an den Pranger stellte. In Lukas' mausgrauen Augen, die durch die starke Brille besonders groß wirkten und die er nach wie vor fest auf Robert gerichtet hielt, war ein merkwürdiges Glänzen entstanden. »Also unser Adalbert, der Lebemann und Schuft!« Robert hatte mit den Schultern gezuckt und dann in sarkastischem Ton gemeint: »Du als Bankmensch hast wohl eine andere Sicht als wir normalen Menschen auf Angelegenheiten

dieser Art.« Dann fuhr er fort: »Wie Adalbert haben auch seine fünf Söhne stets hohe Ansprüche gestellt. Um ihnen unter anderem Studium, Reisen oder den Start auf einem anderen Kontinent zu ermöglichen, hat unsere gemeinsame Urgroßmutter das einzig wirklich Wertvolle, das sie damals noch besaß, nämlich Adeles Schmuck, geopfert.«
»Eine Million Reichsmark hat sie dafür bekommen!«, hatte Lukas eingeworfen. »Damit konnte man seinerzeit eine Menge anstellen.«
»Richtig, eine Million Reichsmark, Lukas. Für ein historisches Schmuckstück, das Sophie viel mehr bedeutete als dieses Geld.« Von dem sie ohnehin nichts gehabt hat, sondern einzig und allein ihre Söhne, dachte er.
»Schätze, was du heute dafür bekommst.«
»Keine Ahnung«, gab Robert zu. Lukas hatte sich zurück in den Sessel fallen lassen und seine seidig glänzende Krawatte gelockert. »Siebenhundertfünfzigtausend, Mann! Deutsche Mark!«
»Oha!«
»Da bleibt dir die Spucke weg, was?« Lukas grinste breit und zwinkerte ihm zu. »Meine Kollegen haben Collier, Ohrringe und Armband vor kurzem schätzen lassen.« Robert hatte bewusst so getan, als wäre er beeindruckt, und dann gesagt: »Sophie würde den Schmuck auch für weniger nicht zurückkaufen können.« Das Leuchten auf Lukas' Gesicht war schlagartig verschwunden. »Leider nicht. Den wird sich ein anderer unter den Nagel reißen. Es gibt sogar schon einen Interessenten. – Ausländer«, hatte er erklärt, bevor Robert fragen konnte. »Wenn meine Informationen stimmen, einer von diesen russischen Oligarchen.« Lukas hatte sich in seinem Sessel zurückgelehnt und den Kognak, den Robert inzwischen eingegossen hatte, im Glas kreisen lassen, ohne seinen Blick von seinem Verwandten zu nehmen. »Schade, wirklich schade, dass wir als Sophies Familie nichts mehr von dem Geld haben werden, das Adeles Schmuck einbringt, nicht wahr?«

»Wohl eine Folge der Sünden derer, die vor uns waren, Lukas.«
»Was du nicht sagst!«
Eine Weile war das Geplänkel noch hin und her gegangen, dann hatte Lukas sich verabschiedet: »Bis zum nächsten Mal auf Distelitz.«

Heftiges Keuchen und Schnauben von irgendwoher riss Robert aus seinen Gedanken. Er nahm den Hörer wieder auf, den er, ohne es zu bemerken, auf die Schreibtischplatte gelegt hatte.
»Verrückte!«, schrie ihm die Stimme seines Vaters ins Ohr. »Ja, ich!«, brüllte er. »Ich und ein paar andere Verrückte, wir haben auf der Suche nach diesem verdammten Schatz alles umgegraben, was es auf Distelitz umzugraben gab. Aber vergiss nicht, dass ich das im Interesse der Familie getan habe. Doch Undank war schon immer der Welt Lohn!«
»Ja, ja.« Robert hielt sich den Hörer nun doch wieder näher ans Ohr.
»Lügst du mich an, oder hat Lukas dich tatsächlich nicht angerufen?«, fragte sein Vater. »Hat er dich auch gefragt, ob wir als Familie daran interessiert sind, Adeles Schmuck zurückzukaufen? Na, ich jedenfalls nicht! Schließlich will Sophie das Ding vererben.« Seine Stimme nahm erneut einen hysterischen Ton an. »Belogen und betrogen hat sie uns! Hintergehen will sie uns noch immer. Aber das ist typisch für den Osten, sage ich dir, Robert. Nehmen, nehmen, etwas anderes kennen die drüben nicht. Tun so, als hätten sie all die Jahre nicht die Butter aufs Brot gehabt. Guck dir doch nur Sophie an. Unseren Familienstammsitz lässt sie verkommen, dabei hockt sie auf ihrem Geld wie eine Glucke auf ihren Eiern. Und du …«
»Moment mal!«, fiel Robert ihm brüsk ins Wort, aber Franz ließ sich nicht so einfach unterbrechen, wenn er sich einmal in Rage geredet hatte.
Nach einem verächtlich klingenden Schnauben fuhr er fort: »Bist du nun ihr Rechtsberater oder nicht? Und willst du mir

immer noch verschweigen, was sie und ihre schwachsinnigen Freunde diesmal gegen mich ausgeheckt haben?«

Leidest du jetzt auch an Verfolgungswahn?, wollte Robert fragen, doch er hätte in diesem Moment gar nicht reden können, denn er spürte seinen plötzlich schnellen und stolpernden Herzschlag wie einen Hammer hoch bis zum Hals. Herzrhythmusstörungen, hatte sein Arzt ihm bei der letzten Untersuchung eröffnet. Stressfolgen und so weiter. Kein Wunder bei dieser Familie, dachte Robert jetzt und atmete tief durch.

»Ich bin dafür, dass du Sophie selbst zu diesen Themen befragst, Vater.«

»Ha!«, prustete Franz. «Du mit deinen komischen Ansichten von wegen Schweigepflicht und so weiter. Immerhin geht es hier um Familienangelegenheiten. Und ich bin, wie du weißt, der Einzige in dieser Familie, der sich um alles kümmert.«

Robert ächzte. Er musste unbedingt raus aus diesem Büro, raus aus diesem Gebäude, raus aus der Stadt. Vor allem raus aus dem Bannkreis seines Vaters.

Er legte auf. Zum ersten Mal seit langem tat er das ohne einen Funken von Schuldgefühl.

Die Ruhe vor dem Sturm, genauer vor dem sommerlichen Einfall der Familie auf Distelitz, nutzten Sophie und Bertha dazu, sich erste Gedanken über die Einladungen zu diesem bevorstehenden hundertsten Geburtstag am Neujahrstag 2000 zu machen. Zuerst hatte Sophie nichts von etwaigen Feierlichkeiten mit der Familie wissen wollen. Aber Heinrich und Robert, Bertha und ihr Adam hatten einfach nicht lockergelassen. »Denk daran, dass du in Sachen Erbschaft endlich klar Schiff machen musst«, hatte Robert sie erinnert. Schließlich musste Sophie zugeben: »Mich beflügelt doch tatsächlich der Gedanke an die perplexen Gesichter von Franz und etlichen anderen Familienmitgliedern in diesem Moment der Klarheit.«

Am wurmstichigen Sekretär in der Bibliothek auf Distelitz überdachte sie also an diesem schon sommerlich warmen Tag gemeinsam mit Bertha die Liste jener von-Sand-Nachkommen, die sich auf ihren Wunsch in genau sechs Monaten und sechsundzwanzig Tagen auf der Insel einfinden sollten. Bertha hatte die großen Fenster weit geöffnet; von draußen drang der süßherbe Duft frisch gemähter Wiesen ins Innere, dazu das heisere Geschrei der Möwen und das aufgeregte Zetern einer Amsel, die angesichts einer durch den Küchengarten strolchenden Katze um ihr Nest fürchtete.

Bertha starrte auf die endlose Reihe von Namen auf ihrem Schreibblock. »Also, ich hab inzwischen die Übersicht verloren. Bei der Masse blickt ja keiner mehr durch, wer zu wem gehört.«

Sie lächelten sich an, beide mit Lippen, deren Haut so dünn war wie Papier und ebenso trocken und von unzähligen Fältchen umgeben.

Sophie rückte ihre unvermeidliche Nickelbrille, Erbstück ihrer Großmutter, zurecht. »Fangen wir mit den Toten an, die kannst du streichen«, schlug sie vor und griff nach den aktuellen Todesanzeigen. »Seit Ostern wieder drei Jungs weniger. Ein Francisco, einer aus der Carlos-Sippe, vierundzwanzig Jahre alt. Den hat ein Alligator erwischt, als er im Amazonas baden wollte.« Sie lehnte sich in ihrem alten Ohrensessel zurück. »Da war doch erst vor ein paar Monaten die Sache mit einem Omar, der in der Sinai-Wüste auf einen giftigen Skorpion getreten ist, oder? Und dieser Hilmar, einer aus Norwegen, wenn ich mich recht erinnere, der ist samt Surfbrett vor der australischen Küste von einem Weißen Hai verschlungen worden.«

»O Gott!« Bertha stöhnte. »Kannst du nicht endlich mit diesen Schauergeschichten aufhören?«

Sophie kicherte. »Dann erzähle ich dir mal was Lustiges.« Sie nahm ihre Brille ab und rieb sich mit Daumen und Zeigefinger die Nase. »Gestern – oder war's vorgestern? – Na, ist ja egal,

also da kam doch dieser Anruf von drüben. Du weißt schon, aus Amerika.«
»Edward«, sagte Bertha. »Einer von deinen Enkeln. Der war auch 92 schon dabei, mit noch ein paar anderen.«
»Richtig, Edward. Und dieser Edward erzählt von einem Neffen Thomas, der in Boston gerade im Gefängnis sitzt und deshalb in diesem Sommer und auch in den nächsten Jahren nicht mehr zu uns kommen kann.«
»Aha«, machte Bertha. Sie überlegte kurz. »Thomas? War das nicht der ... vor zwei Sommern ...«
»Richtig, der auf der Flucht vor dem FBI.«
»Nee«, sagte Bertha gedehnt, »der Thomas, den ich meine, der ist Clown-Maler. Eins von seinen Bildern steht noch auf dem Dachboden. Das ist das Bild, vor dem sich Roberts Zwillinge so fürchten.« Sie blickte auf ihre Liste und setzte dann den Stift an. »Also welchen Thomas soll ich nun streichen?«
»Streich einfach alle Thomasse.« Sophie sah wieder auf die schwarz umrandeten Karten auf ihrem Sekretär. »Kehren wir zu den Toten zurück.« Sie nahm die nächste auf und las: »Tief erschüttert ... und so weiter ... Jagdunfall in Rumänien. Na, das ist doch mal was anderes, so ein Tod durch Querschläger.«
»Du bist mit den Jahren ganz schön rabiat geworden, meine Liebe«, meinte Bertha.
So ging es weiter und weiter, während sich draußen vor den Fenstern die Amsel wieder beruhigte, die Möwen sich einem anderen Teil der Steilküste zuwendeten und die Sonne den morgendlichen Dunst über der See endgültig vertrieb.
Schließlich schob Sophie die Briefe, Todesanzeigen und anderen Papiere zusammen. Bertha zählte halblaut die übriggebliebenen Namen auf ihrer Liste und stöhnte: »Immer noch vierundfünfzig!«
Sophie betrachtete ihre Freundin über den Brillenrand hinweg; sie war wirklich alt geworden in den letzten Jahren. Ihr rundliches, von Falten und Furchen durchzogenes Gesicht war das

reinste Spinnennetz. Vielleicht sollte ich selbst mal wieder in den Spiegel sehen, überlegte sie.
»Was gibt es da zu gucken?«, wollte Bertha wissen. »Hab ich etwa Dreck auf der Nase?« Sie fuhr sich mit der Hand übers Gesicht. »Wundern würd's mich nicht, weil ich mir doch sowieso den ganzen Tag den Kopf darüber zerbreche, wo wir deine Mischpoke unterbringen, ohne dass sie gestapelt liegen wie die Heringe. Außerdem«, sie furchte die Stirn, »haben wir jetzt kein Gemälde mehr, das du verscheuern kannst. Bis auf Gottfried und Adele sind doch alle Bilder weg.«
»Mach dir keine Gedanken über ungelegte Eier«, unterbrach Sophie sie fröhlich.
»Aber bis zu deinem Hundertsten sind es noch gute sechs Monate«, dachte Bertha laut nach. »Und wer weiß, was in denen noch alles passiert.«

XII

Es passierte tatsächlich einiges in diesen sechs Monaten: Noch vor den anderen, die sich für den Sommer angekündigt hatten oder überraschend eintrafen, kam einer nach Distelitz, der sich bei Sophie bisher noch nicht hatte blicken lassen, nämlich Leopold, einer der Söhne von Kurt, Rosies verblichenem Gatten. Und zwar reiste er in einem ziemlich desolaten Zustand und deshalb liegend auf dem durchlöcherten Rücksitz von Rosies altem Geländewagen an.

Selbst nach einigen Apfelschnäpsen war er nicht in der Lage, persönlich über den Vorfall zu berichten, der ihn ein paar Tage zuvor auf dem von seiner Familie geführten Bauernhof im Salzburgischen ereilt hatte. Also übernahm seine »Viertmutter«, wie Kurts Söhne Rosie, die letzte Ehefrau ihres Erzeugers, zu bezeichnen pflegten, das Erzählen. Immerhin war sie es gewesen, die Leopold auf ihrem Weg auf die Insel gerade noch rechtzeitig aus den Klauen etlicher menschlicher Bestien gerettet hatte.

»Sonst hätten diese Teifi ihn tatsächlich noch erschlagen«, sagte sie, als sie alle zusammen in der Küche saßen und Rosie den eigenen Schrecken ebenfalls mit Sophies gutem Scharfen hinunterzuspülen versuchte.

Sogar Sophie, die schon einiges erlebt und gesehen und gehört hatte, stand der Mund einen Moment lang offen, bis sie ihn wieder zuklappen konnte.

»Was hat er getan – gesoffen, gehurt, gelogen und betrogen, geklaut, das Geld verspielt?«

Und Bertha machte: »Pah!« Und fügte mit gespitzten Lippen hinzu: »Das ist nichts Besonderes, das liegt in der Familie, da-

mit hat der alte Gottfried angefangen, das haben alle Männer der von-Sand-Frauen ihm nachgemacht.«
»Aber deshalb hat man noch keinen von ihnen gleich halb totgeschlagen«, erinnerte Adam sie.
Rosie schüttete sich den Rest aus ihrem Glas in die Kehle, hustete herzhaft und ächzte dann: »Der Poldi ist eigentlich ein ganz Braver, ohne große Ansprüche und so. Nur seine Mizzi will nicht immer so, wie er das will – kein Wunder, bei der Arbeit mit Vieh und Landwirtschaft, in die er eh nur eingeheiratet hat. Nicht einmal zu Silvester hat sie ihn gelassen, wo doch dieser Termin Tradition bei ihnen hat, denn alle ihre Söhne sind genau neun Monate nach Silvester zur Welt gekommen. Also hat er in seinem Notstand eine Partnervermittlung kontaktiert, im festen Glauben, dass dann zu allem bereite Frauen nur so auf seinen Hof strömen würden.«
»Aha!« Bertha unterdrückte ein Lachen. »So auf die Art ›Bauer sucht Frau‹ oder?«
Rosie nickte und legte ihren Arm vorsichtig um den lädierten Stiefsohn. »Aber der Poldi ist nun mal ein Ehrlicher. Also geht der Dummkopf zu einem Rechtsanwalt und fragt, ob der Herr Anwalt nicht ein Scheidungspapier ausstellen könnte, unter der Hand und pro forma, versteht sich, und gegen eine Speckseite und ein paar Würstl und vielleicht noch einen Honig. Der Herr Pfarrer hätte nämlich gesagt, ohne Scheidungspapiere wäre ein Ehebruch eine Sünde. Also hat der Rechtsanwalt geschrieben: ›Sehr geehrte Frau Mizzi von Sand … Ich möchte Sie hiermit informieren, dass Ihr Ehemann mich mit der Bearbeitung seines Scheidungsantrags beauftragt hat. Als Grund hat er sexuelle Uneinigkeiten in Ihrem Eheleben angegeben.‹« Rosie verkniff sich das Lachen nur noch mit Mühe. »Oder so ähnlich, ich hab den Wisch nur oberflächlich lesen können, weil die Mizzi schon wieder auf den Poldi losgehen wollte.« Sie holte tief Luft und strich dem Armen das schüttere Haar aus der Stirn. »Und wie das geendet hat, könnt ihr ja nun sehen.«

»Wie viele Söhne hat denn der Leopold?«, wollte Sophie wissen.
»Ssssiiiwn«, zischelte Leopold durch seinen geschundenen Mund.
»Er meint sieben.« Rosie ließ wieder etwas vom Zahnfleisch über ihren großen Zähnen sehen. Ihre Stimme bewegte sich in verschiedenen Tonlagen, als sie hastig weitererzählte: »Zweimal Zwillinge und einmal Drillinge zwischen elf und acht. Und alle sieben und die Mizzi sind über ihn hergefallen, nachdem der Brief vom Rechtsanwalt angekommen war. Mit Fäusten und Füßen, mit Besen und Forken, einer Schöpfkelle und einem Fleischklopfer wollten sie den Armen fertigmachen.«
Adam schüttelte es, und Heinrich schnaufte und machte ein angestrengt verkniffenes Gesicht und konnte niemanden mehr ansehen.
Sophie biss sich auf die Lippe, richtete aber ihren Blick fest auf diesen weiteren Enkel – oder war er Urenkel? –, der nach der Wende nun in ihr Leben getreten war. Er war ein ganz stattlicher Mann mit den typischen von-Sand-Segelohren, sah jedoch jetzt tatsächlich erbarmungswürdig aus mit seinem blaugeschlagenen Auge, den blutigen Lippen und all den anderen sichtbaren Blessuren.
»Gut, dass du dazwischengegangen bist, Rosie«, sagte sie völlig ernst, während es in ihren Augen wetterleuchtete. »Wir hätten nämlich in der Gruft keinen Platz mehr für ihn gehabt.«
Rosies Blick war leicht verschwommen, als sie sich an Heinrich, der auf der anderen Seite neben ihr saß, lehnte.
In diesem Moment stand der Geschlagene schwankend auf, verneigte sich vor Sophie und sagte mit schwerer Zunge: »Isch bin der Leopold – Leopold von Schand.«
»Wie schön.« Sophie prostete ihm zu. »Ich bin Sophie von Sand und allem Anschein nach deine Urgroßmutter. Willkommen auf der Insel.«
»Oh!«, machte Leopold, setzte sich wieder und hob sein Glas.

»Habe die Ehre.« Dann verdrehte er die Augen und kippte gemächlich zur Seite und rutschte ebenso langsam unter den Tisch, die Hand mit dem Glas noch immer erhoben, wie ein Ertrinkender, der gerade seinen letzten Schluck genommen hatte.
»Trottel«, sagte Rosie, aber es klang durchaus freundlich.
»Ich weiß nicht, Rosie …«, fing Heinrich an, als sich das brüllende Gelächter in der von allen möglichen guten Gerüchen durchzogenen Küche etwas beruhigt hatte.
Rosie wischte sich die Tränen vom Gesicht. »Was weißt du nicht, Heinrich?«
Er grinste fröhlich in die Runde. »Also, wenn alle Frauen in Österreich so rabiat vorgehen wie diese Mizzi auf dem Hof vom Poldi, dann muss ich mir das mit dem Heiraten doch noch mal überlegen.«
»Überleg nicht«, riet Bertha trocken, »greif einfach zu. Die Folgen werden wir dann gemeinsam tragen.«
»Überleg dir aber, ob du die Rosie auch wirklich behalten willst«, meinte Adam zwischen zwei Kauattacken auf seinen Pfeifenstiel. »Bis zum Ende, meine ich. Denn aus dem Alter für eine Scheidung, die bei euch von-Sand-Männern eigentlich gang und gäbe ist, bist du mit deinen bald sechzig schon raus.«
»Fackel nicht lange, Heinrich«, sagte Sophie und goss die Gläser erneut voll. Sie prostete ihm zu. »Es gibt nur eines, was genau wie der Tod nicht rückgängig gemacht werden kann: nämlich vergeudete Zeit.«
»Na also.« Heinrich grinste noch breiter, seinen Arm um Rosie gelegt. »Dann ist ja alles in Butter.«

Nun war es also ausgesprochen, was die Spatzen ohnehin schon länger von den Dächern pfiffen. Und weil kurz darauf Robert und Lucia aus Frankfurt mit ihren Zwillingen eintrafen, ging in dieser Nacht das Licht in der gemütlichen Küche des alten Gutshauses lange nicht aus, während der runde, vollkommene Mond kühl und hochmütig über der See und später in den Bäumen entlang der Steilküste und noch später über Land hing. Und der frische Ostwind kämmte die Zweige und das Laub der großen Buche, während sich die Spinnweben auf dem Dachboden im Luftzug, der durch die gerissenen oder zerbrochenen Schindeln strömte, gleich Geistern der Vergangenheit sachte bewegten und die Mäuse in der Remise Sophies alte Matratze auf dem rostenden Eisenbett auf der Suche nach Fressbarem durchraschelten und die Hühner im Verschlag nebenan im Schlaf manchmal leise gackerten. Irgendwann am späten Abend hatte auf dem Tischchen im Foyer das vorsintflutliche Telefon eine Weile beharrlich geklingelt, doch das hatte niemand in der Küche so richtig gehört oder hören wollen. Denn das, was dort am großen hölzernen Tisch mit seinen hundert oder mehr vernarbten Wunden, die ihm die Taschenmesser verschiedener Generationen geschlagen hatten, in dieser Nacht beredet und belacht wurde, war eben wichtiger als alles andere auf der Insel und dem Rest der Welt.

In Frankfurt am Main hatte Franz um diese Zeit den Telefonhörer aufgelegt und starrte nun frustriert aus dem schrägen Dachfenster seiner engen Wohnung im ausgebauten Dachgeschoss eines schäbigen Reihenhauses aus den fünfziger Jahren auf den runden, vollkommen wirkenden Mond, der den über der Stadt von Abgasen verschleierten Himmel durchzog. Er betrachtete die dunklen Schatten auf dem grauweiß wirkenden Gelb, die – selbstverständlich! – nur Krater oder bergähnliche Erhebungen sein konnten und nicht etwa städteähnliche Bebauungen, und fragte sich nicht zum ersten Mal, ob er diesen sporadisch auftauchenden Zeitungsmeldungen über Ankäufe von Grundstücken auf dem Mond – oder war es der Mars? – nicht doch einmal nachgehen sollte. Gleichzeitig ärgerte er sich über seine Mutter, die das Klingeln ihres altertümlichen Telefons entweder überhört hatte oder nicht hatte hören wollen, und sagte sich, dass er sich bei diesem nächsten Besuch auf der Insel darum kümmern musste, dass sie sich endlich ein Handy besorgte, um immer erreichbar zu sein. Schließlich ging es schon bald ums Eingemachte, und er konnte ja nicht überall gleichzeitig sein. Vor allem aber ärgerte er sich über den texanischen Ölmillionär, der sich einen Scheißdreck darum scherte, dass er einen namhaften deutschen Immobilien- und Finanzberater mehr als drei Jahre lang an der Nase herumgeführt hatte, bevor er ihm seinen Entschluss, seine Dollars lieber in eine Urlauberdestination in der Karibik statt in ein Feriendorf auf einer in den USA völlig unbekannten Ostseeinsel namens Rügen zu investieren, schriftlich mitteilte. Schriftlich! Diesen Wisch hatte Franz heute am Morgen in seinem Hotel auf Teneriffa übergeben bekommen. Not more interested, sorry!

Aber was soll's, sagte er sich. Schließlich hatte er nicht nur einen Trumpf im Ärmel. Da gab es zum Beispiel diese erst kürzlich ins Geschäft eingestiegene ungarische Investmentgruppe, mit der er seit einigen Wochen in Kontakt war. Zum Glück hatte er noch am frühen Nachmittag einen Platz im nächsten Flugzeug nach Frankfurt ergattern können, Business Class selbstverständlich. Für den Wechsel aus der zum Bersten vollen Economy Class in den Bereich mit bequemen Sitzen und Fußfreiheit hatte sein dramatisch inszenierter Anfall von Atemnot und Herzbeschwerden gesorgt, darin hatte er nach seinen diversen Flugreisen in den vergangenen Jahrzehnten einiges auf Lager.

Seit dem Abend war er also wieder in seiner Wohnung. Und seit ungefähr vier Stunden liefen auch die Telefondrähte wieder heiß, diesmal in Richtung Ungarn. Franz hatte jetzt einfach keine Zeit mehr zum Vergeuden übrig, denn nicht nur die Grundstückspreise hatten auf Rügen mittlerweile drastisch angezogen, auch die Baubranche im Osten war langsam, aber sicher anspruchsvoll geworden, was die Höhe von Löhnen und geregelte Arbeitszeiten anging.

Er sah auf seine Armbanduhr, ein billiges Ding, Plastik und ohne Firmennamen. Seine teure Rolex band er nur um, wenn er geschäftlich unterwegs war. Oder wenn er auf die Insel zu Sophie und damit in den Kreis seiner Verwandtschaft fuhr, da achtete er im Auftreten und auch in seiner Kleidung darauf, dass sein Image als Familienoberhaupt und als ein an Erfolg gewöhnter Geschäftsmann gewahrt blieb. Versager gab es schließlich genug in diesem Clan. Ja, ihm, Franz, würde nie jemand etwas ansehen, nicht mal dann, wenn er tatsächlich einmal auf dem Zahnfleisch gehen sollte. Auch Sophie nicht.

Aber jetzt würde er auf der Insel zu Stuhle kommen. Denn jetzt war es kein vertrottelter Ami mehr, mit dem er das Geschäft seines Lebens machen würde. Jetzt hatte er endlich Leute an der Hand, die so schnell es ging ihr Geld unter Dach und Fach bringen wollten, möglichst noch bevor die D-Mark zum Euro wurde. Diese Budapester waren eben knallharte, gleichzeitig aufgeschlossene und innovativ denkende Leute, die sich im Finanzgeschäft und auf dem internationalen Immobilienmarkt auszukennen schienen – und das imponierte ihm. Mit ihnen machte das Verhandeln, das Planen geradezu Spaß. Das kam ihm vor wie ein rasantes Pingpong-Spiel der Gedanken – so etwas lag ihm, da wuchs er über sich hinaus. Ferenc Faragyi und László Waskovics – schon diese Namen zerflossen ihm auf der Zunge!

Aber jetzt erst einmal nach Rügen, sagte Franz sich. Und dort würde er dann den beiden Ungarn zeigen, was die Insel und was er selbst alles auf dem Kasten hatten. Er würde die Herren auf dem Flughafen bei Rostock abholen und sie mit dem Mietauto über Stralsund, Garz und Putbus bis nach Sellin, Sassnitz und Binz an der Ostküste und dann erst nach Wittow beziehungsweise Distelitz bringen, damit sie einen ersten Eindruck von der landschaftlichen Vielfalt und auch von der Größe der Insel bekamen. Den Abend konnte man dann schon in der Bibliothek im Gutshaus vor dem offenen Kamin verbringen und bei Sophies gutem Apfelschnaps und anderen Köstlichkeiten

aus Küche und Keller das Geschäftliche noch einmal besprechen, bevor man am folgenden Tag zur Besichtigung der Immobilie und vielleicht – vielleicht! – auch schon zum Abschluss der Verhandlungen kam.
Und danach, nun, dann konnte er sich endlich seinen wohlverdienten Urlaub gönnen und sich von Sophie und Bertha so richtig verwöhnen und vom Rest des Clans feiern lassen.
Noch einmal betrachtete Franz den Mond am Himmel über Frankfurt. Beim Anblick des kühlen und fernen Gelbweiß beruhigten sich seine Nerven langsam wieder. Und wenn er diese Sache mit Sophie und den Ungarn erst einmal unter Dach und Fach hatte, dann würde er sich die Adresse von diesem amerikanischen Immobilienmakler aus dem Internet holen, von dem, der Land auf dem Mond oder auf dem Mars verkaufte, und das für einen Apfel und ein Ei. Ein Wahnsinn wäre es, ein solches Angebot auszuschlagen.
Franz drehte sich vom Fenster weg. Er dachte daran, dass er es mit seinen bald vierundachtzig Jahren eigentlich verdient hätte, sich endlich zur Ruhe zu setzen und die Jahre, die er noch hatte, zu genießen.
Doch dann blieb sein Blick an der schäbigen Einrichtung seiner Wohnung hängen.
Und einen Moment lang wusste er nicht, ob er über sich selbst lachen oder doch eher weinen sollte.

»Wann?«, wollte Robert wissen, da saßen er und Sophie nach dieser langen Nacht als Einzige noch am Tisch in der Küche, und ein früher Sonnenstrahl strich plötzlich sanft und warm gelb über sein Gesicht, so dass er gleichzeitig blinzeln und lachen musste.
»Du hast einen sitzen, Junge«, sagte seine Großmutter, und ihre meist ein wenig rostig klingende Stimme war jetzt ebenso sanft und warm wie die erste Helle des neuen Tages.

»Einen?« Seine Stimme kam ihm so schwach vor, dass er nicht wusste, ob Sophie ihn gehört hatte, und deshalb fügte er etwas lauter und inbrünstig hinzu: »Einen ganzen Haufen Affen hab ich sitzen.« Wieder lachte er.

»Das ist gut so. Das hast du dir verdient.« Sie schob den Packen Papiere, der auf der Tischplatte lag, weg und tätschelte kurz seine Hand. »Ich bin sehr froh darüber, dass du auf meiner Seite bist, Junge.«

Er ließ einen Moment verstreichen. An Lob war er nicht gewöhnt, das kam selten, vor allem von seinem Vater. Seine Ohren und seine Wangen wurden heiß. Sophies Zuneigung war eine warme Kugel, die in seinem Leib fröhlich herumhüpfte.

»Ich bin immer auf deiner Seite«, versicherte er. »Immer!«, wiederholte er trotzig, als er kurz an seinen Vater dachte.

Doch Sophie schien in Gedanken schon ganz woanders zu sein, denn sie saß jetzt schweigend da, leicht nach vorn geneigt und mit geschlossenen Augen. Sie sah aus, als wäre sie eingeschlafen, und Robert betrachtete ihr altes, runzeliges und doch noch immer fein gezeichnetes Gesicht mit Rührung und viel Zuneigung. Er konnte sich gut vorstellen, wie schön sie in ihrer Jugend ausgesehen hatte. Und er fand es bedauerlich, dass es keine Fotos von ihr aus dieser Zeit gab. Oder es gab sie, und sie hielt sie unter Verschluss, aus welchen Gründen auch immer. Neunundneunzig, bald hundert, dachte er mit Staunen. Er kannte keinen anderen Menschen, der so alt und so zäh und sturköpfig war wie seine Großmutter. Und so liebenswert.

Robert kicherte trunken vor sich hin. Vielleicht waren Sanddisteln so, zu zäh und mit zu vielen spitzen Stacheln versehen, dass niemand, selbst der Tod keinen Geschmack an ihnen fand? Er beugte sich noch weiter vor, um die schlafende Sophie genauer zu betrachten, und schüttelte dann den Kopf. Er hatte keine Ahnung, wie Sanddisteln ausschauten oder ob diese Distelart tatsächlich irgendwo an der Küste wuchs. Er konnte auch nicht nachvollziehen, warum Sophie ausgerechnet eine Distel sein sollte. Ihn persönlich erinnerte sie eher an die verschrumpelten Zwetschenmännchen, die seine Mutter, als er noch Kind war, in der Weihnachtszeit auf den Märkten für ihn und seinen ein Jahr jüngeren Bruder gekauft hatte. Später gab es diese seltsamen Figuren nicht mehr, denn da hatten sich seine Eltern schon scheiden lassen.

»Nach Weihnachten«, sagte seine Großmutter so plötzlich und so laut, dass Robert, in seine Gedanken vertieft und auch schon auf der Schwelle zwischen Wachsein und Schlaf, zusammenschrak. »An meinem Hundertsten lassen wir den Ballon platzen, Junge.«

»Oh!«, sagte Robert und riss mit einiger Mühe die Augen auf. »Das bedeutet noch ein halbes Jahr. Sechs Monate, Sophie. Hältst du das durch?«

Sie schnippte mit den Fingern. »Ich hab in meinem Leben schon viel mit links geschafft, mein Junge. Dagegen sind diese sechs Monate ein Klacks.«

Robert sah sie an. Die warme Sonne schien sich jetzt einzig und allein auf ihr Gesicht konzentriert zu haben. Und jede Falte, jede Runzel, jede Rune darin schien ihm ihre eigene Geschichte erzählen zu wollen. »Erzähl mir von dir«, bat er impulsiv. »Ich weiß noch immer so wenig von deinem Leben. Erzähl mir von der ›Sanddistel‹.«

Sophie lächelte ihn an. In ihren wegen der Müdigkeit jetzt eher mattgrauen als blauen Augen blitzte kurz Heiterkeit auf.

»Das ist eine von diesen zu langen Geschichten für das Ende einer langen Nacht.«

Er hatte Mühe, seine Augen auf Sophie zu richten. Er fühlte sich ihr sehr nahe, doch irgendwie schien ihr Gesicht in dem jetzt strahlenden Sonnenlicht, das durchs Fenster in die Küche fiel, zu verschwimmen. Irgendwann vorher hatte sie die Nadeln aus ihrem Haarknoten genommen und den Zopf gelöst, und jetzt sträubte sich ihr Haar nach allen Seiten.

»Du hast tatsächlich Stacheln, Sophie. Und es gefällt mir, wie und dass du sie aufstellst.«
Das verschwimmende Gesicht näherte sich dem seinen.
»Vergiss nicht die weniger spektakuläre Erklärung für die Sanddistel, Junge.«
»Nämlich?«
»Unseren Familiennamen in Verbindung mit der Distelblüte im gräflichen Wappen.«
»Uninteressant.« Er winkte lässig ab und betrachtete staunend seine Hand, die irgendwo vor ihm in der Luft zu hängen schien, ohne jegliche Verbindung zu seinem restlichen Körper. »Ich glaub, mich laust jetzt doch der Affe, Sophie.«
»*Die* Affen, Junge.«
»Eine ganze Affenhorde!«
»Die schickt der Apfelschnaps.«
»Nie wieder!«, stöhnte er. Er versuchte aufzustehen, aber seine Knie waren aus Watte, und so ließ er sich zurück auf den Stuhl fallen. »Du bist mir vielleicht eine«, sagte er nach einer Weile.
Sie lächelte ihn breit an, ließ ihre Augen hinter den runden Eulenbrillengläsern funkeln und klapperte fröhlich mit ihrem falschen Gebiss.
»Du bist auch so einer.« Sie stand auf und kam, nein, schwebte auf ihn zu. »Und jetzt gehen wir beide ein Stündchen oder auch zwei schlafen, Junge. Sonst kippst du mir von der Stange wie vorhin der geschlagene Leopold.«
»Ich hab noch viele Fragen an dich«, nuschelte er, als sie ihn am Küchentisch vorbei zur Tür lotste. »Zum Beispiel, warum du nach Adalbert nicht wieder geheiratet hast.«
»Halt die Klappe, Junge! Wir machen jetzt Feierabend.«
In diesem Moment klingelte in der Halle das Telefon.

Franz hatte seine Mutter doch noch telefonisch erreichen können, wenn auch erst am nächsten Morgen. Zwei Tage später traf er zusammen mit den beiden Ungarn auf der Insel ein. Er war in Hochstimmung. Er kam, sah und siegte, er überschritt den Rubikon gleich Cäsar auf dem Weg nach Rom, die Würfel waren gefallen. Zumindest glaubte er das, musste es einfach glauben, denn Sophie empfing ihn und seine Begleiter zu seiner großen Überraschung überaus freundlich, sozusagen mit offenen Armen. Er sah es ihr an, er spürte es, dass der Bann gebrochen war, dass nun sogar die vor vielen Jahrzehnten entstandene Distanz zwischen ihnen schmolz wie Butter in der Sommersonne. Zum ersten Mal seit langer Zeit fühlte er sich wieder als Sohn und als erwachsener Mann von ihr angenommen und damit auch seine Pläne für die Zukunft des Familienstammsitzes akzeptiert. Und dieses Gefühl, nein, besser ausgedrückt, dieses Wissen – nun, es war einfach überwältigend.

Überhaupt erschien ihm in diesen ersten Tagen seines Sommeraufenthaltes alles auf der Insel strahlend, schön und offen. Über dem Land schwebte Tag für Tag lastlos die samtene Bläue des Himmels, über der sacht geriffelten See segelten Wolken aus duftiger weißer Zuckerwatte, überall wetteiferten die verschiedensten Farben miteinander, sangen und zwitscherten die Vögel, summte und brummte es. Und alles, sogar der staubige Dachboden mit seinen luftigen Gespenstern aus Spinnennetzen und die sich scheinbar unendlich verzweigenden Kellergewölbe im Haus, war durchzogen von Wohlgerüchen aus Wäldern, Wiesen, aus Landwirtschaft und Wasser und vor allem aus der Küche des Gutshauses.

Mit hocherhobenem Kopf, glänzenden Augen und geblähten Nasenflügeln durchmaß Franz vor den ihm folgenden beiden Ungarn Haus, Grund und Boden derer von Sand. Gleich einem erfolgreichen Feldherrn zeigte er seinen Begleitern jeden Flecken, jeden Winkel auf seinem künftigen Baugelände, das sich zwischen dem altertümlichen Tor im Süden und der Steilküste im Norden und zwischen den romantischen Mauerbruchstücken und dem wildwuchernden Gestrüpp im Westen und der zum Innehalten und zur Stille gebietenden Familiengruft im Osten erstreckte. Die sachlichen Informationen verflocht er oft mit launigen Geschichten aus seiner und der Jugendzeit seiner vier Brüder. Unter seinen Arm geklemmt, trug er bei diesen Märschen stets die Mappe mit den diversen Bauplänen für sein Projekt. Und er sonnte sich in der offensichtlichen Begeisterung der beiden Männer, wenn sie schließlich auf der Terrasse saßen und die Eiswürfel in ihren Gläsern zum Klingen brachten.

Was kümmerte ihn in solchen Momenten Adams Schroffheit, was Berthas ewig mürrische Miene, was ihre barschen Fragen und Worte wie »Wollen diese Ungarn etwa ewig bleiben?«, wenn seine Mutter – seine Sophie! – ihm lächelnd zunickte? »Mach nur, was du für richtig hältst, Sohn«, hatte sie gesagt, nachdem er ihr die ungarische Investmentgruppe als potenziellen Käufer für Haus und Grundstück und sich selbst als künftigen Bauherrn für das Feriendorf vorgestellt und ihr die von ihm persönlich erarbeiteten Verträge vorgelegt und erklärt hatte. »Ich bin doch froh, wenn ich mich bald um nichts mehr kümmern muss.«

»Ich werde alles tun, damit du deine letzten Lebensjahre sorglos und in schöner Umgebung verbringen kannst«, hatte er im Überschwang der Gefühle versichert. »Dafür lege ich meine Hand ins Feuer.«

Da kam die alte spöttische Sophie dann doch erneut zum Vorschein. »Verbrenn dich nur nicht wieder, Sohn«, sagte sie. Doch sie sagte es gut gelaunt.

Seit diesem Gespräch schwebte Franz wie auf Wolken. Deshalb – und vielleicht auch, weil er auf dem linken Ohr so gut wie nichts mehr hörte und seine Augen ebenfalls nicht mehr die besten waren – entging ihm, wie ihm sein Sohn Robert ein paar Tage später erklären würde, Wesentliches von dem, was um ihn herum geschah und geredet wurde. Doch da war es

schon zu spät – längst zu spät! Dann würde Franz sich vor Ärger und Wut am liebsten in den Arsch beißen und den Wunsch schüren, sich für immer und ewig in ein Mauseloch zu verkriechen und die Wunden zu lecken, die seine eigene Familie, sein eigen Fleisch und Blut ihm geschlagen hatte.
Doch das ahnte, das wusste er noch nicht. Er war Cäsar, und als Cäsar versammelte er seine Anhänger – in diesem Fall den Clan – um sich. Er ließ sich blenden von strahlenden Gesichtern, von zustimmenden Worten. Und vergaß darüber sogar alle seine bisherigen Erfahrungen im Umgang mit nicht ganz koscheren Klienten und die unbequemen Folgen derartiger Verbindungen für ihn. Er unterdrückte einfach jeden negativen Gedanken, jeden Zweifel, jedes warnende Gefühl und sonnte sich in der Helligkeit, die ihn umgab – die er, ohne es wahrgenommen zu haben, wieder einmal selbst erzeugte –, während sich, von ihm unbemerkt, um ihn herum bereits drohende Gewitterwolken zusammenballten. »Ferienpark Ariadne«, schlug er in schwärmerischem Ton vor, als es beim erholsamen Nachmittagsdrink am dritten Tag nach seiner und der Ankunft der beiden Ungarn auf Distelitz schließlich um den Namen für das geplante Projekt ging.
»Ah ja«, meinte Sophie, und »Ah ja« echoten Ferenc und László.
»Warum denn griechisch?«, brummte Bertha, die gerade aus der Küche gekommen war, um die Gläser nachzufüllen und belegte Brötchen zu servieren. »Sind wir nun eine deutsche Insel oder nicht?«
»Ariadne«, beharrte Franz. Er nahm einen großen Schluck aus seinem Glas und ließ den Blick über die anderen Gesichter um ihn herum und dann in die Ferne schweifen.
Die Stimmen und das Lachen vermischten sich mit den üblichen Sommerlauten auf der Insel. Irgendwo tuckerte ein Traktor, ein Pferd wieherte, eine Kuh muhte. Die Lerchen sangen über den wogenden Kornfeldern, in denen das leuchtende Blau der Kornblumen und das samtige Rot des Klatschmohns mit

dem Sonnengelb gereifter Ähren wetteiferten. Das Laub der alten Buche nahe der Terrasse bewegte sich raschelnd und flüsternd in der Brise, die von der See über die Steilküste in Richtung Süden trieb. Es überraschte Franz einen Herzschlag lang, dass er so etwas wie Bedauern empfand, wenn er daran dachte, dass dieser prachtvolle alte Baum schon bald den Baugeräten weichen musste, ebenso wie die brüchigen Mauern des alten Gutshauses. Nicht sentimental werden, nahm er sich vor. Die Vergangenheit ist passé, jetzt geht es um die Zukunft der von-Sand-Generationen, die nach mir kommen. Denen wollte er etwas hinterlassen – etwas anderes als nur eine Ruine und ein verwahrlostes Grundstück.

»Ferienpark Ariadne«, wiederholte er laut. »Der Name zergeht doch auf der Zunge wie …«, er weitete seine Nasenlöcher in Richtung Küche, wo das Fenster weit offen stand, »nun, wie Berthas ausgezeichneter, unübertroffener Mecklenburgischer Rinderbraten.«

»Na, na«, murrte Bertha und strich sich mit der einen Hand ihre Schürze glatt, während sie mit der anderen an ihm vorbeigriff und die bereits wieder geleerte Schnittchenplatte vom Tisch nahm. »So schleimscheißern musst du nun auch wieder nicht, Franz.«

Er grinste und klatschte seine Handfläche auf ihr breites Hinterteil.

»Du hast wohl schon lange kein Kompliment mehr bekommen, was, altes Haus?«

Sie fuhr herum wie von der Tarantel gestochen.

»Auf Komplimente von dir kann ich leicht verzichten!«, knurrte sie in das allgemeine Gelächter.

»Warum nicht Datscha Russki?«, fragte Sophie, die sich neben Robert gesetzt hatte, in heiterem Ton. »Ne paruski, Franz?« Sie kicherte fröhlich.

Robert, dessen Apfelbäckchen rot leuchteten, übersetzte grinsend: »Das heißt: ›Sprichst du Russisch, Franz?‹«

Heinrich lachte prustend los, und auch die beiden Ungarn verzogen spöttisch die Lippen. Franz sah es und spürte eine ärgerliche Hitze in seinen Wangen aufsteigen. Aber so leicht ließ er sich seine gute Laune nicht verderben. Er hob sein Glas. »Nasdarowje.«

»S-s-sasdarówje«, korrigierte Sophie ihn kichernd.

»Trinken wir auf dein Projekt, Franz!«, rief Heinrich. »Wie immer es heißen wird. Und darauf, dass du nicht auf Sand bauen wirst.«

»Wieso auf Sand?«, wollte einer der beiden Ungarn wissen. »Das geologische Gutachten …«

»Richtig«, verkürzte Franz in gereiztem Ton den angefangenen Satz. »Kein Sand, sondern guter, fester Baugrund.«

»Herr Ferenc und Herr László, gefällt Ihnen Datscha Russki etwa auch nicht?«, fragte Sophie freundlich.

»Sophie«, sagte Robert, bevor einer der beiden Angesprochenen antworten konnte, »wir wollen doch die Kirche im Dorf lassen, oder nicht?«

»Lasst die Katze endlich aus dem Sack!«, brüllte Heinrich. Er wollte noch etwas hinzufügen, aber seine Rosie legte ihm ihre Hand auf den Mund.

»Sophie!«, sagte Franz laut. »Weder Datscha Russki noch irgendein anderer blödsinniger Name! Es bleibt bei Ariadne. Dieses Feriendorf ist nämlich immer noch *meine* Idee und mein Projekt!«

»Aber ja, mein Sohn.« Sophie nickte und lächelte ihn an. »Es ist und bleibt auch *deine* Idee und *dein* Projekt.« Sie prostete zuerst ihm, dann den beiden Ungarn zu. »Also Ariadne, ihr Lieben.«

Franz schloss einen Moment lang die Augen und horchte in sich hinein. Hinter seinen Lidern sah er das Feriendorf Ariade genau vor sich – hübsche, gefällige Holzhäuschen, dicht an dicht, Kieswege dazwischen, Regenbogenfarben über einem Springbrunnen aus weißem Marmor, sozusagen als Kontrast

zum grünen Laub der Jungbuchen entlang der Steilküste und zum strahlend blauen Himmel darüber.
»Ja«, sagte er laut. »Auf Ariadne!«
Er war plötzlich fest entschlossen, die Gunst der Stunde zu nutzen und sofort aufs Ganze zu gehen. Also stellte er sein Glas ab und nahm die vorbereiteten Vertragsformulare aus seinem Aktenordner. Aus dem Seitenfach seiner feinen Aktentasche ergriff er mehrere Kugelschreiber und legte alles zusammen vor sich auf den wackeligen Terrassentisch.
»Da wir uns nun einig sind, können wir auch gleich unterschreiben.« Er strahlte in die Runde. »Dann können wir schon in diesem Herbst mit dem Bauen loslegen. Und dann werden die ersten Feriengäste bereits im Frühjahr 2000 hier im Ferienpark Ariadne auf Distelitz einziehen.«
Erwartungsvoll sah er zuerst seine Mutter und dann die anderen an. Doch niemand reagierte, wie er es sich vorgestellt hatte. Niemand griff nach den Papieren, niemand nach einem der Kugelschreiber. Und jeder der Anwesenden blickte in eine andere Richtung, als gäbe es dort wer weiß was zu sehen.
»Bitte«, sagte Franz leise, sehr leise, um die Aufmerksamkeit auf sich zu lenken. »Nur noch die Unterschriften, bitte. Vielleicht die Dame des Hauses zuerst?« Er schob seiner Mutter Stift und Vertrag hin. »Dann die beiden Herren als Vertreter der Käufer. Und zum Schluss ich als Bauherr.«

XIII

Für Franz ging an diesem Nachmittag im Sommer 1999 wieder einmal die Welt unter. Natürlich hatte er bereits Erfahrungen mit dieser Empfindung, sein Beruf war nun mal kein Zuckerlecken. Er litt trotzdem. Litt wie ein geprügelter Hund und heulte sich nach dem abrupten Abgang der beiden Ungarn vor der auf der Terrasse versammelten Familie über die Ungerechtigkeiten in seinem Leben aus.

»Diese Betrüger!«, brüllte er. »Es ging doch nur noch um die Unterschriften! Sophies Reaktion verstehe ich ja noch. Sie sucht wohl noch immer nach ihrer verlegten Lesebrille, halb blind, wie sie nun mal ist. Aber was sagen diese ungarischen Lackaffen? ›Sie werden von uns hören – zu gegebener Zeit.‹ Ha!«

»Nur keine Panik auf der Titanic«, meinte Adam tröstend neben ihm.

Wahrscheinlich hätte er noch mehr Unsinn von sich gegeben, hätte seine Bertha ihn nicht angestoßen und ihm auch noch ihre Hand fest auf den Mund gelegt.

»Lahmärsche! Schmierige Halunken!«

»Trink man, Junge, trink«, sagte Bertha und reichte ihm ein bis zum Rand gefülltes Wasserglas. »Damit du wieder einen klaren Kopf kriegst.«

Also kippte Franz dieses Glas Apfelschnaps und noch andere und wetterte weiter über Verschwörung und Verrat, über Lug und Trug und Enttäuschung, über Ausnutzen und Hintergehen, bis Robert – sein eigener Sohn! – ihm entnervt über den Mund fuhr: »Werd jetzt bloß nicht paranoid, Vater! Es war doch abzusehen, dass die Ungarn noch ganz andere Karten im Spiel haben als ausgerechnet dein Projekt.«

Und Bertha setzte noch eins drauf und fragte: »Hast du wirklich erwartet, dass die beiden ihre Milliönchen in der Aktentasche mit sich rumtragen und sie dir mir nichts, dir nichts auf den Tisch blättern?«
Und Heinrich murmelte: »Sooo attraktiv ist der Norden von Wittow nun auch wieder nicht, dass sich die Immobilienfritzen und die Investoren ein Bein dafür ausreißen.«
»Pionierland, sozusagen«, stimmte Robert ihm zu. »Nicht die Bohne Infrastruktur hier. Ohne Auto oder wenigstens ein Fahrrad bist du hier aufgeschmissen.«
»Richtig, am Arsch der Welt.«
»Distelitz ist eben nur was für Individualisten.«
»Ganz Rügen ist nur was für Individualisten!«
Und Bertha füllte die Gläser aufs Neue. »Noch ist Polen nicht verloren.«
Adam hörte mit dem Klopfen auf die Schulter von Franz auf.
»Wieso Polen? Ich denk, es geht um Russ…«
Er verstummte abrupt und schnappte nach Luft, weil Bertha ihm ihren Ellbogen in die Rippen trieb.
Doch das alles bemerkte beziehungsweise hörte Franz schon nicht mehr so genau, weil Sophies Schnaps eben ein selten guter Hochprozentiger war und erfahrungsgemäß auch aus den größten Sorgen ziemlich schnell ziemlich kleine Mäuse machen konnte.
»Ist doch alles egal«, brummte er vor sich hin, während die Stimmen und Worte der anderen um ihn herum schwirrten. »Alles scheißegal ist das.«
Er lehnte sich auf seinem Stuhl zurück. Er konnte nicht anders, er fühlte sich in diesem Moment geborgen im Kreis der anderen, die seine Familie waren und mit der er auf dieser kaputten, aber immer noch wunderbaren Terrasse saß, mit dem Blick auf einen unbeschreiblichen, in den verschiedensten Kupfer-, Rot- und Orangetönen schimmernden Sonnenuntergang über der westlichen, vom leichten Wind aufgeribbelten Seefläche. Und

er musste sich mehr als einmal arg zusammennehmen, um nicht doch in Tränen auszubrechen.
Irgendwann spürte er eine Hand auf seinem Arm, Finger um sein Fleisch. Mit einiger Mühe konzentrierte er seinen Blick darauf. Es war eine kleine, knochige Hand mit dicken Adern unter unzähligen braunen Altersflecken auf der papierdünnen Haut und mit knochigen Fingern. Und sie konnte zupacken, ziemlich fest sogar. Es war schwer, sich diesem festen Griff zu entwinden.
»Sohn«, sagte Sophie und drückte seinen Arm. »Der nächste 1. 1., Sohn.«
Sie beugte sich über ihn, und ihr Gesicht, nun dicht vor dem seinen, verlor seltsamerweise seine Konturen und verschwamm zur blassen Fläche mit zwei Augen aus blaugrauschimmerndem Stahl.
Franz musste blinzeln.
»Der nächste 1. 1.«, wiederholte er schwach. »Was ...«
»Mein Hundertster«, sagte sie. »Das wird der Tag sein, an dem sich hier alles zum Guten wendet. Das verspreche ich dir.«

Er tat ihr leid. Selbstverständlich tat er ihr leid, immerhin war es ihr eigen Fleisch und Blut, das da litt. Fast wäre sie geneigt gewesen, ihm auch den Rest zu erzählen, ihm den Wind ein für alle Mal aus den Segeln zu nehmen und den Höhenflug und auch diesen schmerzhaften Absturz zu beenden.
Aber etwas hatte Sophie vor diesem Schritt bewahrt. Vielleicht war es Berthas feste Hand an ihrem Ellbogen gewesen, vielleicht Roberts Blick, der sich in ihren verhakte, vielleicht Adams Stimme, die heiser und falsch immerzu »Theater, Theater, hm-hm-hm-hm« sang? Oder Heinrichs unmerkliches Kopfschütteln?
Warum habe ich meinem Sohn nicht alles gesagt?, fragte Sophie sich später, viel später noch immer, da saß sie allein auf der Ter-

rasse, von der milden Nachtluft umfächelt, während sie sich die Haarnadeln aus dem Knoten an ihrem Hinterkopf zupfte und dann den langen mausgrauen Zopf entflocht. Und warum empfinde ich neben diesem Mitleid mit ihm noch immer Zorn und ein bisschen – wirklich nur ein bisschen! – Schadenfreude darüber, dass er – wieder einmal! – in sein Verderben rannte, ohne es zu bemerken?

»Manchmal *muss* er einem leid tun, dieser dumme Junge, mein Franz«, sagte sie. »Trotz allem.«

Sie sagte es laut, sie wiederholte diese Worte mehrmals. Es war sowieso niemand und nichts da, der oder das ihr zuhörte, denn die zwei lackschwarzen, im von Millionen von Sternen dämmrig erhellten Nachtdunkel gerade noch erkennbaren Krähen auf dem schiefen Zaun zum Küchengarten, die gescheckte Katze, die sprungbereit vor einem Mauseloch im Gras unter der Buche lauerte, oder der tanzende Mottenfalter über dem flackernden Licht der dicken Kerze auf dem Terrassentisch zählten ja nicht. Der Wind, der von der Ostsee her über die Steilküste kam, griff spielerisch nach Sophies Worten, zerpflückte sie, trieb die Silben, die Buchstaben eine Weile hierhin und dorthin, ließ sie von den geborstenen Mauern des alten Gutshauses abprallen wie kleine Gummibälle und schließlich platzen gleich Luftballons.

Dummer Junge, dachte Sophie schläfrig. Sie pustete das letzte brennende Windlicht aus und zog den Schal, den Bertha ihr gebracht hatte, bevor sie ihren Adam endlich dazu überredet hatte, schlafen zu gehen, fester um ihre Schultern. Eine Weile betrachtete sie den Sternenhimmel über sich und dann das Fahle und das Dunkle, das sich auf dem Gelände vor ihr ausbreitete. Das Bedauern verflüchtigte sich langsam, dafür durchwaberten mehr und mehr Erinnerungen die Nacht und formten bekannte Körper und bekannte Gesichter, die sich aus den Schatten zwischen Büschen und Bäumen zu schälen begannen und sich ihr näherten, langsam, auf leisen Sohlen. Ja, ja, kommt

nur, dachte Sophie und streckte ihre Hände aus und ließ sie berühren von kühlen, flüchtigen Knochenfingern.
»Komm, Sophie«, drang eine bekannte Stimme durch das Flüstern und Rascheln und Flattern in ihren Ohren. »Komm, es ist Zeit, dass auch du ins Bett kommst.«
Und Sophie schlang ihre Arme um den kräftigen Hals, der sich über sie neigte, und legte ihren Kopf an diese eine Schulter, die ihr von vielen anderen Schultern in Erinnerung geblieben war.
»Ich komme, Sergej, ich komme ja schon.«
»Wer ist denn Sergej?«, fragte jemand flüsternd.
»Wahrscheinlich jemand aus Sophies Leben, der ihr einmal sehr wichtig war«, antwortete Heinrich ebenso leise.
»Also jemand, den sie sehr geliebt hat«, wisperte Rosie. »Meinst du, sie wird von diesem Sergej erzählen, wenn ich sie frage?«
Aus Sophies Mund perlte herzliches Lachen.
»Aber ja«, sagte sie. »Selbstverständlich werde ich euch von Sergej und auch von Jakob erzählen. Bald, schon sehr bald lüfte ich nämlich alle meine Geheimnisse.« Ihre Stimme wurde rauh: »Aber erst einmal müssen wir diesen Sommer hinter uns bringen.«

Bis zum nächsten Ereignis in diesem Sommer 99 musste der Clan nicht lange warten. Aus Südafrika kam nicht, wie schon vor Monaten angekündigt, Felix samt Frauen und Nachkommen, sondern nur ein übergroßer Briefumschlag mit schwarzem Rand.
»Wieder einer weniger auf meiner Gästeliste für den Hundertsten«, meinte Bertha trocken, als sie den Umschlag zusammen mit der Tageszeitung und der übrigen Post zu Sophie in die Bibliothek brachte.
Sophie betrachtete interessiert die bunte Briefmarke.
»Afrika, aha«, sagte sie. »Ich nehme an, dass ich nun meinen Besuch bei Felix vergessen kann.«

Berthas Mund stand einen Moment lang sperrangelweit offen, dann klappte sie ihn geräuschvoll wieder zu. »Du willst nach Afrika?«

»Wollte, Bertha, wollte. Denn daraus wird jetzt wohl nix mehr.«

Sophie riss den Umschlag auf und nahm eine ebenfalls schwarz umrandete große Karte heraus.

Es war tatsächlich ihr jüngster Sohn, über dessen Grab in einem Kral bei Kapstadt fünf schwarze Sozusagen-Witwen und drei weiße Ex-Frauen samt Söhnen, Enkeln und Urenkeln trauerten.

»Vielleicht jubilieren ein paar von ihnen ja«, kommentierte Bertha die lange Aufreihung der Namen der Hinterbliebenen.

Sophie nahm ihr die Karte weg und legte sie zur Seite. »Über Tote soll man nichts Schlechtes reden.«

»Von mir aus«, brummte Bertha. »Aber was haben Tote davon, wenn man Gutes über sie sagt?«

»Das werden wir wissen, wenn es bei uns so weit ist.«

Sophie nahm wieder die neueste Todesanzeige in die Hand. So ganz konnte sie die Gefühle, die sie plötzlich überschwemmten, nicht leugnen. Felix, der Glückliche. Sie hatte diesen Namen für ihren Jüngsten Adalbert gegenüber durchgesetzt, genauso wie ein Jahr vorher Carlos für ihren vierten Sohn. Warum ausgerechnet Carlos?, wollte Adalbert damals wissen, was hat unser Sohn mit Spanien oder Mexiko zu tun, dass du ihm diesen Namen aufzwingen willst? Sophie hatte geschwiegen. Was wusste oder verstand ihr flatterhafter, egozentrischer Ehemann schon von ihr und ihren geheimen Träumen, von ihren Wünschen oder Sehnsüchten, von ihren Obsessionen, die sie in nächtlichen Lesestunden in der Bibliothek oder in Gesprächen mit den Weltgereisten auslebte, die mindestens einmal im Jahr nach Distelitz kamen? Auch Felix klang Adalbert nicht passend für seinen Sohn, doch da war er in Gedanken schon weg von der Insel, da hatte er schon damit begonnen, heimlich die

Bankkonten zu plündern, und da hatte er schon einen Blick, der mit Frau und Kindern, mit dem Gut und mit Verantwortung und auch mit Lust und Liebe, die sie einst verbunden hatten, nichts mehr zu tun hatte. »Felix, der Glückliche« schrieb Sophie also am 24. Mai 1920 in die Familienchronik, noch ganz hingerissen von dem breiten, zahnlosen Lächeln ihres neugeborenen Sohnes, mit dem er den Eintritt ins Leben begrüßt hatte. Seine vier Brüder hatten in diesem Moment der Geburt nach Luft gerungen und dann gebrüllt wie am Spieß – Felix aber lächelte. Und genau sechs Wochen nach diesem berührenden Augenblick schrieb Sophie unter Namen und Geburtsdatum ihres Jüngsten in die Familienchronik: »Adalbert, dieser Gauner, ist fortgegangen, für immer.« Sie schrieb es zornig, sie hatte den Füllfederhalter so hart aufgesetzt, dass die Tinte beim »für immer« doppelt stark ausgeflossen war.

»Felix, Felix«, murmelte Sophie jetzt vor sich hin. Ein Name, leicht wie eine Melodie – und für den Jungen wohl doch ein Tonnengewicht, weil sie, die Mutter, in diesen Namen damals alles, was sie sich selbst für ihr Leben gewünscht, erwartet und erhofft hatte, hineingepresst und ihn ohne nachzudenken auf die zarten Schultern eines Kindes geladen hatte. Werde du glücklich, hatte sie dem Baby in ihrem Arm zugeflüstert, du wirst glücklich, dem über seine Kinderwelt staunenden Vierjährigen versichert, du hast Glück gehabt, wenn der plumpe Zwölfjährige bei der Jagd wieder einmal vom Pferd gefallen war, ohne sich ernsthaft verletzt zu haben. »Glück – was hilft mir denn das?«, hatte Felix sie einmal wütend angeschrien und leiser hinzugefügt: »Ich will doch nur so normal sein wie meine Brüder.«

Na ja, dachte Sophie in einem Anflug von Zynismus, normal wie seine Brüder ist er ja dann auch geworden, sofern man meine Söhne und ihr Leben jemals als normal bezeichnen konnte.

Sie blickte wieder auf die Karte in ihrer Hand, zog mit der Spitze ihres Zeigefingers die kitschig vergoldeten Buchstaben von

Felix' Namen nach und musste plötzlich an den Sommer vor drei Jahren denken. Da hatten Njeri und Sarah, zwei der angeblichen Ehefrauen ihres Sohnes, Felix auf seiner letzten Auslandsreise und damit seinem letzten Besuch bei ihr auf die Insel begleitet. »Er ist ein guter Mann, dein Sohn«, hatte Njeri Sophie versichert. »Nur wenige schwarze Männer haben Kraft und Liebe für fünf Frauen und ihre Kinder und Kindeskinder.« Sie hatte herzlich gelacht, als Sophie wissen wollte, was ihr Sohn, der nie einen ordentlichen Beruf erlernt oder studiert hatte, dazu beitrug, eine derart große Familie am Leben zu erhalten. Und dann geantwortet: »Er schenkt uns sein Lachen, seine Freude und seine Erinnerungen.« Na ja, hatte Sophie gedacht, Witze hat Felix schon als Kind gern gerissen, und zu erzählen hat er anscheinend auch eine Menge aus seinem Leben als Herumtreiber und Abenteurer. Doch sie war neugierig geworden. Sie wusste ja nicht viel über die Lebensläufe ihrer erwachsenen Söhne, auch nicht über Franz, der sie in den Jahrzehnten des geteilten Deutschlands nur mit spärlichen Informationen über sein Leben versorgt hatte. »Was kommt denn Besonderes dabei heraus, wenn er sich erinnert?«, hatte sie weitergebohrt und war dann, als Njeri erzählte und nicht aufhören wollte mit dem Erzählen, still und nachdenklich geworden, weil es sie überraschte und seltsamerweise im Innersten berührte, dass ihr Jüngster in all den Jahren, den Jahrzehnten zwar vergessen hatte, seine Mutter auch nur einmal zu besuchen, ihr mehr als eine bunte Ansichtskarte mit banalen Worten im Jahr zu schicken oder das Telefon auch zu anderen Zeiten als ausgerechnet zu Weihnachten zu benutzen, aber nie vergaß, woher er gekommen war und wie er seine Kindheit und Jugend auf Rügen verbracht hatte.
Ach, Felix, mein Felix, dachte Sophie nun, überwältigt von den verschiedensten Erinnerungen. Sie begann sich darüber zu ärgern, auch darüber, dass ihre Augen wässrig wurden und dann überliefen und sie nichts mehr sehen konnte, nicht diese kit-

schig goldene Todesanzeige in ihrer Hand oder etwas anderes, das vor ihr auf dem Tisch lag. Energisch wischte sie sich mit dem Handrücken über die Augen. Sie wollte nicht heulen, nicht über diesen Tod irgendwo in Afrika, nicht über ihre anderen toten Söhne, nicht über ihren noch lebenden Sohn, den Traumtänzer Franz, oder über ihre eigenen und längst verlorenen Träume und schon gar nicht über die Versäumnisse und Fehler in ihrem Leben. Nach vorne schauen!, rief sie sich zur Ordnung, wie sie sich in all den Jahren ohne ihre Söhne und alleingeblieben mit der Last ihres Namens und damit der Verantwortung für das verfallende Gut immer zur Ordnung gerufen hatte, wenn Gefühle sie überwältigen wollten. Und dachte gleichzeitig und mit jener Ironie, die sie trotz aller Widrigkeiten Gott sei Dank nie verloren hatte: Was gibt es da vorne in der Zukunft denn noch viel zu sehen, wenn man demnächst hundert wird und in einem noch viel älteren Haus hockt gleich einer von vielen Kämpfen zerrupften alten Krähe auf ihrem verkommenen Nest mit lauter versteinerten Eiern?
»Ich hoffe, du heulst nicht wegen Felix«, sagte Bertha und legte ihre schwere Hand auf Sophies Schulter. »Immerhin ist dein Junge neunundsiebzig geworden, ein Alter, das bisher keiner der Männer in deiner Mischpoke erreicht hat, außer Franz. Außerdem ...«, sie zeigte auf die Karte, die Sophie noch immer festhielt, »außerdem ist Felix nicht durch einen Unfall umgekommen, sondern sanft entschlafen, wie es so schön heißt.« Sie massierte Sophies Nacken, wie sie manchmal die Nacken von Katzen und Hunden oder kleineren Kindern aus der Nachbarschaft, die sich in der Küche etwas Leckeres erhofften, oder den von Adam massierte. »So«, sagte sie, als sie damit aufhörte. »Und wenn du mit dem Heulen fertig bist, dann erklärst du mir vielleicht, warum du ausgerechnet in Afrika einen Besuch machen willst.«
Sophie schneuzte sich. »Wenn es so weit ist, dann erzähle ich dir als Erste davon.«

Aber Bertha gehörte nicht zu denen, die so schnell lockerließen. »Willst du wegen – na, du weißt schon, mit dem du damals unterwegs warst?« Sie überlegte einen Moment lang. »Das muss 27 oder 28 gewesen sein, und eigentlich war dein …«
Und als Sophie nicht reagierte, kniff Bertha ihre Lippen fest zusammen, obwohl sie liebend gern noch mehr dazu gesagt hätte, dass sich nämlich damals die Leute auf der Insel bis nach Putbus, nein, eigentlich in ganz Mecklenburg und darüber hinaus und sogar in Berlin wochenlang ihre Mäuler zerrissen hatten über die Gräfin Sophie von Sand, die mit diesem Exilrussen aus Paris, diesem Musiker, dem Sergej Antow, der mit einer Gruppe anderer Künstler über Silvester und Neujahr auf Distelitz für Unterhaltung gesorgt hatte, durchgebrannt war, bei Nacht und Nebel sozusagen. Über drei Monate lang war sie mit dem Orchester unterwegs gewesen, und in dieser Zeit waren bunte Ansichtskarten aus Nizza und Monaco gekommen, aus Madrid und Lissabon und dann aus Marokko, aus Kairo. Und die letzte aus Sansibar, kurz bevor die Katastrophe passierte. Zwei oder drei Wochen später war auch Sophie wieder auf die Insel, zum Gut und zu ihren Kindern und den anderen Menschen im Haus zurückgekommen. Eine schweigsame, in sich gekehrte Sophie war das damals, die sich noch verbissener als vorher auf ihre Arbeit auf dem Gut gestürzt hatte. Nicht ein Wort hatte sie über ihre Eskapade oder das, was dieser folgte, verloren, da konnten die anderen sie noch so bedrängen. Und erst Jahre danach hatte sie, wenn Bertha mit ihr in den Winternächten in der vom flackernden Kaminfeuer erhellten Bibliothek auf den heulenden Sturm draußen und auf das unerbittliche Nagen der Wellen am Saum der Steilküste horchte, während alle anderen im Haus schon schliefen, das eine und andere von den Ereignissen in diesen Monaten erzählen können und auch davon, dass sie jedes Foto, das Sergej oder sie beide zeigte, zerrissen, jedes Andenken, sogar die Kleidung, die sie in der Zeit mit ihm getragen hatte, verschenkt hatte. Immer wieder

ein bisschen mehr hatte Bertha erfahren, und das Mosaik, das sich so Teilchen für Teilchen zusammengefügt hatte, leuchtete in vielen Farben, sogar das Schwarz von Verlust und Trauer besaß noch einen Glanz, weil Sophie es mit ihren Tränen benetzt hatte.

Aber mit anderen reden durfte Bertha über diese nächtlichen Gespräche nicht, und später auch nicht über Jakob oder das, was Sophie in der Schweiz passiert war. »Du bist meine einzige Vertraute, und du musst schweigen wie ein Grab. Also schwöre!«, hatte Sophie verlangt. Und so hatte Bertha geschworen und sich immer an diesen Schwur gehalten, sogar Heinrich gegenüber, der doch eigentlich alles über seine Großmutter und ihr Leben wusste.

»Willst du wegen …?«, wiederholte Bertha behutsam.

»Ja.« Sophie rückte die Brille gerade und guckte wieder auf die Papiere vor sich. »Wegen Sergej. Ich will ihn noch einmal sehen, bevor ich eines Tages zu alt für eine Reise bin und mich zu den anderen in die Familiengruft lege.« Kurz blickte sie zu Bertha auf und lächelte. Es war Sophies übliches, ein wenig spöttisches Lächeln, doch Bertha kannte ihre Freundin besser. Sie hätte gern ihren Arm um diese schmalen, nach vorn gezogenen Schultern gelegt, aber sie ließ es und brummelte nur etwas in sich hinein und tat so, als würde sie sich wieder für die Todesanzeigen vor Sophie und für ihre Namensliste interessieren.

Irgendwann sagte sie halblaut: »›Sehen‹ ist gut!«

XIV

Ich bildete mir ein, alle diese Andeutungen und Wortfetzen, die ich hier und da mitkriegte, ganz gut kombinieren zu können und deshalb so gut wie alles zu wissen, was sich da bei und um Sophie herum alles zusammenbraute – und wusste natürlich so gut wie nichts, bis zum letzten Moment. Und ebenso natürlich wusste Bea wieder einmal alles. Aber da wir uns inzwischen noch mehr als früher teilten – zum Beispiel die Bettdecke in den Nächten auf Distelitz –, hatte ich anderes zu tun, als sie zur Preisgabe ihrer Geheimnisse zu drängen. Außerdem passierte in den ersten Tagen unserer gemeinsamen Sommerferien bei Sophie etwas, das niemand vorausgesehen und auch Opa oder ich nicht erwartet hatten – mein Vater, der Aussteiger, kehrte nach gut drei Jahren der Suche nach einem Sinn in seinem Leben ohne die Mauer in heimatliche Gefilde zurück.

Am Tag seiner Ankunft bei Sophie waren Bea und ich gleich nach dem Frühstück losgeradelt, zuerst auf den gewundenen Wegen durch die unter der milden Morgensonne leicht atmenden Landschaft Wittows mit ihrer wärmeverströmenden Erde, den flüsternden, sich im Wind wiegenden Getreidefeldern und den Lerchen und Schwalben darüber. Ich fühlte mich einfach gut, ich hatte ein ebenso langes wie langweiliges Schuljahr endlich hinter mir und fünf Ferienwochen und dann noch das letzte Jahr und denen das Abitur und danach das wirkliche, unendliche Leben in Freiheit vor mir, und deshalb fuhr ich rasant und freihändig und in Schlangenlinien über Stock und Stein, mit offenem Mund und geblähten Nasenflügeln. Am liebsten hätte ich alles an und in mir geöffnet, um all das Gute in dieser Luft

voller prickelnder Gerüche, Sonne und Wind und Versprechungen aufzusaugen.
»Ich weiß, dass heute noch etwas passieren wird, Kleiner!«, schrie Bea hinter mir. »Spürst du es?«
Ich fuhr langsamer und mit einer Hand am Lenker weiter, bis Bea neben mir war. Der Weg war noch immer schmal, und wir mussten aufpassen, damit wir nicht doch einmal zusammenstießen.
»Was soll ich denn spüren? Etwa dich – auf diese unendliche Entfernung zwischen uns?«
»Blödmann«, sagte sie kichernd.
»Träumerin!«, schoss ich zurück und legte meine freie Hand auf ihren Arm. Ihre Haut war ebenso warm und weich wie die Luft um uns herum und schon leicht gebräunt. Zwischen den dunkleren Sommersprossen leuchteten die Härchen wie Gold. Mir gefiel es, wenn sich diese Härchen unter meiner Berührung aufstellten wie jetzt.
»Du hast keine Ahnung, Kleiner!«
»Wovon?«
»Denk selber nach!«
Bea lachte und schaute geradeaus, und ich sah sie von der Seite an, während wir nebeneinander weiterfuhren. Es gab nicht viel an ihr, was ich nicht schon kannte beziehungsweise erkundet hatte, doch ich konnte sie stundenlang ansehen und immer wieder etwas entdecken, das mich fesselte.
»Ist diese eine, diese besonders braune und niedliche Sommersprosse auf deiner Nasenspitze neu?«
»Guck nicht so, guck lieber nach vorn! Und nimm die Hand von meinem Arm, Kleiner.«
Ich sah nach vorn, ließ aber meine Hand auf ihrem Arm liegen. Sie passte einfach da hin.
»Wovon hab ich keine Ahnung?«
»Was weiß ich.« Sie kicherte. »Vielleicht von der Liebe. Oder vom wirklichen Leben?«

Ich guckte sie nun doch wieder an, ich konnte nicht anders.
»Ich bin verknallt in dich.«
»Macht nichts«, sagte sie, ließ plötzlich ihren Lenker los und breitete die Arme aus.
Ich beugte mich zur Seite, fuhr ein bisschen schneller und küsste sie sozusagen im Vorbeiradeln. Klar, dass wir dabei ins Kornfeld gerieten. Und ebenso klar, dass es eine Weile dauerte, bis wir uns zum Weiterfahren entschließen konnten. Dann trat ich so richtig in die Pedale. Schließlich wollten wir an diesem Tag noch über die Schaabe bis nach Lohme radeln und uns in dem ehemaligen Fischernest über dem Hochufer den neuen Hafen unterhalb der langen Holztreppe ansehen und in der Räucherei die Spezialitäten ausprobieren, bevor wir Sophie und die anderen am Abend damit überraschten.

Doch diese fünfzehn oder mehr Minuten zwischen den Roggenhalmen im Feld waren genau diese fünfzehn oder mehr Minuten, um die ich den ersten Trubel um die Heimkehr meines Vaters verpasste. Jedenfalls war er schon da, als wir, einen Packen Räucherfisch für das Abendessen im Fahrradkorb, am späten Nachmittag wieder im Gutshaus ankamen.
Manchmal in diesen vergangenen drei Jahren seit dem Ausstieg meines Vaters aus seinem und mehr noch aus meinem Leben nach dem Mauerfall 89 hatte ich mir vorgestellt, wie es sein und was sich in meinem Dasein ändern würde, wenn er eines Tages zurückkäme anstatt mir zu Feiertagen oder zu meinem Geburtstag grellbunte Ansichtskarten mit nur schalen Worten aus allen möglichen Teilen der Welt zu schicken. Ich war manchmal sauer und zuweilen richtig wütend auf ihn, gleichzeitig aber auch erleichtert über sein Verschwinden, denn obwohl er mir schon immer ziemlich viel Freiheit in meiner Entwicklung gelassen hatte, gefiel es mir nun meistens ganz gut, so zu leben, wie ich mir den Weg in die Welt der Erwachsenen vorstellte. Die sollte für mich naturgemäß anders sein als die meines Va-

ters oder auch die meines Opas, aber immer noch eine erwachsene Welt.
Und nun räkelte sich ein zumindest dem Äußeren nach ganz anderer als der Typ Vater aus meinen Erinnerungen auf Sophies Terrasse lässig auf einem der geflickten Plastikstühle, braungebrannt von den Sonnen und noch umgeben von den Auren fremder, weitentfernter Länder, seine Augen von einer dieser grauenvollen Sonnenbrillen verdeckt, die zwar den Blick rausließen, doch das Gesicht eines Gegenüber nur widerspiegelten, mit grauem Bart und langen, ebenfalls ziemlich ergrauten und im Nacken mit einer Lederstrippe zusammengebundenen Haaren und Gesundheitslatschen an den Füßen. Saß da, umringt von Sophie, Bertha und Adam, Opa und Rosie, Franz, Robert und seiner Familie und noch ein paar anderen, und quatschte und lachte, redete praktisch mit Händen und Füßen. Ich guckte einmal, ich guckte zweimal, ich konnte nicht fassen, was beziehungsweise wen ich da sah. Ich stand einfach nur da und glotzte diesen Fremden an, der mir auf irgendeine Art und Weise vertraut war und nach dem irgendetwas in meinem Inneren sich zu sehnen schien, auf den ich mit aller Kraft einschlagen und den ich gleichzeitig umarmen wollte.
Dann schrie Bea hinter mir so laut und begeistert, dass es in meinen Ohren gellte: »Mensch, Kleiner, dein Alter ist wieder da!«
Mir aber hatte es die Sprache verschlagen. Ich brachte an diesem Nachmittag und auch in den nächsten Tagen nicht mehr als ein paar einsilbige Antworten auf seine Fragen heraus. Ich beobachtete ihn, ich betrachtete ihn aus den verschiedensten Perspektiven. Ich folgte ihm auf Schritt und Tritt, doch wenn er sich zu mir umdrehte, wenn er mich ansprach, dann sah ich weg und ging auch sonst auf Distanz. Das dauerte so lange, bis ich mich dazu entschloss, meinen Vater als Extrembeispiel für die Verwandlung und für die Veränderungen an und in den Menschen im Osten, die diese Wende erzeugt hatte und die

noch immer nicht abgeschlossen zu sein schienen, zu sehen. Ich kannte eine Menge anderer Leute, die sich seit 89 ähnlich verwandelt hatten oder noch verwandelten, doch bei ihnen hatte sich das nicht so dramatisch und nicht dermaßen offensichtlich vollzogen wie bei meinem Erzeuger. Er hatte in der Zeit vor seinem Ausstieg seine Verzweiflung, seine Verlorenheit und das Mitleid seiner gesamten Familie voll ausgekostet – und war dann allein und anscheinend mit Vollgas aus der Tiefe bis zum Gipfel aufgestiegen. Ich traute dem Frieden nicht und vertraute meine Gedanken wie üblich meiner Gefährtin dieser Sommertage an. Wir saßen nebeneinander am Saum der Steilküste und warfen kleine Steine in Richtung einiger Kormorane, die sich auf einem Felsen in der Nähe des Ufers mit ausgebreiteten Flügeln in der Sonne aufwärmten.

»Dein Vater ist Kosmopolit geworden«, meinte Bea. »Freu dich darüber. Er ist in diesen drei Jahren, in denen er unterwegs war, weder gescheitert noch untergegangen, er ist auch kein Terrorist oder Mörder geworden oder in keiner Klapsmühle wie so mancher andere von Sand gelandet. Also, was ist an ihm nicht in Ordnung?« Ihre grünen Augen, in denen braungoldene Teufelchen tanzten, fixierten mich. »Oder spricht aus dir nur der Neid, weil dein Vater die Kurve kratzen konnte und du nicht? Weil du deinen Arsch noch immer nicht in die Gänge bringen kannst? Weil deine Welt nur aus Weimar und dieser Insel hier und tausend und mehr Träumen und Illusionen zu bestehen scheint und du die Gegenden, in denen dein Vater sich herumgetrieben hat, nur aus dem Atlas, aus Erzählungen anderer und vielleicht aus dem einen oder anderen Film kennst?«

Ich starrte sie an. So hatte ich mein Leben oder mich als Person bisher nicht gesehen. Im Gegenteil, ich hielt mich für ziemlich aufgeschlossen und hatte große Zukunftspläne. Ich wartete doch nur darauf, dass ich die Schule endlich hinter mir hatte, und danach würde ich so richtig loslegen.

»Ich verstehe nicht ...«

»Macht nichts«, sagte sie. »Du kommst schon noch dahinter, Kleiner. Auf eine gewisse Art und Weise sind wir alle fröhliche Irre.« Dann begann sie zu lachen. Ich konnte nicht anders, ich lachte mit.

Unser lautes, unbeherrschtes, geradezu hysterisches Gelächter lockte meinen Vater an, der schon eine ganze Weile in einiger Entfernung von uns auf einem Stein gesessen und auf die See hinausgesehen hatte wie ... na ja, eben wie jemand, der gerade angekommen war und schon wieder fortwollte.

»Kann ich mitlachen?«, fragte er und blieb vor uns stehen.

»Aber ja«, gluckste Bea. »Du bist herzlich eingeladen, schließlich bist du auch einer von uns Irren.«

»Ja«, sagte ich und schaute zu ihm auf. Er sah fremd aus und irgendwie merkwürdig. Sein Kopf und die während seiner Abwesenheit breiter gewordenen Schultern schienen mit der dicken weißen Wolke über ihm verwachsen zu sein. Er sah in diesem Moment aus wie Rübezahl oder einer der Riesen aus dem »Tapferen Schneiderlein«, also wie einer aus den Märchen, die zu meiner vergangenen Kindheit gehört hatten.

»Du bist eingeladen, Va...« Ich stockte, weil das Wort nicht auf meine Zunge und schon gar nicht über meine Lippen passte, und beendete den Satz dann mit einem forschen »Walter«.

Er rückte seine Sonnenbrille hoch und sah mich fest an, und plötzlich schob sich ein breites, freundliches, nur mir geltendes Grinsen von seinem Mund hinauf bis in seine Augen.

»Und worüber oder über wen lachen wir, René?«

»Das hat Bea doch schon erklärt«, sagte ich, total erleichtert darüber, dass die Mauer zwischen uns zu bröckeln begann. »Über alle die irren Typen in diesem Clan.«

»Wirst du bleiben?«, fragte ich ihn später, da hatten sich die Aufregung, die Stimmen und das Lachen im Haus wieder beruhigt, und er und ich waren als Einzige im Clan noch wach und saßen uns in der Bibliothek gegenüber, er in Sophies altem

Lehnstuhl und ich auf einem Hocker und auch mit einem Glas in der Hand, das mir merkwürdigerweise das Gefühl vermittelte, als wäre ich seit der Heimkehr meines Vaters um einiges erwachsener geworden und nicht mehr der halbwüchsige, zuerst von der Mutter und später auch noch vom Vater im Stich gelassene Junge, auf den Heinrich und Adam, Sophie und Bertha und dann auch noch Rosie aus Kärnten und sogar meine Cousine ein Auge haben mussten, damit er den vielfältigen Verlockungen seiner seit dem Mauerfall und dem Ausstieg seines Erzeugers grenzenlos gewordenen Welt nicht doch noch erlag oder in den Stürmen des Lebens unterging.

»Und was wirst du jetzt tun?«, fragte ich weiter. »Wirst du wieder als Lehrer arbeiten? Wo wirst du leben? Kommst du zurück nach Weimar? Oder schreibst du wieder für eine Zeitung?«

Ich hatte einen Haufen Fragen an ihn, und er beantwortete jede, und während wir redeten und redeten, hüllte die laue, nie ganz dunkle Sommernacht draußen das alte, marode Haus, das unsere Gespräche zuweilen mit Murmeln, Knistern, Rascheln und Seufzern in seinen brüchigen Mauern und verfaulendem Holz zu begleiten schien, mit ihrem sich im leichten Wind blähenden Sternenmantel ein. Durch das weitgeöffnete Fenster drang der Geruch nach sommerwarmer Erde und nach reifenden Brombeeren und überreifen Himbeeren zwischen staubigem Blattwerk, vermischt mit dem Duft wilder Kräuter, aufplatzender Zwiebelblüten und Karottengrün in Sophies Küchengarten und dem alles überwältigend süßherben Aroma verblühenden Ginsters irgendwo auf einem sandigen Fleck im Park.

»Ich bleibe nicht, ich werde zurückgehen«, sagte mein Vater, während wir gemeinsam durch das Fenster und auf die dünnstämmigen Buchen am Rand der Steilküste sahen, die mit ihren fast schwarz wirkenden Konturen in den Sternenhimmel schnitten. »Mein Flug geht in zwei Wochen. Nach Manila.«

»Ziemlich weit weg, oder?«
»Ja, ziemlich weit weg.«
Ich sah an ihm vorbei irgendwohin. Ich suchte nach etwas, an dem ich mich festhalten oder das ich zumindest zerschlagen konnte.
»Und ich?«
Sein Blick hielt mich fest, das konnte ich spüren. »Hast du schon Pläne, was du nach dem Abi machen wirst?«
Klar hatte ich Pläne, aber die konnte ich in diesem Moment beim besten Willen nicht artikulieren. Außerdem hatte ich einen Kloß im Hals. Ich konnte nur mit den Schultern zucken. Eine ganze Weile schwiegen wir uns an, dann sagte er: »Ich bin froh darüber, dass du dich nicht verändert hast und du selbst geblieben bist.«
Ich schnaubte. Mir war klar, was er meinte. Und weil ich meine Aggressionen meinem Erzeuger gegenüber doch noch nicht im Griff hatte, fuhr ich ihn an: »Was hast du denn erwartet? Dass ich mir einen Glatzkopf schere und mir ein Hakenkreuz auf den Schädel male? Oder dass ich Springerstiefel trage und mir Nieten in meine Ohren oder in meine Nase nagele, Totschläger mit mir herumtrage und Ausländer beschimpfe oder zusammenschlage, wie ein paar Jungs in meinem Alter das im Osten machen?« Ich hielt ihm meine bloßen Arme hin. »Oder würden dir schon ein paar Lederarmbänder für dein Bild von der heutigen Jugend im Osten genügen, vielleicht auch zerfetzte Jeans und eins von diesen ärmellosen T-Shirts ohne richtige Farbe?«
»Mein Junge …«, fing er an, doch ich ließ ihn nicht zu Wort kommen.
»Ehrlich, dein Gelabere mit ›mein‹ und ›Junge‹ und so kotzt mich an. Mich kotzt eine ganze Menge an, das kannst du mir glauben!« Erneut machte er den Mund auf, schloss ihn aber gleich wieder, weil ich noch mehr loswerden wollte. »Und noch mehr kotzen mich die Leute hier an, die so tun, als hätte es die

DDR nie gegeben, und die trotzdem noch immer eine Mauer in ihren Köpfen haben.«

»Du scheinst da etwas nicht zu verstehen, René.«

»Klar, ich verstehe vieles nicht! Ich bin ja nur einer der Langweiler aus dem Osten, die noch immer denken und so weitermachen wie vor der Wende und es nicht wagen oder schaffen, über den Rand der Suppenschüssel zu gucken. Wie du und andere das gemacht haben, und die sind nicht nur rechtzeitig in den Westen abgehauen, die sind auch noch bis auf die Philippinen gegangen«, fügte ich erbittert hinzu.

»Fertig?«

Wieder zuckte ich mit den Schultern, obwohl ich ihm viel mehr zu sagen gehabt hätte. Aber irgendwie frustrierte es mich, dass mein Vater mich nicht ernst zu nehmen schien und schon wieder auf dem Sprung war und ich noch immer bleiben musste, wo ich war. Wir hatten unsere Gläser schon vor einer Weile geleert, jetzt goss mein Erzeuger seines wieder voll. Ich sagte nichts, ich hatte sowieso genug.

»Ich geh nicht zum Vergnügen zurück«, fing er dann an. »Es gibt dort einen Platz, an dem ich noch mehr gebraucht werde als hier.« Er beugte sich vor, um mich anzuschauen. Zugegeben, er sah gar nicht übel aus mit seinem langen Haar und dem Bart und in dem weiten kragenlosen Hemd. Richtig lässig. Und mit sich zufrieden – etwas, das ich an meinem Vater früher nie bemerkt hatte, auch in seinen besten Tagen nicht.

Plötzlich grinste er mich an, und ich konnte nicht anders, ich grinste zurück.

»Du siehst aus wie einer aus dieser Flower-Power-Generation«, sagte ich.

»Oder wie ein Anhänger von einem Guru. Du weißt schon, das sind die, die im Lotossitz meditieren.«

»Flower-Power war vor meiner Zeit und in einem anderen Land, Junge. Aber das mit dem Guru und Meditieren könnte in etwa hinhauen.«

»Sag jetzt bloß nicht, dass du …«

Er winkte ab. »Den Guru habe ich hinter mir. Aber das Meditieren hilft mir dabei, zu erkennen, welche Aufgabe ich in diesem Leben habe.«

»Und was ist das?«

Er nahm einen großen Schluck und sagte dann: »Zum Beispiel mein Einsatz in der Entwicklungshilfe.«

»Und das musst du ausgerechnet auf den Philippinen machen?«, fragte ich ungläubig. »›Irgendwie sind wir doch hier auch noch Entwicklungsland!‹«, zitierte ich einen von Opas Sprüchen.

»Der Unterschied zwischen hier und den Philippinen ist, dass du Schuhe trägst«, sagte er. »Und dass du den Wasserhahn aufdrehen kannst, wenn du Durst hast oder dich waschen willst. Und dass du in einem festen Haus wohnst und nicht in einer Hütte aus Bambusblättern.« Er beugte sich wieder vor. »Die Dörfer auf den Philippinen sind nur ein Beispiel, René. Ich habe in den vergangenen drei Jahren viele Plätze gesehen, an denen die Menschen nicht nur finanzielle Hilfe des Westens, sondern vor allem tatkräftige Unterstützung brauchen. Auf Luzon bin ich dann hängengeblieben. Dort haben wir vor einigen Monaten in einem der Dörfer einen Brunnen gebaut, in einem anderen feste Häuser. Demnächst wird in unserem Dorf eine Schule entstehen.«

Ich musste schlucken.

»Wir – unser?«

Er sah mich an. Auf seinem Gesicht lag die Dunkelheit, weil wir in der Bibliothek kein Licht gemacht hatten und weil das Kaminholz längst abgebrannt und die Nacht inzwischen dunkler geworden war. Nur das Weiß seiner Augen schimmerte hell.

»Sadhi und ich, zusammen mit ein paar Freunden, die anders denken und handeln wollen als die Mehrzahl der Menschheit.«

»Sadhi?«, fragte ich blöd.
»Ich hätte es dir schreiben oder zumindest gleich am ersten Tag erzählen sollen«, gab mein Vater zu. »Aber ich wusste nicht, wie …«
»Ist doch klar wie Kloßbrühe«, sagte ich, doch in meine Großherzigkeit mischte sich überraschenderweise ein leicht bitterer Ton. »Warum solltest du in deinem Alter keine Freundin mehr haben.«
»Nicht Freundin, René. Sadhi ist meine Frau.« Er machte abermals eine winzige Pause, bevor er fortfuhr: »Wir haben einen kleinen Sohn, Marcos. Er ist jetzt vier Monate alt.«
»Super«, sagte ich nach einer Weile kalt. »Ich habe also Knall auf Fall nicht nur eine Stiefmutter, sondern auch einen Stiefbruder bekommen. Hast du wenigstens Fotos von ihnen gemacht, damit ich sehen kann, wer jetzt zu meiner engsten Familie gehört?«
»Er hat Gottfrieds Segelohren, genau wie du und ich.« Er lachte leise. »Aber sonst sieht er aus wie Sadhi, und sie ist Inderin.«
»Cool. Dann passen beide in die Familie.«
Er berührte kurz meinen Arm. »Ich zeige dir Fotos, gleich morgen früh.«
Ich wusste nicht, was ich sagen sollte, und horchte einfach in die Nacht, deren Geräusche zwischen laut und leise schwankten wie das Schilfrohr am Boddenrand, wenn eine Windbö durch seine Blätter fuhr. Oder wenn ich früher mit Opa und manchmal auch mit meinem Vater in dem alten, vielfach geflickten und nun schon lange ausrangierten Schlauchboot durch das Schilf gepaddelt war.
Obwohl er mindestens einen Meter oder so von mir entfernt saß, konnte ich seine Nähe spüren. Ich konnte ihn auch riechen. Ein bisschen roch er noch so wie früher. Das war irritierend und gleichzeitig beruhigend, auch der Gedanke, dass wir noch zwei gemeinsame Wochen vor uns hatten – und die kei-

mende Hoffnung auf vielleicht, vielleicht noch andere Zeiten der Nähe.
Plötzlich wollte ich meinen Kopf an seine Schulter legen wie damals, als ich noch ein kleiner Junge war und müde nach einem unendlich langen und gemeinsam verbrachten Tag irgendwo auf der Insel.
Zögernd streckte ich eine Hand nach ihm aus, und er ergriff sie und dann auch meine andere und zog an beiden, und schließlich lag mein Kopf tatsächlich da, wo ich ihn mir hingewünscht hatte.
»Männer heulen nicht«, brummte er, und da musste ich gleichzeitig heulen und lachen, und auch er heulte und jaulte dabei wie ein Schlosshund oder wie ein Wolf.
»Erzähl mir von Luzon und von Sadhi und Marcos«, bat ich nach einer Weile.
Er erzählte, und plötzlich war ich mittendrin in seinem neuen Leben mit Sadhi, mit dem kleinen Marcos, der in einer Hängematte schlief. Langsam begann ich mich über diesen Bruder zu freuen. Halbbruder, korrigierte ich mich.
»Ich könnte ihm zeigen, wie man angelt«, dachte ich im Überschwang dieser Gefühle laut nach. »Und wie man einen Drachen steigen lässt, ohne dass sich die Schnur verheddert. Wir könnten nach dem Sturm am Strand nach Bernstein und nach Hühnergöttern suchen. Oder im Keller Gespenst für die anderen spielen. Und dann klettern wir zusammen auf die alte Buche.«
O ja, ich hatte eine ganze Menge mit dem Kleinen vor, denn plötzlich überschlugen sich die Erinnerungen an all die Jahre meiner Kindheit, an aufregende Abenteuer, an Ausflüge und Spiele mit meinem Vater, mit Opa und Adam und Sophie und Bertha.
»Ja.« Die fröhliche Stimme meines Vaters drang von weit her in meine Gedanken. »Aber vorher wirst du dem Kleinen das Laufen beibringen müssen.«

»Klar.«
»Ich freue mich schon darauf, mein Sohn.«
Und ich sagte: »Ich bin froh, dass du wieder da bist – Papa.«
Dann schwiegen wir miteinander.

XV

Auf der Insel kam der Schnee früh in diesem Jahr und mit ihm der erste kräftige Sturm aus Nordost, der wieder einmal einen Teil der Dachschindeln vom Gutshaus lockerte oder zerschmetterte, im Park mehrere dünnstämmige Buchen entwurzelte und den oben und unten und auch in seinem nach außen hin stabil wirkenden Inneren kräftig angefaulten Pfeiler, der den an der dem Osten zugewandten Hausecke mehr oder weniger haltbar angeklebten Holzturm seit ungefähr hundert Jahren an seinem Platz gehalten hatte, einfach in sich zusammenfallen ließ.

»Der Turm stürzt ab«, mutmaßte Sophie, als sie im dichten Schneetreiben mit Adam und Bertha zusammen den Schaden begutachtete. »Wenn nicht ...«

»Ich weiß nicht.« Adam kratzte sich am Schädel. »Ich trau auch dem Turm an der Westseite nicht mehr so ganz.«

»Heinrich!« Bertha sprach aus, was die beiden anderen dachten. »Heinrich muss kommen! Der weiß noch immer am besten, was am Haus zu machen ist.«

Aber Heinrich war schon seit mehreren Wochen bei Rosie in Kärnten, die ihren Bauernhof wieder mit Rindviechern belebt hatte. Er trug die Lederhosen und die von Rosie gefertigten Strickjacken von Kurt auf und lernte mit sichtlicher Begeisterung den richtigen Umgang mit Rindern, das perfekte Stallausmisten und die Handhabung von elektrisch betriebenen Melkmaschinen und anderem bäuerlichen Gerät, wie René bei seinem letzten Wochenendbesuch auf Distelitz berichtet hatte. Da war er gerade aus Kärnten zurückgekommen, wo er ein paar Tage seiner Herbstferien auf Rosies Hof verbracht hatte. »Nur diese Gummistiefel, also die, mit denen der Kurt damals im Mist ausgerutscht und dann direkt in die Mistgabel gefallen ist, die zieht Opa nicht an, da ist er abergläubisch«, hatte er erzählt. »Und den Rücken dreht er den Viechern noch immer nicht gern zu, die haben nämlich Mordshörner. Aber sonst geht es Opa gut«, hatte er versichert. »Er hat furchtbar viel zu tun und singt und lacht den ganzen Tag.«

»Nicht Heinrich«, widersprach Sophie also ihrer Freundin. »Der hat schon genug um die Ohren bei der Rosie und ihren Kühen. Wir müssen eine andere Lösung finden.«

Sie telefonierte mit Berlin, und schon am nächsten Tag kamen die ersten Handwerker.

»Die richtigen Kontakte muss man haben!«, frohlockte Bertha. »Dann geht doch alles wie geschmiert.«

Innerhalb von einer Wochen waren beide Türme neu abgestützt, das Dach ausgebessert und noch etliches mehr repariert.

»Nach dem Winter sehen wir weiter«, versprach Andrej Stoschenkow, der für ein paar Tage aufs Gut gekommen war. »Am Haus ist noch eine ganze Menge zu tun, und Heinrich allein oder auch mit Adam zusammen kann das gar nicht mehr schaffen. Außerdem kümmere ich mich gern um diese Angelegenheiten – die inzwischen auch meine geworden sind«, fügte er hinzu und lächelte Sophie so warm an, dass ihr das Herz überging.

Wie immer bewunderte sie sein nahezu perfektes Deutsch, da saßen sie am Abend, bevor er zurück nach Berlin musste, noch in der Bibliothek und redeten über dies und das, während im Kamin das Feuer prasselte und draußen ein neuer Sturm über die Insel tobte.

Der Russe lachte herzlich über ihr Lob. »Ich bin doch hier schon so gut wie zu Hause, liebe Sophie.«

Was hab ich für ein Glück, dachte sie zufrieden.

Und wenig später, an einem Morgen Anfang Dezember, als sich ein paar kümmerliche Sonnenstrahlen zwischen die tiefhängenden dunkelgrauen Wolken über der Ostsee stahlen, fand Sophie den größten Bernstein, den sie je aus einer vom Sturm angeschwemmten grünbraunen Algenschicht unterhalb der Steilküste mit ihrer rostigen Gartenharke gekratzt hatte. Eigentlich hatte sie gar nicht vorgehabt, nach irgendetwas zu suchen.
»Ich wollte mir vom Wind doch nur die Gedanken aus dem Kopf pusten lassen und dabei ein bisschen herumharken«, erklärte sie Bertha, als sie sich gemeinsam über das gut einen Handteller große Stück beugten. Da lag es, nach der Reinigung wieder in Sophies alten Schal gebettet, zwischen den Resten ihres späten Frühstücks und schimmerte mal wie Honig und dann wieder wie Bronze oder orangefarben wie eine Apfelsine.
»Sogar ein Stich Grün ist mit drin«, stellte Bertha andächtig fest. »Da hast du wirklich mal was ganz Besonderes gefunden, nämlich einen richtigen Glücksstein. Und um was machst du dir schon wieder Gedanken?« Sie runzelte die Stirn, so dass diese aussah wie das grobmaschige Haarnetz, mit dem sie ihren schütter gewordenen, im Nacken zum Knoten aufgesteckten Zopf einigermaßen in Form hielt. »Doch nicht schon wieder um Weihnachten und diesen Geburtstag, an dem sie alle antanzen werden wie … wie …«
»Um dies und das.« Sophie nahm den Bernsteinklumpen auf und hielt ihn prüfend gegen das Licht und pulte dann mit dem Fingernagel in einer Kerbe herum, in der noch ein paar Sandkörner saßen. »Ich denke, ich werde ihn verschenken. Was soll ich alte Schachtel noch mit einem Glücksstein. Ich hab doch schon alles hinter mir.«
»Und warum siehst du dann aus, als müsstest du dir den Kopf über Probleme zerbrechen?«
Sophie legte den Stein zurück auf den Tisch.
»Nicht zerbrechen, Bertha. Ich denke nach! Über dies und das und darüber, ob unser Peter nicht doch schon immer Bescheid

wusste, dass seine Beatrice nicht … Und unser René, vielleicht will er gar nicht nach du weißt schon, sondern zu Walter.« Sie seufzte. »Ja, und dann Franz mit seinen ewigen Luftschlössern, die wird er auch in hundert Jahren nicht aufgeben, wie ich ihn kenne.«

»In hundert Jahren hat sich hier alles in Wohlgefallen aufgelöst, auch dein Franz. So lange hält es höchstens jemand aus wie du«, entgegnete Bertha feixend.

»Als Hausgespenst bestimmt.« Sophie lachte rauh. »Aber du hast recht, das sind nicht meine Probleme, darüber sollen sich andere den Kopf zerbrechen.«

»Wo du doch sowieso alles geregelt hast, mit Brief und Siegel sozusagen.«

»Richtig.« Sophie stand auf, etwas langsamer und mühsamer als sonst, weil die Kälte beim morgendlichen Strandspaziergang in ihre Knochen gekrochen und trotz des prasselnden Feuers im alten Holzherd noch nicht wieder ganz gewichen war.

»Geht's noch?«, fragte Bertha und hielt ihr die Hand hin, um ihr aufzuhelfen.

»Bilde dir nur nicht ein, dass du mit deinen vier Jährchen weniger besser dran bist als ich«, erwiderte Sophie und trotzte mit aufrechtem Rücken der helfenden Hand und dem Ziehen und Knirschen und Knacken in allen möglichen Gelenken. »Komm mit, Alte«, sagte sie dann. »Gehen wir in die Remise Motorrad schauen!«

Da standen sie dann, die beiden Alten, die eine fast hundert, die andere knapp sechsundneunzig, und bestaunten die funkelnagelneue elegante Honda zwischen halbkaputten Gartengeräten und anderem Krimskrams, und strichen mit ihren dürr und knotig gewordenen Fingern über all das Glänzende und Lederne.

»Am liebsten würde ich …«, fing Sophie an und drehte hier ein bisschen am Lenker und da und dort ein bisschen.

Und Bertha sagte kichernd: »Nix da, nicht bei diesem Wetter. Du wirst warten, bis …«

»Wir könnten doch – nur einmal«, schlug Sophie vor. »Einmal um Wittow oder vielleicht doch bis Putbus, was sind schon fünfzig Kilometerchen für solch eine Maschine? Oder wenigstens bis Bergen. Und dann rüber nach Umanz. Ich habe in diesem Herbst noch keine Kraniche gesehen, und wer weiß, was im nächsten Frühjahr ist und ob die Vögel dort wieder vorbeikommen.«

»Winter«, erinnerte Bertha sie. »Wir haben Dezember. Den Herbst und deine Kraniche haben wir also schon eine Weile hinter uns.«

Und dann war plötzlich Robert hinter ihnen und sagte mit bemüht strenger Stimme: »Wusst' ich's doch, dass du die Finger nicht von der Maschine lassen kannst, Sophie.« Er ließ den Zündschlüssel in seiner Hand hin und her schwingen.

»Nur einmal«, bat sie und musterte sein Gesicht. »Wenigstens den Motor.«

Robert drehte tatsächlich den Zündschlüssel, und die Remise füllte sich sofort mit einem kräftigen Brummen, das Sophie durch und durch ging.

»Die liegt ja geradezu auf der Lauer«, stellte Bertha fest.

Und Sophie kicherte. »Vielleicht sollte ich im Frühjahr endlich den Führerschein machen. Was meint ihr, kriege ich den in meinem Alter noch?«

»Du kannst es ja versuchen.« Robert legte einen Arm um Sophie, den anderen um Bertha. »Aber ich habe so meine Bedenken.« Und als die beiden Frauen sich kichernd an ihn drückten, sagte er: »Eines kann ich dir versprechen, Sophie ...«

»Nämlich?« Erwartungsvoll sah sie zu ihm hoch.

»Eine Tagestour über die Insel – nur du und ich.« Er lachte. »Du selbstverständlich auf dem Rücksitz.«

»Und ich dachte, du wolltest mit mir bis nach Afrika fahren.«

»Darüber reden wir nach der Inseltour.«

Später, da saßen sie wieder in der warmen Küche zusammen, und Robert zeigte die neuesten Fotos von seinen Zwillingen und berichtete auch über den neuesten Kontakt seines Vaters zu einem bekannten Unternehmer aus Frankfurt, der vor Jahren an die Börse gegangen war und einen Teil seines Gewinns nun in einer Immobilie anlegen wollte, und zwar möglichst in einem Ort an der Ostsee.
»Und da hat mein Vater eben wieder Distelitz ins Gespräch gebracht.«
»Hört das denn nie auf!«, stöhnte Bertha. »Bildet er sich noch immer ein, er könnte aus dem Gut ein Feriendorf machen?«
Als das allgemeine Gelächter verebbte, sagte Robert, plötzlich wieder ernst: »Damit ihr's wisst und es nicht von anderen erfahrt, meine Frau will sich scheiden lassen, weil ich ihr zu alt und für meine Kinder eher Opa als Vater bin.«
»Ach du liebe Scheiße!« Bertha faltete die Hände.
»Sagt man nicht, dass Großväter die besseren Väter sind?«, brach Sophie nach einer Weile das allgemeine Schweigen.
Adam, der neben Robert saß, klopfte ihm auf die Schulter.
»Macht nichts, Junge. An solche Sachen sind wir hier seit Generationen gewöhnt.«
Und Sophie hob ihr Glas. »Trinken wir also schon mal auf seine neue Frau.«
»Du lieber Himmel!«, stöhnte Robert.
Adam klopfte ihm noch immer auf die Schulter.
»Nimm dir deinen Vater und die anderen Männer als Beispiel, mein Junge. Die haben alle schon mehr als eine Frau hinter sich. Tradition und Familienehre, die müssen in diesem Haus aufrechterhalten werden, komme, was da wolle.«

Zum ersten Mal seit mindestens sechzig Jahren hatte Sophie ihr Jahresschwein nicht selbst geschlachtet, sondern diese für sie doch recht anstrengend gewordene Arbeit einem entfernten

Nachbarn überlassen. Nur die Hühner fing sie noch selbst und drehte ihnen ohne große Mühe die Hälse um. Und weil sie sich auch in diesem Jahr wieder geweigert hatte, dem Vorschlag ihres Sohnes Franz zu folgen und sich endlich eine Tiefkühltruhe anzuschaffen, waren sie und Bertha seit der Schlacht- und Erntezeit vor allem damit beschäftigt, das Fleisch sowie Gemüse und Obst aus dem Garten zu verarbeiten, zu räuchern und einzukochen. In den Regalen im Vorratskeller standen also wieder die Gläser mit Eingemachtem, Eingelegtem und mit Marmelade in Reih und Glied. Und die Gerüche nach frisch gebranntem Apfelschnaps, nach Sanddorn- und Brombeerlikör, nach Koch- und Hartwürsten, Schinken und würzigem Käse vermischten sich mit den Düften aus dem kleinen neben dem großen Kellerraum, in dem Sophie unter anderem die Blüten vom Johanniskraut und Unmengen von Zehen aus einem Knoblauchstrang in Öl angesetzt hatte.
»Das mit dem Johanniskraut sehe ich ja noch ein, das lässt sich auf dem Markt wieder ganz gut verkaufen, seitdem diese Naturwelle auch unsere Insel erreicht hat. Aber wen willst du mit dem ganzen Knofel vertreiben – doch nicht etwa Dracula? Oder mich?«, wollte Bertha wissen, als sie gemeinsam die duftenden Weihnachtspasteten in den Keller schafften. »Oder hast du etwa vor, mit dem Knoblauch noch mal hundert Jahre an deine demnächst hundert anzuhängen?« Sie wartete keine Antwort ab, sondern fuhr warnend fort: »Zuzutrauen ist es dir ja, dass du den Löffel nicht ohne Tamtam abgibst. Aber ohne mich und auch ohne meinen Adam, das sag ich dir lieber gleich. Ich will nämlich meine Augen zumachen, bevor alles den Bach runtergeht.«
»So wie du reden sonst nur die alten Leute.«
»Jetzt sag bloß noch, dass du nicht alt bist!«
»Man ist so alt, wie man sich fühlt. An einem Tag so und am anderen eben anders.«
Bertha betrachtete sie im Funzellicht der einzelnen Birne an

der Kellerdecke misstrauisch, dann nahm sie ihr die zweite Terrine aus den Händen.
»Mich wundert inzwischen gar nichts mehr«, murrte sie. »Erst das Gerede um Afrika, dann das Motorrad und jetzt auch noch der Knoblauch. Manchmal frag ich mich tatsächlich, wo das enden wird.«
»Du meinst, wo *ich* enden werde, oder?« Jetzt lachte Sophie doch, ein bisschen keckernd und eher leise als laut. »Hoffentlich da, wo alle von-Sand-Frauen enden, nämlich in der Gruft.«
»Da musst du dich aber beeilen, sonst passt du nicht mal mehr als Asche rein. Und wenn erst der Andrej …«
»Pscht!«, machte Sophie. Und als Bertha sie fragend ansah, setzte sie hinzu: »Auch Keller haben manchmal große Ohren.«

Sie sagte das nicht ohne Grund. Franz war schon vor zwei Tagen angereist, obwohl es noch eine gute Woche bis zum Fest war. »Ich nehme wieder das Eckzimmer«, hatte er verkündet, kaum dass Adam seinen Koffer ins Haus geschleppt hatte. »Ich gehöre bestimmt nicht ohne Grund zum Kreis jener illustren Gäste, die bis zu deinem Geburtstag bleiben, liebste Sophie. Deshalb habe ich wohl Anspruch auf ein einigermaßen bequemes Bett.« Kreis ist gut, hatte Sophie gedacht, immerhin hatte sie für diesen Tag knapp fünfzig Familienmitglieder jeden Alters auf ihrer Einladungsliste. Nur die engsten, hatten sie und Bertha sich vorgenommen, nachdem die erste Liste mit mehr als doppelt so vielen Namen überhandgenommen und Bertha protestiert hatte, weil sie nicht wusste, wo sie alle unterbringen sollte. »Winter!«, hatte sie geächzt. »Es ist Winter, Sophie. Da kann keiner in einem Zelt oder oben auf dem Dachboden schlafen wie im Sommer. Und bei dir in der Remise ist es auch nicht gerade mollig. Du bist eine, der die Kälte nichts auszumachen scheint, aber diese Weicheier aus dem Süden, die sind doch nichts gewöhnt.«

Dann waren sie also nochmals ans Streichen gegangen, und übrig blieben immer noch genug Leute. Da waren zum Beispiel Franz und sein ältester Sohn Robert, die schon zu Weihnachten erwartet wurden. Robert kam mit Frau und den Zwillingen, die ja noch – oder wieder – zur Familie gehörten, da aus der angekündigten Scheidung doch – oder noch – nichts geworden und Robert außerdem Sophies Berater und Vertrauter in bestimmten Angelegenheiten war. Und dann Marijke, Peters Ex-Frau. Auf diese Einladung hatte Sophie besonderen Wert gelegt, weil da noch immer etwas zu besprechen war seit jenem ersten Treffen auf der Insel. Marijke, die seit einem Jahr in Gouda in Holland die Käserei ihrer Eltern führte, hatte tatsächlich zugesagt, schon zwei Tage vor Silvester zu kommen, aber gleichzeitig klargemacht, dass sie sich eine andere Übernachtungsmöglichkeit als das Gutshaus suchen würde. Und als Einzige von allen Angeschriebenen hatte sie sich bei Bertha erkundigt, worüber Sophie sich freuen würde. »Vielleicht ein Käserad aus meiner Firma oder eine meiner Kohlezeichnungen, was meinst du?«
»Käse haben wir hier schon genug«, hatte Bertha diesen Vorschlag abgelehnt.
»Dann also die Zeichnung.« Dass Peters Ex-Frau, also Beas Mutter, tatsächlich kommen wollte, hatte Sophie nicht überrascht. »Es ist schade, dass mein Urenkel noch immer nicht begreifen will, dass ihm nicht nur irgendeine Frau, sondern ein wahres Goldstück von Frau durch die Lappen gegangen ist.«
Heinrich kam mit Rosie direkt aus Kärnten. Walter flog mit seiner indischen Frau und seinem Kind schon zum Weihnachtsfest nach Europa und blieb bis Anfang Januar, damit sich die weite Reise auch lohnte. René und Beatrice wurden gemeinsam erwartet. Bea wollte René mit ihrem Auto in Weimar abholen. Dann Dietmar, Heinrichs Zwillingsbruder, mit Frau und einem ihrer Söhne, der gerade eine Scheidung hinter sich hatte. Aus Afrika wurde Solomon als Vertretung für den Rest von Felix' Hinterbliebenen erwartet, aus Kolumbien einer von Carlos'

Nachkommen, allerdings mit Anhang und ebenfalls schon zum Weihnachtsfest. Als Ersatz für den einst in Australien verschollenen und nie wieder aufgetauchten Claus kam Donald, einer seiner Söhne, aus Melbourne. Lukas, seines Zeichens Bankier in Genf und für Sophie aus Gründen wichtig, die sie nicht einmal Bertha näher erläutert hatte, wollte samt vierter Ehefrau am Heiligabend mit dem Flugzeug bis nach Rostock und von dort mit einem Mietwagen anreisen und am 2. Januar nach Zermatt zum Skifahren fliegen. Schließlich standen noch Vertretungen anderer Familienzweige auf der Liste jener, die ihr Kommen zum Geburtstag zugesagt hatten.

Als Bertha schließlich all diese Namen zusammengezählt hatte, raufte sie sich die Haare. »O Gott, o Gott, Sophie! Da ist ja wieder einmal die ganze Welt auf der Insel versammelt.«

»Na, na, du übertreibst, meine Liebe«, entgegnete Sophie. »Ich habe Gott sei Dank nicht die ganze Welt, sondern lediglich die Nachkommenschaft meiner fünf Söhne am Hals.«

Bertha starrte sie an, schluckte und sagte ein einziges und selbst für Sophie nicht ganz nachvollziehbares Wort, nämlich: »Amen!«

Während Sophie und Bertha im Keller nach dem Rechten sahen und darüber diskutierten, ob sie nicht doch den freundlichen Vorschlag von Andrej Stoschenkow annehmen sollten, für das leibliche Wohl der Gäste am Silvesterabend zu sorgen, naturgemäß mit Kaviar, Lachs und anderen Spezialitäten, sozusagen als Geburtstagsgeschenk für die Hausherrin – während Adam, der die Einfahrt vom Schnee freigeschaufelt hatte, nicht mehr so schwungvoll wie früher, sondern mit vielen Pausen dazwischen, sich in die vor Kälte erstarrten Hände hauchte, in der vagen Hoffnung, sie mit seinem Atem vielleicht doch wieder zum Leben zu erwecken, bevor er zu den beiden Frauen in die Küche gehen und sich Berthas Strafpredigt wegen der vergessenen Wollhandschuhe anhören musste – während im Hühnerstall der nach Sophies vorweihnachtlichem Rundumschlag unter

den schlachtreifen Hennen recht einsam gewordene Hahn sich an Henne Else kuschelte, das einzige Huhn mit Namen in diesem Stall und deshalb seit einigen Jahren vor dem Kochtopf oder der Bratröhre verschont geblieben –, zu diesem Zeitpunkt also stand Franz am Fenster des von ihm besetzten Zimmers im oberen Stockwerk und starrte grübelnd auf die graue See mit ihren flachen, schwerfälligen Wellen und mit dem grauverhangenen Himmel darüber. Ihn fröstelte, obwohl Adam vor einiger Zeit noch ein paar Scheite in dem altertümlichen Eisenofen nachgelegt hatte.
Aber damit ist es ja nun bald vorbei, tröstete Franz sich, denn der Tag, an dem sich das Blatt endlich zu seinen Gunsten neigen sollte, war nahe. Sophie hat es versprochen, sagte er sich, während er dem Flugmanöver zweier Möwen zusah, die sich schrill kreischend um etwas zankten, vielleicht um einen Fischkadaver oder was die Biester mit diesen kalten, starren Augen sonst noch so fraßen.
Ekelhaft! Franz schüttelte sich und trat zwei Schritte vom Fenster zurück und zur Seite, weil es wie Hechtsuppe durch den alten, von der Feuchtigkeit aufgequollenen Fensterrahmen zog. Da musste bald etwas getan werden, sonst war das Haus wirklich nicht mehr zu retten. Seit seinem letzten Besuch im Herbst war zwar hier und da etwas unternommen worden, zum Beispiel hatten Handwerker die beiden Türme gesichert und auch beschädigte Dachziegel ausgewechselt, doch was waren diese paar und in seinen Augen nicht gerade fachgerecht ausgeführten Handgriffe denn schon – nicht mehr als ein Tropfen auf den heißen Stein. Wenn Sophie schon zugestimmt hatte, dass das eine oder andere repariert wurde, warum war sie dann nicht endlich über ihren Schatten gesprungen und hatte gleich richtig in die Tasche gegriffen und dafür gesorgt, dass dieses alte Haus wenigstens als Kaufobjekt noch einigermaßen attraktiv wurde?
Aber das soll nicht mehr mein Problem sein, auch nicht das von Sophie, dachte er, denn dieser Unternehmer aus Frankfurt, mit

dem er jetzt im Gespräch war, der war ganz heiß auf Investitionen im Osten und auch auf diesen alten Kasten. Sanieren wollte er von Grund auf, auch erweitern und dann eine Art Zentrum für Aus- und Fortbildungsseminare, vielleicht auch für Kongresse und so weiter daraus machen.
Die Hauptsache war, dass Brandtner angebissen hatte. Und wenn Franz seiner Mutter den Kaufpreis verriet, den der Unternehmer bereit war zu zahlen, und ihr danach auch seine Pläne für ihre bald gemeinsame Zukunft erklärte – nun, dann ...
Bei dem Gedanken an diesen Moment an Sophies Ehrentag und umgeben von all ihren Lieben wurden seine Augen feucht. Er wischte die Träne, die ihm plötzlich über seine rechte Wange rollte, nicht sofort weg, sondern kostete die aufwallende Rührung in seinem Inneren aus, bis die Träne sein Kinn erreicht hatte und ihn dort kitzelte. Da erst fuhr er mit dem Handrücken drüber und ließ die Feuchtigkeit auf der Haut trocknen, während seine Gedanken um Sophie und die nächsten Jahre kreisten. Ja, in knapp drei Wochen würde er am Ziel sein, wenigstens an einem der Ziele, die er sich für sein Leben vorgenommen hatte.
Die Tränenspur war getrocknet, die Gefühlsaufwallung verebbte. Franz war wieder bei klarem Verstand. Und der beschäftigte sich eben mit anderen Dingen. Zum Beispiel mit Adeles Schmuck, der für die Familie nun leider für immer verloren war. Was hätte man damit alles machen können! Nun ja, es musste noch manches andere da sein. »Familiensilber, Bilder und andere Wertsachen, vor allem Aktien, Wertpapiere, die können sich doch nicht so einfach in Luft aufgelöst haben«, hatte Franz erst kürzlich in einer Telefonkonferenz mit mehreren Clanmitgliedern gesagt. »Ich bin sicher, dass unsere Sophie an ihrem Hundertsten endlich alles offenlegt, was diese Angelegenheiten betrifft.« Den hier und da geäußerten Einwand, dass Sophie zu ihrem Ehrentag nur einen Teil der Familie eingeladen hatte, vernichtete er schon im Ansatz: »Wer dabei sein

möchte und kommt, der wird in unserem Haus wie immer willkommen sein, dafür lege ich meine Hand ins Feuer.« Und in einem Anfall von Großzügigkeit hatte er die Konferenz mit den Worten »Für jeden von euch wird …« Gerade noch rechtzeitig genug verbiss er sich »eine Kleinigkeit«, bevor er fortfuhr: «… etwas abfallen« beendet. Allerdings hatte er sofort nach dem Kappen der Verbindung doch gedacht, dass diese Worte vielleicht ein Fehler gewesen waren. Die grelljubelnden »Wir kommen!«-Schreie klirrten in seinen Ohren noch eine ganze Weile nach.

Im Gutshaus war es still, das Feuer im Ofen anscheinend ausgegangen, weil niemand ein Scheit nachgelegt hatte. Franz trat wieder dichter ans Fenster. Draußen fuhrwerkte Adam ohne sichtlichen Erfolg mit einer Harke im vom Schnee bedeckten Laub unter der alten Buche herum. Die beiden Möwen waren verschwunden, dafür rüttelte ein plötzlicher Windstoß an den losen Brettern am Hühnerstall.

Und während er so dastand, mit hängenden Schultern, wehen Beinen, frierend und frustriert von dem Grau und Weiß da draußen, musste Franz doch den schon lange in seinem Kopf rumorenden Gedanken zulassen, dass es ihn wurmte, schon immer außerordentlich gewurmt hatte, dass seine Mutter als Eigentümerin von Haus und Grund nun die von dem Frankfurter Unternehmer gebotenen anderthalb Millionen kassieren würde – und nicht er.

Franz beugte sich vor und öffnete einen Fensterflügel.

»Scheiße!«, schrie er gegen den böigen Wind an. »Alles Scheiße!«

Unter der alten Buche hielt Adam inne im Harken und winkte zum Fenster hoch.

»Hast recht, Franz, Scheißwetter!«, rief er zurück.

XVI

Ehrlich gesagt, mir blieb die Spucke eine Weile weg, als ich am Telefon von Beas Absicht hörte, für ein Jahr nach Toronto zu gehen. Also sagte ich: »Das kann nicht wahr sein!«
Ich wiederholte das mehrmals, weil ich es einfach nicht glauben konnte. Da hatte ich nämlich gerade meinen Vater wiedergefunden, und nun haute meine beste Freundin ab, das Mädel, mit dem ich bis zum Ende aller Tage gehen wollte.
»Reg dich ab, Kleiner«, riet sie mir, das war einen Tag bevor sie mich mit ihrem Golf abholen kam und wir gemeinsam weiter zu Sophie fahren würden. Sie hatte ihren Führerschein schon seit einem Jahr und das Auto von ihrer Mutter. Außerdem wurde sie am Neujahrstag zwanzig, und ich war bis zum nächsten Frühjahr noch immer siebzehn, ohne Führerschein und ohne Auto.
»Das kann nicht wahr sein!«
»Gratuliere mir lieber, dass ich tatsächlich einen Platz an der Uni gekriegt habe. Literatur und Kunst, also genau das, was ich immer vorhatte. Und stell dir vor, unter den Dozenten ist die Atwood! Erinnere dich«, forderte sie mich auf, als ich nicht reagierte, sondern dem wühlenden Schmerz in meinem Inneren nachhorchte, »wir haben ihre Romane zusammen gelesen, vor drei Jahren, glaub ich.«
»Verdammt, ich will nicht, dass du nach Kanada gehst!«
Eine Weile hörte ich nur die üblichen Zwitschergeräusche aus dem Äther, und genau in dem Moment, in dem ich fragen wollte, ob sie noch dran war, sagte sie: »Kleiner, gewöhne dich daran, dass ich in weniger als zwei Wochen zwanzig bin und dass du mit deinen siebzehneinhalb zwar noch nicht erwachsen bist,

aber trotzdem nicht mehr an meinem Rockzipfel hängen kannst. Wir haben bis jetzt eine lange und ziemlich gute Zeit miteinander gehabt. Doch nun musst du loslassen.«
Ich stellte keine Frage, ich sah nur das, was auf mich zukam.
»Das ist also das Ende.«
»Hä?«, machte sie.
»Das Ende unserer Beziehung.«
Sie lachte los. Sie lachte tatsächlich, und ich nahm mein Handy vom Ohr und drückte auf die Aus-Taste. Keine zwanzig Sekunden später bimmelte es. Ich starrte den Apparat an, im Kopf völlige Leere, und wusste deshalb nicht gleich, wo ich jetzt drücken sollte. Ich hatte das Handy noch nicht lange, genauer gesagt hatte ich es erst seit diesem Tag beziehungsweise seit ungefähr drei Stunden. Und Bea war der erste Mensch, den ich angerufen hatte. Ich fand die Taste.
»Habe ich etwas von Ende gesagt?«, erkundigte sie sich.
Ich schwieg, ich hatte genug mit dem Kloß in meinem Hals zu tun.
»Ein Jahr, Kleiner! Was ist denn ein Jahr! He, bist du dran?«
Ich kniff die Lippen zusammen. Ich wollte nicht sofort etwas sagen, sollte sie ruhig eine Weile schmoren. Aber so einfach war das nicht, denn meine Gedanken wollten nicht so, wie ich das wollte.
»Du könntest in Paris studieren. Oder in Moskau. Meinetwegen auch in Italien. Das ist wenigstens nicht so weit weg und noch in Europa.«
»Red keinen Quatsch, Kleiner«, sagte sie mit plötzlich leicht ärgerlicher Stimme. »Jetzt, da ich endlich eine Chance habe, meinen Horizont zu erweitern, da benimmst du dich wie ein kleines Kind.«
»Du wirst eine Menge fremder Leute kennenlernen. Und bestimmt ist jemand darunter, der dir lieber ist und dir mehr bieten kann als ich.«
Sie seufzte, nahm es aber immer noch locker.

»Ich weiß, wie du dich fühlst, Kleiner. Du hast die üblichen Minderwertigkeitskomplexe. Die haben noch immer etwas mit eurer dämlichen DDR-Vergangenheit zu tun. Du bist neidisch, und eifersüchtig – und das alles ohne Grund.«

»Quatsch mit Soße!«, fuhr ich sie an, gleichzeitig empört und enttäuscht darüber, dass sie auswich. »Lass unsere DDR aus dem Spiel, das ist doch kalter Kaffee. Aber in einem Jahr kann viel passieren«, setzte ich in etwas weniger hitzigem Ton hinzu.

»Ich mache nur das, was ich selbst will«, behauptete sie.

Ich wusste, es war dumm und ungerecht von mir, aber ich konnte nicht anders und sagte: »Ich weiß, dass du abhaust, weil ich dir auf die Nerven gehe. Weil ich und das Leben, das ich habe, dir zu langweilig sind! Weil du mit dem, was ich bin und was ich dir geben kann, nichts anzufangen weißt.« Ich plusterte mich richtig auf, als sie schwieg. »Was hab ich denn schon zu bieten, ich bin doch nur einer von diesen armen Schluckern, die euch Wessis hinterherhinken und es nicht einmal bis nach Kanada …«

Ich biss mir auf die Lippe, leider zu spät. Jetzt war ich genau da, wo sie mich wahrscheinlich haben wollte.

Und prompt reagierte sie: »Wusst ich's doch, dass da dein Problem liegt, Kleiner. Aber so war das schon immer mit euch Ossis. Ihr könnt eure Komplexe uns gegenüber einfach nicht überwinden. Ihr gönnt uns nichts, was ihr nicht auch sofort haben könnt, weil ihr euch sonst beschissen fühlt. Und ihr habt schon immer vergessen, dass wir nicht schuld sind an eurer Misere, sondern eure blöde DDR. Und dass ihr selbst etwas tun müsst, um etwas in eurem Leben zu verändern.«

»Ha, da höre ich direkt deinen Franz reden!«, höhnte ich. »Typisch Wessi!«

»Er ist immerhin mein Urgroßvater.«

»Richtig«, sagte ich triumphierend. »Und der Apfel fällt bekanntlich nicht weit vom Stamm.«

Jetzt wurde auch sie ernstlich böse.

»Du kannst ja deine Mauer wieder aufbauen, falls es dir nicht passt, wenn dir jemand die Wahrheit verklickert!«, schrie sie.

»*Ich* muss sie nicht wieder aufbauen, die habt ihr Wessis doch noch immer in euren Köpfen!« Ich holte tief Luft. »Und außerdem, ich brauche dich und dein bescheuertes Auto nicht! Ich komme nämlich auch allein zurecht und ohne deine Hilfe auf die Insel!«

»Kleiner, das reicht!«

»Und nenn mich nicht immer Kleiner!«, brüllte ich zurück, aber sie hatte schon aufgelegt.

Es war das erste Mal, dass wir uns richtig gestritten hatten, und ich fühlte mich schlecht wie selten in meinem Leben.

Da saß ich nun, allein mit meinen Gedanken und mit meinen Ängsten, in dieser Zweieinhalb-Zimmer-Wohnung in einem der tristen grauen Plattenbauten in Weimar. Frustriert stierte ich durch die verdreckte Fensterscheibe auf den tristen grauen Plattenbau mit verdreckten Fensterscheiben gegenüber. Auch der Tag war trist und grau, so kurz vor Weihnachten und mit dem matschigen Schnee auf den Gehsteigen und auf den Hausdächern.

Kurzentschlossen tippte ich die Nummer meiner Ururgroßmutter auf meinem Handy ein. Als sie sich mit ihrem gewohnten »Hallo, wer ist denn dran?« meldete, mit dieser seit ein paar Jahren etwas zittrigen, aber trotzdem noch immer wachklingenden Stimme, sagte ich: »Wenn es dir recht ist, dann komme ich schon morgen – mit dem Zug.«

Sie fragte nicht nach dem Warum, sie sagte nur: »Wenn du kommen musst, dann kommst du eben.« Und alles das, was ich für sie empfand, was sie für mich war und hoffentlich noch sehr, sehr lange blieb, brachte in diesem Moment mein Herz oder was immer in meinem Inneren sonst noch war, fast zum Platzen.

Als ich am nächsten Morgen in Weimar in den Zug stieg, war der Regen mit einzelnen Schneeflocken vermischt. In Berlin, wo ich mir fast den Arsch abfror bei dem nasskalten Wind, musste ich eine Weile auf den Anschlusszug warten, und der Schnee fiel schwer und blieb als Matsch auf den Dächern und auf den Straßen liegen. Und ab Stralsund war die Landschaft derart weiß und glitzerte in der Sonne, dass ich nicht aus dem Zugfenster sehen konnte, weil meine Augen sofort zu tränen anfingen. Deshalb hielt ich sie lieber geschlossen und hing meiner Weltuntergangsstimmung nach. In der vergangenen Nacht hatte ich mir nämlich wieder einmal den Irving ins Bett geholt und gewisse Passagen nachgelesen, die bisher auf Bea und mich gepasst hatten wie die Faust aufs Auge. Doch dann stieß ich auf so niederschmetternde Sätze wie »Alles ist ein Märchen« oder »Und so träumen wir weiter gegen den Strom, so erfinden wir unser Leben« und »Unsere Träume entschlüpfen uns fast so lebendig, wie wir sie heraufbeschwören können, so läuft das nun mal, ob es uns passt oder nicht«. Zugegeben, ich hatte diese Sätze wie schon so oft aus dem Zusammenhang gerissen, aber sie passten einfach gut zum Ende unseres Märchens.

Nach dem kurzen Halt in Bergen machte ich meine Augen doch wieder auf und sah durchs Fenster in die schon ein bisschen schrägstehende und fahle Wintersonne und auf schneebedeckte Felder und Bäume und rauchende Schornsteine auf Häusern und dann auf den Kleinen Jasmunder Bodden, der vom Wind aufgezwirbelte Schaumwellen am Ufer auflaufen ließ. Ich war, als ich in Sassnitz aus dem Zug stieg, so geblendet von dem glitzernden Weiß um mich herum und derart benommen von dem eisigen Ostwind, der mich auf dem Bahnsteig mit Wucht überfiel, und auch von den Gedanken, die ich in den letzten Stunden gewälzt hatte und die noch immer in meinem Kopf waren, dass ich nicht gleich mitkriegte, wer mich auf dem Bahnsteig erwartete. Ich sah nur jemanden, der mich irgendwie an jemanden erinnerte, den ich so gut kannte, dass ich die Zahl

seiner Sommersprossen auf der Nase prompt hätte nennen können.
»Du siehst richtig schlimm aus«, sagte Bea.
Ich schaute sie an. Sie sah auch nicht gerade gut aus mit den Ringen unter den Augen und der laufenden Nase und überhaupt.
Sie zog den Kragen ihrer gefütterten Jacke hoch.
»Guck nicht so. Ich habe gerade zehn Stunden auf einer Autobahn hinter mir, die mit Baustellen, Unfällen und Staus gespickt war wie Berthas Rehbraten mit Speck. Und das alles nur, um dich hier zu erwischen und dir den Bus nach Distelitz zu ersparen.«
Und ich sagte: »Du hast recht, ich, nein, wir müssen beide loslassen, so läuft das nun mal, ob es uns passt oder nicht. Wir können einfach nicht weiter so aneinanderkleben.«
»Du sagst es«, erwiderte Bea.
Ich wagte es, ich streckte meine Hand aus und legte sie sachte auf Beas Arm. Ich hätte gern ihre Haut gespürt, aber es war Winter, und sie hatte eine dicke Jacke an.
»Tut mir leid, das war ein blöder Streit gestern am Telefon.«
»Mir tut's auch leid.«
Wir sahen uns an. Sie legte mir ihre Arme um den Hals. Ich legte meine um ihre Taille. So standen wir eine Weile, durch Blicke und Berührungen noch miteinander verbunden und gedanklich doch schon an einer Kreuzung von Wegen, die in verschiedene Richtungen führten und vielleicht irgendwann irgendwo wieder zusammenliefen.
Bea küsste mich.
In diesem Moment war ich sicher: Irgendwann würden sie irgendwo wieder aufeinandertreffen.
»Nimm's nicht so tragisch, das mit Toronto«, sagte sie. »Und wenn ich wiederkomme, dann studiere ich in Berlin weiter.«
Und ich sagte: »Wenn du zurückkommst, bin ich wahrscheinlich schon auf dem Weg zu meinem Vater. Er hat mir nämlich

angeboten, dass ich vor der Uni ein Praktikum bei ihm machen kann – für ein Jahr und als Entwicklungshelfer, sozusagen. Vielleicht bleibe ich auch …« Ich sagte nicht »für immer«, obwohl es mir auf der Zunge lag. Aber es wäre nicht ehrlich gewesen, eher ein Relikt aus der Trotz- beziehungsweise Verzweiflungsphase, die ich in der Nacht vorher und heute im Zug durchgemacht hatte. Deshalb beendete ich den Satz mit: »… noch ein bisschen länger, falls ich dort gebraucht werde.«

»Wir haben Zeit. Viel Zeit.«

Sie streichelte meinen Nacken, da, wo der Kragen nicht hinreichte. Ihre Finger waren kalt, aber die Berührung ging mir trotzdem durch und durch. Ich fühlte mich, als hätte ich einen tonnenschweren Felsen abgeworfen.

Sie lächelte mich an. »Es ist besser so. Wir beenden nur gerade ein Kapitel und machen Platz für das nächste.«

Sie rückte noch ein bisschen näher an mich heran und legte ihren Kopf an meine Schulter. Ihr Haar roch nach Winterluft und See und ein kleines bisschen nach einem Parfüm, das ich noch nicht kannte. »Und wenn du von den Philippinen zurückkommst, treffen wir uns als Erstes hier auf der Insel bei Sophie wieder.«

Ich hielt sie fest.

»In zwei, spätestens in drei Jahren.«

Ihr Haar kitzelte mich. Ich hob mein Kinn und sah über sie hinweg zwischen die Häuser und den winterstillen Hafen von Sassnitz mit dem ausrangierten englischen U-Boot am Kai und dann weiter auf die Ostsee mit ihrem schwammig-grauen Horizont und mit ihren kabbeligen Wellen und den kreischenden Möwen darüber.

»He!«, rief Bea plötzlich und rückte ein wenig von mir ab. »Ich fass es nicht!«

»Hä?«

Sie musste zu mir aufsehen, und ich sah zu ihr hinunter. Ein bisschen nur, vielleicht drei, maximal drei und einen halben

Zentimeter. Sie sah mich an, ernst und mit diesem gewissen grün-goldenen Funkeln in ihren Schokoaugen, das mich schon am ersten Tag mit ihr fasziniert hatte.
»Ich glaube, du fängst an, mir über den Kopf zu wachsen, Klei… äh … René!«
Zuerst kapierte ich nicht, doch dann fiel der Groschen. Sie hatte mich zum ersten Mal, seit wir uns kannten, beim Namen genannt. Und ich begann zu lachen, mit einer seltsam schmerzlichen Mischung aus Freude und Stolz. Und auch ein bisschen Bedauern.

XVII

Das Gutshaus füllte sich wieder einmal mit Menschen. Es schien seine morschen Mauern zu dehnen und zu blähen, weil es allen Familienmitgliedern, die da unaufhörlich und aus verschiedenen Richtungen zum Weihnachtsfest und mit Gepäck für mehrere Wochen anreisten, genügend Platz bieten musste. Heinrich, der seit Anfang September nicht mehr bei Sophie gewesen und mit Rosie schon kurz vor dem großen Ansturm des Clans auf der Insel eingetroffen war, kam es vor, als würde das Haus plötzlich schneller atmen, als würde es bei jedem Schritt im Foyer oder auf der Treppe nach oben vor Entrüstung über diesen neuerlichen Ansturm der Familie erbeben. Während er half, das Gepäck der gerade Angekommenen nach oben in die Zimmer zu tragen, blieb er immer wieder auf den ausgetretenen, sich seitlich hebenden Stufen stehen, seinen Kopf schiefgelegt und mit halbgeschlossenen Augen, als würde er auf etwas Bestimmtes horchen.

»Was, meint ihr, hört Heinrich, wenn er so dasteht, in jeder Hand einen Koffer, mitten auf der Treppe und mit einem ziemlich komischen Ausdruck im Gesicht?«, fragte Bertha.

»Vielleicht hört er wieder die Stimmen der Toten«, mutmaßte Sophie.

Adam nahm seinen zerbissenen Pfeifenstiel aus dem Mund.

»Mir zwinkert die Adele manchmal zu, wenn ich die Treppe von unten nach oben gehe.« Runter funktioniert das nicht, nur wenn ich nach oben gehe.«

»Jetzt fang du nicht auch noch an mit diesem Geisterkram!«, fuhr Bertha ihn an. »Das hat mir gerade noch gefehlt.«

Sophie schichtete einen Haufen geschnittenes Gemüse auf das

Hühnerklein im Topf und schob ihn auf die Herdplatte. »So«, sagte sie und wischte sich die Hände an der Küchenschürze ab, »für heute mach ich hier …« Schluss, wollte sie sagen. Stattdessen musterte sie Bea und René, die, gefolgt von einem Kälteschwall, plötzlich in die warme Küche stürmten, und fragte: »Wie wäre es mit einem heißen Kakao und einem Stück frischen Streuselkuchen zum Aufwärmen?«

Als hätte sich ihre Frage auf wundersame Weise im ganzen Haus verteilt, drängten sich nacheinander Heinrich und Rosie, Robert, Lucia und die Zwillinge, Walter mit seiner kleinen Familie, Solomon in seiner buntleuchtenden afrikanischen Tracht und noch der eine und andere von den Neuankömmlingen in die Küche und um den großen Tisch. Ganz zum Schluss kam Franz, blieb einen Moment lang in der Tür stehen und überflog das familiäre Geschehen mit wohlgefälligem Blick.

»Momente dieser Art …«, er legte einen Arm um seine Mutter, die beim Kakao-Einschenken gerade in seine Nähe gekommen war, »… die sind doch jeden Aufwand, jede Anstrengung wert, nicht wahr, meine liebe Sophie?«

»Amen«, sagte Bertha.

»Warum sagst du immer Amen, Bertha? Wir sind doch nicht in der Kirche«, regte Franz sich auf.

In dieser Nacht vor Heiligabend saß Sophie mit denen, die ihr nun einmal nahestanden, noch lange in der Bibliothek zusammen und naschte von den würzigen Kostproben, die Heinrich und Rosie aus Kärntens Landwirtschaft mitgebracht hatten und die naturgemäß so ganz anders schmeckten als die Kost von der Insel.

»Gut, gut«, murmelte sie, in Adalberts alten Ohrensessel gekuschelt, den Robert dicht an den Kamin mit dem flackernden Feuer gerückt hatte. Sie lauschte auf das Heulen und Fauchen des Windes draußen und das Knistern der brennenden Holzscheite auf dem Kaminrost, die leisen Gespräche, das Schweigen zwischen den Worten und auch das unterdrückte Gelächter der anderen um sie herum. Es fiel wohl niemandem auf, dass sie schwieg, nur manchmal berührte eine Hand behutsam ihre Schulter, ihren Arm, ihre Hand oder eines ihrer Knie. Dann wurde flüsternd gefragt: Geht es dir gut, möchtest du dies, möchtest du das? Und Sophie schüttelte den Kopf oder nickte, je nachdem, was gerade gefragt wurde. Es ging ihr gut, sie brauchte nichts, nur dieses wohlige Gefühl, das ihr das Zusammensein mit den Menschen hier in diesem Raum vermittelte. Und ein Gläschen oder auch zwei von dem echten Champagner, den Heinrich heimlich aus dem Karton – von Franz im Keller versteckt, ohne daran zu denken, dass sich Heinrich dort bestens auskannte – geholt hatte.

Und während die Nacht voranschritt, auf leisen Sohlen und mit dem Wispern der Vergangenheit irgendwo im Holz an der Decke, während Heinrich einmal und ein zweites, gar drittes Mal in den Keller schlich, betrachtete Sophie aus halbgeschlossenen Augen jeden, der auf einem der alten Stühle oder auf dem Fußboden um sie herum saß, um auch in der Zeit, in der sie alle wieder, vielleicht sogar für immer, auseinandergegangen waren, nicht zu vergessen, wie sie sich im Lauf der Jahre verändert hatten und nun aussahen oder sich bewegten. Wie sich der Ausdruck auf ihren Gesichtern veränderte, wenn sie nachdachten, schwiegen oder den Menschen an ihrer Seite anschauten und alles andere dabei vergaßen. Heinrich zum Beispiel, der war ein ganz anderer geworden, der glänzte und strahlte mit seiner Rosie um die Wette, der war ihr, Sophie, schon ein bisschen entrückt, wie er so dasaß in seiner Trachtenjacke und mit dem roten Strick um den Hals statt einer Krawatte – die er ohnehin nie im Leben getragen hätte – und mit den lebhaften Schilderungen seiner Arbeit auf Rosies Hof. Oder René, der seine Haare nun länger trug und auch sonst wohlgewachsen war und Beas Hand festhielt, als könnte er sie tatsächlich festhalten, für immer, obwohl Bea doch schon auf dem Sprung ins Erwachsenenleben

und nicht abzusehen, nur zu hoffen war, das sie etwas daraus machte. Peter und Marijke, Beas Eltern – nein, Beas Mutter –, jeder der beiden auf einer anderen Seite dieses Kreises, beide gezeichnet von der schwierigen Trennungszeit, die hinter ihnen lag und trotzdem noch nicht überwunden war; sie vermieden es, sich anzusehen, jeder hütete seine Geheimnisse, und doch waren sie noch immer fester miteinander verbunden, als sie dachten. Dietmar, Heinrichs Zwillingsbruder, hatte seinen Arm um Peters Schulter gelegt, eine Geste, die Sophie etwas seltsam fand. Denn gerade Dietmar, der im August 89, also noch vor dem Fall der Mauer, über Ungarn in den Westen geflüchtet war, war noch nie anhänglich oder Familienmensch gewesen wie zum Beispiel Heinrich. Dietmar hatte sich früh vom Leben auf der Insel abgesondert und bei seinen seltenen Besuchen wenig von dem erzählt, was für ihn wichtig geworden war.
Robert saß neben ihr, vertraute Gegenwart. Sie musste ihn nicht ansehen, ihn spürte, fühlte sie, ihn durchschaute sie besser als seinen Vater. Franz, ihr Sohn, dem Robert so ähnlich sah, was das Äußere betraf, lag bereits seit Stunden oben in ihrem Bett und meinte wahrscheinlich, den Schlaf der Gerechten zu schlafen. Dann Lukas, einer ihrer zahlreichen Enkel, der Banker mit den wachsamen Augen aus der Schweiz, er hatte sich den anderen einfach angeschlossen. Ihn musste Sophie an diesem Abend in ihrer Nähe dulden. Er wusste mehr über sie, als sie jemals preiszugeben gewillt war. Eine derartige Verletzung, wie sie sie damals in Bern erlitten hatte, die heilte wohl nie. Und Walter, der mit seiner indischen Frau Sadhi und dem niedlichen Baby am späten Nachmittag eingetroffen war. Frau und Kind schliefen schon in einem der oberen Zimmer, und er kämpfte mit sichtlicher Mühe gegen den zeitverschobenen Schlaf an, weil Sophie ihn gebeten hatte, mit ihr und den anderen in die Bibliothek zu kommen.
»Ich denke, es ist besser, wenn wir im kleinen Kreis über ein paar Sachen reden, sonst ist in dieser Familie schon am Heilig-

abend der Teufel los, und den erwarte ich ehrlich gesagt erst an meinem Geburtstag.«

»Welche Sachen?«, wollte er wissen, doch sie hatte geschwiegen, ihm nur verschwörerisch zugeblinzelt und den Finger auf den Mund gelegt, weil in diesem Moment sein Großonkel Franz in ihrer Nähe aufgetaucht war.

Da hockte er nun, Heinrichs Sohn, der seine Bestimmung auf einer Inselgruppe irgendwo im Stillen Ozean gefunden hatte und zum ersten Mal in seinem knapp vierzigjährigen Leben Zufriedenheit, sogar Glück ausstrahlte. Und der seinem Sohn René – der, nicht mehr Junge, noch nicht Mann – jetzt ein ganz anderer Vater sein konnte als noch vor ein paar Jahren. Aber konnte er das wirklich sein – bei dieser räumlichen Entfernung zwischen ihnen?

Philippinen, murmelte Sophie lautlos vor sich hin. Das Wort kam ihr so schwer über die Lippen, wie für sie der Weg zu diesen Inseln beschwerlich sein würde. Nein, sie würde nicht mehr sehen, wie ihr Urenkel Walter dort lebte, sie konnte sich das nur nach seinen Erzählungen vorstellen, wie sie sich das Leben ihrer zahlreichen Nachkommen sowieso nur schwer vorstellen konnte, die irgendwo auf dieser Welt Rinder, Schafe oder Strauße züchteten, die in Amerikas Großstädten architektonische Wunder planten oder erbauten, die als Zahnarzt auf den Hochebenen von Peru den Indios die Zähne zogen, in Frankreich Wein anbauten, in Sibirien Öl förderten, in Australien Krokodile einfingen, um sie den Touristen vorzuführen, die das Geld anderer Leute anhäuften oder ausgaben, sich einbildeten, Kindern und Jugendlichen den rechten Weg ins Leben aufzuzeigen. Oder die irgendetwas anderes machten, was ihr fremd war.

Sie schreckte zusammen, weil Robert sie am Arm berührte und ihr zulächelte, als sie aufsah.

»Du bist so still. Müde, Sophie?«

»Nein!«, sagte sie fröhlich. »Aber ihr lasst mich ja einfach nicht

zu Wort kommen. Dabei habe ich euch noch eine Menge zu erzählen, bevor hier der ganze Trubel wieder losgeht. Und schlafen kann ich später in der Gruft noch lange genug.« Sie lächelte spitzbübisch und zeigte in die Runde. »Außerdem lass ich euch doch nicht hier sitzen und das teure Geburtstagsgeschenk für mich, also den echten Schampus meines Sohnes Franz, ohne mich austrinken.«
Heinrich hob eine der leeren Flaschen vom Boden auf und grinste breit und wirkte überhaupt ein bisschen beduselt. »Na, dann werde ich wohl noch eine aus dem Keller holen müssen, die hier ist nämlich auch schon wieder leer.« Er stand auf, etwas wackelig auf den Beinen. »Vielleicht bringe ich auch gleich noch eine mit, dann erspare ich mir den nächsten Kellergang.«
»Bring den ganzen Karton mit. Scheiß doch der Hund auf den Geburtstag. Feste soll man feiern, wie sie fallen, und heute ist für mich eben ein Festtag.« Sophie rutschte kurz in Adalberts Sessel hin und her, bis sich das knarrende Leder ihrem knochigen Hintern besser angepasst hatte. »Und glaubt mir, wenn ich erst einmal damit anfange, aus meinem Leben zu erzählen, dann werde ich nicht so bald aufhören können.« Sie lachte so herzhaft, dass sie sich eine Hand vor den Mund halten musste, damit ihr falsches Gebiss nicht herausflog.
Peter klatschte trunken in die Hände und fragte: »Verrätst du uns endlich, wo dieser verdammte Schatz vergraben ist, liebe Sophie?«
Lukas drehte das leere Glas in seinen Händen, sah irgendwohin, schwieg und grinste vielsagend.
René und Bea stießen sich an und flüsterten und kicherten miteinander, dann platzte Bea zusammenhanglos heraus: »Ernst ist das Leben, heiter ist die Kunst!«
Und René grinste und sagte: »Ihr müsst nichts darauf antworten, das ist nur der Champagner.«
Rosie aber riss den Mund auf und strahlte mit ihrem gebleckten Pferdegebiss. »Ja, erzähl, Sophie! Erzähl uns von … ja, von

Sergej und Jakob und von den anderen Männern in deinem Leben.«
Und Marijke, die bisher eher zugehört als sich an den Gesprächen beteiligt hatte, erhob sich von ihrem Stuhl in der Nähe der Tür und setzte sich neben ihre Tochter auf den Fußboden und damit direkt vor Sophies Füße.
Heinrich, der den Champagner aus dem Keller geholt hatte, blieb, den nur noch halbvollen Karton unter seinen Arm geklemmt, in der Tür stehen.
»Das sieht ja hier aus wie eine von diesen Märchenstunden für Kinder im Fernsehen.«

Noch später in dieser Nacht, die dem nahenden Morgen an der Schwelle zwischen Himmel und Wasser mit dicken schwärzlichen Schneewolken zu trotzen versuchte, lehnte Rosie sich auf der Bettkante in ihrem Zimmer mit dem Rücken an Heinrich, der neben ihr saß. Er drückte sein Gesicht an ihren Hals und umschlang sie von hinten.
»Manchmal«, sagte sie, »manchmal kommst du mir vor wie ein Hund, der einem dauernd seinen Kopf in den Schoß drängt.«
»Wauwau«, bellte Heinrich direkt in ihr Ohr, und sie boxte ihn mit ihrem Ellbogen in die Rippen.
»Du bist betrunken!«
»Nach zwölf Flaschen Schampus für …«, er musste nachdenken, »… für zehn Leute darf unsereiner betrunken sein.« Er ging noch näher auf Tuchfühlung. »Der arme Franz. Ich hoffe, er hat noch ein anderes Geschenk für unsere Sanddistel.«
»Sanddistel.« Rosie lachte leise. »Bei gutem Wetter öffnet sie ihre Blüte, bei schlechtem macht sie sie zu. Der Name passt zu ihr.«
»Wie die Faust aufs Auge«, versicherte Heinrich.
»Diese Liebesgeschichte mit Sergej, schade, dass die so enden musste.«

»Das mit dem Kredit von dem reichen Schweizer, diesem Schwein, die ist auch nicht ohne.« Er knöpfte ihr Nachthemd auf. »Meinst du, Sophie hat uns wirklich alles über diese Sache erzählt?«
»Alles, was sie uns erzählen wollte.«
Heinrich kicherte. »Ja, ja, ihr Frauen mit euren Geheimnissen.«
Eine Weile schwiegen sie beide. Dann sagte Rosie: »Und danach Jakob, du weißt, der Jude.« Sie kuschelte sich enger an ihn und seufzte vor Behagen.
»Vergiss nicht den Baron aus Mecklenburg, diesen Schwindler.«
»Und dann dieser italienische Künstler, der sie als Modell für seine Aktstudien haben wollte! Meinst du, sie hatte auch mit ihm ...?«
Heinrich schloss die Augen und überlegte, bevor er antwortete. »Nein, aber so ganz sicher bin ich mir da nicht.«
»Und der afrikanische Stammeshäuptling, der sie kaufen wollte. Du meine Güte!« Sie drehte sich zu Heinrich um. »Ein Leben wie ein Roman.«
»Ich hoffe, Beatrice schreibt das alles wirklich einmal auf – mit René zusammen. Die beiden reden doch ständig über Bücher und das, was sie selbst alles schreiben könnten. Material haben sie ja jetzt genug.«
Heinrich hob den Kopf und sah durchs Fenster am Bett gegenüber. Wo sich im Osten Himmel und See berührten, war jetzt ein schwacher Schimmer Helligkeit erkennbar. Er dachte daran, dass er in wenigen Stunden mit dem Aufstellen und Schmücken des Baumes anfangen musste, das war schon immer seine Aufgabe am vierundzwanzigsten gewesen.
Er atmete tief durch. Er war so aufgeregt wie damals, als er fünf Jahre alt war und er und sein Bruder das erste Weihnachtsfest auf dem Gut und mit Sophie erlebt hatten. Damals war die Tanne nicht größer als er selbst, aber es war der erste bunt und

fröhlich geschmückte Weihnachtsbaum in seinem und Dietmars Leben gewesen.
Rosie regte sich sachte in seinen Armen. »Lass uns noch ein bisschen schlafen, bevor der Tag beginnt.«

Eine Zimmertür weiter zitterte Sadhi vor Kälte und flüsterte mit ihrem kleinen Sohn Marcos, den sie sich auf die Brust gelegt hatte, um ihn und auch sich zu wärmen. Dabei horchte sie auf die tiefen, ruhigen Atemzüge von Walter und dachte an den warmen Wind, der die Blätter der Palmen, die ihr Haus auf der Insel im Stillen Ozean umringten, zum Rascheln brachte.

Im Zimmer daneben hielt Lucia ihrem Mann Robert die Nase zu, damit er mit dem Schnarchen aufhörte und nicht auch noch die Zwillinge auf der Schlafcouch weckte. Er wurde nicht wach, aber etwas ruhiger und drehte sich auf die andere Seite. Dann stand sie auf und öffnete das Fenster einen Spaltbreit, um frische Luft zu schnappen. Es schneite leicht. Sie sah zur Remise hinüber, in der das Motorrad stand. Um ihren Mund spielte ein bitterer Zug. In letzter Zeit hatte Robert seine Hemmungen verloren, Geld, viel Geld sogar, für sich selbst auszugeben statt für seine Familie. Für den Betrag für dieses Motorrad hätte sie sich wahrscheinlich einen Sportflitzer leisten können. Die kalte Schneeluft ließ sie frösteln, und so schloss sie das Fenster wieder und legte sich neben ihren Mann. Sie drehte ihm den Rücken zu und wartete mit offenen Augen darauf, dass sie einschlief.
Aber der Schlaf kam nicht.

Am Ende des Flurs im Obergeschoss sah Franz auf seine Armbanduhr, die kurz vor fünf zeigte, und entschloss sich für den Gang ins Badezimmer. Er überlegte, während er in seine ledernen Pantoffel schlüpfte, ob und wo er an diesem kalten, windigen Wintermorgen seine gewohnte Gymnastik machen sollte.

Bei den vier Schritten über den Flur entschied er dann, es mit dem Sport nicht mehr zu übertreiben. Schließlich wurde er demnächst vierundachtzig, da konnte er sich wohl mit gutem Gewissen einen Bauch und auch ein paar Falten an Armen und Beinen leisten. Im fleckigen Spiegel über dem Waschbecken betrachtete er sich eingehend und fand, dass er für sein Alter und trotz seiner Glatze noch immer erstaunlich gut aussah, sogar besser als sein knapp zwei Jahrzehnte jüngerer Sohn Robert, der es nicht nötig fand, wenigstens eine Strähne seines noch vorhandenen und bis zum Hemdkragen reichenden Haares über die glänzende Halbglatze zu legen.

Peter, der in dem kleinen Zimmer neben dem Bad auf dem Bauch schlief, das schwere Federbett hoch über sich getürmt, träumte von holländischem Käse, den sein Ex-Schwiegervater ihm in den Rachen geschoben hatte und an dem er nun zu ersticken drohte, während seine Exfrau Marijke ihm den Rücken zukehrte und seine Tochter Beatrice ihm aus einem Flugzeug zuwinkte.

Im Zimmer auf der anderen Seite vom Bad lag Lukas völlig erschöpft neben seiner vierten und wesentlich jüngeren Frau. Inzwischen wollte er sie nur noch loswerden, wusste allerdings noch nicht, wie. Bevor er vom Schlaf endgültig außer Gefecht gesetzt wurde, überdachte er kurz das, was Sophie über die Sache mit dem Kredit für Adeles Schmuck erzählt hatte. Sie hatte eine Menge verschwiegen, was zu verstehen war. Dieser Mann, der ihr das angetan hatte, war einer seiner Vorgänger in der Bank gewesen, in deren Zentrale er jetzt schon seit zwanzig Jahren tätig war. Das Schwein hatte Glück, dass es nicht mehr lebte, als er, Lukas, vor ein paar Monaten beim Recherchieren der Geschichte von damals auch auf private Notizen des Mannes gestoßen war. Das Arschloch hatte sie nicht einmal verschlüsselt. Zum Glück gehörten die Unterlagen zu jenen, die

im Archiv der Bank allmählich verrotteten. Und Adeles Schmuck lag zu der Zeit noch sicher im Tresor. Und wäre nicht die Sache mit dem geheimnisvollen Käufer gewesen, dann hätte er, Lukas, gar keinen triftigen Grund gehabt, sich den Aktenordner auf seinen Schreibtisch zu holen.
Nach dieser Lektüre sah er seine Großmutter Sophie selbstverständlich mit anderen Augen. Und, ehrlich gesagt, sie tat ihm leid, sehr sogar. Und sie konnte sich auf ihn verlassen. Ihr Geheimnis war bei ihm so sicher wie das Geld und die Wertsachen ausländischer Kunden im Tresor seiner Bank. Nie würde ein Wort über seine Lippen kommen.

Zwei Türen weiter lag Dietmar mit offenen Augen neben seiner schlafenden Frau und horchte auf den mit nicht gerade leisen Stimmen geführten Streit im Nebenzimmer. Dieser komische Kauz, der früher für den BND gearbeitet haben sollte, fiel ihm ein. Herbert und seine hässliche dürre Marlene. Im Sommer vor zwei oder drei Jahren waren ihm diese beiden zum ersten Mal aufgefallen. Besonders Herbert, der, wenn er ins Freie ging oder in sein grellgelbes Cabrio, das wegen seiner Farbe an ein Postauto erinnerte, stieg, an seiner Brille einen Blitzableiter befestigte und nie Schuhe mit Ledersohlen anzog. Auch sonst kursierten in der Familie merkwürdige Geschichten über ihn und seinen Verfolgungswahn. So sollten zum Beispiel im Vorgarten seines Bungalows in Berlin Tretminen liegen. Und das Haus war außen auch noch mit acht Halogenstrahlern ausgestattet. Verrückt!

»Ich bestehe darauf, dass wir bis zum Geburtstag bleiben!«, sagte Herbert im Nebenzimmer entschlossen. »Ich kenne doch meinen Onkel Franz, diesen Gierhals. Aber ich lasse mir nicht die Butter vom Brot nehmen, ich nicht! Ich vertrete hier meinen verstorbenen Vater, und der war direkter Nachkomme von Felix. Ich will dabei sein, wenn Sophie ihr Testament bekanntgibt«, erklärte er, während er rastlos im Zimmer auf und ab ging und dabei immer wieder mit dem Daumen den engen Bund seiner langen Unterhose aus Schafwolle lockern musste, da ihm das Abendessen schwer im Magen lag. »Ich kann mir denken, was dabei herauskommt, meine Liebe. Ich werde es anfechten. Und deshalb werden wir bleiben, ob es dir nun passt oder nicht!«

Durch die Fenster des Turmzimmers, in dem Bea und René sich auf dem schmalen Bett aneinanderkuschelten, zog es wie Hechtsuppe. Ein Tier, vielleicht eine Maus, vielleicht ein Gartenschläfer, trippelte über die hölzerne Decke zum Dachboden. Aber keiner der beiden Schläfer merkte oder hörte das.

Im winzigen Schlafzimmer im Erdgeschoss schimpfte Bertha lautlos mit dem endlich eingeschlafenen Adam über seine neueste Angewohnheit, mitten in der Nacht aufzustehen und so zu tun, als wäre heller Tag. Im Schein der Nachttischlampe musterte sie mit Sorge sein graugewordenes, von tiefen Falten durchfurchtes Gesicht, das auf dem dicken Kissen beunruhigend schmal wirkte. Vierundneunzig, dachte sie, da musste man langsam anfangen mit allem zu rechnen, auch bei ihr selbst mit ihren fünfundneunzig. Da standen sie beide wohl schon lange auf der Schwelle zum Hinübersein. »Mach keinen Scheiß, Alterchen«, flüsterte sie. »Hau ja nicht vor mir ab. Lass mich nicht allein, auch Sophie nicht.«
So flüsterte sie, bis Adam plötzlich ein Auge halb öffnete und laut sagte: »Gib endlich Ruhe, Bertha, ich hab Feierabend.«

Schlaflos wälzte Marijke sich auf der schmalen Campingliege, die jemand ihr in der Bibliothek aufgestellt hatte, um ihr den zwanzigminütigen Rückweg in die Pension durch die Dunkelheit zu ersparen. Sie war müde, ja, aber der Schlaf hielt sich zurück. Und noch immer irritierte sie die Nähe ihres Ex-Mannes Peter, machte sie regelrecht beklommen, weil er furchtbar aussah und die Trennung und Scheidung nicht in den Griff zu bekommen schien.

Nun versuchte sie also zu schlafen, doch sie war viel zu aufgekratzt, um mehr tun zu können, als sich von einer Seite auf die andere zu drehen, auf mögliche Geräusche im Haus zu horchen und auf das letzte Glühen im Kamin zu starren. Und sich dem Wust von Gedanken in ihrem Kopf zu ergeben. Mehr als eine Woche mit Peter unter einem Dach! Ihr Leben war schließlich schwierig genug. Das elterliche Käsegeschäft in Gouda, zu dem sie nach der Trennung von Peter zurückgekehrt war, lag ihr einfach nicht. Sie vermisste auch ihre Tochter, die nur sporadisch nach Gouda kam. Und im Frühsommer, als sie ihr Abitur in der Tasche hatte, da hatte Bea sich geweigert, sich für einen Studienplatz in Holland zu entscheiden. Aber warum ausgerechnet Toronto?

Marijke drehte sich auf die andere Seite und starrte nun auf das düstere Grau, das durch die Vorhänge an den hohen Fenstern der Bibliothek sickerte. Nun gut, auch sie hatte selten das getan, was ihre Eltern sich für sie wünschten. Und schließlich hatte Bea nicht nur ihre Gene mitbekommen, sondern auch die von …

Sie wälzte sich auf den Rücken.

Das düstere Grau vor den Fenstern wurde langsam heller.

Und Sophie – Sophie ließ sich im Halbschlaf auf ihrem quietschenden Eisenbett in der eiskalten Remise von den so lange vor ihrer Familie gehüteten Erinnerungen, die in dieser Nacht zum ersten Mal nach all den Jahren zu Worten, Sätzen, ja, zu Erzählungen geworden waren, weitertreiben. Sie lag auf dem Rücken, der Gegenwart entzogen, und fühlte sich sanft geschaukelt von den Bildern und Szenen, die um sie herum entstanden, farbig wurden, wieder verblassten und wichen, um anderen Platz zu machen. Manches stimmte sie fröhlich, anderes wehmütig. Das eine oder andere hätte sie lieber weiter vergessen, zum Beispiel jene Szene mit ihrem ältesten Sohn, die sich in der Bibliothek abgespielt hatte, in einer Dezembernacht wie dieser, in der das Haus in Erwartung des Weihnachtsfestes mit Gästen aus Berlin gefüllt war, die in diesem Winter 40/41 der zwischen Jubel und Besorgnis über siegreiche Kämpfe an den Fronten des Krieges taumelnden Großstadt entflohen waren und nun auf dem von-Sand-Gut auf Rügen entspannte Gespräche führten. Doch diese alte, hohe Tür, die diese Menschen in der Halle von dem, was sich in der Bibliothek ereignete, trennte, schloss nicht mehr richtig.

Sie waren allein im Raum, sie drei. Franz stand mit dem Rücken zum lodernden, Funken sprühenden Kaminfeuer. Er selbst schien zu brennen, der Flammenschein zuckte über seine Schultern, über seinen Kopf. Sein Gesicht lag im Schatten. Nur wenn er es ihr, Sophie, die in Adalberts Ohrensessel saß, nicht zuwendete, dann sah sie sein vom Feuer beleuchtetes Profil und fühlte die Wut, die sein Körper ausstrahlte, wie eine Flamme auf ihrer Haut. Dort, wo das Licht der Flammen schwächer war, stand Jakob, schon in Adalberts dunklem Anzug, nur die Ärmel und Hosenbeine waren ein wenig zu kurz für ihn gewesen, doch das hatte Bertha mit Nadel und Faden schnell geändert. Nun sah Jakob, der an anderen Tagen Arbeitshosen und Joppe trug, nie Zeit fand, um sein Haar zu ordnen oder gar zu scheiteln, und sich unermüdlich in den Ställen oder auf den Feldern bewegte, nicht anders aus als einer der Männer im festlich geschmückten Foyer nebenan.

Weil es keine andere Lichtquelle als das Feuer im Kamin gab, konnte Sophie das Gesicht von Jakob nicht sehen, aber sie wusste, dass es ausdruckslos war und er seine Furcht, sein Bedauern, seine Hoffnungslosigkeit hinter halbgeschlossenen Lidern verbarg, denn eine Szene dieser Art hatten sie beide schon lange erwartet und gefürchtet. »Ein Jude!«, schrie Franz mit sich überschlagender Stimme. »Meine Mutter, die Gräfin von Sand, lässt sich mit einem Juden ein!« Er fuchtelte mit seinem Zeigefinger vor ihrer Nase herum. »Ein Arbeiter an deiner Seite wäre schon ungeheuerlich genug!«, brüllte er. »Aber nun ist dieser Arbeiter auch noch Jude!«

Sophie schwieg. Sie saß auf der harten Sesselkante, im Inneren wie erstarrt, nur ihre Finger kneteten die zarte Seide ihres Kleides, das schon ihre Mutter und deren Mutter als junge Frauen zu derartigen Anlässen wie diesem Weihnachtsfest getragen hatten, und ihre Augen flogen ständig von Franz zu Jakob und wieder zurück. Es war das Gefühl der Machtlosigkeit, das sie mehr als alles andere zutiefst erschreckte und lähmte. Die Machtlosigkeit ihrem Sohn und dem System gegenüber, das er und die Uniform, die er trug, verkörperten. Nur noch Bruchstücke von dem, was Franz schrie, drangen bis zu ihr vor: »Ich verlange … sofort … dieser Jude … verschwindet … aus meinem Haus … werde dafür sorgen …!« Dann unterbrach Jakob diesen Wortschwall und sagte so unnatürlich ruhig, dass es kalt über Sophies Rücken lief: »Herr von Sand, Sie haben keinen Grund, Ihre Frau Mutter derart anzuschreien. Ich werde …« Und Franz fuhr herum und ging mit geballten Fäusten auf den Mann los, und in diesem Moment wurde die Tür zur Halle aufgerissen, ein Schwall von Licht und aufgeregten Stimmen drang in die Bibliothek, und Bertha rief mit Donnerstimme: »Sophie, ich komme!«

Dieses Bild – Franz mit erhobenen Fäusten und vom Zorn geröteten Antlitz, Jakob, aus der Nase blutend, der sich vor dem nächsten Schlag duckte, und dann Bertha, die gute Bertha, eine Kohlenschaufel gegen die Faust von Franz schwingend – hatte Sophie in vielen Alpträumen verfolgt und in Gesprächen mit Bertha und Adam über das Drama zuweilen auch in hysterisches Gelächter ausbrechen lassen. Und diese Szene hatte sie an jenem Abend von einer Sekunde zur anderen in die Gegenwart zurückkatapultiert. Sie war aufgestanden, hatte ihren zerknüllten Rock glattgestrichen und dann ihren Zeigefinger auf ihren Sohn gerichtet und kühl und ruhig nur ein einziges Wort gesagt: »Hinaus!«

»Du wirst von mir hören ... du und dieser ... dieser Jude ... du ... du Judenhure!« Das waren die letzten Worte von Franz in dieser Nacht, bevor er seine Mutter und Distelitz verließ, um für Jahrzehnte nicht mehr zurückzukehren.

Jakob war schon am ersten Weihnachtsfeiertag von Männern in Ledermänteln abgeholt und nach Berlin gebracht worden. Seine Spur verlor sich rasch. Sophie trauerte um ihn, denn er war der Mann gewesen, mit dem sie ihre Gedanken, ihre Pläne und die Verantwortung für das Gut in diesen nicht so leichten Zeiten und vielleicht sogar ihr Leben hatte teilen wollen bis zu seinem Ende.

Diesen Wunsch hatte sie ein paar Jahre vorher bei Sergej nicht gehabt, dazu war sie gar nicht gekommen, weil die Zeit dafür nicht ausreichte. In diesen paar Monaten mit Sergej, weit weg von allen Sorgen und Verpflichtungen, hatte sie andere Wünsche gehabt, zum Beispiel, dass dieses taumelige Gefühl, diese Sehnsucht, diese Bereitschaft zur völligen Hingabe in seiner Gegenwart nie aufhörten. Dass er nie damit aufhörte, in bestimmten Augenblicken »jetzt, mein Sanddistelchen« in ihr Ohr zu seufzen! Oder dass der Rest der Welt um sie beide herum verschwand, am besten für immer. Alles geriet in Vergessenheit, sogar ihre Söhne und das Gut auf einer Insel weit im Norden. Und gewünscht hatte sie sich, dass dieses wunderbare Land Afrika sie beide in sich aufnahm, dass es sie verschlang, mit Haut und Haar, und nie mehr ausspuckte.

Aber dieses Land war ebenso gnadenlos wie wunderbar, es hatte nur Sergej für immer verschlungen und sie verschmäht. Es hatte das Motorrad, mit dem sie beide unterwegs waren, mit einem lächerlichen, gerade mal armdicken Knüppel, der quer auf dem sandigen Weg lag, zu Fall gebracht, es hatte diese auf den Tasten eines Konzertflügels ebenso wie auf ihrem Körper

begnadeten Hände und Finger des weltbekannten, in Sophies Anwesenheit immer atemlosen Pianisten verrenkt, gebrochen, auch andere Körperteile – wie seinen Hals.
Sophie atmete schwer, um den Druck zu lösen, der plötzlich auf ihrer Brust lastete. Sie stand auf und öffnete das einzige und kleine Fenster in diesem Teil der Remise. Es war noch dunkel, doch in der Küche im Gutshaus gegenüber brannte bereits Licht. Bertha, dachte Sophie. Die gute, unerschütterliche Seele. Sie war auch damals nicht zu erschüttern gewesen, als Sophie aus Bern zurückgekehrt war, ohne Adeles Schmuck, ohne einen Funken von Selbstachtung, dafür mit wunder Seele und gedemütigtem Körper. Und mit dem Geldkoffer, dessen Inhalt gerade so ausgereicht hatte für die Auszahlung des Erbes an ihre Söhne und für die Begleichung einiger längst fälliger Rechnungen. Damals war es Bertha gewesen, die sie wortlos in ihre Arme genommen und gewiegt hatte wie ein kleines Kind, wenn die Erinnerung an diese Nacht in einem Schweizer Nobelhotel über Sophie hereinbrach wie ein gewaltiger Sturzregen. Doch irgendwann hatte Bertha Worte dafür gefunden und lauthals den Menschen beschimpft und verflucht, der die Macht gehabt hatte, einer Frau so etwas anzutun, sie zu etwas zu erpressen, das in Berthas einfachem Leben, überhaupt im Leben einer Frau gar nicht vorstellbar war. Keine Gefühle, keine Liebe, weder auf der einen noch auf der anderen Seite. Und waren dieses Collier, dieses Armband, diese Ohrringe nicht wertvoll genug für einen Koffer mit Geld gewesen? Was wollte denn dieses Arschloch noch? Sie, Bertha, würde ihm bei der nächstbesten Gelegenheit den Hals umdrehen, ein lautes Amen drauf!
Aber die Schweiz war weit weg und Bertha nie weiter als bis zu den Küsten der Insel gekommen. Außerdem schien der Krieg die ganze Welt in seinen vernichtenden Sog zu ziehen. Und so verdrängten sie beide das, was da in Bern geschehen war. Nur ganz hinten in ihrem Gedächtnis lauerte die Erinnerung auf die

erstbeste Gelegenheit, um wieder aufzubrechen wie ein böses Geschwür.
Sophie drehte sich vom Fensterchen weg. Sie fror und dachte darüber nach, ob sie aufbleiben oder auf diese durchgelegene Matratze und unter die wärmende Decke zurückkehren sollte. Die Nacht war sowieso hin – wie so viele andere durchwachte Nächte in ihrem Leben. Früher, sehr viel früher hatte ihr das nichts ausgemacht, aber da war sie bedeutend jünger und noch lebendiger gewesen. Da hatten schon die Komplimente eines charmanten Mannes ausgereicht, um sie bis zum Morgen wach zu halten. Oder ein männlicher Arm, der sie zur Musik galant über das Parkett der Halle führte und ihr das Gefühl gab zu schweben, zu fliegen – wie der mecklenburgische Baron Sowieso und noch einige andere männliche Gäste auf dem Gut das eine Weile für sie getan hatten. Aber nie hatte sie sich derart blenden lassen, dass sie nicht hinter die Fassaden sah. Also war auch der Baron wieder aus ihrem Leben verschwunden.
Und dann dieser heißblütige Italiener. Dieser Maler, der hatte ihr geschmeichelt, der hatte sich wie der Schwanz eines hungrigen Katers um sie gewunden, sie auch noch zu diesen Aktbildern überredet, die sie ihm in der Nacht, bevor er wieder abreiste, aus der Mappe gestohlen und vernichtet hatte. Ach ja, und dieser wilde Afrikaner, der Häuptling, der Sergej sämtliche Ziegen aus seinem Kral und zunächst eine, im Verlauf des Palavers schließlich vier seiner sieben Töchter als Kaufpreis für die weiße Frau mit den roten Haaren und den stahlblauen Augen bot. Was hatten sie gelacht, als sie nach endlos langem Verhandeln schließlich weiterfahren und den tiefenttäuschten Stammeshäuptling hinter sich lassen konnten.
Sophie lachte auch jetzt. Von diesem schwarzen Verrückten und all den anderen Männern in ihrem Leben hatte sie also in dieser Nacht erzählt, angesteckt von dem Glänzen und Glitzern in den Augenpaaren um sie herum, von den vor Erwartung halbgeöffneten Lippen, von der Neugier, der Freude, dem

Lachen und Seufzen. Der Mund war ihr einfach übergegangen, das kannte sie sonst nicht an sich.
Und in diesem Überschwang von Gefühlen hatte sie dann auch noch zwei ihr wichtige Geschenke schon vor dem Weihnachtsfest verteilt. »Es ist schön, den Augen dessen zu begegnen, dem man soeben etwas geschenkt hat«, hatte sie erklärt, als sie die Päckchen überreichte. René und Bea hatten sich angestoßen und dann zu ihr hochgefeixt. Sophie hatte sich ein bisschen ertappt gefühlt, denn diese beiden Bücherwürmer wussten wahrscheinlich, dass und von wem sie die Worte geklaut hatte. Den beiden konnte man kaum noch etwas vormachen, was Literatur und deren Verfasser betraf. Also hatte sie nur schnell einen Finger über ihre Lippen gelegt, verschwörerisch geblinzelt, ebenfalls gelächelt und sich dann weiter auf die Freude über ihre Überraschungen gefreut. Und so hatte Marijke diesen wundervollen Bernstein aus dem kleinen Holzkästchen genommen, den Sophie im Herbst aus dem Schlick geholt hatte, und sie dann angesehen, staunend, überrascht, berührt und mit aufgerissenen Augen, in denen sich das Kaminfeuer und alle Farben des »Glückssteins« widerspiegelten. Allein dieser Blick wog so viel, dass Sophie erneut blinzeln musste, aber diesmal vor Rührung und damit diese nicht doch noch überlief. Komisch, hatte sie gedacht, ich hab keine Ahnung, warum mir von all den Frauen, die mir meine Söhne und jetzt meine Enkel und Urenkel Jahr für Jahr so ins Haus schleppen, ausgerechnet dieses Hollandmädchen so ans Herz wachsen musste. Und gleichzeitig wusste sie genau, warum das so war.
Dann hatte sie den Jungen, den René, beobachtet, der ein Geschenk noch nie einfach nur aufgerissen, nach dem ersten Blick weggelegt und schon nach dem nächsten gegriffen hatte, wie andere Jungen in seinem Alter das so oft machten. Auch jetzt hatte er zuerst den Faden aufgeknotet und das Papier ebenso sorgsam und Schicht für Schicht gelöst und dann eine Weile schweigend und in sich gekehrt auf den Ledereinband der alten

Bibel gestarrt. Ja, hatte Sophie bei diesem Anblick gedacht, bei diesem Jungen und nur bei ihm ist die Familienchronik in guten Händen. Er ist es wert, dass er sie bekommt, bevor Leute wie dieser Herbert aus Berlin oder mein Sohn Franz ihre gierigen Hände darauflegen können. René wird die Chronik hüten wie seinen Augapfel, er wird sie weiterführen, unsere Geschichte so lange aufschreiben, bis das letzte Blatt beschrieben ist. Schließlich hatte René beide Hände auf den dicken Schinken gelegt und genickt, ohne dass Sophie einen ihrer Gedanken ausgesprochen hatte, und sie dann so ernst, so eindringlich angesehen, dass ihr das Herz übergegangen war, denn sie ahnte, nein, sie wusste ja schon lange, dass dieser Junge unter all ihren diversen Nachkommen der Einzige war, der dem Namen von Sand irgendwann einmal wieder so etwas wie eine Bedeutung geben würde.

Hatte in dieser Nacht etwa schon so etwas wie die Ahnung eines Abschiednehmens für immer in der Luft gelegen?, überlegte Sophie plötzlich.

»Quatsch!«, sagte sie laut.

Im Verschlag nebenan versuchte der alternde Hahn ein erschrecktes und viel zu frühes Krähen.

Sie entschloss sich endgültig zum Aufstehen. Bevor sie die Remise verließ, griff sie nach einem unhandlichen Paket.

Franz war auch danach noch immer sprachlos. Er saß in dem altersschwachen Schaukelstuhl in seinem Zimmer und starrte abwechselnd in einen herrlichen Aufgang der Wintersonne über der See im Osten und auf das Ölbild in seinem schweren Rahmen, das er gegen die Schranktür gelehnt hatte. Die Sprache hatte es ihm aus verschiedenen Gründen verschlagen. Zum einen, weil seine Mutter – die in ihm noch immer den Erbschleicher zu sehen meinte – sich doch noch an einen seiner Herzenswünsche erinnert hatte. Zum anderen, weil sich dieser

Moment aufrichtiger Freude und Überraschung verflüchtigt hatte wie … Egal, dachte er jetzt, als tiefste Enttäuschung und Empörung in ihm aufwallten. Nun, nach dieser Szene in der noch frühmorgendlich stillen und doch schon von köstlichen Gerüchen nach Weihnachtsbäckerei, nach frischem Brot, Kaffee und nach der am Heiligen Abend zu Mittag traditionellen Gänsekleinsuppe durchzogenen Küche, war er nur noch zornig. Inzwischen war seine Wut auf seine Mutter derart angewachsen, dass er dieses Bild am liebsten in die Ecke gepfeffert hätte oder Sophie vor die Füße.

Ja, vor etwa zwei Stunden war noch alles anders gewesen.

»Ich hoffe, es ist das richtige Geschenk für dich«, hatte Sophie gemeint, während er mit vor Aufregung zittrigen Händen den scheußlichen Bindfaden und dann das Packpapier von ihrem Geschenk riss. Und während sie sagte: »Ich gebe es dir jetzt schon, bevor der Rummel unterm Weihnachtsbaum losgeht. Außerdem möchte ich nicht, dass sich jemand aufregt, weil du in diesem Jahr mehr als nur die übliche Kleinigkeit von mir bekommst.«

Dann waren seine Augen übergegangen. Er hatte mehrmals schlucken müssen, während er mit seltsam schwachen Fingern über die vergoldeten Schnitzereien des Holzrahmens fuhr und dann vorsichtig, ganz vorsichtig mit seiner Fingerspitze auf die warmen Farben des Ölbildes tippte. Er konnte nur stottern: »Aber … das ist … unser Haus … schon als Junge …«

Ihr Blick, über den Rand ihrer Nickelbrille fest auf ihn gerichtet, traf ihn mitten ins Herz. Er erwiderte diesen Blick lange und innig. In diesem Moment vergaß er alles, was ihn von ihr trennte. In diesem Moment war sie einfach seine Mutter – alt, sehr, sehr alt, aber noch immer wunderschön, strahlend sogar in ihrer unmöglichen Latzhose. Bertha hatte in der Küche ordentlich eingeheizt, und die wohlige Wärme hatte Sophies schmale Wangen sanft gerötet. Eine widerspenstige Haarsträhne hatte sich aus ihrem Nackenknoten gelöst. Hätte Franz auch nur eine seiner Hände von dem wundervollen Bild, das nun endlich sein Eigen war, lösen können, er hätte sie ausgestreckt und die Strähne sachte zur Seite und hinter ihr Ohr gestrichen.

»Ich weiß«, hatte Sophie gesagt, »das Bild bei dir gut aufgehoben. So hast du wenigstens die Vergangenheit immer vor Augen.«

Und dann hatte Bertha ihn abrupt aus seinen Gedanken gerissen.

»Man sieht es nicht, oder?« Sie hatte sich über das Bild gebeugt, die volle Kaffeekanne etwas schief in der Hand, und gesagt: »Auch nicht auf den zweiten Blick.« Auch Sophie beugte sich vor. »Er ist eben der Beste in der Künstlergruppe Juliusruh.« Berthas Zeigefinger war vorgeruckt. »Noch etwas feucht an den Rändern, oder?« Sophies Zeigefinger folgte ihrem. »Wo?« »Na da«, hatte Bertha gesagt und mitten in die idyllische Landschaft getippt, in der Gottfrieds Gutshaus eingebettet war wie eine schlafende Katze in einem Blumenbeet. Aus der Tülle der altmodischen Kaffeekanne schwappte ein brauner Strahl – knapp am Goldrahmen vorbei auf den Steinfußboden. »Bis du damit in Frankfurt ankommst, ist das in Ordnung.«

Er, Franz, hatte noch immer nicht begriffen. Er starrte das Gemälde an. Es sah genauso aus, wie er es in Erinnerung hatte. Nur der Rahmen war anscheinend neu lackiert worden. »Siehst du, Sophie«, hatte Bertha gemeint, »er merkt es nicht einmal. Wir hätten gar nicht damit anfangen sollen, dass das Bild eine Fälschung ist.«

»Kopie, Bertha.«

Da hatte Franz von einer zur anderen gesehen. »Wie bitte?«

»Kopie«, hatte Sophie seelenruhig wiederholt. »Weil ich mir gedacht hab, dass du diesmal ein richtiges Weihnachtsgeschenk von mir bekommen sollst. Und nun guck nicht so ungläubig, Sohn!« Sie hatte kurz aufgelacht. »Das Original habe ich 92 verkaufen müssen, als …« Sie forschte in seinem Gesicht. Nun war es an ihr, ungläubig zu schauen. »Du wirst dich doch hoffentlich an dieses kostspielige Familientreffen erinnern können, oder?« Franz konnte nicht einmal mehr nicken. Und noch jetzt hatte er Sophies Stimme und ihr Auflachen im Ohr.

XVIII

Dem Schneefall über Weihnachten folgten Tage mit strahlend blauem Himmel und milder Sonne. Bis auf jene Familienmitglieder, die Sophie persönlich eingeladen und willkommen geheißen hatte, waren alle anderen wieder abgereist. »Das kann doch nicht wahr sein!«, hatte sich Franz empört, als seine Mutter am Tag nach Heiligabend und beim gemeinsamen Frühstück direkt unter dem riesigen und wunderschönen Weihnachtsbaum im Foyer plötzlich erklärte, dass nun endgültig Schluss sei mit diesem jährlichen Ansturm von Leuten, die ihr seit Jahren die Haare vom Kopf fräßen. Und dass diese ihr Haus zu verlassen hätten, sobald das Fest vorbei sei. »Es handelt sich hier um deine Familie, Sophie, und nicht um Fremde!«, hatte er gewettert, voller Zorn, der nach dem Morgen in der Küche noch immer in ihm schwelte. »So kannst du deine Angehörigen nicht behandeln!« Und sie, in Adalberts ledernem Ohrensessel thronend, in diesem uralten und schweren Monstrum, in dem sie fast verschwand und das er vor den Feiertagen noch höchstpersönlich für sie aus der Bibliothek ins Foyer geschafft hatte, damit sie bequem saß und alle und alles im Blick hatte – sie hatte ihn kühl gemustert und dann gemeint: »Seine Familie kann man sich nicht aussuchen, aber seine Freunde.«
Die Festtagsstimmung war nach dieser Eröffnung natürlich im Eimer gewesen. Das gemeinsame Mittagessen – einer der köstlichsten Gänsebraten, die Bertha je aufgetischt hatte, wie Franz zugeben musste – verlief mit eisigem Schweigen bei ihm und den zur Abreise Verdonnerten und mit den gezwungen wirkenden Gesprächen derer, die von Sophie ausdrücklich zum Bleiben bis nach ihrem Geburtstag an Neujahr aufgefordert

worden waren. Ihn hatte sie dabei nicht genannt, aber er hatte ihre schriftliche Einladung in der Tasche, also blieb er.

Nun waren also die von der Hausherrin Ungebetenen weg, und das Haus schien nach der Anstrengung, alle in seinen Mauern zu beherbergen, wieder aufzuatmen und seine brüchigen Mauern ohne Scham über den überall sichtbaren Verfall der Sonne und dem makellosen Himmel darüber anheimzugeben. Die von Bertha vor dem Fest auf Hochglanz gewienerten Fenster glänzten mit der winterhellen Landschaft rundherum um die Wette, und auf den kahlen Ästen der Buchen und auf allen Büschen glitzerte der Schnee gleich einer lockeren Anhäufung kostbarer Diamantensplitter.
Das schöne Wetter lockte fast alle Verblichenen an die frische Luft. Heinrich und Rosie hatten Walter und seine Familie in den Range Rover geladen und waren mit ihnen auf Besichtigungstour unterwegs. René hatte sich, nachdem Sophie ihm etwas ins Ohr geflüstert hatte, dazu überwunden, mit Peter und Lukas und dessen Frau zu einem Uferspaziergang bis nach Vitt, dem einstigen Fischerdörfchen, aufzubrechen. Unterwegs schlossen sich Heinrichs Bruder Dietmar und seine Frau an. Robert und Lucia zogen einen Schlitten mit ihren vor Freude kreischenden Söhnen durch die Landschaft und nutzten jedes Hügelchen für mehr oder weniger rasante Abfahrten. Sophie, Marijke und Bea spazierten gemächlich und eifrig miteinander schwatzend durch die Felder irgendwohin.

Franz hatte sich wieder auf sein Zimmer mit Seeblick verzogen und dachte dort über die seltsamen Launen und wechselnden Stimmungen, vor allem aber über den Geisteszustand seiner Mutter nach und auch darüber, ob er nach dieser Enttäuschung über ihr Geschenk an ihn und nach dem Eklat mit der Familie vom Vortag noch darauf beharren sollte, dass sie nach dem Verkauf von Distelitz und bis zu ihrem Lebensende unter einem

Dach mit ihm lebte, wie er sich das in seinen Träumen ausgemalt hatte. Vielleicht sollte er doch ein Altersheim für sie suchen? Oder an Heinrich und Rosie appellieren, schließlich lebte Rosie auf einem großen Hof und war wohl auch sonst nicht gerade arm. Und Heinrich hatte jahre-, nein, jahrzehntelang bei und von Sophie gelebt, da war der Gedanke, dass er sich endlich einmal um sie kümmerte und für sie sorgte, doch gar nicht so abwegig, oder?

Aber er, Franz, war Sophies Sohn. Der einzige noch lebende Sohn. Und deshalb ihr Haupterbe – diese altertümliche Tradition mit der Vererbung nur an weibliche Nachkommen hin oder her. Auf sein Erbe konnte er nicht verzichten, darauf baute er seine Zukunft. Und deshalb war dieser hundertste Geburtstag so wichtig für ihn. Er musste endlich eine klare Linie in sein Leben bekommen. Und Sophie hatte versprochen …

Franz seufzte tief. Bei der Erkenntnis, an der Angel seiner Mutter zu zappeln wie ein Fisch, fühlte er sich erbärmlich. Richtig beschissen fühlte er sich. Und allein. Einsam.

Er erhob sich und ging zur Tür, machte sie vorsichtig einen Spaltbreit auf und horchte. Es war still, anscheinend hatten alle das Haus verlassen. Franz schloss die Tür wieder und lehnte sich mit dem Rücken dagegen. Da hatte man eine Riesenfamilie, und wenn man jemanden zum Reden brauchte, war niemand da.

Dagegen half nur eines.

Also verließ er sein Zimmer, ging die Treppe hinunter und setzte sich im Foyer auf den wackeligen Stuhl neben dem Telefontischchen, um eine Nummer nach der anderen anzurufen. Die Kosten dieser Ferngespräche waren ihm egal, es war Sophies Anschluss, nicht seiner. Und ein bisschen Rache für all die Verletzungen, die sie ihm in den vergangenen zehn Jahren zugefügt hatte und die jetzt in ihm wieder hochkamen wie Galle, die schmeckte richtig süß.

»Ihr Geburtstag ist in vier Tagen, und ihr kommt und bleibt, auch wenn sie sich wieder auf den Kopf stellt«, sagte er jedes Mal, wenn sich jemand am anderen Ende der Leitung meldete. »Es ist noch immer unser Haus!« Und setzte ebenso energisch »ich als Familienoberhaupt« hinzu, sprach von »meine Geduld ist am Ende«, von »Irrenhaus«, »das lassen wir uns nicht gefallen« oder »unerhört«, »ihre eigene Familie« und »hat sowieso bald alles ein Ende«. Er akzeptierte keine Ausrede, schon gar nicht den Hinweis auf eine fehlende schriftliche Einladung zu Sophies Ehrentag, die doch nur ein paar der Familienmitglieder erhalten hatten. »Ihr seid auch sonst immer ohne Einladung gekommen, und damit basta, Schluss, aus!«

»Telefonierst du etwa nach draußen?«, fragte Bertha, die wohl in der Küche herumgewirtschaftet hatte und nun ins Foyer kam, gefolgt von Adam.

»Ja, allerdings telefoniere ich nach draußen!«, antwortete Franz barsch und nahm den Hörer vom Ohr. »Aber was ich hier mache, das geht dich und Adam einen feuchten Keks an!« Er legte den Hörer wieder an sein Ohr und redete weiter, doch jetzt mit verhaltener Stimme.

»Das ist Franz, der da spinnt«, erklärte Bertha dem hinter ihr stehen gebliebenen Adam.

Franz funkelte Bertha an, und Adam grinste Franz breit an, den zerkauten Pfeifenstiel im linken Mundwinkel, und meinte dann: »Ach ja? Aber wieso spinnt er, der Franz, es gibt doch schon seit Jahrzehnten kein Spinnrad mehr in diesem Haus – oder hat Franz seins aus Frankfurt mitgebracht?«

»Arschloch!«, brüllte Franz, hochrot im Gesicht, und fuchtelte wie wild mit dem Telefonhörer herum.

»Komm, Alterchen.« Bertha nahm Adam am Arm. »Bringen wir uns lieber in Sicherheit. Bei Irren kann man nie wissen.«

Ehrlich gesagt, manchmal war Bea mir noch immer ein Rätsel. Vielleicht lag es auch an meiner schlechten Laune an diesem

Tag, dass ich nicht gleich einen Draht zu ihr fand. Im Gegensatz zu mir, der ich mit Leuten wie Lukas und Dietmar und deren Anhang nicht nur über den steinigen und von einer Eisschicht überzogenen Strand bis nach Vitt laufen und mir ihre Diskussionen über die Globalisierung beziehungsweise irgendwelchen Quatsch über das miese Fernsehprogramm anhören musste, wollten sie auch noch nach Putgarten, das dann ebenso verschlafen wirkte wie Vitt, und dann über die Feldwege in weitem Bogen zurück zum Haus. Im Vergleich zu mir strahlte Bea bei unserer Rückkehr am frühen Nachmittag wie ein Honigkuchenpferd.

»Aha«, murrte ich, »du hast bestimmt wieder einmal eins von Sophies Geheimnissen zu hüten.«

»Ja«, sagte sie. »Aber auch du wirst wie alle anderen warten müssen, bis es öffentlich wird.«

»Und wann wird das sein? Im Jahr 2005 oder noch später?«

»Affe!« Sie umkreiste mich wie eine Katze einen Vogel in seinem Käfig.

Ich zog die Stiefel aus. Mir taten die Füße weh, immerhin war ich es gewesen, der auf den entlegeneren Feldwegen die Spur für die anderen durch die ungefähr dreißig Zentimeter hohe Schneeschicht zu ziehen hatte. Außerdem hatte ich wohl zu viel frische Luft geschnappt, denn ich musste andauernd gähnen. Und mein Magen knurrte wie ein Hund, denn weder in Vitt noch in Putgarten hatte es jemand aus meiner Wandergruppe für nötig gehalten, irgendwo einzukehren und zumindest etwas Warmes zu trinken und eine Kleinigkeit zu essen. Ich jedenfalls hatte jetzt einen Mordshunger.

»Ist was?«, fragte ich mürrisch.

»Du merkst auch alles.« Bea blieb vor mir stehen. »Du musst mit mir auf den Dachboden kommen. Sofort!«

Aus der Küche zogen Schwaden von verlockendem Keks-, Kaffee- und Kakaoduft durch den Flur.

»Ich wollte erst mal …«

»Später, René!« Sie zog mich am Arm in Richtung der schmalen gewundenen Holztreppe, die zwischen der Küche und Berthas und Adams Schlafraum hoch zum Dachboden führte. Hintereinander stiegen Bea und ich hinauf. Vor Jahren waren wir wie alle anderen Jugendlichen, die hier ihre Ferien verbrachten, diese schon ziemlich ausgetretenen Holzstufen rauf- und runtergelaufen, hatten sie zuweilen mit unseren Hosenböden gewetzt und waren sie auch manchmal kopfüber hinuntergefallen. Auch den weitläufigen Dachboden mit seinen düsteren Nischen und Ecken, mit der Taubenkacke auf den Balken und auf dem Boden, mit den Spinnennetzen, die sich wie Schleier im Wind bewegten, kannten wir sozusagen aus dem Effeff. Außerdem hatte ich Adam und auch Opa oft bei ihren Inspektionsgängen begleitet und war mit ihnen über eine steile Leiter und durch eine der Luken hinaus aufs Dach gestiegen, beladen mit allem möglichen Werkzeug und oft auch mit einem Packen neuer Dachziegel, mit Blechen oder Ersatzsteinen für die drei Schornsteine. Und mit Bea hatte ich in den vergangenen Jahren mehr als einmal Schränke, Kisten und Truhen nach Geheimnissen und Schätzen durchstöbert. Wir hatten auf dem Schaukelpferd unserer Vorväter geschaukelt und uns halb totgelacht über die von Motten oder Mäusen zerfressenen Überreste alter Kinderkleidung, über die Schulzeugnisse unserer Vorfahren und anderes.

Also hatte Sophies Dachboden kaum noch etwas Unbekanntes für mich. Deshalb guckte ich nur gelangweilt zu, als Bea nacheinander verschiedene Schranktüren öffnete und Truhendeckel hochwuchtete, hineinschaute und gleich wieder zufallen ließ. Doch dann, in der hintersten Ecke, schien sie fündig geworden zu sein.

»Da ist es ja!«

»Was? Unsere Adele als Hausgespenst – so richtig gruselig und ohne ihren Kopf?«

»Blödmann!«

Obwohl es hier oben schon ziemlich dunkel war, weil die Sonne längst untergegangen war und in diesem Teil des Dachbodens nur eine von zwei Glühlampen noch funktionierte, konnte ich den Ärger und noch etwas anderes in ihren Augen funkeln sehen.

»Komm und hilf mir und steh nicht nur rum wie ein Macho-Typ!«

Gemeinsam nahmen wir allen möglichen Kram aus einer der größeren Truhen, die hier in der östlichen Dachschräge standen, mit einer dicken Staubschicht bedeckt. Wir legten alles beiseite und hoben schließlich eine längliche Holzkiste vom Grund. Ich sah sie mir genauer an. So etwas Ähnliches hatte mir Opa vor einigen Jahren auf einem der Flohmärkte in Erfurt gezeigt.

»Das ist eine Munitionskiste aus dem Ersten Weltkrieg«, erklärte ich Bea. »Was meinst du, sind vielleicht noch ein paar Patronen oder sogar Granaten drin?«

Sie zeigte mir kurz den Vogel und fummelte an dem total verrosteten Vorhängeschloss herum, bis es einfach auseinanderbrach. Dann öffnete sie vorsichtig den Deckel, holte etwas Unförmiges und Verstaubtes heraus und sagte geradezu andächtig: »Das ist es.«

Und ich, ich starrte auf das Ding, das sie da aus einer Art Kleidersack holte und sich vor den Leib hielt. Es war ein Kleid und sah für mich beim näheren Hingucken irgendwie so ähnlich aus wie das, was Adele auf dem Bild an der großen Treppe anhatte, zusammen mit dem wertvollen Familienschmuck.

»Das ist …«

»Richtig«, sagte Bea. Sie drückte mir den muffig und nach Mottenpulver riechenden Lappen an die Brust. »Halt mal fest, oder leg es irgendwohin, wo es nicht schmutzig wird.« Bevor ich einwenden konnte, dass »es« doch schon schmutzig genug war, um noch schmutziger werden zu können, fuhr sie fort: »Und jetzt müssen wir nur noch das Fotoalbum finden.«

Ich legte Adeles Kleid über eine zerbrochene Stuhllehne, vorsichtig, denn man konnte ja nie wissen, bei dem Alter und so, und außerdem befürchtete ich plötzlich, es würde mir unter den Händen zu Staub zerfallen oder sich in nichts auflösen, wenn ich es auch nur ein wenig fester anfassen würde.

»Will Sophie diese alte Klamotte etwa noch anziehen? Oder …« Ich erinnerte mich plötzlich an Verkleidungen für die Scharaden, die wir, Sophie, Bertha, Adam, mein Opa und ich, früher, also noch vor der Wende, manchmal in der Silvesternacht gespielt hatten. »Willst womöglich du diesen Fetzen tragen und dann vor allen als Adele auf der Bühne im Foyer agieren?« Bevor sie antworten konnte, fragte ich weiter: »Habe ich da etwas nicht mitbekommen? Habt ihr etwas ohne mich ausgeheckt, vielleicht ein Theaterstück zum Geburtstag punkt null Uhr eins, oder was?«

»Hä?«, machte Bea.

Und ich sagte: »Theater, Bea! Theater!«

»Oh ja, Theater!« Sie kicherte. »Das wird bestimmt ein Theater werden!«

Ich verstand jetzt gar nichts mehr, und so sah ich ihr schweigend zu, während sie weiter in der geöffneten Truhe wühlte und schließlich das fand, was sie gesucht hatte, nämlich das einzige Fotoalbum, das die Zerstörungswut unserer Ururgroßmutter nach Adalberts Verschwinden aus ihrem Leben überdauert hatte, wie sie mir erklärte. Mir stand der Mund offen. Bis zu diesem Zeitpunkt hatte ich keine Ahnung davon gehabt. Ich nahm an, dass auch Opa nichts davon wusste, sonst hätte er es mir bestimmt schon erzählt beziehungsweise danach gesucht, wenn wir auf dem Dachboden zu tun gehabt hatten.

»Was sagst du nun?« Bea strich sich mit der freien Hand die wilden Locken aus dem Gesicht und hielt mir dann das Album vor die Nase. Es sah lädiert aus, von Mäusen oder sonst was angefressen. Und es roch ziemlich komisch – ein Geruch, der mich bedrückte und gleichzeitig niesen ließ, der an Sommer

und Herbst und an die Luft zwischen den Toten in der Familiengruft erinnerte. In den ledernen Einband waren vorne Jahreszahlen geprägt, gerade noch lesbar: 1899 – 1920.
»Du meine Güte!« war alles, was ich herausbrachte.

Es war nicht Adeles Kleid, das Bea und ich vom Dachboden geholt hatten. Und selbstverständlich erfuhr ich an diesem Tag auch nicht den Grund, warum es ans Tageslicht geholt worden war und wer oder warum es jemand aus der Familie tragen würde. »Halt dich zurück, verdirb Sophie nicht die Überraschung«, hatte Bea mir zugezischelt, als wir uns später zusammen mit ihr aus der Küche schlichen und in die Remise gingen.
»Schließ die Tür ab«, forderte Sophie mich auf. »Und zieh den Vorhang vors Fenster. Es muss ja nicht jeder im Haus mitkriegen, dass ihr beide heute so was wie einen Familienschatz gehoben habt.« Sie hängte das verstaubte und völlig zerknitterte Kleid auf einen Bügel, und der strenge, atemraubende Geruch nach Mottenkugeln schwebte durch den Raum. Auch sie hustete und würgte. Als sie wieder Luft bekam, sagte sie: »Das bringt ihr gleich morgen früh in die Reinigung nach Altenkirchen. Die wissen schon Bescheid, dass es bis Silvester fertig sein muss.«
»Und was machst du dann mit Adeles Kleid?«, fragte ich. »Willst du das Ding anziehen?«
Sie kicherte. »Das ist doch nicht Adeles Kleid, René! Adele trug ihres um 1560, als das Bild gemalt wurde, das an der Treppe hängt. Und gute vierhundert Jahre hält auch der beste Stoff nicht aus. Nein, nicht das von Adele«, wiederholte sie, ordnete die Falten und strich sachte über den raschelnden Stoff. »Dieses hier hat meine Mutter sich von einer Hofschneiderin in Putbus nacharbeiten lassen und zum ersten Mal im Frühjahr 1899 auf einem Kostümball hier auf dem Gut getragen, zusam-

men mit Adeles Schmuck.« Sie guckte mich an. »Es war nämlich Tradition, dass die Tochter den Familienschmuck zum ersten Mal an ihrem zwanzigsten Geburtstag anlegen durfte. Und diejenige von den von-Sand-Frauen, die sich aufs Sterben einrichtete, trug ihn an ihrem Todestag.«

Ich spürte, wie das Blut aus meinen Wangen wich. Sophie bemerkte wohl mein Erschrecken, denn sie lachte. »Keine Bange, Junge, ich bin noch nicht so weit. Aber da wir jetzt nicht nur meinen Hundertsten vor Augen haben, sondern auch Beas Zwanzigsten – über den ...«, sie zwinkerte mir kurz zu, »übrigens in der Chronik berichtet werden sollte –, müssen wir uns für diesen bedeutsamen Tag auch etwas Besonderes ausdenken.«

»Und was ...«, fing ich, noch irritierter, als ich sowieso schon war, an.

»Sei nicht so neugierig«, unterbrach Bea mich. »Verdirb uns nicht die Überraschung.«

»Und jetzt«, Sophie setzte sich auf ihr Bett und klopfte auf die Matratze, »kommt her. Wir drei sollten die Gunst der stillsten Stunde im Haus nutzen und gemeinsam einen Blick in die Vergangenheit riskieren.«

Ich konnte nicht anders, manchmal genügten ein, zwei Wörter, ein Satz, und in meinem Gehirn legte sich der entsprechende Schalter um. Also grinste ich breit und sagte: »›Stillste Stunde‹, Friedrich Nietzsche, *Also sprach Zarathustra*.«

»Ich wundere mich schon lange über all das, was du so im Kopf wälzt, Junge«, gestand Sophie. »Hoffentlich bleibt noch ein bisschen Platz für die wirklichen Dinge des Lebens.«

Bea sagte nur ein Wort, nämlich »Angeber«, und das mit sichtlicher Begeisterung.

Und während sich die letzten Sonnenstrahlen dieses Tages, die durch das Fensterchen in die Schlafkammer in der Remise fielen, noch eine Weile sträubten, bevor sie der Dämmerung nachgaben, während der Messingfuß der alten Tischlampe und die Stäbe im Eisengestell von Sophies Bett das nachlassende Tageslicht einen Moment lang reflektierten, während draußen alle Weißtöne zu Blau wurden und sich alle anderen Farben langsam zu Lila, Braun und Schwarz mischten, saßen wir zu dritt auf der quietschenden Sprungfedermatratze, Sophie zwischen Bea und mir, und sie schlug Blatt um Blatt mit den vergilbten, an den Rändern ausgefransten und teilweise kaum noch erkenntlichen Fotografien um.

»Hier, das ist sie, meine Mutter. Sie war die sechste Beatrice von Sand. Eine echte, denn seit Adeles Tochter war ›Beatrice‹ zwar in allen Vornamen für die Töchter wieder aufgetaucht, aber oft erst an zweiter oder dritter Stelle wie bei mir, da steht er ganz hinten.«

»Aber ich …«, fing Bea an.

»Richtig.« Sophie schaute auf und lächelte sie kurz an. Ich glaube, nur mir fiel auf, dass dieses Lächeln nicht ganz bis in ihre Augen reichte. Das war ungewohnt, weil nur Bea und ich jetzt bei ihr waren und nicht Leute wie Franz. Wenn wir unter uns waren und Sophie lächelte oder lachte, dann war das in ihren Augen und auch in jeder Falte in ihrem Gesicht zu sehen.

Jetzt guckte sie eher nachdenklich und schaute einen Moment lang so aus, als wollte sie noch mehr als bloß dieses »Richtig« sagen. Doch sie schwieg, tätschelte nur kurz Beas Hand und wandte sich wieder dem Album zu. Und ich dachte nicht weiter darüber nach.

»Genau zwanzig Jahre alt ist meine Mutter auf diesem Foto und gerade verlobt. Und da, seht, da tanzt sie mit dem alten Inselfürsten, den hatte sie mit ihrem Charme und mit ihrem Temperament becirct. Meine Großmutter hat mir erzählt, dass er Beatrice gern mit einem seiner Söhne verheiratet hätte. Aber sie wollte nicht. Auch später nicht, als sie Witwe war. Ich denke, sie wollte sich ihre Männer selbst aussuchen. Und hier, da sitzt sie auf ihrem Lieblingspferd, einem Araberhengst, der war genauso wild wie sie.« Ihre flinke Fingerspitze fuhr zum nächsten, zum übernächsten Foto, verharrte auf Gesichtern, auf Szenen. »Das ist mein Vater Leopold, der stammte aus Pommern und brachte als Brautgeschenk diesen Zuchthengst hier und seine beste Stute mit. Er hatte eine gute Hand für die Pferdezucht und auch für die Mägde auf dem Gut und eine schlechte für seine noch größere Leidenschaft, nämlich die Wetten bei Pferderennen. Drei Jahre nach meiner Geburt fiel er bei einer Jagd in Brandenburg vom Gaul und brach sich den Hals.«

»Der Arme«, seufzte Bea neben mir.

»Gott sei Dank, passt besser«, meinte Sophie trocken. »Was denkst du, wie oft hier auf dem Gut die Mägde wechselten.«

So blätterte sie Seite um Seite um und ließ dabei ihre Jugend und eine für uns unbekannte Zeit auf Distelitz lebendig werden. Erzählte vom Pony, auf dem sie reiten gelernt hatte, von der Zeit, in der sie sich gegen den Hauslehrer auflehnte – »der hatte Hände, die sich gern selbständig machten, und bestand darauf, dass ich auf Latein betete« – und zur Strafe in ein Internat auf dem Festland geschickt wurde. »Da habe ich Französisch und alles andere gelernt, was ich dann mein ganzes Leben lang nie gebraucht habe.« Sie erzählte bunt und zeigte Schwarzweißaufnahmen von den Folgen eines zerstörerischen Wintersturms, der das halbe Dach vom Haus gerissen hatte, und vom Hochwasser, von Ausritten mit Mutter und Großmutter durch gelbe, vom Blau der Kornblumen und vom Rot des Klatschmohns durchzogene Kornfelder und von den Fremd- oder Zwangsarbeitern, die man im Krieg aufs Gut holen musste, weil überall zupackende Hände fehlten. Und während sie erzählte und erzählte, war mir plötzlich, als könnte ich die Pferde in den Ställen atmen und wiehern hören, ich hörte draußen die Stimmen der Landarbeiter, die von der Arbeit auf den Feldern zurückkehrten, das Gelächter der Frauen in der Küche und den Klang von Geigen und anderen Instrumenten und das sachte Gleiten der Füße von eleganten Tanzpaaren auf dem Parkett in der Halle und das Singen einer Köchin in der Küche. Ich lauschte auch dem Lärm des ersten großen Krieges, der die Insel nicht verschonte, hörte das Klagen der Leute auf Rügen über jene, die als Tote zurückkamen, und das zaghafte Aufatmen des Landes danach und das schmatzende Geräusch, mit dem der Pflug neue Furchen durch verbrannte Erde zog.

Ich war derart gefangen von Sophies Worten und den damit erzeugten Bildern und Geräuschen, dass ich nur mit Mühe in die Gegenwart zurückkehren konnte.

»Hier«, sagte Sophie und zeigte auf das letzte Blatt im Album. »Das bin ich an meinem zwanzigsten Geburtstag, Neujahr 1920, da war ich gerade wieder in anderen Umständen, im sechsten Monat mit Felix, dem fünften und Gott sei Dank letzten meiner Jungen und kurz bevor Bertha als Kindermädchen zu mir kam und Adalbert für immer verschwand und mich mit dem ganzen Schlamassel hier und auf seinen Schulden sitzenließ, dieser Schuft.«

Sie sagte das alles tatsächlich in einem Atemzug und holte erst danach tief Luft.

»Adeles Kleid – und der Schmuck«, seufzte Bea bewundernd.

Und ich fragte: »Und wo sind die Fotos mit deinem Adalbert?«

Sophie schlug das Album zu. Es staubte noch immer, und die Gläser ihrer Nickelbrille wurden auf einmal grau. Ich sah genauer hin – die Gläser waren von innen beschlagen, und auch Sophies Wangen wirkten feucht.

»Es gibt kein Bild mehr von ihm in diesem Haus.«

»Und sie hat auch kein einziges Bild von Franz und ihren anderen Kindern in dem Album«, sagte ich später zu Bea, da waren wir beide auf dem Weg zurück ins Haus, und die Dunkelheit hatte sich über Wittow gelegt wie ein Mantel. »Ich zum Beispiel hätte ganz gern gewusst, wie der Friedhelm, also mein Urgroßvater, als Junge ausgesehen hat.« Wie er als Erwachsener aussah, wusste ich, denn Opa und sein Bruder Dietmar hatten damals nicht nur die Knochen ihres Vaters mit nach Rügen gebracht, sondern auch ein paar Fotos. Eines davon hatte Opa gerahmt und aufgehängt. »Meinst du, Sophie hat noch mehr von den Alben?«

»Wir könnten auf dem Dachboden weitersuchen«, schlug sie vor. »Aber erst nach dem Geburtstag, wenn alle anderen wieder weg sind.«

Am nächsten Tag brachten wir in Roberts Auto das Kleid von der sechsten Beatrice in die Reinigung. Ich auf dem Beifahrersitz, denn ich hatte zwar von meinem Vater, Opa und Rosie zusammen einen Gutschein für diverse Sitzungen in einer Fahrschule als Weihnachtsgeschenk bekommen, musste aber, da ich erst im nächsten April achtzehn wurde, noch eine ganze Weile auf meinen Führerschein warten. Wir redeten nicht viel, und wenn, dann nur kurz über Sophie. Ich erzählte Bea auch nichts von meinen seltsamen Empfindungen am Vorabend in der Remise. Sie kamen mir im Nachhinein selbst komisch vor. Wahrscheinlich hätte Bea mich ausgelacht. Und ich wollte nicht, dass sie mich noch einmal in meinem Leben »Kleiner« nannte.

In den nächsten zwei Tagen war Bea für mich oft unauffindbar, und wenn sie da war, dann tuschelte sie mit Sophie und auch Bertha in der Küche oder ging mit seltsam abwesendem Gesichtsausdruck durch die Gegend. Ich konnte mit niemand anderem reden. Die ganze Zeit über hatte ich einen merkwürdigen Druck auf der Brust, denn diese Ferien waren für längere Zeit die letzten, die Bea und ich gemeinsam verbringen konnten. Ihr war das anscheinend schnurzegal. Sie würde im kommenden März nach Toronto fliegen, ich würde weiter in Weimar die Schulbank drücken, die Osterferien auf Distelitz verbringen und im Sommer dann zu meinem Vater auf die Philippinen reisen und mir zuerst einmal ansehen, wie und was er dort lebte, bevor ich hundertprozentig ja zu dem von ihm vorgeschlagenen Praktikum nach dem Abi sagte. Also war ich wahrscheinlich gar nicht da, wenn Bea aus Kanada zurückkam. Das Herz wurde mir richtig schwer bei diesen Gedanken. Zum ersten Mal seit 1992 würde ich sämtliche Ferien in den nächsten anderthalb Jahren ohne sie verbringen müssen. Und wer weiß, was danach war. Vielleicht kam sie überhaupt nicht mehr zurück.

»Lass den Kopf nicht hängen, Junge«, sagte Opa im Vorübergehen. Er brauchte mich manchmal nur anzusehen, um zu wissen, dass ich Sorgen hatte und nicht allein klarkam. »Alles um uns herum hat sich verändert und wird sich weiter verändern. Und trotzdem bleiben wir im Inneren dieselben.«

Ich sah das ein bisschen anders. Ich hatte damit zu tun, alles, was um mich herum passierte, mir begegnete und mich forderte, zu sortieren und einzuordnen, mich zu fügen oder dagegen zu rebellieren. Wie sollte ich da schon wissen, wer ich selbst war oder was mir dabei half, ich selbst zu bleiben? Ich kam mir doch sowieso vor wie ein Schilfrohr im Wind bei all den Angeboten und Verlockungen um mich herum. Seit der Wende war die Welt für diejenigen, die noch die gegen Einflüsse vom Westen abgeschottete DDR mitgemacht hatten beziehungsweise in deren Sinne ein paar wichtige Lebensjahre lang erzogen worden waren wie ich, viel größer geworden. Und viele von uns hatten auch zehn Jahre nach dem Mauerfall noch immer damit zu tun, den Schwall von Freiheit, der da auf uns zugestürzt war, zu verdauen.

Natürlich hatten es viele geschafft. Mein Vater zum Beispiel, der sich von allem, was in seinem Leben über dreißig Jahre lang gegolten hatte und geregelt war, nun verabschiedet hatte. Ich sah das sogar an Opa, der, seitdem er mit Rosie zusammenlebte, ein völlig anderer Mensch wurde. Es gefiel mir, wie er sich jetzt gab, so locker und offen, neugierig und irgendwie voller Erwartungen. Aber er war mir dadurch etwas fremd geworden,

und das irritierte mich. Veränderungen bemerkte ich übrigens auch in meiner nächsten Umgebung, in meiner Schule, bei meinen Freunden. Inzwischen hatten wir den einen oder anderen West-Lehrer auch an unserem Gymnasium. Zuweilen kam es mir vor, als würde unser Osten vom Westen total aufgesogen werden.
Ich wollte, nein, ich musste mit jemandem darüber reden, am besten mit Opa, denn bei ihm hatte ich trotz aller Veränderungen immer noch das Gefühl, das er mir zuhörte und einigermaßen verstand, was ich meinte. Bei meinem Vater hatte ich seltsamerweise Hemmungen, denn sein Leben war ja nun wirklich total anders geworden. Sadhi fand ich sehr nett, aber sie war mir einfach fremd. Und mein kleiner Bruder – nun ja, Baby war einfach Baby, da musste ich noch eine ganze Weile warten, bis ich mit ihm reden konnte, so von Mann zu Mann.
Vielleicht hätte ich auch mit Bea darüber reden können. Wir hatten früher immer über alles reden können und so gut wie keine Geheimnisse voreinander gehabt. Aber seitdem ich das mit Toronto wusste, hatte ich ihr gegenüber oft ein Brett vor dem Kopf. Eben irgendeine Sperre in mir. Ich wusste, dass ich ihr dahin, wohin sie jetzt ging, nicht folgen konnte. Sie war mir immer, von Anfang an, mindestens einen Schritt voraus gewesen. Wahrscheinlich würde ich sie nie einholen. Und das gefiel mir ganz und gar nicht.

Doch ich kam an diesem und auch am nächsten Tag sowieso nicht dazu, mit jemandem zu sprechen oder mit Opa zusammen den Gedankenwust in meinem Kopf zu klären, denn die Vorbereitungen für Sophies Geburtstag und damit für das Ankommen neuer Gäste nahmen ein paar von uns, also auch mich, ganz schön in Beschlag. Sophie hatte gesagt: »Für zwei Nächte höchstens, denn nach Neujahr werden sie das Feld sowieso räumen, weil es dann nichts, aber auch gar nichts mehr zu holen gibt.« Bertha trieb mich und die anderen an, als würden die

Neuen zwei oder mehr Wochen bleiben. »Nicht wegen der anderen, René«, erklärte Bertha mir ihren Druck. »Wegen ... du weißt schon!« Ich wusste, wen sie meinte. Trotzdem sah ich nicht ein, dass wir deshalb das ganze Haus auf den Kopf stellen mussten. Sophies vor den anderen verheimlichter Geburtstagsehrengast war letztlich auch nur ein Mensch, oder?

Lediglich in der Küche blieb es in diesen Tagen vor dem Jahreswechsel überraschend ruhig, denn Sophie hatte bestimmt, dass das warme Mittagessen bis Silvester ausfiel und jeder sich das, was er essen wollte, selbst zubereitete. »Macht einen Spaziergang wie ich, das Wetter ist schön, und frische Luft tut gut. Und«, dabei hatte sie ihren Sohn fixiert, »wer auch das nicht schafft, der kann ja in die nächste Wirtschaft gehen.«

XIX

In der Küche saßen an diesem letzten Tag des alten Jahres Sophie und Bertha schon im Morgengrauen zusammen und schlürften heißen Tee aus den alten, angeschlagenen und innen schon leicht schwärzlich gewordenen Porzellanbechern, die noch aus der Zeit der sechsten Beatrice stammten und die Bertha eigentlich jeden Tag entsorgen wollte, dabei aber jedes Mal auf Sophies energischen Widerstand stieß. Noch war es im Haus ruhig, nur Roberts Zwillinge tanzten und krakeelten im Zimmer ihrer Eltern direkt über der Küche schon herum.

Doch der Tag war noch lang, und Sophie ahnte bereits neues Unheil, denn das Haus war schon seit dem Vortag wieder fast zum Bersten voll.

»Ich kenne doch Franz. Er scharwenzelt seit über zwei Stunden draußen herum.« Sie nahm einen großen Schluck.

»Du bist dir sicher, dass du das Richtige getan hast.« Bertha meinte das nicht als Frage, es war eher die Feststellung einer Frage.

Wieder schwiegen sie einvernehmlich und lauschten auf das Knistern des Feuers im Herd, auf das Blubbern in den alten Wasserrohren und den Wind draußen und das Getrappel kleiner Füße über ihnen.

Dann sagte Sophie: »Heinrich hat ihn gestern im Keller getroffen, da zählte er die Hartwürste und Speckseiten, die Käseräder, die Flaschen mit dem Apfelschnaps, die Marmelade und sogar die Gläser mit den sauren Gurken. Und dann hat er Heinrich angeboten, mit ihm noch einmal zum Einkaufen zu fahren – in seinem Mercedes, stell dir das vor! – und ihm bei der Auswahl von dem, was seiner Ansicht nach noch fehlt, zu helfen.«

Bertha grinste breit. »Ich hab ihn letzte Nacht in der Küche dabei erwischt, wie er sich gerade mit einer Schüssel vom Kartoffelsalat für heute Abend davonmachen wollte. Er hat die Schüssel erst wieder zurückgestellt, als ich ihm mit dem Nudelholz drohte.«

»Und Heinrich hat er gefragt, wo der Karton mit seinem echten Champagner geblieben sei. Heinrich hat gemeint, er wisse nichts von echtem Champagner in diesem Haus, nur von echt russischem Sekt. Und wenn wirklich einer da gewesen sei, dann hätten sich wohl schon die Kellergeister darübergemacht.«

Sophie stellte ihren Becher ab, gerade noch rechtzeitig, denn ihre Hände fingen plötzlich an zu zittern, dann schüttelte es sie regelrecht vor unterdrücktem Lachen.

»Der Arme!«, keuchte sie. »Das mit dem Schampus wird er uns nie verzeihen.«

Bertha hörte auf mit dem Lachen und füllte erneut beide Becher.

»Trink, Sophie. Es wird bald aus sein mit der Ruhe in unserer guten alten Küche.«

Und als bald darauf auch die letzten, allerdings nicht eingeladenen Familienmitglieder nach und nach anreisten, war es tatsächlich aus mit der Ruhe und ebenso mit der Fröhlichkeit. Überall in der Halle und auf der Treppe nach oben standen von Sophie und ihren Helfern perplex betrachtete Koffer und Taschen herum, weil völlig unklar war, wer noch wo oder bei wem untergebracht werden konnte.

Bea und René hatten schon am Morgen ihr sturmfreies Turmzimmer räumen müssen und ihr Zeug gleich zu Sophie in die Remise geschafft. Dort sollte jetzt auch noch Robert untergebracht werden, weil Lucia und die Zwillinge ihr Zimmer mit einer anderen Mutter mit Kind teilen würden. Peter, Beas Vater, zog freiwillig aus und in die Pension in der Nähe, in der auch seine Ex Marijke nächtigte. Dafür kam in dem schmalsten aller Zimmer mit dem noch schmaleren Bett ein junger Mann namens Ricardo aus Florenz mit Frau und dem mitgereisten Mischlingshund von der Größe einer Deutschen Dogge und mit dem Geruch eines Stinktiers unter.

»Welcher Ricardo denn?«, wunderte Sophie sich, denn weder sie noch einer der anderen hatte diesen Menschen bis zu diesem Tag jemals auf Distelitz gesehen oder von ihm gehört. Sie war noch überraschter, als der Italiener sie daraufhin in die Arme nahm und sich als »einer deiner zahlreichen Urenkel aus der Felix-Linie« vorstellte und sie »Cara mia« nannte. Was die dann auch noch von Ricardos Begleiterin in perfektem Deutsch als »meine liebste Urgroßmutter« Angeredete zu der wiederum laut geäußerten Überlegung veranlasste: »Komisch, dieser Ricardo ist doch gar nicht so schwarz wie die anderen aus dem Kral vom seligen Felix. Und wenn er nicht Gottfrieds Segelohren hätte ...«

Nur Franz bestand beharrlich darauf, sein – genauer gesagt, Sophies – Zimmer zu behalten und auch sein Bett weiterhin allein zu benutzen. »Als Oberhaupt dieser Familie habe ich wohl das Recht auf ...«, fing er an, doch seine Mutter, mit der Tatsache konfrontiert, dass ihr Sohn wieder einmal alles tat, um sie so richtig fuchtig und stachelig werden zu lassen, fuhr ihm vor allen Leuten und glühend vor Zorn über den Mund: »Könntest du nicht wenigstens einmal zur Hölle fahren!« Da verstummte er, aber nur für einen Moment, um gleich darauf mit sonorer, das Foyer bis in die letzte Ecke füllender Stimme und breitestem Grinsen zu fragen: »Ist sie nicht umwerfend, unsere Sanddistel?«

Den ganzen Mittag über tanzte Franz dann draußen in der Auffahrt herum wie von der Tarantel gestochen, dirigierte jedes ankommende Auto höchstpersönlich in die von Robert, Heinrich und René eiligst frei geschaufelten Parkbuchten im Schnee und begrüßte jeden Ankömmling mit lauten Hallo-Rufen, mit Umarmungen und mit minutenlangem Schulterklopfen.

»Du meine Güte, der alte Knacker dreht heute noch mehr auf als sonst«, sagte Bertha, die das Geschehen vom Küchenfester aus beobachtete, während sie gemeinsam mit Sophie, Rosie und Bea die für Mitternacht geplanten kalten Platten herrichtete. »Wenn der nicht spätestens morgen einen Herzanfall oder sogar einen Infarkt kriegt, dann fresse ich einen Besen.«
Schließlich hatten doch alle irgendwo ein Plätzchen für ihr Gepäck und auch einen Schlafplatz gefunden und drängten sich zuerst lärmend und lachend im Foyer zusammen, um dann, weil auf der alten Anrichte nichts angerichtet war wie sonst üblich, kein Glas, keine Flasche, nicht ein einziges Schnittchen, auch kein Stück vom Streusel- und Butterkuchen vom Blech, die doch zum üblichen Willkommensgruß im Gutshaus gehörten wie die Butter aufs Brot – um dann also in Richtung Küche zu strömen, wo es wie immer am wärmsten war und wo Franz im Türrahmen stand und immer wieder rief: »Herein mit euch, immer nur herein, meine Lieben! Hier ist sie, unsere liebe Sophie!« Und wo es inzwischen verlockend roch, denn Heinrich hatte, nachdem Bertha angesichts all der unerwarteten Gäste in den Streik getreten war und nun demonstrativ ihre Hände in den Schoß legte, damit begonnen, sämtliche Eier aus Kühlschrank und Vorratskammer in eine Riesenschüssel zu schlagen und mit diversen Zutaten zu verrühren, während Rosie mit dicken Schweißperlen auf der Stirn, aber ansonsten noch unverdrossen damit beschäftigt war, in der größten aller Pfannen ihre österreichischen Palatschinken en masse zu backen.
»Du meine Güte, das ist ja schlimmer als in einer Theaterpause, wenn sich alle aufs kalte Büfett stürzen«, sagte Robert, der gerade aus dem Keller gekommen war und nun wie angewurzelt in der Küchentür stand, vor sich eine Mauer von breiten, schmalen, dünnen und dicken Rücken und in der einen Hand ein Glas mit Senfgurken, in der anderen zwei Bierflaschen. Sein Neffe Peter, aus verschiedenen Gründen sowieso schon angeschlagen und jetzt mit Panik im Blick, tauchte plötzlich in die-

ser Menschenmauer auf und schnappte nach Luft wie ein Fisch auf dem Trockenen.
»An und für sich habe ich keine Angst vor geschlossenen Räumen«, ächzte er, »aber hier muss ich *raus*!«
Und Sophie, umringt von männlichen Wesen jeden Alters, die sie auf die Wange küssen, sie umarmen, ihr die Hand drücken wollten, legte, während Stimmen und Fragen auf sie niederprasselten wie ein kräftiger Hagelschauer, ihre Handflächen aneinander, hob immer wieder ihre Augen in Richtung der vom Rauch vieler Jahrhunderte geschwärzten Deckenbalken über dem Herd und stieß laut stöhnend ihren Lieblingsspruch in solchen Situationen hervor: »Herr, schenke mir etwas Geduld, aber ein bisschen plötzlich!«
»Glaubst du tatsächlich, der Herrgott hört dich in dem Lärm?«, fragte Bertha trocken.
Auf dem alten Holzherd brodelte der Kaffee in den nicht minder alten Aufgusskannen, und Bea, Lucia und noch zwei freiwillige Helferinnen wuschen und trockneten Tassen, Teller, Besteck und Gläser im Akkord. Nur Adam ließ sich von nichts und niemandem aus der Ruhe bringen. Er saß auf der Eckbank am Tisch, eingeklemmt zwischen zwei von Sophies Nachkommen wie eine Ölsardine in der Dose, kaute auf seinem Pfeifenstiel herum und las die Tageszeitung. Ab und zu brummte er vor sich hin, und einmal rief er: »Bertha, Alte, hast du das schon gelesen?« Doch auch seine Worte gingen im Stimmengewirr unter.
»Im Sommer 92 war es schon schlimm«, brüllte Heinrich in Rosies Ohr. »Aber damals verlief sich die Menge irgendwie anders als jetzt im Winter.«
Eine viertel oder vielleicht auch halbe Stunde später, als es keine Eier mehr gab, als Rosies Kräfte und auch die Palatschinken am Ende waren und sich nun jeder auf den Kühlschrank zu stürzen versuchte – dessen Tür allerdings erfolgreich von der die Kohlenschaufel schwingenden Bertha verteidigt wurde –,

drängte Heinrich sich, Rosie an der einen, Sophie an der anderen Hand, rigoros in Richtung Flur.
»Falls ihr noch immer nicht wissen solltet, was ihr mir zum Geburtstag schenken könnt«, sagte Sophie, »wie wäre es dann mit einem richtig schönen Erdbeben?« Sie setzte sich die verrutschte Brille wieder richtig auf die Nase. »Ihr wisst schon, so eines von denen, wo sich die Erde auftut und alles verschlingt.«
»Ich bin dabei!«, versicherte Rosie ihr.
Am Treppenaufgang blieben sie stehen, und Heinrich legte den Kopf schief.
»Hört ihr das?«, fragte er. »Das Haus summt und brummt wie ein Bienenstock. Holz ächzt, Mauern knirschen, Möbelstücke knarren, und der alte Parkettboden schwingt und tönt wummernd unter unzähligen festen Tritten. So stelle ich mir einen Tanzpalast aus den dreißiger Jahren vor.«
»Eine ganze Alm voll wildgewordener Rindviecher ist nix gegen diese Horde«, rief Rosie dagegen. »So müssen die Türken damals 1473 zum ersten Mal in Kärnten eingefallen sein. Danach kamen sie noch viermal. Und wo sie gewütet hatten, blieb nur verbrannte Erde.«
»Und, haben sie euch besiegt?«
»Nein«, erwiderte Rosie ernst, aber mit funkelndem Blick. »Sie haben sich die Zähne an Österreich ausgebissen und mussten schließlich mit blutenden Köpfen abziehen.«
Sophie bemühte sich, ernst zu bleiben.
»Meinst du, dieses historisch belegte Ergebnis könnte so etwas wie ein Hoffnungsschimmer für Distelitz sein?«

Bis zum frühen Silvesterabend waren dann knapp hundert derer von Sand im Gutshaus versammelt.
Nur Sophies Überraschungsgast fehlte noch.
»Er kommt«, versicherte sie dem langsam nervös werdenden

Robert, der ihr in die Bibliothek gefolgt war. »Nicht eine Minute vor, sondern genau eine Minute nach Mitternacht wird er da sein, so ist es ausgemacht. Das ist nämlich genau die eine Minute, die ich damals noch abgewartet habe, um nicht doch noch im Jahr 1899 oder in die allgemeine Panik wegen dem angekündigten Weltuntergang geboren zu werden.« Sie lächelte ihn an, warm wie immer, wenn sie ihn ansah. »Weißt du, Robert, manchmal denke ich, es ist nur diese Entscheidung zum Warten gewesen, in jeder Enttäuschung, in jedem Schlag, den das Schicksal mir versetzt, auch das Positive zu sehen, die mich nun schon seit genau hundert Jahren am Leben erhält.«
Robert starrte sie einen Herzschlag lang mit offenem Mund an. »Mein Gott, Sophie, ich vergesse immer, wie alt du schon bist«, gestand er dann.
Sie kicherte und drohte ihm spielerisch mit dem Zeigefinger. »Sagtest du etwa ›alt‹? Und ›schon‹? Pass nur auf, was du sagst, Junge, sonst bleibt diese bestimmt rasante Honda, die in meiner Remise steht, doch für immer hier.«
Er grinste. »Unter der Bedingung, dass du sie nicht ohne mich anfasst.«
Sie erwiderte sein Grinsen. »Du glaubst doch nicht im Ernst, dass ich dir das versprechen werde, oder?«
Robert dachte an Heinrichs Erzählungen über längst vergangene Motorradzeiten und an das herzhafte Gelächter, in das sie danach regelmäßig ausbrachen und bei dem ihnen die Lachtränen nur so aus den Augen sprangen.
»Nein.«
Sie fuhr ihm mit der Hand durch den Rest Haar auf seinem Kopf.
»Dann ist es ja gut«, meinte sie und lehnte sich zufrieden in Adalberts Ohrensessel zurück. »Und nun mach, dass du noch ein bisschen an die frische Luft kommst, du siehst aus wie Braunbier und Spucke, dabei haben wir den Silvestertrubel noch vor uns.«

Und während die alte Standuhr in ihrem wurmzerfressenen Gehäuse, die Adam und Bertha im Herbst beim Aufräumen irgendwo auf dem riesigen Dachboden entdeckt und zusammen mit Sophie und unter Ächzen und Stöhnen ins Foyer und dann im Transporter eines Bekannten zu einem Uhrmacher in Binz gebracht hatten, der ganze drei Wochen an ihr herumtüftelte, in zwei weiteren Wochen Dutzende von Schräubchen lösen und wieder befestigen und dabei eine Menge Öl verbrauchen musste, ehe er das Uhrwerk wieder in Gang bringen konnte –

während also die alte Standuhr die voranschreitenden viertel, halben, dreiviertel und vollen Stunden dieses Silvestertages 1999 mit dumpfen Schlägen maß, die allerdings im Gelärme der Anwesenden und in den aufgeregten Diskussionen über die Ängste, die Hoffnungen und Erwartungen untergingen, die ein jeder von ihnen mit der bevorstehenden Jahrtausendwende verband –

während Bertha, die Franz und auch einigen anderen aus der Familie schon mehrmals auf die Finger geklopft hatte, als sie heimlich die Frischhaltefolien von einer der diversen kalten Platten lösen wollten, um an die köstlich garnierten Schnitten heranzukommen, noch einmal die kaum mehr übersehbaren, für das Anstoßen um punkt zwölf auf der Anrichte in der Küche plazierten Reihen von Sekt-, Wein-, Bier-, Wasser- und Zahnputzgläsern mit kritischen Blicken überflog und dabei dachte, dass sich ein paar von denen da drinnen, und damit meinte sie das Foyer, wohl doch ein Glas würden teilen müssen, wo kam man denn hin, wenn plötzlich an die hundert Leute antanzten, obwohl doch nur ungefähr vierzig eingeladen worden waren –

während im Keller Heinrich und sein Zwillingsbruder Dietmar mit leicht gehetzt wirkendem Gesichtsausdruck die letzten vier Flaschen Apfelschnaps in ihren Händen abwogen, sich ansahen und im selben Atemzug »die nicht auch noch, die bleiben« beschlossen, und zwar so laut, dass hinter einem der Regale, vor kurzem noch mit einem Rundkäse mit einem Halbmeterradius und den beiden restlichen Hartwürsten aus der Herbstschlachtung bestückt und nun gähnend leer, der bis zum gestrigen Tag unbekannte Ricardo aus Florenz und ein weibliches Wesen auseinanderfuhren und dabei das Regal mit den Senf- und Sauergurkengläsern ins Schwanken brachten und nach diesem dem unheilverkündenden Klirren folgenden zweiten Erschrecken wie blind weiter ins Dunkle des Kellers flüchteten statt über die Treppe zurück in die Helligkeit –

während Franz auf dem Weg nach oben in eines der, so hoffte er jedenfalls, freien Badezimmer, um sich einen Moment der Ruhe und der Verdauung nach der reichlich genossenen traditionellen Silvestertagsköstlichkeit Kartoffelsalat mit Würstchen und anderem in flüssiger Form zu gönnen, bevor es um Mitternacht an die kalten Platten ging, plötzlich stehen blieb und sich die Augen reiben musste. Er hatte tatsächlich ein paar Probleme mit den Augen, doch die waren nicht der alleinige Grund für sein Verhalten. Auch nach dem Reiben sah er, was er zuvor gesehen hatte und einfach nicht glauben wollte: Weder Adele noch Gottfried hingen an ihren gewohnten Plätzen. Der wieder einmal aufwallende Ärger machte ihn noch blinder, und während er sich am Geländer weiter nach oben tastete, überfielen ihn mit Wucht die Gedanken daran, dass seine Mutter nicht nur das wunderbare Ölbild, sein Ölbild, schon zu Geld gemacht, sondern jetzt wahrscheinlich auch noch diese beiden Porträts ihrer aller Ahnen verscheuert hatte –,

in dieser letzten Stunde vor dem Beginn nicht nur eines neuen Jahres, sondern auch eines neuen Jahrhunderts und einer neuen Ära auf Gut Distelitz, die von den meisten Festfreudigen allerdings aus verschiedenen Perspektiven gesehen wurde, waren Sophie, Rosie und Marijke in Berthas und Adams Schlafzimmer zwischen Küche und Kellertreppe damit beschäftigt, Beas Kraushaar zu großen, edlen Locken zu formen. Immer wieder

flogen ihre Blicke zwischen Adeles Konterfei auf Sophies Bett und Beas widerspenstiger Haarpracht hin und her.
»Es funktioniert nicht«, erklärte Marijke frustriert. »Wir hätten neulich die Perücke aus dem Theaterfundus mitnehmen sollen. Wegen der Locken waren wir doch extra nach Putbus und ins Theater gefahren, oder nicht?«
»Die konnten wir gar nicht mitnehmen.« Rosie versuchte eine neue dicke Strähne auf einen der dicken Lockenwickler zu wickeln. »Die spielen heute Abend Goldoni, da werden Locken gebraucht.«
»Goldoni!«, meinte Marijke erfreut. »Ich habe seit Ewigkeiten nichts mehr von ihm gesehen.«
Bea schüttelte die Wickler aus ihrer Mähne. Sophie, die mit einem Föhn herumhantierte, kicherte. »Betrüger, Lügner und Habsüchtige sowie Charaktere mit anderen Schwächen haben wir auch in dieser Familie hier schon genug, da müssen wir nicht extra ins Theater gehen und Goldoni gucken.«
Bea fummelte an ihrem widerspenstigen Lockengewirr herum. »Na ja«, sagte sie dann, »also keine Adele-Locken.« Sie lachte hell auf. »Ihr hättet Renés Gesicht sehen sollen, als ich ihm vorhin das Kleid hier vorgeführt habe. Er kriegte den Mund nicht mehr zu.«
»Kein Wunder, bei dem Ausschnitt«, meinte Rosie.
Sophie zog ein bisschen an den zarten Rüschen. »Da fehlen eben ein paar Klunkern. Der sieht so richtig nackt aus, findet ihr nicht auch?«
Marijke hob die Schultern und verdrehte die Augen. »Jetzt mach das Kind nicht noch anspruchsvoller, als es schon ist.«
Bea plusterte sich auf. »Kind, ich bin schon lange kein Kind mehr!«
»Alles zu seiner Zeit«, murmelte Sophie, blickte auf den alten Wecker neben Berthas Bett, der zwanzig Minuten vor zwölf anzeigte, und sagte laut: »Es wird langsam Zeit, meine Lieben!«

Heinrich und Rosie drängten sich durch die Menge der Familienmitglieder, die sich im Foyer versammelt hatten und – »Wahrscheinlich als Probe auf das Jubelgeschrei ab Mitternacht«, wie Heinrich in Rosies Ohr brüllte – schon in diesen letzten Minuten des alten Jahres beziehungsweise des 20. Jahrhunderts alles Mögliche und vor allem sich selbst hochleben ließen.
»Nur noch raus hier, bevor der Rummel richtig losgeht!«
»Du meine Güte!«, japste Rosie, als sich die schwere Eingangstür hinter ihnen und dem Lärm schloss. »Jedes Mal, wenn Sophies Haus so voller Leute ist, dass ich Platzangst kriege, schwöre ich mir, dass ich das nächste Mal erst dann kommen werde, wenn alles vorbei ist.«
»So schlimm wie heute war es schon lange nicht mehr und wird es auch nie wieder sein.«
Sie waren unten an der Freitreppe stehen geblieben. Die Luft roch nach Schnee, nach See und nach Holzrauch. Heinrich entspannte sich merklich. Sachte drückte er Rosie an sich und blickte zum klaren Himmel, auf dem die Sterne wirkten, als hätte jemand sie mit nachlässiger Hand ins Dunkel gestreut. Der geisterhaft blasse Halbmond hing gleich einer Schale über der Ostsee, und weit draußen zog lautlos eine hellerleuchtete Fähre auf ihrer Route zwischen dem Festland und dem Irgendwo vorbei. Über der Insel, weit entfernt, stiegen Leuchtsterne nach oben und stoben als Funken auseinander, auch sie unhörbar, kleinen Kometen gleich. Heinrichs Blick kehrte zum Haus zurück, das einem mächtigen, kantigen Schiff glich, so durchpflügte es geräuschlos die Nacht. Und die Stille legte sich auch um ihn und Rosie, sog sie beide auf, bis auch sie ein Teil von ihr waren.
»Spürst du das?«, flüsterte er. »Wie Himmel und Erde den Atem anhalten? So muss es auch vor hundert Jahren gewesen sein, als die Menschen auf den Weltuntergang warteten.«
Rosie lachte leise. »Ich denke, hier im Haus wartete man damals auf etwas ganz anderes.« Sie drehte sich zu ihm um. »Hast

du gewusst, dass Sophies Mutter kurz vor Mitternacht, also schon in den Wehen, noch Tango getanzt hat, mit einem Diplomaten aus Südamerika? Und zwar so hinreißend, dass die anderen Paare Beifall geklatscht haben?«
»Aber klar kenne ich diese Geschichte.«
Und ob er sie kannte! Und vorstellen konnte er sich diese Szene noch immer ganz genau, schließlich hatte er Charlotte noch erlebt, eine ganze Weile sogar. Als er und Dietmar 1949 auf die Insel kamen, war sie ungefähr siebzig Jahre alt gewesen und ihre Mutter, die sechste Beatrice, knapp neunzig.
Heinrich musste plötzlich intensiv an diese Beatrice, seine Urgroßmutter, denken. Er hatte sie in diesem Moment genau vor Augen – groß, schlank, fast dürr, das Haar weiß und kurz geschnitten wie bei einem Mann, das Gesicht faltig und furchig wie eine Baumrinde, darin die klarblauen Augen. Die alte Gräfin von Sand hatte nicht viel geredet, doch sie war stets da, wo man sie nicht vermutete. Und sie schlich in den Nächten durchs stille Haus und murmelte dabei Unverständliches. Eine Weile hatten er und Dietmar sich vor ihr gefürchtet, vor allem vor ihren durchdringenden Augen, die ihnen überallhin zu folgen schienen. Mit ihren langen, dünnen Spinnenfingern fuhr sie den Jungen zuweilen übers Gesicht, oder sie umfasste damit ihr Kinn und drehte ihre Köpfe hin und her, um sie prüfend zu betrachten. Nichts schien diesen Augen zu entgehen, nicht ihre heimlichen Tränen um die Verluste in ihrem jungen Leben, nicht die nächtlichen Streifzüge über diesen faszinierenden und gleichzeitig unheimlichen Dachboden, wo prächtige Spinnweben von den schrägen Balken nach unten hingen und im Mondlicht glitzerten und sich türmende Ansammlungen von Gerümpel und alten Möbeln lagerten. Beatrice entging nicht, wenn die Jungen in die düstere und nicht ungefährliche Unterwelt des Gutshauses schlichen. Sie ertappte die beiden bei den gelegentlichen Einbrüchen in die Speisekammer, und nicht einmal der Diebstahl eines einzigen Eies aus dem Hühnerstall konnte vor

ihr verborgen werden. Dann, ungefähr ein Jahr nach ihrer Ankunft, hatte Heinrich ein Gespräch in der Küche belauscht, bei dem es um ihn und Dietmar und ihre nächste Zukunft ging. Plötzlich hatte seine Ururgroßmutter mit ihrer kratzigen Stimme gesagt: »Dieser eine Junge, der Heinrich, der mag ja von außen besehen ein echter Nachkomme von unserem alten Gottfried sein, aber in dem steckt mehr, viel mehr. Der hat die Gabe, auf die Vergangenheit zu hören und dabei die Gegenwart nicht zu vergessen. Und er hat die Kraft und auch den Trotz von uns Frauen. Den lass nicht so einfach gehen, Sophie. Den halte fest.«
Heinrichs Ohren hatten bei diesen Worten geglüht vor Wundern, vor Stolz und vor plötzlicher Energie! Bisher hatte er nicht richtig begriffen, wohin er gehörte. Nun wollte er plötzlich ein echter von Sand sein, so stark und mutig wie einst dieser Gottfried und nicht ein halber und in Japan geborener Inder, der seinen Verlusten nachjammerte und nicht sehen wollte, was diese Insel ihm bot.
Danach hatte er begonnen, seine Umwelt, die nun sein Zuhause war, mit anderen Augen zu sehen. Sophie, seine Großmutter, imponierte ihm, auch die beiden anderen Frauen, die in diesen schlechten Jahren nach dem Krieg nie klagten, die noch die letzte Kartoffel, das letzte Korn von den Feldern, die letzte Beere vom Strauch klaubten, damit die paar Bewohner und Helfer im Haus und auf den Feldern etwas zu beißen hatten. Die sich mit dem Verkauf von selbstgekochten Marmeladen, von getrockneten Kräutern und anderem über Wasser hielten und einem Huhn den Hals umdrehen konnten, bevor es überhaupt wusste, wie ihm geschah. Und die ihr Heim, dieses alte Gutshaus, das schon etliche Jahrhunderte auf dem Buckel hatte, notfalls auch mit ihren Zähnen zu verteidigen versuchten. Das hatte nämlich Urgroßmutter Charlotte, Sophies Mutter, getan, als im Sommer 1953 plötzlich dieser Mann aus Berlin vor der Tür stand, mit dem offiziellen Bescheid über die Enteig-

nung in der Hand. Sie war mit ihm, Heinrich, allein im Haus und damit beschäftigt, mit seiner Hilfe die losen Stellen im Parkettboden in der Eingangshalle wieder zusammenzuflicken. Alle anderen waren draußen irgendwo unterwegs, und deshalb weigerte sie sich, den Mann ins Haus zu lassen, schließlich war Heinrich noch ein Junge, gerade mal elf Jahre alt, spindeldürr und kaum dazu geeignet, sie im Falle eines Falles wehrhaft zu verteidigen. Und der Mann vor der Tür war ein Fremder, und mit Fremden hatten die von-Sand-Frauen in den Kriegsjahren und auch in der Zeit danach selten Gutes erlebt. Ein Wort hatte das andere ergeben, und als dieser Mensch plötzlich zu schreien anfing und mit seinem Brief vor ihrem Gesicht herumfuchtelte, da hatte sie eben ihr künstliches Gebiss in seine Hand geschlagen, so fest, dass die falschen Zähne aus ihrem Mund flutschten und im Fleisch stecken blieben. Das Geheul des Mannes klang Heinrich noch lange danach in den Ohren.
Ja, von diesem Tag an, als er im kalten Flur gestanden hatte, sein Ohr fest an die Tür gepresst, hinter sich den vor Kälte und wohl auch vor Angst bibbernden Dietmar, der in der Nacht vorher ein Stück Wurst und den restlichen Käse aus der Vorratskammer gestohlen hatte und nun flüsternd fragte: »Was sagen sie, was reden sie, wollen sie uns fortschicken, wieder zu den Nonnen in Japan?«, hatte Heinrich es also als seine Pflicht gesehen, dafür zu sorgen, dass seine Großmutter und die beiden anderen von-Sand-Frauen Grund dazu hatten, stolz auf ihn zu sein. Seine Pflicht war es auch, dieses Haus, das jetzt sein Zuhause war, über alle Schwierigkeiten hinwegzuretten und zu erhalten, so gut er das konnte.
Rosie bewegte sich in seinen Armen. »Woran denkst du? An den Tango um Mitternacht?«
»Aber klar kenne ich diese Geschichte«, wiederholte er und kicherte vor sich hin. »Und noch tausend andere dazu. Glaub mir, keine von-Sand-Frau hat sich jemals freiwillig an Regeln oder Gesetze gehalten.«

»Und was ist mit den Frauen, die einen von euch von-Sand-Männern geheiratet haben?«
»O je!« Heinrich zog sie wieder an sich und beobachtete dabei zwei helle Scheinwerfer, die sich auf ihrem gemächlichen Weg durch die verschneiten Felder Wittows dem Gutshaus näherten. »Aber vielleicht schafft es die eine oder andere ja doch noch, eine echte von Sand zu werden und sich nicht schon im ersten Ehejahr mit Scheidungsabsichten zu befassen.« Er drückte sie noch ein wenig fester an sich.
Wieder betrachtete er den sternenübersäten Himmel, den der heftige Wind aus Nordost blank geputzt hatte und der ihm hier auf der Insel immer näher erschien als der Himmel über den Bergen Kärntens, obwohl es ihm auch dort zuweilen vorkam, als könnte er Sterne und Mond mit den Händen greifen.
Rosie blickte ebenfalls nach oben. »Ich habe mir früher nie vorstellen können, woanders als in meinen Bergen zu leben«, wisperte sie. »Und wenn schon Wasser, dann sollte es einer unserer Seen oder die Adria sein. Und nun mag ich diese See hier, zu allen Jahreszeiten sogar und am liebsten bei einem richtigen Sturm. Und diese steile Küste und die lange Treppe nach unten. Ich mag sogar die vielen Steine unten am Strand, auf denen ich mir bei unseren Spaziergängen regelmäßig den Fuß verknackse oder mir den Knöchel aufschürfe.« Sie sah zu Heinrich auf und legte ihre Hände um sein Gesicht. »Ich mag vor allem Sophie und dieses alte, düstere Haus mit seinen Gespenstern und seinen vielen Geschichten, Heinrich. Ich werde das alles …«
»Pscht«, machte er und legte seine Hand sanft über ihren Mund. »Nicht sentimental werden, nicht jetzt, da etwas Neues beginnt.« Er hielt sich den Arm mit der Uhr dicht vor die Augen. »Eine Minute vor Mitternacht. Ich denke, wir sollten …«
Er verstummte, denn in diesem Moment bogen die Scheinwerfer von Andrej Stoschenkows großem Wagen mit Schwung um die Ecke der halbverfallenen Parkmauer.
Im selben Moment stiegen von der Terrasse zwischen den ver-

wilderten Büschen und nahe der alten, mächtigen Buche die ersten Raketen des von Franz anlässlich der Jahrtausendwende eigenhändig gezündeten Silvester-Feuerwerks über der Steilküste auf. Der stürmische Nordostwind zerfetzte den Knall, mit dem die auseinanderstiebenden bunten Sterne in der Dunkelheit zerplatzten. Er zerfetzte auch die Stimmen, das Glockengeläut und die ersten Takte vom »Donauwalzer« aus Radio oder Fernseher, das Klirren von Gläsern, das Lachen und alle anderen plötzlich aus dem Gutshaus dringenden, in diesem Augenblick auf Heinrich geradezu geisterhaft wirkenden Geräusche und trug die Reste über das stille Land davon und irgendwohin.

XX

Nur die Kinder hatte man bald nach Mitternacht zu Bett geschickt oder gebracht. Alle anderen waren geblieben. Schließlich hatte auf Distelitz nicht nur ein neues Jahrtausend begonnen. »Dieses Fest ist erst beendet, wenn Sophie gegangen ist«, hatte Franz bestimmt. »Ich erwarte, dass ihre gesamte Familie versammelt bleibt, bis sie …« Er kniff gerade noch rechtzeitig die Lippen zusammen und verschluckte den Rest des Satzes, nämlich »… ihr Testament bekanntgegeben hat«. »Ts, ts, ts«, machte er, nachdem ihm bewusst geworden war, was er da gerade hatte sagen wollen.

Die Zeit verstrich unmerklich, so wie die Zeiger der alten Standuhr an der linken Seite des massiven Kamins unmerklich aus der Nacht in den Tag vorrückten. Tag der Entscheidung, dachte Franz. Der Gedanke an Sophies Ja zu seinen Plänen ließ seine Nerven vibrieren. Er ließ ihn sogar seinen zunächst maßlosen Ärger über den spurlos verschwundenen Champagner schrumpfen und vergessen – fast vergessen, denn er, Franz, war ja nicht nur um diesen kostbaren Moment von Sophies Freude über sein Geburtstagsgeschenk gebracht worden, sondern auch noch um den persönlichen Genuss eines edlen Getränks, das selbst er sich nicht alle Tage leisten konnte!

Er stand, seine Daumen in die schrägen Taschen seiner Samtweste gehängt, in der Nähe der Treppe und damit direkt vor der Anrichte mit den kalten Platten, die Bertha, Rosie und Marijke vor ein paar Minuten aus der Küche getragen hatten. Den Rest des Clans hatte er mit kurzen Handbewegungen nach rechts von ihm und damit in Sophies Nähe dirigiert, so dass er alle im Blick hatte, auch seine Urenkelin Beatrice in diesem …

diesem für eine an sich moderne junge Frau, die sonst nichts anderes trug als Jeans, etwas seltsamen, aber letztlich nicht uninteressanten Kleid. Und vor allem seine Mutter direkt unter dem Tannenbaum und in Adalberts altem Ohrensessel, lächelnd und strahlend wie, ja, wie der Weihnachtsstern auf der Spitze der hohen Nordmanntanne. Zwei wunderbare Geburtstagskinder also, das eine hundert, das andere zwanzig Jahre alt, auf den Tag genau. Die letzten beiden echten von-Sand-Frauen, sagte Franz sich, während sein Blick lange und wohlwollend auf Sophie und Beatrice verweilte. Zwei tolle Frauen, die seinem ... äh ... dem Namen dieser Familie alle Ehre machten. Pah, dachte er dann, während er das eine und andere weibliche Gesicht im Foyer betrachtete, keine von denen konnte den beiden da das Wasser reichen, das waren doch nur Frauen, die, aus welchen Gründen auch immer, in diese Familie eingeheiratet hatten.

Leider, leider trugen auch sie den Namen von Sand. Der war sowieso schon viel zu oft vertreten – nicht nur der zahlreichen männlichen Nachkommen wegen, sondern auch wegen dieser vielen Ex-Frauen, die sich weigerten, eine weitere Ehe einzugehen oder zumindest ihren Nachnamen zu ändern. Er selbst hatte nur viermal geheiratet und von Anfang an mittels eines entsprechenden Verhaltens dafür gesorgt, dass die jeweilige Ex schon nach kurzer Zeit froh war, diesen Franz von Sand und damit auch seinen Namen wieder los zu sein.

Sein prüfender Blick kehrte zu Sophie zurück. Sie hatte sich, ebenso wie Beatrice, Rosie und diese ... diese Holländerin, vor Mitternacht noch einmal zurückgezogen und war dann Punkt null Uhr eins wieder im Foyer erschienen. Nein, nicht einfach erschienen, korrigierte er sich. Es war ein Auftritt gewesen. Das Foyer hatte sich in einen Festsaal, in den Zuschauerraum eines Theaters verwandelt, und das Publikum empfing den Star der Nacht mit tosendem Beifall. Sogar ihm waren in diesem Moment, in dem seine Mutter gefeiert wurde, vor Rührung die

Tränen gekommen. Und das, obwohl er nicht vergessen hatte, nie vergessen würde, wie sie ihn behandelte.
Da stand sie dann inmitten all ihrer Lieben und nahm die Glückwünsche zu ihrem Ehrentag entgegen, huldvoll wie eine Filmdiva. Gott sei Dank nicht in ihrer üblichen Latzhose und dem grässlichen Männerhemd, sondern in einem hübschen dunkelblauen Kleid mit Jacke. Sogar ihren langen dünnen Zopf, der ihr meistens nachlässig über den Rücken fiel, hatte sie zu einem ordentlichen Nackenknoten aufgesteckt, wie Franz mit Wohlwollen bemerkt hatte.
Weniger gefallen hatte ihm allerdings, dass Sophie in dieser ersten Minute des neuen Jahres nicht allein, sondern am Arm eines gutaussehenden Fremden, an ihrer anderen Seite eine ebenso unbekannte Frau, zu ihrer Familie zurückgekommen war, leichtfüßig, hoch aufgerichtet, nach allen Seiten lächelnd. Bevor er seinen vor Staunen offenen Mund wieder hatte zuklappen können, hatte sie das Getöse um sie herum mit einer Handbewegung zum Schweigen gebracht und dann ihre Begleitung mit lauter Stimme vorgestellt: »Andrej Stoschenkow, ein guter Freund dieses Hauses, und seine Frau Marjana. Sie sind heute meine Ehrengäste.«
»Warum braucht sie denn Ehrengäste?«, hatte Franz laut gefragt und hätte auch noch »und dann völlig Fremde, schließlich ist dies ein Familienfest, wenn ich mich nicht irre« hinzugefügt, wäre seine Frage nicht im wiederentfachten Lärm der Familie untergegangen.
Nun saß, nein, thronte Sophie in Adalberts knarrendem Ohrensessel, beleuchtet vom Licht der Kerzen am Baum und umringt von ihren Gratulanten, auf ihrer linken Seite Beatrice, auf der anderen dieser … dieser russische Sowieso mit seiner Frau. An und für sich hätte er, Franz, an der Seite seiner Mutter stehen oder sitzen sollen. Aber erstens hatte sie ihn nicht dazu aufgefordert, und er wollte sich nicht aufdrängen, schließlich hatte auch er seinen Stolz. Und zweitens hatte er den Platz vor

der Anrichte mit den kalten Platten bewusst für sich gewählt und schützte sie jetzt breitbeinig und mit nach hinten gereckten Schultern. Er kannte doch die Gier seiner Pappenheimer, die sich schon bei der erstbesten Gelegenheit auf diese Köstlichkeiten stürzen und die besten Happen für sich beanspruchen würden.

Unauffällig griff Franz immer wieder nach einem der saftigen Käsespieße hinter sich, und während er rasch kaute, betrachtete er die Gruppe vor ihm aus halbgeschlossenen Augen. Sie sah gut aus für ihr Alter, seine Mutter, erstaunlich gut sogar. Und wie sie lächelte und strahlte. Sie hat auch allen Grund dazu, dachte Franz, schließlich war sie der unbestrittene Mittelpunkt in diesen ersten Stunden des neuen Jahrtausends. Ihr Lächeln schien auf ihre Angehörigen überzuspringen, denn nie, auch nicht bei diesem großartigen Familientreffen vor mehr als acht Jahren, hatte Franz den Clan so entspannt, ja, so fröhlich und ausgelassen wie jetzt erlebt. Dass man sie nun regelrecht hofierte, das schien Sophie tatsächlich zu genießen – anders als sonst, da hatte sie ihm und dem Rest ihrer Familie mit ihrem griesgrämigen Gesicht und ihrer spitzen Zunge nämlich ziemlich oft die Freude und die gute Laune verdorben.

Aber damit ist es jetzt vorbei, sagte er sich. Endlich hat sie erkannt, dass sie uns sehr viel bedeutet, vor allem aber mir, ihrem ältesten, ihrem einzigen noch lebenden Sohn, der ja dieses und auch alle anderen Wiedersehen auf dieser wunderschönen Insel organisiert und jetzt zu ihrem Geburtstag sogar jene Clanmitglieder zum Kommen motiviert hat, die am Arsch der Welt leben.

Zufrieden mit sich selbst, klopfte Franz sich in Gedanken auf die Schulter und steckte sich dann den nächsten Käsehappen in den Mund, ließ einen guten Schluck aus seinem Weinglas nachrinnen und dann seine Blicke erneut schweifen. Fast alle waren seinem Ruf gefolgt, sogar Herbert und Marlene aus Berlin, die nach dem weihnachtlichen Desaster geschworen hatten, dieses

Haus nie wieder zu betreten, aus dem man an einem so heiligen und familiären Tag wie Weihnachten geworfen wurde. Herbert wie immer mit den Blitzableitern an seiner Brille. Neu an ihm war nur der Geigerzähler, der jetzt halb aus seiner Jackentasche hing, weil er kurz vor Mitternacht alle Ecken und Nischen des Foyers auf mögliche Strahlen überprüft hatte, die, wie er erklärte, noch aus der Zeit stammen konnten, als die deutsche Wehrmacht sich im Erdboden rund um Kap Arkona mit Radargeräten und anderem eingebunkert hatte. Die beiden waren erst vor zwei Stunden auf Distelitz eingetroffen, und Herbert hatte ihn, Franz, sofort beiseitegenommen und geraunt: »Du denkst morgen dran, wenn unsere Sophie ihr Testament ... Du weißt schon, nicht wahr, die Bibel.«

Franz grinste in sich hinein. Natürlich hatte er nicht vor, diesem Neffen oder einem anderen Clanmitglied auch nur ein einziges Stück aus seinem künftigen Erbe zu überlassen, schon gar nicht diese alte und bestimmt wertvolle Bibel mit der Familienchronik, nach der er selbst sich seit langem alle Finger leckte.

Sein Blick blieb kurz an seiner Urenkelin hängen, die in diesem bodenlangen burgunderroten Kleid mit tiefem Ausschnitt mehr als nur ungewohnt und seltsam aussah. Nicht dass er, Franz, etwas gegen einen tiefen Ausschnitt gehabt hätte – mein Gott, da hatte er schon ganz andere Sachen gesehen als diesen nicht gerade üppigen Busenansatz seiner Urenkelin. Aber irgendwie passte das Mädchen nicht in dieses Kleid, nicht mit diesem nackten Hals und mit den karottenfarbenen Kraushaaren. Zu einem altmodischen Kleid wie diesem gehörte Schmuck, gehörte langes, edles Haar. Locken! Locken wie die von ... Ach ja, jetzt wusste er, an wen ihn das Kleid erinnerte – Adele. Und ihm fiel auch wieder ein, dass er ihr Bild und ebenso das von Gottfried vermisst hatte, als er vor Mitternacht auf die Toilette gegangen war. Schlimm genug, geradezu unverantwortlich, dass Sophie *sein* Ölbild verkauft und ihn mit einer laienhaft hergestellten Kopie abgespeist hatte. Und nun auch noch Adele und Gottfried, die Gründer dieser Familie? Er fragte sich, was als Nächstes dran war. Aber er würde jetzt den Daumen auf jedes Stück legen, denn …

Sophie lachte plötzlich hell auf, ihr Lachen flog geradezu durch den weitläufigen Raum. Nicht nur Franz hob überrascht den Kopf, denn seine Mutter lachte selten und wenn, dann keinesfalls so … so spontan und freudig. Franz kniff die Augen bis auf einen schmalen Spalt zusammen. Er sah tatsächlich nicht mehr so gut wie früher, trotz Brille. Sobald der Kaufvertrag mit dem Frankfurter Unternehmer unter Dach und Fach war, wollte er sich als Erstes eine neue kaufen, eine dieser modischen mit leichtem Gestell aus Titan und mit getönten Gläsern. Nicht gerade billig, aber er würde sich ein paar Extravaganzen ja bald leisten können.

Wieder lachte Sophie. Dieses vibrierende Lachen, das eher zu einer Jungen denn zu einer Hundertjährigen passte, irritierte Franz. Irritierte ihn sogar ganz gewaltig. Was zum Teufel fand Sophie da zum Lachen?

Weil sich jetzt gleich mehrere Familienmitglieder Sophie näherten, trat er unauffällig zwei, drei Schritte nach links, von wo er seine Mutter wieder besser beobachten konnte und trotzdem noch immer in unmittelbarer Nähe der kalten Platten blieb.

Dieser Russe, dieser Stoschenkow, stand jetzt direkt hinter Adalberts Ohrensessel und hatte seine Hände auf Sophies Schultern gelegt. Franz zog seine Brauen hoch – eine derart vertrauliche Geste, dazu noch die eines Fremden, überraschte und ärgerte ihn. Sophie war körperlichen Berührungen schon in seiner Jugend aus dem Weg gegangen. Ihm selbst war es in den vergangenen Jahren höchstens zwei-, dreimal gelungen, sie auf die Wange zu küssen. Und auch vor jeder seiner Umarmungen wich sie noch immer zurück.

Er entspannte sich, als Stoschenkow seine Hände wieder von Sophies Schultern nahm. Lass sie sich freuen, über was auch

immer, sagte er sich, als sie erneut lachte. Es war ihm doch wichtig, dass ihre gute Laune anhielt. Umso zugänglicher würde sie sich dann seinen Zukunftsplänen gegenüber zeigen.
Er zerkaute genüsslich einen Cracker mit Frischkäse, belegt mit einer Radieschenhälfte und einer grünen Olive, während er seinen Blick nachdenklich weiter auf Sophie ruhen ließ. Etwas war an ihr anders als sonst. Völlig anders. Nicht nur diese seltsame Vertrautheit zwischen ihr und diesem Russen war es. Vielleicht war es auch die Art und Weise, wie Sopie mit wachen, erstaunlich wachen Augen für ihr Alter, wie er dachte, immer wieder die gesamte Geburtstagsgesellschaft überflog, als wollte sie ... Ja, was eigentlich?, fragte er sich. Was noch, da sich an ihrem Ehrentag doch fast ihre gesamte Familie um sie versammelt hatte und sie mit Glückwünschen geradezu überhäufte?
Hatte er nicht allen Grund, mit sich und seiner Familie zufrieden zu sein?
Die Olive schmeckte ranzig, pfui Teufel! Franz verzog den Mund und wälzte den Kern von einer Wange zur anderen.
Was war nur anders an Sophie?
Irritierte ihn etwa der Anblick ihrer noch immer schlanken und wohlgeformten Beine, die sie gerade übereinandergeschlagen hatte? Bei dieser Bewegung war der Saum ihres Kleides bis knapp über ihre Knie hochgerutscht. Und sie unternahm nichts dagegen, nicht einmal den Versuch, ihre Knie wieder zu bedecken. Bei jungen und gutgebauten Frauen hatte ihn das nie gestört. Aber seine Mutter war erstens nicht mehr jung und zweitens ... eben seine Mutter, noch immer eine Dame von Adel, die bis zu dem fatalen Zusammenbruch von Gesetz und Ordnung in Deutschland noch mit »Frau Gräfin« angesprochen worden war. Er wusste im Moment nicht genau zu sagen, ob die DDR das »von« abgeschafft hatte oder der Westen; vorstellbar war eher Ersteres. Im Kommunismus und in einem sozialistischen System gab es doch nur Gleichheit beziehungs-

weise die Arbeiterklasse. Trotzdem waren und blieben Sophie von Sand, er selbst und alle übrigen männlichen Clanmitglieder von gräflicher Abstammung, daran hatte auch diese verdammte DDR nicht rütteln können. Er selbst war stolz auf dieses »von« in seinem Nachnamen. Das hatte nichts mit Standesdünkel zu tun, nein, nein, wirklich nicht. Aber die drei Buchstaben hatten ihm in seiner beruflich guten Zeit schon oft Tür und Tor geöffnet. Außerdem war er stolz auf seine Vorfahren. Auf seine Abstammung.

Dass es seiner Mutter egal zu sein schien, dass niemand mehr ihren Adelstitel benutzte, war ihm schon öfter aufgefallen. Und dann die Art und Weise, wie sie sich kleidete – einmal abgesehen vom heutigen Abend. Schlimmer als seinerzeit vor dem Krieg die einfachen Landarbeiter auf Gut Distelitz.

Er schnaubte vor innerer Empörung. Auch wenn Sophie sich schon vor langer Zeit unter die Hinz-und-Kunz-Menge der Gegenwartsgesellschaft gemischt hatte, einen gewissen Abstand zum gemeinen Volk hatte sie seiner Ansicht nach trotzdem noch zu wahren. Adel hatte schon immer verpflichtet. Und dazu gehörte auch, dass eine Sophie Gräfin von Sand sich ihren peinlich hochgerutschten Rocksaum schnellstens wieder übers Knie zog.

Ebenfalls ärgerlich war, dass nicht nur ihm Sophies legere Art aufgefallen zu sein schien. In seiner Nähe unterhielten sich zum Beispiel die Vertreter der US-Linie, in moralischen Dingen bisher als eher prüde aufgefallen, doch jetzt konnten sie sich laute Bemerkungen wie »sexy, sexy, our old lady Sophie« oder »this old lady is a tramp« einfach nicht verkneifen. Ihr Kichern griff rasch auf die Gruppe der Nordländer über, nur war man sich dort, wie Franz an den auf ihn gezielten Blicken bemerkte, wohl nicht ganz klar, worum es eigentlich ging.

Betrunkene Bande!

Er schüttelte den Kopf und schnappte sich einen weiteren Käsehappen, diesmal mit einer prachtvollen dunklen Weintraube belegt. In diesem Moment beleuchtete rasch aufeinanderfolgendes Blitzlicht die Szene rund um Adalberts Ohrensessel. Das Interesse der Amerikaner, das der Nordländer und aller anderen richtete sich erneut auf Sophie. Auch Franz heftete seinen Blick wieder auf sie, ließ ihn zuerst auf ihren noch immer skandalös entblößten Knien ruhen, dann auf diesem kurzen, ziemlich altmodischen Jäckchen mit dem Kaninchenpelz am Kragen und dann …

Der Atem stockte ihm. Im herzförmigen Ausschnitt von Sophies dunkelblauem Kleidchen funkelte und glänzte etwas. Das Licht der Kerzen am Weihnachtsbaum schien sich kaskadenhaft in etwas zu brechen, das aussah wie …

War das … war das womöglich …

Er schnappte nach Luft und verschluckte sich prompt am Käse in seinem Mund und musste husten. Robert, der plötzlich neben ihm stand, haute ihm so fest zwischen die Schulterblätter, dass der Brocken samt bereits zerkauter Weintraube in weitem Bogen aufs Parkett flog.

»Hoppala!« Adam, der vorbeischlenderte, blieb stehen, zog umständlich ein rot-weiß kariertes Taschentuch aus seiner Hose und ließ Käse mit Traube darin verschwinden. »Nur damit keiner drauf ausrutscht oder sich was festtritt«, erklärte er grinsend. »Der kann nämlich ganz schön hartnäckig sein, so ein Käse aus Holland.«

»So … Sophie …«, keuchte Franz und deutete mit zitterndem Zeigefinger auf seine Mutter. »Das da an ihrem Hals – ist das …« Er verstummte, weil ihm die Luft endgültig wegblieb.

Robert schaute in Richtung Ohrensessel.

»Richtig, das ist der Familienschmuck«, bestätigte er völlig gelassen.

Und Adam grinste noch breiter und zeigte vom Tabak verfärbte Zahnstummel. »Schön bunt, was? Und auch noch echt, alle diese Steinchen.«

Von weit entfernt drang Sophies ungewohnt helle Stimme in

das Chaos im Bewusstsein ihres Sohnes. »Trinken wir noch einen letzten Schluck auf die Vergangenheit. Und bevor wir dann zur Zukunft kommen, werde ich Alte mich für den Rest dieser Nacht aufs Ohr legen.«

»Ha… habe ich da etwas verpasst?«, fragte Franz mit einem dicken Kloß in seinem Hals.

Doch es war niemand mehr in seiner Nähe, der ihm diese Frage beantwortete.

XXI

Der erste Morgen im neuen Jahrtausend war so strahlend blau und sonnig wie der letzte des alten Jahres gewesen war. Lange vor dem sowieso stets späten Frühstück der Familie am bereits gedeckten Tisch hatte Sophie sich wieder aus dem Haus geschlichen, im Stall das protestierende, weil gerade eierlegende Huhn aus dem Nest in der fleckigen Fliegerkappe eines toten Soldaten aus dem letzten Krieg verscheucht und dann auch noch Adalberts schon ziemlich steife Lederkluft aus dem Koffer unter ihrem Bett geholt und angezogen. Zusammen mit Robert hatte sie anschließend die Honda aus der Remise geschoben und war dann schwungvoll auf den Soziussitz gestiegen. Immer wieder hatte sie dabei die Zimmerfenster im oberen Stockwerk gemustert, aber niemand hatte sich blicken lassen.
»Wohin?«, hatte Robert gefragt und den Motor aufröhren lassen, und sie hatte lässig geantwortet: »Einmal Afrika und zurück, mein Junge! Und morgen um die ganze Welt! Und übermorgen vielleicht bis zum Mond?« Er hatte genickt, völlig ernst. »Einverstanden. Afrika, Weltreise, von mir aus auch bis zum Mond und zurück.«
Nun klammerte sie sich von hinten an ihren Enkel, bibbernd im scharfen Nordostwind, halbblind, weil ihre Augen tränten und außerdem der zu weite Kappenrand immer wieder bis fast zur Nasenwurzel rutschte, und mit weitaufgerissenem, mit eiskalter Luft gefülltem Mund, in dem die falschen Zähne bei jeder Unebenheit in den verschneiten Feldwegen im Norden Wittows klapperten.
»Wie das Gebiss vom Sensenmann!«, schrie und kicherte sie, wenn sie ihre Falschen mit der Zunge wieder gerichtet hatte.

Und schrie auch: »Schneller, mein Junge, dreh mal richtig auf, bist doch kein Lahmarsch nicht!« Juchzte an seinem Rücken: »Hoho!« und »Hurra!«, wenn die Räder auf der Schneedecke durchdrehten oder auszubrechen drohten. Einmal hoben sie von einem Hügelchen ab, hingen eine, vielleicht auch zwei Sekunden in der Luft, da ließ Sophie Roberts Rücken los und breitete für diesen einen, für diese zwei Augenblicke ihre Arme aus, ihr Gesicht – nur das halbe, denn der Rest war ja von der Fliegerkappe verdeckt – zum klarblauen Himmel erhoben, den der Sturm blank geputzt hatte. So blank und glänzend, dachte sie, so blank geputzt wie die Hausmädchen früher, sehr, sehr viel früher den Parkettboden im Gutshaus geputzt und gewienert hatten, bevor die Gäste aus Berlin kamen – all die Künstler, die Philosophen, die Literaten und Musiker, auch die Politiker, die das Haus in diesen Stunden zwischen dem letzten Abend eines alten und dem ersten Abend des neuen Jahres mit ihren Gesprächen, mit Diskussionen, Streitereien und mit ihrem Lachen füllten. So viel war in ihrem Leben geschehen, so viel verloren und wiedergefunden worden. Nun war sie am Ende eines langen, oft beschwerlichen Weges. Und dieses bisschen Zeit, das ihr – vielleicht – noch blieb, das wollte sie leben.

Frei!, dachte Sophie, bevor sie ihre Arme wieder um Roberts Taille legte. Ein wunderbares Gefühl war das. Zum ersten Mal in all den vergangenen Jahren fühlte sie sich befreit von dieser Verantwortung, von diesen Verpflichtungen der Familie und dem Gut gegenüber, die sie seit Adalberts Verschwinden vor acht Jahrzehnten bis zu diesem Moment auf der Honda Jahr für Jahr in Trab gehalten hatten. Nun lag die Verantwortung in anderen Händen. Was jetzt noch kam, das wünschte sie sich. Die Last war von ihren Schultern genommen, und das war gut so.

»Schneller, Junge!«, rief sie fröhlich. »Dreh richtig auf!«

Erst nach mehr als zwei Stunden kehrten sie zum Haus zurück. Kurvten in rasantem Schwung durch das Tor mit seinem verrosteten Flügel und der rostigroten Distelblüte im vom Rost angenagten Eisengerank und fuhren in Schlangenlinien bis vor die Remise.
Sophie lachte, als sie mit leicht zittrigen Beinen vom Sozius stieg. Sie schob die Fliegerkappe nach hinten, wischte sich mit dem Handrücken über das vom Fahrtwind glühende Gesicht und betrachtete dann eingehend die in vorwurfsvoller Verstummung erstarrte Ansammlung von Familienangehörigen auf der Freitreppe des Gutshauses.
Sie sah Robert an und kicherte. »Was meinst du, drehen wir gleich wieder um und flüchten vor der Bande?«
Franz stand, die Arme vor der Brust verschränkt, mit grimmiger Miene auf der untersten Stufe der Außentreppe, hinter und neben sich seine engsten Anhänger. Als Robert als Antwort auf Sophies Frage den Motor noch einmal so richtig aufdröhnen ließ, strömten durch die offene Haustür weitere Clanmitglieder nach draußen.
»Wo wart ihr? Wie konntet ihr … Wir haben uns Sorgen gemacht!«, brach sich der allgemeine Ärger Bahn. Am lautesten brüllte Franz. »Unverantwortlich, und dann auch noch auf einem Motorrad, bei diesem Wetter, in ihrem Alter, eine Schande ist das, bodenloser Leichtsinn!«
So ging das, bis Robert mit noch lauterer Stimme dazwischenfuhr: »Warum regt ihr euch auf? Das war doch nur der Probelauf für eine Weltreise.«
»Richtig!« Sophie legte eine Hand auf den Sitz der Honda. »Das war heute lediglich die Probe.«
»Was heißt denn Weltreise?« Franz schob seinen Kopf vor, trat von der untersten Stufe auf den schneebedeckten Kies und starrte seine Mutter an.
»Um die Welt reisen«, erklärte sie heiter und ließ ihre Hand über den chromglänzenden Lenker wandern. »Und zwar mit

dem Motorrad. Oder hat einer von euch etwas dagegen?« Nach einem kurzen Blick in das hochrote Gesicht ihres Sohnes forderte sie ihn auf: »Mach den Mund zu, Franz, es zieht, und zwar gewaltig.«
Irgendjemand in der Menge auf der Treppe begann zu klatschen.
»Sie macht eine Weltreise!«, schrie eine begeisterte Stimme. »Toll! Und ich fahre mit!«
»Fährt sie auch nach Kanada?«, wollte eine andere wissen. »Ich war noch nie in Kanada.«
»Sibirien ist viel interessanter! Sophie«, wandte sich einer der zahlreichen Urenkel an sie, »wir nehmen Sibirien mit auf unserer Weltreise, einverstanden!«
»Robert!« Sophie kicherte. »Nehmen wir Sibirien mit?«
Er tat so, als würde er überlegen. »Man könnte ... vielleicht ... Ja, warum nicht?« Er nickte. »In Ordnung, fahren wir über Sibirien.«
Und prompt rief jemand: »In Kanada war ich schon, auch in Sibirien, aber den Rest von Asien kenne ich noch nicht!«
»Australien!«
»Südamerika!«
»Der Nordpol wäre ebenfalls ein Hit, Leute!«
»Pah, Nordpol! Nichts zu sehen außer Eis!«
»Gibt es dort saubere Hotels?«
»Auf den Mars, da war noch niemand mit dem Motorrad. Oder doch?«
»Ich könnte diese Reise als Bildungsurlaub von der Steuer absetzen.«
»Wer soll das bezahlen«, sang jemand laut in das allgemeine Gelärme.
Und wurde übertönt von den Worten: »Wir verkloppen uns'rer Sophie ihr klein Häuschen!«
»Sie hat doch noch Vermögen, oder?«
»Und nun auch noch der Familienschmuck!«

»Hurra, wir verscheuern Adeles Schmuck!«
Franz schien sich wieder gefasst zu haben und versuchte mit Donnerstimme dazwischenzugehen. Doch sein zweifach gebrülltes »Ruhe!!!« schreckte lediglich eine Krähenschar in der alten Buche auf. Gleich schwarzen Fetzen vor dem Winterblau des Himmel stoben die Vögel kurvenreich in alle Richtungen davon. Und irgendwo in der ansonsten feiertagsstillen und in dieser Gegend von Wittow sowieso eher einsamen Landschaft bellte ein Hund wie verrückt, sozusagen als Begleitmusik zum Krähentanz.
Und dann sagte Franz leise und mehr zu sich selbst: »Jetzt ist sie endgültig übergeschnappt, unsere Sanddistel.«
»Sie ist eine bemerkenswerte Person, Ihre Frau Mutter«, hörte er jemanden neben sich sagen. Er sah auf und direkt in das freundliche Gesicht von Andrej Stoschenkow. Der Russe drückte ihm die Hand.
»Sie können stolz auf sie sein, Herr von Sand.«

»Weltreise, dass ich nicht lache! In ihrem Alter!«
Franz stand mit ein paar anderen am Kamin im Foyer, und ich hörte seine Worte nur deshalb, weil ich in diesem Moment auf dem Weg in die Bibliothek war, wo Bea auf mich wartete. Ich ahnte, was meinen Urgroßonkel bedrückte, aber sicher war sicher, und so hockte ich mich in den Schatten der alten Standuhr, um zu horchen.
»Und mein eigener Sohn unterstützt sie auch noch bei diesem Unsinn!«, wetterte er. »Na, der wird mich noch kennenlernen! Dem werde ich die Flausen genauso austreiben wie unserer Sophie!«
So ging es eine Weile hin und her, und weil das nichts Neues für mich war, betrachtete ich konzentriert einen winzigen Wurm, der sich direkt vor meinen Augen aus einem Loch im hölzernen Uhrgehäuse wand und dabei so etwas wie Mehl verstreute.

Ich hatte keine Ahnung, wie Holzwürmer aussahen, aber welche andere Art Wurm würde sich sonst noch für altes Holz interessieren?
Ich horchte erst wieder auf, als Franz fragte: »Habt ihr gesehen, wie dieser Russe, dieser Stoschenkow, um sie herumscharwenzelt? Der hat etwas ganz Bestimmtes im Sinn, dafür habe ich einen Riecher. Wenn ich nur wüsste, was das ist.«
Das wirst du bald erfahren, dachte ich bei mir und entdeckte einen zweiten Wurm in einem anderen Loch. Überhaupt gab es furchtbar viele Löcher in dem Uhrenkasten. Nicht nur im Uhrenkasten, korrigierte ich mich, denn derartige Löcher und Mehlansammlungen gab es eigentlich überall, wo Holz herumstand, also in Schränken, Truhen und Regalen. Ich nahm mir vor, mit Opa darüber zu reden. Dann fiel mir ein, dass er jetzt die falsche Adresse für Reparaturen bei Sophie war.
»Sie gehört ins Heim«, erklärte der Blitzableiter-Herbert gerade. Und seine Marlene nickte und machte ein ziemlich ernstes Gesicht. »Ich kann meiner Frau nicht zumuten, sich neben all ihrer Arbeit mit dem Haus und dem Garten auch noch um eine alte Frau zu kümmern, die offensichtlich an Alzheimer leidet.«
Sogar aus der Entfernung konnte ich sehen, dass Franz seine Augenbrauen hochzog.
»Wie kommst du darauf, dass ausgerechnet ihr euch um sie kümmern solltet?«, fragte er scharf. »Spekulierst du auf Pflegegeld? Oder womöglich auf einen Erbanteil? Vergiss nicht, *ich* bin ihr Sohn!«
»Ja, und ein gieriger dazu«, machte Marlene nun doch ihren sonst meist verkniffen wirkenden Mund auf. »Für dich muss unsere Sophie doch ein richtiger Honigtopf sein.«
Ich freute mich schon auf einen richtigen Streit, aber leider machte mir die Vertretung aus Italien einen Strich durch die Rechnung.
»Heim??? Niente! Unsere Mamma kommt zu uns!«

»Sie kommt zu uns!«, rief einer meiner Großonkel aus der französischen Linie in perfektem Deutsch. Ich hatte mich schon immer gewundert, dass die meisten in der Familie sich zumindest einigermaßen verständlich machen konnten. Sogar Solomon aus Afrika, einer von Felix' schwarzen Söhnen, hatte Deutsch in der Schule gelernt. Irgendetwas musste an dieser Sprache sein. Oder sämtliche von Sands hatten die entsprechenden Gene für das Deutsche im Blut. Irgendwann einmal hatte ich mit Opa darüber geredet, aber der wusste das auch nicht genau zu erklären.
»Der Staat zahlt doch Pflegegeld, wenn alte Leute zu Hause versorgt werden, oder?«, überlegte ein anderer Onkel laut, der vor ein paar Jahren von Chemnitz nach Wuppertal geheiratet hatte.
»Noch ist Sophie nicht pflegebedürftig!«, fauchte Franz zurück.
»Aber hundert!«
»Pah, Pflegegeld!«, sagte Herbert und fummelte an seinem Geigerzähler herum, den er wie eine Taschenuhr an einer Kette an seinem Hosengürtel trug. »Sie braucht doch kein Geld vom Staat. Sie müsste nur den Schmuck verkaufen, dann hätte sie ausgesorgt. Und derjenige, der sie pflegt, auch«, fügte er noch hinzu.
»Einschmelzen«, sagte einer von Großonkel Lukas' Brüdern. »Man müsste das Gold einschmelzen und die Steine einzeln verkaufen. Das würde eine schöne Stange Geld ergeben, mehr, als man für das altmodische Ding als Ganzes bekommen würde. Und wenn man den Ertrag anlegt, zum Beispiel in …«
»Nichts da!«, fuhr Franz dazwischen. »Hände weg von Adeles Klunkern!«
Sie palaverten noch weiter, aber mir wurde das endgültig zu langweilig. Es war ja nichts Neues, was da geredet wurde. Ich grinste in mich hinein. Wenn Franz und die anderen wüssten, was ich wusste. Aber sie wussten das nicht. Noch nicht. Sophie

wollte den wirklich großen Ballon nämlich erst nach ihrem Mittagsschläfchen platzen lassen. Und bis dahin mussten noch knapp zwei Stunden vergehen.

Also schlich ich mich an der Wand entlang bis zur Bibliothek und schloss die Tür hinter mir und damit das Gerede aus.

»Ich hab schon gedacht, du kriegst deinen Hintern heute nicht mehr hoch«, empfing Bea mich.

Ich starrte sie bewundernd an. Sie trug wieder Adeles beziehungsweise Charlottes Kleid und blätterte an Sophies Sekretär in der Familienchronik.

»Komm her«, sagte sie und zeigte auf eine leere Seite. »Du solltest endlich deine Pflicht als Chronist der Familie erfüllen.«

Doch ich hatte im Moment anderes im Kopf und guckte über ihre Schulter hinunter in ihren Ausschnitt und überlegte, wie Adeles Kette sich auf ihrer Haut machen würde.

»Das ist ein Ding, was?«

»Ich weiß nicht, was du meinst.«

»Na«, sagte ich, »dass Andrej den Familienschmuck bei der Bank in der Schweiz eingelöst und ihn Sophie zum Geburtstag geschenkt hat.«

Sie drehte sich zu mir um, und in ihren braungrünen Augen tanzten goldene Funken – und wie immer wusste ich nicht genau, woran ich war.

»Tust du nur so, oder hast du noch immer keine Ahnung?«

»So ganz blicke ich tatsächlich nicht durch«, gab ich zu. »Und sogar du redest manchmal in Rätseln.«

»Du kommst bestimmt noch auf die Lösung«, versicherte sie.

Sie verlor das Interesse an mir und blätterte wieder in der Chronik. Ich stand unschlüssig herum. Draußen im Foyer holte die altersschwache Standuhr rasselnd zum Stundenschlag aus.

»Verpass nicht Sophies großen Auftritt«, sagte Bea nach einer Weile. »In einer Stunde.«

Von dem Treffen im Foyer wusste ich, das war schließlich Tagesgespräch innerhalb des Clans. Sophie hatte, bevor sie sich

zum Nickerchen zurückzog, gesagt: »Ich erwarte die Familie um Punkt fünfzehn Uhr im Foyer.«
Mir war klar, dass die gesamte Familie in einer Stunde im Foyer antanzen würde. Diesmal nicht nur mit der üblichen Vorfreude auf den nachmittäglichen Kaffee und Kuchen, auch nicht deshalb, weil Sophie das so angeordnet hatte, sondern vor allem mit der hoffnungsfrohen Erwartung, dass Sophie die Katze endlich aus dem Sack ließ.

Im Foyer heftete Franz seinen Blick einen Moment lang auf das zerkratzte Zifferblatt der Standuhr. Noch eine halbe Stunde, bis Sophie wieder erscheinen würde. Der große Zeiger zitterte wie Espenlaub, bevor er zum nächsten Minutenstrich vorrückte.
In der vergangenen Nacht hatte Franz kaum ein Auge zugetan. Wie konnte er auch, da er dieses Glitzern und Funkeln an Sophies Hals ständig vor sich hatte und die Hände dieses Russen, die auf ihren Schultern gelegen hatten – eine unerhört intime und irgendwie besitzergreifende Geste. Die Gedanken waren in seinem Kopf herumgewirbelt wie Blätter in einem Sturm, und hinter seinen geschlossenen Lidern wüteten die farbigen Blitze weiter, die Diamanten, Rubine, Smaragde und 750er-Gold erzeugt hatten. Obwohl er also hundemüde nach einer bis zum Morgengrauen schlaflosen Nacht gewesen war, hatte Franz nach diesem verrückten Auftritt mit dem Motorrad vor dem Gutshaus beschlossen, seine Mutter für den Rest des Tages nicht einen Moment lang aus den Augen zu lassen. Er war ihr sogar in die Remise gefolgt, wo sie Adalberts Lederkluft gegen eine normale Bekleidung tauschte. Nur als sie sich gegen Mittag zu einem Nickerchen entschloss, musste er sie allein lassen. Ihm war nicht ganz wohl dabei, zumal der Russe immer da auftauchte, wo Sophie gerade war. Der verhielt sich tatsächlich so, als würde er zur Familie gehören.

Wieder zitterte der Zeiger ein paar Millimeterchen weiter. Am liebsten hätte Franz zugegriffen und die Zeit beschleunigt.
Ein letzter, ein allerletzter Zweifel nagte weiter an ihm. Bei Sophie wusste man nie, was sie noch in petto hatte, wie zum Beispiel jetzt diese Spinnerei von einer Weltreise per Motorrad, die sie offensichtlich ernst nahm. Und dann diese Vertrautheit zwischen ihr und ihrem Enkel Robert – seinem Sohn! Robert hatte schon seit einiger Zeit Geheimnisse vor ihm, was seine Tätigkeit als Sophies Rechtsberater betraf, und das gefiel ihm nicht, ganz und gar nicht. Aber er hatte sich nichts anmerken lassen. »Lass ihr ihren Willen, Vater«, hatte Robert ihm vor einigen Monaten geraten. »Sie weiß am besten, was für sie und ihre Familie richtig ist und nicht.«
Nun gut, sollte sie ihren Willen haben, in der einen oder anderen Angelegenheit, sagte Franz sich jetzt, während er den wilden Spekulationen seiner Verwandten über den Wert von Adeles Schmuck und den Visionen, was man alles mit dem Geld machen konnte, zuhörte. Zum Beispiel würde er nichts dagegen einzuwenden haben, falls sich seine Mutter trotz ihres hohen Alters tatsächlich noch zu einer Reise aufraffen sollte. Sie hatte sich schließlich all die Jahre zurückhalten müssen. Aber dann mit anderen Verkehrsmitteln als ausgerechnet auf dem Sozius einer Honda. Und nicht mit Robert oder einem anderen Familienmitglied, sondern mit ihm, ihrem ältesten, ihrem einzigen noch lebenden Sohn als Reisebegleitung.
Schon schwelgte er in wundervollen, lebhaften Bildern. Sah sich und eine elegant gekleidete Sophie auf dem Promenadendeck eines großen Luxusdampfers den Atlantik durchpflügen. Sah sich am Spieltisch eines feinen Kasinos, am weißen Strand der Karibik, in den vornehmsten Modegeschäften einkaufen, über die schönsten Plätze diverser Hauptstädte flanieren – Sophie selbstverständlich immer an seinem Arm. Ja, sie beide würden sich künftig alles gönnen, was vor allem ihm selbst in seinem Leben trotz aller Anstrengungen bisher verwehrt

geblieben war. Nicht nur seine Mutter, auch er hatte schließlich ein Recht darauf, seine künftigen Lebensjahre in einem Umfeld zu verbringen, das einem Nachkommen Gottfrieds von Sand …

»Franz!«

Jäh riss Sophies Stimme ihn in die Realität zurück. Er blinzelte, weil die leuchtenden Farben all dieser wunderbaren Visionen sich mit einem Schlag zu dumpfem Grau verwandelten. Die Gesichter um ihn herum verschwammen. Nur das Gesicht seiner Mutter war deutlich zu erkennen. Ein Gesicht, das ihn plötzlich an bestimmte Situationen in der Vergangenheit erinnerte. An für ihn ganz und gar nicht erfreuliche Situationen.

»Du … ich …«, stammelte er. »Ich hoffe, du hast gut geruht.«

»Du schnaufst wie ein fettes Walross, das seinen Hals wieder einmal nicht voll genug bekommen hat«, sagte sie und lächelte genau dieses eine Lächeln, das ihre Augen nicht erreichte und bei dem er sich klein fühlte, unsagbar klein.

Trotz der knisternden und flackernden Holzscheite auf dem Kaminrost, trotz Lamettafäden, bunten Kugeln, Strohsternen und einigen mit knallbunten Schleifchen dekorierten Miniwürstchen an der mächtigen Nordmann-Tanne – die sich den Zugriffen der Clanmitglieder bisher nur deshalb entzogen hatten, weil sie direkt und nahezu unerreichbar unter der Spitze hingen – sowie mildem Winterlicht auf dem abgetretenen und von diversen Putzangriffen, unter anderem mit Stahlspänen, malträtierten, aber noch immer ganz passabel aussehendem Parkett wirkte das Foyer an diesem Tag seltsam kühl. Kein verlockender Kaffee- oder Bratenduft aus der Küche schwängerte die Luft wie an anderen Tagen, nicht eine Platte mit Kuchen oder Tortenstücken oder mit belegten Brötchen, nicht ein Glas, nicht eine einzige Flasche standen wie sonst üblich griffbereit auf der Anrichte.

»Komisch«, meinte eine weibliche Stimme, »nicht einmal eine Geburtstagstorte? Mit hundert Kerzen? Hat denn keiner …?« Niemand aus dem Clan hatte, und so richteten sich viele Blicke in stillem Vorwurf für einen Moment auf Bertha, die, ihre Arme vor der Brust verschränkt, zusammen mit Adam wie ein Wachtposten vor der Tür zum Küchenflur stand. Blicke streiften auch Sophie, die in Adalberts Ohrensessel thronte, ihre Füße auf ein Schemelchen gestellt und schweigend, um dann zum Stapel bedruckter Papiere auf dem Tischchen neben ihr zurückzukehren.
Wilde Vermutungen wurden leise geäußert, schwirrten herum wie Bienen vor einem Bienenstock.
»Wahrscheinlich ihr Testament!«
»Stirbt sie etwa schon?«
»Quatsch, das sind bestimmt die Unterlagen von Franz. Sie hat alles unterschrieben.«
»Ich wette drauf!«
»Ich setze dagegen!«
»Das sind die Baugenehmigungen für unser Feriendorf.«
»Nein, das ist ihr Testament.«
»Aber so viel Papier für ein Testament?«
»Du liebes bisschen!«, ächzte jemand. »Sie muss ja doch noch eine ganze Menge zu vererben haben!«
»Ich sage nur: Auf die Plätze … fertig …«
»Los!«, schrie Marlene aus Berlin. Ihr Schrei klang genauso hysterisch wie das allgemeine Kichern und Lachen, das ihm folgte.
»Richtig«, sagte Sophie laut. »Jetzt geht es los!«

Sie hatte sich gewappnet gegen diesen Moment. Hinter und neben ihr standen die Menschen, denen sie vertraute, auf die sie baute, die ihr seit langer Zeit nahe waren. Heinrich war so dicht bei ihr, dass sie seine Anspannung zu spüren meinte. Sie sah,

dass er Rosies Hand fest umklammert hatte. Robert und Walter neben ihnen, beide ganz ruhig und locker. René und Beatrice zusammen mit Marijke und Peter. Bertha und Adam nur zwei, drei Meter von ihr entfernt. Und direkt hinter ihr Andrej, natürlich Andrej, ein sicherer Fels. Was für ein Mann!, dachte sie, als sie sich kurz zu ihm umdrehte und ihre Blicke sich begegneten. Er nickte ihr zu, unmerklich, und ihr schoss durch den Kopf: Wäre er doch einer meiner Söhne ... Nein.
Sie sah wieder nach vorn. Sie wollte nicht ungerecht sein. Fünf Söhne waren genug. Sie hatten das Leben ihrer Mutter bereichert – reich gemacht an Enkeln, Ur- und Ururenkeln und unzähligen geheirateten Frauen.
Nun hörte sie Worte wie »Testament« und »Erbe« und auch »Sterben« durch das Foyer schwirren. Ärger wollte in ihr aufwallen, doch sie verbot ihn sich. Geärgert hatte sie sich genug, auch ertragen hatte sie genug in ihrem Leben. Einmal musste man eben Schluss machen, allen Ballast abwerfen und sich nur noch auf das Wesentliche konzentrieren. Es war ja nicht mehr viel, was sie noch erwarten konnte. Ein paar Jährchen, vielleicht. Ruhige Jährchen, hier in diesem Haus, auf Distelitz, auf Rügen. Dafür hatte Andrej gesorgt. »Was ich mache, ist wenig im Vergleich zu dem, was Sie für mich und meine Familie getan haben«, hatte er gesagt, als sie sich einig waren. Es war nicht viel gewesen, was geregelt werden musste. Und sie hatte leichten Herzens unterschrieben, weil das, was jetzt auf sie zukam, hell, ruhig und voller Wärme sein würde.
Nur die Familie musste noch informiert werden. Franz – der Gedanke an ihn lag ihr schwer im Magen. Seine Enttäuschung über ihr Weihnachtsgeschenk, seine Empörung darüber, dass sie es wagte, ihm statt des Originals eine Kopie unterzujubeln, hatte wohl den letzten Rest Verbindung zwischen ihnen weggespült. Und sie hatte sich tatsächlich eingebildet, ihm zumindest einen langgehegten Wunsch erfüllen zu können, wenn schon nichts anderes mehr da war, worauf er spekulierte. »Er

wird irgendwann zur Besinnung kommen«, hatte Rosie sie zu trösten versucht. Und sie, Sophie, hatte gedacht: Ich hätte ihm den Gottfried schenken sollen, als ständige Erinnerung daran, dass der zum Schluss zwar auch ein Verlierer war, doch vorher ein festes Haus wie dieses erbaut hatte. Aber sie hatte im selben Atemzug daran gedacht, dass Franz auch das Porträt seines Ahnherrn lediglich als Mittel zum Zweck gesehen hätte, also als etwas, das er zu Geld machen konnte.

Sophie schrak zusammen, als plötzlich ein lautes, hysterisches »Los!« durchs Foyer gellte, gefolgt von Kichern und wildem Gelächter.

»Richtig«, sagte sie. »Jetzt geht es los!«

XXII

Da ist sie ja, die von-Sand-Familie«, bemerkte Sophie laut. Und setzte etwas leiser die Frage nach: »Oder hätte ich sagen sollen, die Heuschrecken sind wieder einmal eingefallen?«

Franz hatte selbstverständlich gute Ohren.

»Was, meine liebe Sophie, haben Heuschrecken mit deiner Familie zu tun?«

Dem kühlen Blick seiner Mutter, der ihn regelrecht festnagelte, konnte er nur mit Mühe standhalten.

Sie lächelte ihn kurz und breit an. »Nur ein Scherz, den du hoffentlich verstanden hast.«

Sie sagte das in einem lockeren Ton, aber Franz meinte auch noch etwas anderes herauszuhören, etwas, nun ja, fast Bedrohliches.

Also schwieg er und presste die Lippen zusammen.

Sophie setzte sich in Adalberts Ohrensessel zurecht und schlug graziös die Beine übereinander. Wie in der Nacht zuvor trug sie dieses hübsche unauffällige dunkelblaue Kleid mit Jäckchen. Und wieder rutschte der Rocksaum an die Grenze des Unmöglichen. Und auch jetzt wieder glänzte und glitzerte Adeles Schmuck in ihrem Ausschnitt sowie an ihren Ohren und an ihrem Arm.

Nicht nur Franz schnappte hörbar nach Luft. Mit sichtlicher Mühe verkniffen sich vor allem die in die Familie eingeheirateten Frauen ein Aufstöhnen, während ihre von-Sand-Männer nahezu lautlos ächzten.

Sophie rückte die runde Nickelbrille auf ihrer Nase zurecht und legte eine Hand auf den Papierstapel auf dem kleinen Tisch neben dem Sessel. »Hundert Jahre sind kein Pappenstiel, auch nicht für mich. Und bevor mich der Schlag, Alzheimer, Dummheit, Lebensunlust oder sonst etwas trifft ...«, sie hielt inne und wischte einige schwache Protestrufe mit einer ungeduldig wirkenden Handbewegung weg und fuhr dann fort: »... habe ich mich vor kurzem dazu entschlossen, meine Angelegenheiten im Vollbesitz meiner geistigen Kräfte zu ordnen.«

Ein plötzlicher Sonnenstrahl hatte die leichte Bewölkung draußen durchdrungen, durchbrach jetzt die nächste Barriere, nämlich eines der hohen Bogenfenster, und verfing sich im samtigen Blau der Saphire, dem dunklen Grün der Smaragde, dem Blutrot der Rubine und im vielfältigen Schliff der kirschkerngroßen Diamanten in Adeles Collier.

Wieder musste Franz nach Luft ringen. Doch diesmal fasste er sich schnell und sagte mit geschmeidiger Stimme: »Wie schön, liebe Sophie. Etwas anderes habe ich von dir auch nicht erwartet.« Er streckte seine linke Hand, die bisher hinter seinem Rücken verborgen gewesen war, nach vorn, zusammen mit einer dicken Mappe. Nicht ohne Stolz fuhr er fort: »Wie du sehen kannst, habe auch ich bereits bestimmte Angelegenheiten geordnet.« Er machte ein paar federnde Schritte auf seine Mutter zu und hielt ihr die Mappe unter die Nase. »Hier drin befinden sich sämtliche Unterlagen für mei... äh ... für unser beider Zukunft, das heißt sämtliche Infos über den von mir vertretenen Kaufinteressenten und sein Angebot für unser Haus. Und hier ...«, er fingerte in den Papieren in seiner Mappe herum, »... sind außerdem diverse Prospekte mit interessanten Immobilien hier in der Nähe.« Er bleckte kurz sein nicht mehr ganz tadellos wirkendes falsches Gebiss. »Alte Bäume soll man nicht verpflanzen, haha, und deshalb wirst du auch nach dem Verkauf von Distelitz hier auf der Insel bleiben können. Trotz ...«, er legte eine winzige Pause ein, »... gelegentlicher Differenzen zwischen uns bin ich nämlich gerne bereit, dir einen schönen und ruhigen Lebensabend zu verschaffen – gemeinsam mit mir.« Nach diesen Worten ruckte sein Blick vom Collier hoch zu Sophies Gesicht. »Und was unseren Familienschmuck betrifft, der auf wundersame Weise nun wieder aufgetaucht ist, nun, ich denke, auch da werden wir beide uns ...«

Die letzten seiner Worte gingen im Aufruhr unter. Proteste und Empörung schwirrten durcheinander.

»Sohn«, sagte Sophie und winkte ihn noch näher zu sich heran. »Sohn«, wiederholte sie leiser, wohl nur für seine Ohren bestimmt. In ihrem Blick, mit dem sie sein über sie gebeugtes Gesicht betrachtete, lag Neugier. Und Mitleid. Und eine Spur von Trauer. »Ich habe deine Fähigkeit, dich lachend über deine zerbrochenen Träume hinwegzusetzen, stets bewundert. Doch es hat mich schon immer geärgert, dass du ebenso lachend mit meinen Wünschen umgegangen bist. Und jetzt ...«, sie schlug seine Hand mit der Mappe so heftig beiseite, dass die Prospekte mit Immobilienangeboten herausrutschten und zu Boden flatterten – eine bunte, leuchtende Farbmischung auf dem mattglänzenden Parkett. »Jetzt ist das Maß voll!«

Während Franz sie noch sprachlos anstarrte und wankend zurückwich, das Stimmengewirr verebbte, während das Uhrwerk im wurmstichigen Gehäuse wieder einmal rasselnd zum Stundenschlag ansetzte, die brennenden Holzscheite im offenen Kamin plötzlich funkensprühend zusammenfielen, sagte Sophie mit erhobener Stimme und mitten hinein in die eher keuchenden als kräftigen Laute aus dem alten Uhrenkasten: »Und nun zum Rest des Heuschreckenschwarms!«

»Wie kommt sie bloß immer auf Heuschrecken, wenn sie von uns redet?«, fragte jemand leise.

Nun gab es eine sichtbare Kluft zwischen den beiden Gruppen. Hüben und drüben, wie zu Zeiten der Mauer, dachte Heinrich und kicherte lautlos in sich hinein. Oder hier wir, die Sophies Ernte bewachen, und dort die lauernden Heuschrecken.

Er erinnerte sich plötzlich an das Tierlexikon, das Sophie ihm vor vielen, vielen Jahren geschenkt hatte und das er später an seinen Sohn Walter weitergegeben hatte und das jetzt im Bücherregal seines Enkels René stand. Da war auch etwas über Heuschrecken drin, zum Beispiel, dass sie nicht nur Gras, sondern alle Arten von Pflanzen einschließlich giftiger fraßen. Dass kein Blatt, kein Halm vor den Schwärmen mit bis zu einer Milliarde Heuschrecken sicher war. Und einmal, das musste 57 oder 58 gewesen sein, denn da kannte er seine Krystina noch nicht, da hatte er gehört, dass Heuschreckenschwärme in Äthiopien innerhalb weniger Tage den gesamten Brotgetreidebedarf für eine Million Menschen vernichtet hatten.
Heinrich ließ seinen Blick schweifen.
Dieser Heuschreckenschwarm hier im Foyer war nicht groß, aber erfahrungsgemäß nicht weniger gefräßig als eine Milliarde geflügelter Insekten.
»Innerhalb von etwa zehn Jahren habt ihr mir sämtliche Haare vom Kopf gefressen«, sagte Sophie gerade zu der schweigenden Menge hinter Franz. »In diesen Jahren nach der Mauer hat kein Einziger unter euch jemals gefragt, woher das Bratenstück auf seinem Teller kommt, welche Mühe das Brennen von Apfelschnaps in einem Keller bereitet, dessen Decke oder Wände jederzeit einfallen können. Niemand hat sich dafür interessiert, woher das Geld kam, das mich eure Einfälle gekostet haben, wie viele Kratzer ich und Bertha und ein paar andere auf Distelitz uns beim Sammeln von Brombeeren geholt haben oder wie oft wir eine Sau abstechen mussten, damit ihr euren Hals vollkriegt. Ihr habt euch mit einer Selbstverständlichkeit in meinem Haus und in meinem Leben breitgemacht, dass mir schließlich die Galle hochgekommen ist. Nur«, fuhr sie nach einer winzigen Pause fort, »nur Heuschrecken benehmen sich so, hirnlose Insekten mit primitivsten Instinkten.«
Gut so! Heinrich applaudierte seiner Großmutter in Gedanken. Er betrachtete über Sophies Kopf hinweg die Gesichter

vor sich. Schockierte, betroffene, empörte Mienen, hier und da eine völlig überraschte, sogar einige höchst interessierte und, ja, zustimmendes Nicken. Sein Blick blieb an seinem Onkel Franz hängen. Der schien nicht nur in seinem Gesichtsausdruck sämtliche seiner Gefühle zu vereinen, seine Schultern sackten abwechselnd nach vorn und ruckten wieder nach oben. Eine ungesunde Röte hatte Gesicht und Hals überzogen, an seinen Schläfen pochten dicke Adern. Immer wieder zuckte ein Muskel in seiner linken Wange. Und er atmete schwer.

»Er wird doch nicht«, flüsterte Heinrich in Rosies Ohr. »Das Schnaufen hängt mit seinem Übergewicht zusammen, oder? Außerdem, die Gruft ist voll!«

»Es *ist* sein Übergewicht«, wisperte sie zurück. Sie lehnte sich kurz an ihn, und er spürte, dass sie zitterte.

»Lachst du etwa?«

Ihre Stimme kippte. »Noch ein einziges Wort von dir, und ich platze los!«

»Und deshalb«, verkündete Sophie in diesem Moment und ebenfalls heiter, »ist jetzt nichts mehr zum Erben da. Es ist alles weg. In weniger als zehn Jahren ist hier alles kahlgefressen, alles ausgesoffen worden. Alles vernichtet von euch Heuschrecken. Und«, sie breitete ihre Arme aus, »deshalb gibt es Gut Distelitz für euch nicht mehr.«

In die Menge kam Bewegung. Einige flüsterten, andere schrien oder lachten hysterisch oder brachen in Tränen aus. Einer unter ihnen brachte die Aufregung auf den Punkt: »Heißt das, du hast *unser* Distelitz …?«

»*Mein* Distelitz«, korrigierte sie ihn gelassen. »Einzig und allein mein Distelitz! Das habe ich jetzt verkauft, damit ich den Rest meines Lebens nicht auf kahlen Feldern verbringen muss.«

»Verkauft!!!« Der Aufschrei kam vielstimmig.

»Aber … ich …«, keuchte Franz. »Als dein Erbe …« Er löste sich aus dem Kreis seiner Anhänger und stolperte ein, zwei Schritte nach vorn. »Dein einziger …«

»Erbe?«, unterbrach sie ihn scharf. Sie zog mehrere Papiere aus dem Stapel neben sich auf dem Tisch. »Du hast wie deine vier Brüder dein Erbe schon vor Jahrzehnten ausbezahlt bekommen. Hier«, sie wedelte mit den Papieren, »deine und die Unterschriften von Friedhelm, Carlos, Claus und Felix unter den Wischen eurer Rechtsanwälte, mit denen ich in den Jahren zwischen 1938 und 1942 aufgefordert wurde, euch fünf auszuzahlen, bevor, ich zitiere ›bevor das Vermögen der Familie von Sand in jüdische oder in die Hände der Feinde des Deutschen Reiches gerät‹. Und hier«, sie griff nach weiteren Papieren, »hier sind eure Unterschriften, mit denen ihr den Erhalt der von euch geforderten Beträge und damit den Verzicht auf weitere Forderungen an mich oder das Gut quittiert habt.«
»Unterschriften?« Franz schnaubte empört. »Ich weiß nichts von Unterschriften!«
»Du hattest schon als Kind ein Gehirn wie ein Sieb, Sohn.« Sophie seufzte. »Also wirst du wohl auch vergessen haben, dass ich schon lange vor dem letzten Krieg dazu gezwungen wurde, bestimmte Wertsachen zu veräußern, um dir und deinen Brüdern das zu geben, was ihr auf eurem Weg in diese Welt von mir beziehungsweise von Distelitz verlangt habt. Zuerst war es die Gemäldesammlung meiner Vorfahren, dann Adeles Schmuck, den ich zur Sicherung eines großen Kredits in der Schweiz hinterlegen musste. Und nicht nur Wertsachen verlor ich …«
Sie verstummte und lehnte sich so unerwartet zurück, dass Heinrich sich besorgt zu ihr hinabbeugte. Sophie verschwand fast in Adalberts Monstrum. Jegliche Heiterkeit, jede Energie waren plötzlich von ihr gewichen, nun wirkte sie nur noch müde, fast erschöpft. Und sehr, sehr verletzlich.
Er berührte sie sanft an der Schulter. »Sophie.«
Hinter ihm entstand Bewegung. Wie ein Schlachtross drängte Bertha sich mit fuchtelnden Armen nach vorn, schob Robert und Lucia auseinander, drückte Lukas samt Frau und auch Bea und René und sogar Rosie beiseite, stolperte über Walters Füße,

während Andrej und seine Frau Marjana einen Schritt zurücktraten, und klammerte sich einen Moment lang an Heinrichs Arm fest, hochrot im Gesicht und mit lodernden Augen.
»Lasst Sophie endlich in Ruhe, ihr … ihr Barbaren!«, herrschte sie Franz und die anderen an und stellte sich schützend, ihre Arme jetzt da, wo einmal eine Taille gewesen war, gestemmt, vor den Ohrensessel. »Sie hat genug für euch getan!«
»Bertha …«, fing Franz an.
»Du halt den Mund, du … du Rotzjunge! Du Heuschreck, du! Du Schmarotzer!«, setzte sie erbost nach.
»Bertha«, sagte Sophie matt, »es ist schon gut.«
»Nichts ist gut«, regte Bertha sich auf. »Ich seh doch, dass es dir noch immer was ausmacht, nach all den Jahren noch, was dir damals in der Schweiz … Und überhaupt, das wär alles nicht passiert, wenn du Mädchen gehabt hättest, aber auf mich hört ja keiner, da kann ich mir den Mund fusslig reden …«
»Bertha!«, wiederholte Sophie.
Die atmete einmal tief durch, brummte »ist nur die Wahrheit« und nahm dann aus der einen Schürzentasche ein Wasserglas und aus der anderen eine Flasche von Sophies Apfelschnaps. »Da, trink einen Schluck, du hast einen nötig, denk ich mal. Wird Zeit, dass du selbst auch mal wieder einen abkriegst.«
Mit noch immer drohendem Blick hielt sie Franz in Schach, der von einem Fuß auf den anderen trat und laut knurrte: »Einen Schnaps könnte jetzt jeder von uns gut gebrauchen.« Und dann rief er barsch: »Bertha!«
»Nichts da Bertha!«, brauste sie wieder auf. »Nie wieder Bertha! Und auch nie wieder Sophie! Das kann ich euch versprechen!«
»Bertha«, sagte Sophie, und ihre Stimme zitterte. »Ich bin noch nicht fertig mit meiner Geschichte.«
Heinrich kannte dieses leichte Beben in ihrer Stimme. Auch in ihm stieg ein kitzelndes Lachen auf. Neben ihm flüsterte Rosie: »Ich muss gleich …« René hielt sich eine Hand vor den Mund.

Bea kicherte und gluckste und zog Grimassen. Walter grinste wie ein Honigkuchenpferd. Und Robert raunte gepresst: »Pscht, Leute, sie ist noch nicht fertig mit ihrer Geschichte.«
»Ja, komm endlich zur Sache, Sophie!«, rief Adam irgendwo zwischen Küche und Foyer.
Heinrich beugte sich vor, nahm seiner Großmutter das leere Glas ab und hielt ihr dann seine Hand hin, um ihr beim Aufrichten behilflich zu sein. Doch sie winkte ab. Das müde Grau war wieder aus ihrem Gesicht verschwunden, die Nickelbrille saß wieder gerade auf ihrer Nase. Mit der Hand schob sie sich eine gelöste Haarsträhne hinters Ohr. Und dann legte sie los, war wieder die Sophie, wie er sie aus früheren Jahren kannte – nach außen spitz, bissig, kämpferisch und stachelig, um das Darunter zu verbergen, da war sie nämlich weich wie Butter und so warm leuchtend wie die Sonne selbst.
»Schluss, Ende, aus ist es mit dem ›Hotel Distelitz‹!«, begann sie. »Erwartet nichts, vergesst das Erben, kaut wider, was ihr seit der Mauer hier im Haus und draußen verdrückt habt, dann bleibt die Enttäuschung vielleicht in Grenzen und erspart euch Frust und«, sie sah Franz direkt an, »Herzinfarkte oder Schlaganfälle.«
Sichtlich erschüttert stammelte er: »Wie kannst du …!«
»Ich kann«, schnitt sie ihm rigoros das Wort ab. »Ich konnte auch das, was noch von Distelitz übrig ist, verkaufen, ohne Rücksicht auf dich oder jemand anderen aus dieser Familie nehmen zu müssen.«
Franz schlug kurz seine oberen falschen Schneidezähne in seine bebende Unterlippe. Dann fragte er: »An wen hast du un… äh … verkauft?«
Sophie winkte Andrej und seine Frau neben sich und legte ihre Hand auf den Arm des Russen. »Andrej Stoschenkow und seine Familie sind seit einigen Monaten Eigentümer von Gut Distelitz.« Sie lächelte zu dem Mann neben sich hoch. »Andrej und ich haben eine gemeinsame Geschichte, die uns zu guten Freun-

den gemacht hat.« Sie überlegte kurz, dann schüttelte sie den Kopf. »Nein, nicht nur Freunde. Andrej ist für mich ein ...« Sie stockte.
Heinrich hielt den Atem an. Das gesamte Foyer schien erfüllt von knisternder Spannung. Niemand und nichts bewegte sich. Sie doch nicht, dachte Heinrich.
»Keine Bange«, wisperte Rosie neben ihm. »Sie mag noch so stachelig sein, das hat er verdient, der Franz. Aber sie liebt ihren Sohn mehr als Andrej. Sie will oder kann das nur nicht mehr zeigen, nach allem, was passiert ist.«
»... ein enger Vertrauter«, fuhr Sophie mit warmer Stimme fort. »Ja, das ist Andrej, ein enger Vertrauter, ein Helfer in der Not. Einer, der sich um mich und dieses Haus kümmern will. Der weiß, was uns beiden fehlt, nämlich die Gewissheit, dass da jemand ist, der diese alten Mauern hier am Leben lassen und sie zusammen mit seiner Familie mit neuem Leben füllen wird. So lange, bis wir, ich und dieses alte Haus, uns für ein Ende mit Würde entschließen.«
»Aber ich ... äh ... die Familientradition ...«, fing Franz an. Doch Sophie sagte barsch: »Unterbrich mich nicht, Sohn! Ich bin noch nicht fertig.«
Und Heinrich dachte, während er unauffällig das sympathische Gesicht des Russen betrachtete und seine Großmutter erzählte, was er und ein paar andere in dieser Familie schon wussten und was ihn doch noch immer überraschte: Dieser Andrej hat die Symbiose zwischen Sophie und diesem alten Gutshaus von Anfang an gefühlt, und deshalb wird sie lebendig, auf Distelitz immer gegenwärtig bleiben – auch wenn Sophie einmal nicht mehr sein sollte.
Dieser letzte Gedanke bedrückte ihn, und deshalb schob er ihn beiseite und versuchte sich auf das, was seine Großmutter erzählte, zu konzentrieren. Dabei ließ er seinen Blick auf ihrem Gesicht ruhen – auf diesem Gesicht, dessen Falten und Runzeln er, damals noch ein Junge, vergeblich zu zählen versucht

hatte, weil sie ständig in Bewegung waren, weil mit jedem Lächeln, mit jedem Lachen, mit jeder Regung neue hinzukamen oder bereits gezählte einfach wieder verschwanden.
Und Sophie redete. Berichtete von dem unbekannten Toten am Rand der Steilküste, der fünf Jahrzehnte in der Familiengruft geruht hatte, bevor ihre Suche nach seinen Angehörigen erfolgreich gewesen war. Sie erzählte von der Wärme und dem Glänzen in Andrejs Augen, als sie mit ihm über ihre Sorgen um den Erhalt des Familienstammsitzes geredet hatte. »Es hat eine Weile gedauert, bis ich begriffen habe, dass sein Angebot, mir zu helfen, anders gemeint war als …« Sie kniff die Lippen einen Moment lang zusammen und warf abermals einen schnellen, prüfenden Blick auf ihren Sohn. »Egal. Ich habe mich dazu entschlossen, diese Last, die mir Distelitz und der Erhalt meiner Familie aufgedrückt haben, abzuwerfen und den Rest meines Lebens nur noch frei von allen Verpflichtungen zu sein.«
»Du hast …«, würgte Franz.
»Ja.« Sophie lächelte ihn heiter an. »Ja, ich habe Andrej Stoschenkow und seiner Familie das Gutshaus samt Grundstück verkauft.«
»Was hat er gezahlt?«, wurde hinter Franz flüsternd gefragt. »Wie viele Mille hat sie gekriegt?«
»*Unser* Haus? Unseren Familienstammsitz?«, fragte Franz, der wohl noch immer nicht begriffen hatte. »Und … wie viel …?«
»Genug«, antwortete sie gelassen. »Genug, um alle meine Schulden zahlen zu können. Genug, um diese morschen Mauern noch eine ganze Weile vor dem Einsturz zu bewahren. Und genug für den Rest meines Lebens.« Wieder breitete sie ihre Arme aus, und dabei funkelten und glänzten die Edelsteine an ihrem Hals wie das glosende Feuer im Kamin, wie das Lametta und die bunten Kugeln an der Nordmann-Tanne.
Franz richtete seinen zitternden Zeigefinger auf den Glanz. »Aber … aber der …«
Sie lächelte. »Ja, Adeles Schmuck.« Sie sah sich suchend um.

»Wo ist denn meine Urur...«, sie hielt einen Herzschlag lang inne, beendete dann den Satz: »... meine Beatrice, unser junges Geburtstagskind?«

Später, viel später an diesem schicksalhaften Tag, als ein herrlicher Sonnenuntergang sanft glühendes rötliches Orange auf die mit Schnee bedeckte Landschaft geworfen hatte, das sich nun allmählich ins Bläuliche verfärbte, sich eindunkelte und dann zum kühlen Weiß wurde, als die Nacht sich auf das alte Gutshaus zu legen begann, auf eine bestimmte Art und Weise, ein liebgewonnenes Verführungsritual zwischen beiden, in dem die Schatten nach dem Licht haschten, das Grau nach Hellem griff und tief einfallende Lichtstrahlen sich lange sträubten, bevor sie nachgaben und sich zuerst Dämmerung und dann Dunkelheit auf das Dach legte und herabsenkte auf Mauervorsprünge, Balkone und Fensterbretter, bis sie die im Frost erstarrten Blätter an den Büschen im Park erreichte, auch den noch immer leicht dampfenden Komposthaufen in der Ecke vom Küchengarten – später also stand Franz am Fenster des Zimmers, das eigentlich das Zimmer seiner Mutter war, und starrte schweigend hinaus auf die See. Er fühlte sich leer, ausgehöhlt. Er war nicht mehr Cäsar, er war ein geschlagener Mann. Nicht Brutus, sondern seine eigene Mutter hatte ihn vernichtet.

In gemächlichen Wellen rollte die fast schwarz wirkende See aufs Ufer zu. Im Dunkel des Alls darüber blinkte zart ein erster Stern auf, weit entfernt, gerade so erkennbar.

Das kann nicht das Ende sein, dachte Franz trotzig. Er legte seine Stirn an die Fensterscheibe und horchte in sich hinein. Irgendwo in seinem Inneren fand er, was er suchte und was er in ähnlichen Situationen bisher immer gefunden hatte – einen Strohhalm, dünn und trotzdem stark genug, um sich daran festzuhalten und wieder aufzurappeln.

Dann drehte er sich um und begann mit dem Kofferpacken.

Zwei Zimmer weiter stritten Herbert und Marlene aus Berlin. Sie saßen auf der Bettkante, da es in diesem Zimmer nur einen Stuhl gab, und der war mit diversen Kleidungsstücken belegt.
»Du gehst!«, forderte Marlene ihn auf. »Du gehst jetzt sofort runter und holst die Bibel!«
»Nein! Sie gehört nicht mehr der Familie!«, schrie er zurück und hantierte nervös an den Metalldingern an seiner Brille herum, die eigentlich Blitze ableiten sollten. »Du hast es doch gehört, oder? Sophie hat alles verscheuert, das Haus mit dem gesamten Inventar. Nichts, gar nichts mehr in diesem Haus gehört noch uns.«
»Die Bibel!«, beharrte sie. »Du hast sie mir versprochen. Ich verlasse dieses Haus nicht ohne unsere Familienbibel.«
»Ha!«, höhnte Herbert. »Ich wusste gar nicht, dass du jetzt auch noch religiös geworden bist.«
»Was heißt hier religiös! Ich versuche nur zu retten, was noch zu retten ist, du blöder Heini!«
»Und dann ausgerechnet die Bibel? Warum klaust du nicht gleich Adeles Schmuck?«
Marlene starrte ihn einen Moment lang an. »Nimm endlich das Metall von deiner Brille, das sieht echt bescheuert aus.« Und dann sagte sie leise: »Du hast recht. Man müsste …«
Der Rest wurde nur noch geflüstert.

Im Zimmer nebenan war Lukas, der Schweizer Banker, beim Packen.
Er konnte sich ein Grinsen nicht verkneifen.
Raffiniert, dachte er. Unsere Sanddistel hat sie alle ausgetrickst, hat die Familie überlistet wie ein Profi. »Ihr könnt Haus und Grundstück zurückkaufen«, hatte sie bei der Versammlung im Foyer gesagt. »Aber erst nach meinem Tod. Das ist eine der Klauseln im Vertrag, den ich mit Andrej Stoschenkow gemacht habe. Bei Interesse von eurer Seite wird er dann den Kaufpreis festsetzen.«

Lukas hatte sich, nachdem die geschockte Familie sich verlaufen hatte, kurz mit dem Russen unterhalten und mehr über diesen Vertrag erfahren. Demnach hatte Stoschenkows Familie zwei Millionen Mark für den Kauf des Gutshauses samt Grundstück lockergemacht. Für fast die Hälfte, für siebenhundertfünfzigtausend, hatte der Russe in Sophies Auftrag Adeles Schmuck bei der Schweizer Bank eingelöst. »Also bleibt ihr noch mehr als eine Million«, hatte Lukas festgestellt. »Was ...«
»Fragen Sie Sophie selbst«, hatte Stoschenkow das Gespräch beendet. Natürlich wusste Lukas von dem Schuldenberg, der sich im Lauf der Jahre, nein, der Jahrzehnte auf Distelitz angehäuft hatte. Trotzdem, vom Rest würde Sophie gut leben können. Und er, Lukas, würde dafür sorgen, dass sie ihr Geld sicher anlegte. In der Schweiz selbstverständlich.
Noch einmal hatte er Gelegenheit, mit dem Russen zu reden. Erfahren hatte er dabei, dass Stoschenkow zunächst die Remise zur Datscha für seine Familie ausbauen wollte. »Was mit dem Gutshaus wird, hängt von den Gutachten ab, die ich in Auftrag gegeben habe. Die Bausubstanz ist nach über vierhundert Jahren verständlicherweise nicht mehr die beste. Wahrscheinlich wird man in den Kellern mit Stützen anfangen müssen«, hatte der Russe laut überlegt. »Auf jeden Fall werde ich dafür sorgen, dass Sophie in diesen Mauern sicher ist. Und bei jeder notwendigen baulichen Veränderung hat sie laut Vertrag, den übrigens Ihr Verwandter, Robert, ausgearbeitet hat, selbstverständlich Einspruchsrecht.«
»Und wenn Sophie einmal nicht mehr ist?«, wollte Lukas wissen. Stoschenkows weitere Zukunftspläne für das Gutshaus blieben vage. »Vielleicht ein Museum, vielleicht als Rückzugsort für Menschen, denen die Vergangenheit und die Natur nicht gleichgültig sind.«
»Und das Grundstück?«
»Das bleibt ein Park. Natur pur sozusagen.« Lukas war noch nicht ganz überzeugt gewesen. Er dachte an seinen Onkel

Franz. Wenn der sich etwas in den Kopf gesetzt hatte, dann ließ er nicht locker. Als ehemaliger Anlageberater hatte der bestimmt noch immer Karten im Ärmel. »Also keine Spekulationen, keine Bebauungspläne?«

»Nicht, solange Gut Distelitz in den Händen meiner Familie bleibt«, hatte Stoschenkow versichert.

Interessanter Mann, dieser Russe, dachte Lukas jetzt, während er den ersten von vier Koffern schloss. Drei davon gehörten seiner Frau.

Schade, dass Stoschenkows Geld auf einer Moskauer Bank liegt.

Er beschloss, gleich nach seiner Rückkehr in die Schweiz die Verbindungen seiner Bank zu entsprechenden Instituten in Moskau zu prüfen.

Im Zimmer gegenüber saßen Robert und Lucia nebeneinander auf dem Bett und sahen den Zwillingen zu, die auf dem Holzfußboden ein Gebäude aus Legosteinen bauten, das in seiner Architektur durchaus Ähnlichkeiten mit dem Gutshaus aufwies.

»Und du hast sie wirklich nicht gekauft?«, wollte Lucia wissen.

»Gekauft schon«, gab er zu. »Und mit dem Geld von Stoschenkow gezahlt.«

»Du hast kein Honorar von Sophie bekommen, oder?«

»Die Honda ist kein Honorar und auch kein Geschenk. Sie gehört Sophie.« Er lachte. »Und ich bin ihr Chauffeur.«

Sie sah ihn von der Seite an. »Heißt das etwa …«

»Es ist ihr Traum. Aber eine Weltreise auf dem Motorrad wäre sogar für mich zu viel. Wir werden uns auf Fahrten über die Insel beschränken.«

Einer der Zwillinge versuchte vergeblich ein paar Steine an der Seite des Legohauses anzubringen.

»Das geht nicht!«, schrie er wütend. »Scheißturm!«

»Du sollst nicht immer Scheiße sagen«, ermahnte ihn Robert.

»Dann sag ich eben Shit!«, brüllte der Junge.
»Shit! Shit!«, wiederholte sein Bruder fröhlich und hängte ein Gebilde an die Baukonstruktion, das turmähnlich aussah.
Lucia rückte näher an Robert heran und legte ihren Kopf an seine Schulter.
»Die Honda bleibt sowieso hier«, erklärte er. »Zumindest vorläufig. Ich werde sie nur dann fahren, wenn wir Urlaub auf der Insel machen.« Oder immer dann, wenn Sophie mich braucht, dachte er, sagte das aber nicht laut.
»Versprich mir, dass du dir nie den Hals brichst, wenn du mit dem Motorrad unterwegs bist.«
»Sophie wird aufpassen.«
Sie seufzte. »Da bin ich mir nicht so sicher. Ich habe euch nämlich gestern bei eurer Ausfahrt gesehen.« Dann lächelte sie ihn an. »Weißt du, wenn Sophie nicht deine Großmutter und nicht schon hundert Jahre alt wäre, dann müsste ich jetzt furchtbar eifersüchtig auf sie sein.«

Peter und Marijke hatten sich zu einem Abendspaziergang durch die Winterlandschaft entschlossen. Die Nacht war frostig, und der Schnee knirschte unter ihren Schritten. In der Auffahrt standen nur noch wenige Autos; die meisten Clanmitglieder hatten das Gutshaus ziemlich schnell nach dem Spektakel im Foyer verlassen.
»Komm nach München zurück«, bat Peter. »Ich brauche dich.«
Marijke tastete nach dem großen Bernstein in ihrer Manteltasche, den Sophie ihr geschenkt hatte. Er fühlte sich warm an, er schien in ihrer Hand lebendig zu werden, zu pulsieren.
»Es gibt da etwas zwischen uns, Peter, etwas sehr Wichtiges. Ich hätte es dir schon vor Jahren sagen müssen.«
»Ja«, meinte er bitter. »Wir haben eine Mauer zwischen uns gezogen, und ich renne mir seit ein paar Jahren den Kopf daran ein. Verdammt!« Er blieb stehen. »Warum reißen wir sie nicht

einfach ein? Es kann doch nicht so schwer sein. Die Berliner haben es damals doch auch geschafft.«

»Es ist keine Berliner Mauer.«

»Gott sei Dank ist sie es nicht!«, rief er. »Denn wenn sie es wäre, dann würden wir trotzdem nicht zusammenleben können, weil die Mauer in unseren Köpfen weiterbestehen würde wie … wie in dieser Familie hier, die jetzt wieder auseinanderrennt, als hätte es den November 89 nie gegeben.«

»Ich muss …« Marijke verstummte und umfasste erneut den Bernstein. Er schien noch wärmer geworden zu sein, schien sie zu drängen. Sie dachte an das, was Sophie ihr vor ein paar Tagen gesagt hatte: »Du wirst mit deinem Mann nur dann wieder zusammenleben können, wenn nichts zwischen euch steht. Deshalb sag es ihm. Du wirst den Ballast abwerfen, der deine Ehe erdrückt hat. Und Peter wird die Wahrheit ertragen.«

»Und wenn nicht?«

»Dann ist er nicht eine Bohne von dem wert, was ich von ihm halte, Mädchen. Und eine starke Frau wie dich und meine Beatrice auch nicht.«

Marijke hatte Sophies Stimme noch im Ohr, eine an diesem Abend sanfte und doch so eindringliche Stimme.

Sie packte den Bernstein noch fester und sah Peter an. Das Mondlicht lag silbrig auf seinem Gesicht und auf seinem Haar, aber es erreichte seine vor Erschöpfung tiefliegenden Augen nicht. Es war nicht das erste Gespräch, das sie in diesen Tagen auf der Insel führten. Nachdem auch er in die Pension gezogen war, in der sie diesmal übernachtete, hatten sie mehr Zeit allein miteinander verbracht als im letzten Jahr vor ihrer Trennung. Lucia hatte ihr von Peters zahlreichen Besuchen in Frankfurt erzählt. »Wenn ihr eure Beziehung nicht ändert, dann kannst du ihn demnächst in der Psychiatrie besuchen«, hatte Lucia ihr unverblümt gesagt. Und auch sie selbst hatte bei diesem ersten Wiedersehen nach langer Zeit die Anzeichen seines Niedergangs bemerkt. Sie war regelrecht erschrocken. Peter trank zu viel, aß zu wenig, achtete nicht mehr auf sich. Er sah aus wie … ja, wie einer dieser armen Penner, denen man in der Amsterdamer Drogenszene begegnete. Dieser einst so starke, selbstsichere Mann wirkte auf eine Art und Weise verloren, die auch ihr zu schaffen machte.

»Peter …«

»Ja.« In seiner niedergeschlagenen Stimme schwang ein winziger Funken Hoffnung mit.

»Beatrice ist nicht deine Tochter«, sagte Marijke.

Eigentlich waren wir schon zu erwachsen für den Hochsitz in der Buche, Bea und ich. Und jetzt am Abend wurde es ziemlich frostig, und außerdem wehte von der See dieser kalte Wind übers Land, der einem durch und durch ging und einem den Arsch abfrieren konnte.

Wir wollten trotzdem nach draußen. Ohne dass wir uns abgesprochen hatten, zogen wir Jacken, Stiefel und Handschuhe an. Bea setzte ihre Troddelmütze auf, die Bertha gestrickt hatte. Meine Cousine um x Ecken, meine beste Freundin und der Traum all meiner Nächte sah so niedlich aus, dass ich sie direkt unter der Buche auf den Mund küssen musste.

Sie stieg die Strickleiter zuerst hinauf. Ich schob sie mit einer Hand über die ersten Astgabelungen und spürte ihren Hintern unter der wattierten Hose.

»Ein bisschen dicker«, keuchte ich, »und du müsstest ohne meine Hilfe rauf.«

»Arsch mit Ohren«, sagte sie.

Dann hockten wir uns nebeneinander auf das breite Brett, das wir vor vielen Jahren zwischen den hier oben nach zwei Seiten zum Gipfel strebenden Stamm geklemmt hatten. Es knarrte bedenklich unter unserem Gewicht. Wir hielten uns an den Händen. Der Wind war in dieser Höhe viel stärker als unten. Er riss den Atem aus unseren Mündern.

»Wenn wir abstürzen, dann gemeinsam«, wisperte Bea.
»Alles klar«, sagte ich.
»Und du wartest auf mich, wenn ich in Toronto bin, klar?«
»Klaro.«
»Nicht dass du was mit einer anderen anfängst.«
»Wie könnte ich!« Ich grinste. »Jetzt, da du irgendwann einmal eine reiche Frau sein wirst.«
»Sophie lebt bestimmt noch lange. Sie muss!« Sie drückte sich an mich. »Weißt du, eigentlich will ich Adeles Schmuck überhaupt nicht. Er gehört zu Sophie. Und ich will mir nicht vorstellen, dass sie eines Tages tot ist.«
»Keine Panik auf der Titanic«, flüsterte ich. »Ich heirate dich auch ohne die Klunker.«
»Und wenn ich nicht heiraten will?«
»Du kannst es dir ja noch überlegen. Ich heirate dich sowieso erst, wenn ich fünfundzwanzig bin.«
»Du bist aber ein echter von Sand«, sagte sie. »Und ein von Sand heiratet bekanntlich sehr früh.«
»Ich fange eben mit den Ausnahmen an.«
»Noch sieben Jahre!« Sie stöhnte theatralisch. Die paar krausen Locken, die nicht unter die Troddelmütze passten, kitzelten mich am Kinn. »Ich weiß nicht, ob ich das aushalte.«
Das Kitzeln wurde stärker, aber ich hielt es gerne aus. Eine Weile schwiegen wir miteinander. Es war ein gutes Gefühl, so dicht beieinanderzusitzen und sich trotz der dicken Jacken und Hosen ganz genau zu spüren und auf den Atem und auf das Herzklopfen des anderen zu horchen.
»Etwas musst du mir versprechen«, sagte Bea plötzlich. »Dass wir hier auf der Insel heiraten. Und dass nur du und ich und Sophie und Bertha und Adam, dein Opa und Rosie, dein Vater, Sadhi und dein kleiner Bruder und meine Eltern dabei sind – also ohne diesen Rattenschwanz von Familie.«
»Robert und Lucia als Trauzeugen.«
»Einverstanden. Versprochen?«

Ich gab ihr mein Ehrenwort.
Dann hockten wir nur noch da, eng aneinandergeschmiegt und beide vor Kälte zitternd, und schauten zum Gutshaus mit seinen erleuchteten Fenstern rüber und auf das warme Licht, das durch das kleine Fenster in der Remise auf den Schnee draußen leuchtete.

In der Bibliothek saßen Heinrich und Rosie vor dem offenen Kamin und blickten gemeinsam und in Gedanken versunken in die zuckenden Flammen.
»Es ist ihr nicht leichtgefallen«, meinte Rosie irgendwann einmal.
Und Heinrich sagte: »Franz geht nicht so schnell unter. Er wird auch jetzt wieder das machen, was er am besten versteht, nämlich mit dem Geld anderer Leute leben.« Zum Beispiel mit dem Geld von Robert, dachte er.
»Er ist einsam, Heinrich. Jetzt hat er auch seine Mutter verloren.«
»Wieder«, korrigierte er sie sanft. »Wieder verloren. Er hat die Chancen, die Sophie ihm bot, nicht zu nutzen verstanden.«
»Sie werden sich weiter lieben. Aber keiner von beiden wird es übers Herz bringen, das dem anderen einzugestehen.«
»Sophie ist eine Sanddistel«, erinnerte er sie. »Wenn ihr jemand zu nahe kommt, dann fährt sie lieber ihre Stacheln aus, als ihre Blüte zu öffnen.«
»Komisch«, sagte Rosie nach einer Weile, »da gibt es seit zehn Jahren ein vereinigtes Deutschland, aber die Menschen in diesem Land verstehen auch ohne die Mauer noch immer nicht, in Frieden miteinander zu leben.«
»Nicht alle, Rosie. Gott sei Dank nicht alle!« Er lachte leise.

Und Sophie – Sophie lag auf dem quietschenden Eisenbett in der Remise und horchte auf die Geräusche, mit denen sich die paar Hühner, die ihr noch geblieben waren, und der Hahn im

Verschlag zum Schlafen richteten, und auf die Stille im leeren Schweinekoben daneben. Sie horchte auf den Wind draußen, der allmählich zum Sturm wurde, wie immer in diesen Winternächten im Norden der Insel, und der das klatschende Schlagen der aufgewühlten See auf die Steinbrocken am Strand und das laute Knistern und Knacken von Sträuchern und das Knarren der Buchen, deren Stämme sich aneinanderrieben, entlang der Steilküste mit sich riss, weit in das Land hinein. Sie horchte auf das Auf und Ab von Stimmen irgendwo, auf ein helles Lachen, auf das Zuschlagen von Autotüren, auf das wegen der Kälte mühsam klingende Anspringen eines Motors, auf das Knirschen, mit dem der Kies in der Auffahrt unter anrollenden Reifen wegsprang. Sie dachte an vieles, zum Beispiel daran, dass das Leben im Gutshaus weitergehen würde, ein wenig keuchend und bedächtig und noch immer dazu entschlossen, vorwärtszugehen, wie diese alte Standuhr im Foyer. Bertha und Adam waren da, Heinrich und Rosie würden kommen, auch René und Bea, Andrej und seine Familie und noch ein paar andere. Solange ich lebe, dachte Sophie, solange ich lebe, wird Familie um mich sein.

Schließlich horchte sie in ihr Inneres, voller Neugier und mit leiser Furcht.

Doch da war es ruhig. Nur ihr altes Herz holperte ein wenig. Und wenn sie sich bewegte, dann knackte und knirschte es irgendwo in ihren Knochen.

Sophie lächelte. Dann wurde das Lächeln zum Lachen.

Und schließlich strömte ein ganzer Fluss von Tränen.

»Scheiß doch der Hund drauf!«, sagte Sophie nach einer Weile und wischte sich mit dem Handrücken übers Gesicht.

Epilog

Wir trugen Sophies Asche am 1. Juni 2009, genau sechs Wochen nach Beas und meiner Hochzeit auf Distelitz und fast zwei Jahrzehnte nach dem schicksalsträchtigen Mauerfall in Berlin, in die Familiengruft und stellten sie auf den letzten, den wirklich allerletzten leeren Platz zwischen den Särgen und Urnen unserer Vorfahren, denen einiger Unbekannter und denen von Bertha und Adam und damit direkt neben die Asche ihres Sohnes Franz auf das Podest ganz vorn am Eingang. Es war einer dieser Tage, an denen es abwechselnd goss wie aus Eimern und Minuten später eine Sonne vom blauen Himmel strahlte, als könnte sie kein Wässerchen trüben.

Die Urne, die Sophie kurz vor ihrem Tod noch selbst ausgesucht hatte, war klein und seltsam leicht. Viel kleiner und leichter als die Urne von Franz, die hier schon seit fünf Jahren stand.

»Meinst du, sie ist wirklich da drin?«, fragte Bea zweifelnd und sehr leise, nachdem sie das Ding mit Sophies Asche kurz in ihren Händen gewogen hatte. Sie stand dicht vor Opa und mir und hatte die Urne schnell wieder an ihren Platz gestellt, denn neben uns rüstete sich der Pfarrer zu seiner Rede, und hinter uns drängten sich außer unseren nächsten Verwandten sowie Andrej und Marjana noch ein paar Clanmitglieder, die extra zur Beisetzung auf die Insel gekommen waren und sich nun anstandshalber die Augen mit Tempotüchern abtupften. Auch sämtliche Nachbarn bis nach Vitt, die Vertreter der Gemeinde, ein paar Honoratioren aus der Stadt und aus Putbus waren gekommen, außerdem Rosies gemischter Chor aus Kärnten samt einem Bläserquartett im Kärntner Outfit, die sich seitlich der Gruft formiert hatten.

»Sie hat zum Schluss nicht mehr viel auf den Rippen gehabt«, wisperte Opa. »Aber ob sie wirklich … also, ich weiß wirklich nicht …«
Er, Bea und ich sahen uns an. Fast gleichzeitig drehten wir uns dann um und blickten hinüber zum Gutshaus. Die Gardinen an den neuen festgeschlossenen Fenstern von Sophies Zimmer im Obergeschoss, die Andrej schon im ersten Jahr nach dem Eklat mit der Familie hatte einbauen lassen, bewegten sich sacht, ganz sacht, als würde eine neugierige Beobachterin sie ein wenig zur Seite schieben, um besser hinausschauen zu können.
Opa zwinkerte uns zu. »Ihr wisst doch, eine Sanddistel ist nicht auszurotten«, flüsterte er. »Die Wurzel lebt weiter, auch wenn die Blätter und Blüten verdorrt sind.«
»Da!« Bea richtete ihren zitternden Zeigefinger auf die Fenster. »Es *ist* Sophie!«
In diesem Moment schmetterten Rosies Sänger und Sängerinnen, unterstützt von den Tönen aus Trompeten und Tuben, los: »Halleluja – Halleluja!«

Was noch zu schreiben ist

Eines der Geheimnisse der Ostseeinsel Rügen war und ist für mich ihre faszinierende Fähigkeit, nicht nur die Füße, sondern auch die Gedanken wandern zu lassen, die Phantasie zu schüren und Bilder zu schaffen, die sich beim genauen Hinschauen als Fata Morgana oder eben als Stoff für einen Roman erweisen.

So kommt es wohl, dass Sie, liebe Leserin, lieber Leser, auf Wittow im Norden Rügens zwar eine anmutig wippende, allen Stürmen trotzende Sanddistel zwischen Strandhafer und wildem Brombeergerank am bröckelnden Rand der Steilküste entdecken werden, nicht aber das Gut Distelitz mit dem alten Gutshaus und jener Familiengruft, in der meine Sophie von Sand ruht – oder vielleicht auch nicht?

Und Sie werden auch nie einen einzigen tatsächlich Lebenden aus dieser ebenso schrecklichen wie skurrilen und netten von-Sand-Dynastie treffen, wo auf der großen Welt Sie auch suchen mögen.

Und doch ist in dieser Geschichte rund um die »Sanddistel« so manches wahr …

Die Autorin im Sommer 2009

Jo Schulz-Vobach

Die Bernsteinfrau

Roman

Johanna und Charlotte sind Schwestern und entstammen einer ostpreußischen Familie. Für Johanna lebt die verlorene Heimat weiter in den Geschichten von der »Bernsteinfrau«, die ihre Großmutter ihr einst erzählte. Und sie lebt weiter in jenem Bernsteinamulett, das in ihrer Familie von einer Generation an die nächste weitergegeben und stets von der ältesten Tochter getragen wurde. Wer das Schmuckstück besitzt – so will es die Legende –, dem ist eine besondere Kraft verliehen …

»Eindrucksvolle Familiensaga vor dem Hintergrund der wechselvollen deutschen Geschichte.«
Echo zum Sonntag

Knaur Taschenbuch Verlag

Jo Schulz-Vobach

Die Hebammen von Königsberg

Roman

Helene Wolf, genannt »die Wölfin«, stammt aus einer Königsberger Familie, in der sich der Beruf der Hebamme von einer Generation auf die nächste vererbt. Auch sie hat diesen Beruf einst ausgeübt – in dem kleinen Dorf Nowgoje mitten in Sibirien, in das der Krieg sie verschlagen hatte. Sie lernte den Arzt Viktor kennen und lieben und bekam eine Tochter von ihm; doch Viktor war verheiratet und nicht bereit, sich von seiner Frau zu trennen. Viele Jahre kämpft Helene um ihr Glück – und um die Liebe ihrer Tochter Lara, vor der sie ein dunkles Geheimnis verbirgt …

Knaur Taschenbuch Verlag